늘 건강하세요!

중증외상센터

GOLDEN HOUR

골든 아워

한산이가
지음

중증외상센터

GOLDEN
HOUR

골든 아워 Ⅷ

몬스터

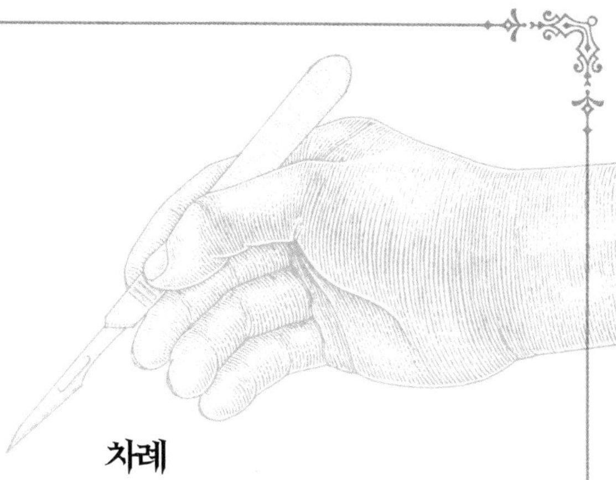

차례

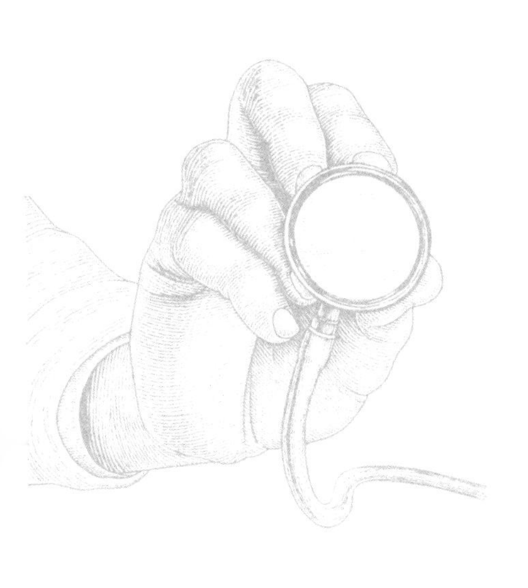

당신은 큰 빚을 졌어

다친 부위를 계속 모르고 있었다면야 손도 쓰지 못했겠지만, 이미 강혁에게서 예상되는 부상 부위를 전해 들은 참 아니었던가. 재원은 한 치의 망설임도 없이 메스를 그었다. 주르륵. 그와 동시에 피가 흘러나왔는데, 아무래도 혈압이 떨어지고 있는 와중이라 그런지 양이 많진 않았다. 게다가 일찌감치 다리를 끝내고 경부 수술 보조로 나선 김인수 교수가 빠른 손놀림으로 시야를 확보해주기도 했다.

"음……. 여기 이렇게. 네. 그렇게 당겨주시면 됩니다."

"네. 맡겨주세요."

재원은 그런 김인수 교수의 손을 잡아다가 제대로 자세를 취해주었다. 김인수 교수도 대강 어디를 어떻게 당겨야 할지 감은 잡고 있었기에 속도가 상당히 빨랐다. 재원은 그렇게 확보한 시야를 이용해 절개를 조금 더 깊숙이 그었다. 플라티스마, 일명 광경근을 갈랐다는 얘기였다. 일종의 1차 방어막과 같은 역할을 하는 이 얇은 근육을 가르면, 마치 복막을 갈랐을 때처럼 목 안의 구조물을 쉬이 구분해낼 수 있었다. 광경근과 아래 구조물 사이에 있는 연결 조직을 끊어주기는 해야 했지만, 이건 정말 제대로만 하면 피 한 방울도 없이 처리할 수 있는 일이었다.

'오……. 진짜 백 교수님같이 하네.'

재원에게나 장미에게는 당연한 일이었지만 지켜보는 이들에게는 전혀 그렇지가 못했다.

'벌써 위아래 20cm 정도가 박리된 거 같은데?'

김인수 교수는 지금 자신이 보조하고 있는 사람이 양재원인지 백강혁인지 순간 헷갈릴 지경이었다. 방금 개방형 골절을 아주 성공적으로 처리한 터라 자신감이 넘쳐 흐르고 있었는데 이제 보니 백강혁뿐만 아니라 양재원도 저 멀리 앞서 있는 존재였다.

'하긴……. 괜히 저 백 교수님이 센터장 맡긴 게 아니지…….'

중증외상센터장이라는 자리, 거기에 더해 차기 보건복지부 장관 자리까지 버리고 이 먼 곳까지 봉사를 오게 된 백강혁도 참 대단한 사람이었지만, 양재원도 대단한 인간이었다. 대체 어떻게 중증외상센터에는 이렇게 실력 좋고 멋진 놈들만 있을까 하는 생각을 하려는 찰나, 묵묵히 칼질만 하고 있던 재원이 입을 열었다.

"여기……. 한번 만져볼래요?"

"어, 네?"

"여기. SCM(Sternocleidomastoid muscle: 목빗근) 위요."

"아……. 네."

"너무 세게는 말고요."

"어, 네."

다른 사람도 아니고 집도의의 요청 아니던가. 순순히 재원의 청을 따라 SCM 위에 자신의 손을 올려다 두었다. 그 순간 소름이 오소소 돋아나는 듯한 기분이 들었다. 김인수 또한 외상을 많이 보아온 까닭이었다.

"이거……."

"네. 밑에……. 거의 터졌어요."

그 두꺼운 빗장근 밑으로 소용돌이치는 듯한 혈류가 느껴졌다. 다른 여러 가지 소견들이 있겠지만, 이 혈류야말로 임박한 파열을 가장 강력하게 시사하는 것이었다.

"어쩌죠?"

"어쩌긴 뭘 어째. 메꿔야지."

"아, 백 교수님."

절망 그 자체라고 할 수 있는 순간에 강혁이 등장했다. 벌써 장미에게 가운을 전해 받았는지, 준비를 마친 상황이었다. 그 모습을 보고 있자니, 임박한 파열을 앞둔 와중에도 뭔가 든든해지는 기분이었다.

"음."

강혁은 자연스럽게 양옆으로 비켜나는 김인수와 재원 사이로 들어가 섰다. 그러곤 방금까지 재원이 집도해온 수술 부위를 내려다보았다.

'잘했네. 이 정도면 뭐…….'

재원의 절개는 딱 좋았다. 지나치지도, 모자라지도 않다는 얘기. 게다가 박리는 더없이 완벽하게 진행되어 있었다. 정확히 광경근과 그 밑의 구조물을 광범위하게 분리해놔서, 시야가 절개 수준에 비해 훨씬 넓었다.

"잘했어. 근데, 생각보다 진행이 빨라."

"네……. 벌써 터질락 말락이에요."

"음."

하지만 잘한 건 잘한 거고, 상황은 상황이었다. 최대한 빨리 대처한다고 노력했지만, 이미 터지기 일보 직전이었다. 아직 근육을 들춰서 보진 않았지만, 강혁의 눈에는 훤히 들여다보였다.

'이미 내벽은 찢어져서 일종의……. 박리 현상이 시작됐어.'

그렇지 않고서는 지금처럼 혈압이 마구 왔다 갔다 하기는 어려웠다. 게다가 빗장근으로 뒤덮인 상황에도 불구하고 피가 스멀스멀 새어 나오기까지 했다. 이건 이제 근육으로 된 외벽마저 일부 찢어지고 있다는 걸 의미했다. 조금 더 빨리 열고 들어왔다면 단순 봉합으로도 막을 수 있었겠지만 지금은 절대 무리였다. 오히려 봉합하는 행위가 파열을 더 촉진시킬 수 있었다.

"조폭, 인조혈관은……. 없겠지?"

해서 강혁은 별로 기대감 없는 눈으로 장미에게 물었다. 그게 있으면 일이 좀 쉬워질 테고, 없으면 좀 빡세질 터였다.

"가져오긴 했는데, 많이 비싸요. 아껴요."

"그렇지. 그럴 줄 알았어."

강혁은 장미의 그런 줄 알면서 왜 물었냐는 표정을 애써 외면하고는 고개를 돌렸다.

'얘는 못 보던 사이에 더 무서워졌어.'

조폭, 조폭 했더니 이젠 조폭 괴수라도 된 듯한 기분이 들었다.

'일단……. 급한 불부터 꺼야지.'

강혁은 지금 들여다봐야 할 곳을 향해 이내 시선을 정리할 수 있었다. 다친 다리 쪽이었는데, 정작 다친 곳보다는 조금 더 위를 바라보고 있었다.

"김 교수님."

"어, 네."

언제나 그러하듯 김인수 교수는 강혁의 말에 즉각 답했다.

"정강이 쪽, 혈액 순환은 어때요? 감염까지 고려해서."

"아……. 괜찮습니다. 혈관 찢어져 있던 건 단단히 봉합해서 지금은 아무 문제없어요."

"그래요? 그럼 허벅지 쪽에서 혈관 채취하는 건 괜찮을까요?"

"혈관……. 음……."

김인수 교수는 잠시 고개를 갸웃거렸다.

'경동맥 파열을 복구하려고 하는 얘기 같은데…….'

그렇다면 지금 고려할 만한 혈관은 역시 하나뿐이었다.

"대복재정맥이라면 괜찮을 거 같습니다."

"오케이, 좋아. 할 수 있어요?"

"네. 네?"

강혁의 웃는 낯을 보는 게 좋아 연신 고개를 끄덕거리고 있으려니, 다소 황당한 주문이 떨어졌다. 무심결에 고개를 끄덕이던 김인수가 강혁을 돌아보았다. 눈을 동그랗게 뜬 채였다. 그에 반해 강혁은 뭐가 대수냐는 얼굴이었다.

"김 교수님 지금 외상센터 짬이 몇 년인데 그걸 못 하겠어요."

"그……."

처음에는 나름 미소가 남아 있었다.

"나랑 재원이는 여기 정리해야 된다고요. 한……, 10초 안에 터져, 이거."

"어……."

하지만 10초라는 단어를 입에 올리기가 무섭게, 얼굴도 무서워졌다.

"해요."

"어……."

"하라고."

"어……."

"안 하면 뒤져."

"아, 알겠습니다."

급기야 김인수 교수는 살기 위해 고개를 끄덕이는 수밖에 없었다. 그 모습을 본 강혁은 다시 한번 껄껄 웃었다.

"환자 얘기에요, 환자. 하하."

"어……. 네."

누가 봐도 가식적인 미소였지만 김인수는 감히 토를 달지 못했다. 그렇게 김인수 교수를 다시 다리 쪽으로 보낸 강혁은 이제 완전히 진중한 얼굴로 돌아와 있었다.

"재원아."

"네."

"셋 하면 들어. 셋에 드는 거야."

"네, 교수님."

"하나, 둘, 셋."

"셋."

재원 또한 긴장한 얼굴로 셋을 외치며 빗장근을 위로 들어 올렸다. 그러자 푸아악 하는 소리와 함께 경동맥 줄기 어디에선가 얇은 핏줄기가 치고 올라왔다.

"좋아."

다행한 것은 집도의가 강혁이라는 점이었다. 그에게는 핏줄기가 빗장근 안쪽을 냅다 적시기도 전에 손가락으로 출혈 부위를 누를 수 있는 능력이 있었으니까.

"아니, 안 좋은데."

하지만 손가락으로 출혈 부위를 누르는 순간, 강혁의 표정은 더 어두워졌다. 밑에서 느껴지는 불규칙한 혈류가 벌써 꽤 넓게 번져 있었기 때문이다. 게다가 외벽이 있다고 하기에는 지나치게 가까운 느낌이었다.

"범위……. 넓어지나요?"

무려 강혁의 한탄에도 불구하고 재원은 별로 당황하지 않은 듯한 얼굴이었다. 어차피 흔들리기 시작한 활력징후를 확인했던 직후부터, 어디가 됐건 간에 박살 나 있을 거라는 거 정도는 예상했었다.

"응. 위쪽으로 쭉."

"위에는 봉합하면 예방 가능한 정도로 보이긴 하는데, 맞을까요?"

"음……. 한 5cm 정도는? 할 수 있겠어? 나 손 묶였어."

"할 수 있죠. 이것만 들어주시면."

"오케이."

해서 재원은 자신이 들어 올리고 있던 빗장근을 강혁에게 맡긴 채 즉시 봉합에 들어갈 수 있었다. 육안으로 봤을 땐 파열 징후가 보이지 않는 지점들이었다. 하지만 강혁에게는 보였고, 재원은 경험적으로 알 수 있었다. 여긴 그냥 두면 쭉 찢어질 곳들이었다.

"김 교수님, 얼마나 걸려요?"

강혁은 재원에게 1차 봉합을 맡긴 후, 바로 아래쪽을 바라보았다. 이제 막 칼을 쥐고 절개를 하려던 김인수로서는 당연히 부담되는 질문이었다.

"어……. 한 10분?"

"마취 새로 거나, 뭔 10분이야. 야, 재원아 너 얼마나 걸려."

"3분?"

"그래. 좋다. 김 교수님. 3분 줍니다."

"어……."

"뒤져요."

"어……."

"이번에는 환자 얘기 아니니까, 긴장하시고."

"헉."

협박의 위력은 놀라웠다.

"야, 진짜 3분 만에 뗐네."

강혁조차 놀랄 지경이었다.

"내가…… 이거…… 이걸 할 수 있네……."

물론 장본인인 김인수가 놀란 거에 비하면 댈 것도 아니었다. 솔직히 다리 만진 거야 수십 년이긴 해도, 아직 정맥을 떼어내본 적은 없었기 때문이었다. 그저 해부학적인 지식과 옆에서 지켜봤던 경험으로 한 건데 이게 될 줄이야. 자기가 한 것임에도 불구하고 감탄이 막 절로 터져 나올 지경이었다.

"거봐, 할 수 있다니까. 외상 본 짬밥이 이게 보통 경험치로 쌓이는 게 아니거든."

"감사…… 감사합니다. 와……."

"감사는 나중에 하고, 일단 올라와요. 아직 수술 안 끝났어."

"아, 네."

수술은 끝나지 않았다. 이 말보다 더 빨리 집도의를 움직일 수 있는 말이 있을까? 강혁은 김인수 교수가 올라온 즉시 자신이 들고 있던 기구를 건네주었다.

"흡."

김인수 교수는 받아든 기구를 높이 들어 올렸다. 완력이야 당연히 강혁보단 달렸지만 그래도 정형외과 의사 아닌가. 크게 밀리는 건 아니었다. 덕분에 강혁이나 재원은 아까와 별반 다를 것 없는 수준의 시야를 확보할 수 있었다.

"일단 위쪽 봉합은 했어요. 느낌상으로……, 내벽이 찢어져 있던 거 같은데. 그건 다 봉합했습니다."

"알아. 잘하던데?"

재원은 느낌만으로 알아차린 것이었지만 강혁에게는 다 보이지 않던가.

'일반인도 실력이 늘다보면 여기까지 올 수 있구나.'

솔직한 얘기로 여기까지 해낸 사람은, 그러니까 강혁을 제외한 다른 사람은 재원이 처음인 거 같았다.

'수제자, 수제자 하더니. 이제 진짜 수제자네.'

그렇다고 입 밖으로 칭찬을 내진 않았다. 재원이 칭찬에 약한 놈이라는 건 아주 잘 알고 있지 않은가. 적어도 지금은 절대 흔들려서는 안 될 순간이었다. 평소 그대로의 기량을 아니, 그보다 더한 기량을 내주어야만 했다.

"일단. 내가 지금 손가락으로 막고 있는 부위……, 1차 봉합해. 어차피 덮을 거긴 해도……. 꼼꼼하게 해줘. 외벽 하나 더 만들어주는 거니까."

"음……. 지금 범위 얼마나 되는데요?"

"막고 나서는 다행히 더 안 번졌어. 한 0.2cm 정도 될 거야."

"0.2. 음, 알겠습니다."

세상에 보지도 않고 mm 단위로 말하는 게 말이 되나 싶기도 하겠지만 말하는 주체가 강혁인데 뭐 어쩌겠는가. 적어도 이 인간이 수술방에서 하는 말은 귀 기울여 들어야만 했다.

"여기요."

재원은 장미가 건네준 봉합 기구를 가지고, 강혁이 손가락으로 막아둔 부위를 급히 막기 시작했다. 분명 날카롭기 그지없는 바늘이 왔다 갔다 하는데 강혁은 딱히 불안하다는 느낌이 들지 않았다. 재원이 딱딱 정확히 찔러야 할 곳만 찌르고 있는 게 다 보였기 때문이었다.

그사이 재원은 벌써 왕복 8회가량의 바느질을 끝마친 참이었다.

"이제 다 된 거 같은데요. 어때 보여요?"

"음. 뭐, 어차피 임시방편이니까."

강혁의 눈에도 그러했다. 그 말은 곧 완벽하다는 뜻이었다.

"자, 그럼 셋에 떼세요."

"어."

"하나, 둘, 셋."

"셋."

해서 재원과 강혁은 오랜 시간 호흡을 맞춰온 팀답게 동시에 움직였다. 강혁은 손을 뗐고, 재원은 자신이 만들어둔 올가미를 잡아당겼다. 다행히 재원은 봉합만큼이나, 당기는 것도 일품이었다.

"잘했어."

강혁이 저도 모르게 칭찬을 할 만큼 당기는 타이밍도 완벽했다.

"얼마나 벌었을까요?"

"1분? 2분? 길지 않아."

하지만 느긋하게 있을 시간은 없었다. 지금도 약화된 혈관 벽은 시시각각 찢어져가고 있었으니까. 급한 불만 껐을 뿐, 채취한 혈관으로 재빨리 덮어야만 했다.

"여기 있습니다."

아마 여기 백강혁, 양재원 그리고 김인수만 있었더라면 이렇게까지 빨리 진행하기는 어려웠을 터였다. 한 가지 다행한 일이라면 이 자리에 장미가 있다는 것이었다. 장미는 아까 김인수에게 건네받은 대복재정맥을 이미 세로 방향으로 갈라놓은 후였다. 그냥 가르기만 한 게 아니라, 헤파린액으로 안에 있던 미세한 피딱지까지 제거해 바로 사용하면 되게끔 해두었다.

"오, 역시."

강혁은 정맥을 받아 들었다. 이젠 정맥이라는 이름보다는 혈관 재건재로 불러야 할 거 같은 느낌이었다.

"바로 봉합 들어가자. 내가 아래. 너가 위."

"네."

비로소 두 손이 자유로워진 강혁은 즉시 재원과 함께 봉합에 들어갔다. 백 퍼센트 터질 게 분명한 부위를 정맥 안쪽 벽으로 덮어두는 방식이었다. 완전히 붙여두지 않으면, 그 틈새로 들어간 피 때문에 또다시 터질 게 분명하기에, 당연하게도 둘의 손 모두 신중하기 그지없었다. 한동안 아예 말 한마디 없을 지경이었다. 그저 바늘이 혈관 뚫고 들어가는 소리와 이따금 장미가 실 자르는 소리만이 들려올 따름이었다.

"후."

대략 2분 정도 지난 후였다. 체감상으로는 거의 30분이라도 흐른 것 같았지만, 실제론 2분이었다.

"아래 다 됐어요?"

"어. 위는?"

"저도 이제 마지막이에요. 네, 다 됐습니다."

"오케이. 일단 좀 더 두고 보자."

"네."

봉합이 끝났다고 바로 닫을 수는 없는 노릇이었다. 경동맥이 터질 뻔했던 상황이었으니까. 아무리 다른 혈관으로 덮었다고는 해도, 안심하기는 일렀다. 방 안에 있던 모두가 환자의 혈관을 뚫어져라 바라보았다.

"일단……. 혈압은 다시 오릅니다."

오직 경원만이 활력징후와 혈관을 번갈아가며 바라볼 따름이었다. 그렇게 한 5분여가 더 흐른 다음에야 강혁은 혈관에서 눈을 떼어냈다.

"좋아. 됐어. 혹시 모르니까……. 빗장근으로 한 번 더 덮고, 그러고 나가자."

"아, 네. 빗장근."

둘은 곧장 빗장근을 이용해 경동맥을 단단히 눌러두었다.

"좋아. 그럼 목 닫을……."

그렇게 수술이 다 끝나갈 무렵, 수술실 문이 열렸다. 안으로 들어온 것은 지칠 대로 지쳐 보이는 제인이었다. 한국에서 의사가 왔다는 소리에 환자는 부쩍 늘었는데, 정작 여자 환자는 죄다 제인이 보고 있으니 당연한 일이었다.

"어, 제인. 진료 끝났으면 가서 쉬지. 여긴 대강 마무리되고 있어."

그런 사정을 너무도 잘 아는 강혁은 손을 휘이휘이 내저었다. 하지만 제인은 그 말을 듣고도 나가지 않았다. 이제 보니, 딱히 지금 수술에는 크게 관심이 없어 보였다.

"모하메드 칸이 깼어요. 집도의랑 대화를 원해서요. 혹시 가능한가요?"

"아……. 깼어? 벌써? 위닝 했나?"

강혁은 고개를 갸웃거리며 어제 일을 떠올렸다. 분명 재워서 나갔고 벤틸레이터도 연결했었다. 그의 얼굴에 진한 의문이 떠오를 무렵, 뒤에 있던 경원이 입을 열었다.

"아, 맞아. 노티 드렸어야 했는데. 환자 전신 상태 극도로 호전되면서 자가 호흡 보정 수준으로 맞춰두었습니다. 이 수술하는 동안 더 깬 모양입니다."

"아, 그래? 음……."

전날 폭탄 맞고 온 사람이 오늘 깨? 세상에 이럴 수가 있을까 싶은 상황이었다. 하지만 세계 최고의 의사가 수술하지 않았던가. 회복이 빠른 건 당연한 일이었다.

"일단 이거 마무리하고 가지 뭐. 근데, 거기 댄이랑 요다가 있는 거 아닌가? 그럼 급할 거 없지."

내과 의사랑 마취과 의사가 있는데 뭔 걱정이겠는가. 강혁이 대수롭지 않게 답하니 제인이 고개를 가로저었다.

"아뇨. 꼭 백 교수님이 가셔야 해요."

"왜?"

"저 사람……. 지금 당장 기자 회견하겠다고 난리예요. 시아파를 규탄하겠다는데, 그거야 뭐 이 지역이랑 관계는 없지만."

"그건 안 되지. 이 미친놈이."

페샤와르 정당 집회에서도 폭탄을 터뜨린 놈들 아닌가. 병원이라고 해서 그냥 넘어가진 않을 터였다. 더군다나 자신들의 원수를 살린 병원이라고 생각한다면 무조건 터뜨릴 가능성이 컸다. 마음이 급해진 강혁은 냅다 수술복을 집어 던지고 수술실 밖으로 뛰쳐나갔다. 그런 그를 제인이 바짝 뒤쫓았다.

"어어, 교수님 주먹질은 안 돼요! 안 돼. 알았어요?"

속으로는 당연히 이런 생각이 들기는 했다. 설마하니 정말 현 파키스탄 총리의 동생이자 여당 중진 의원인 모하메드 칸을 칠 리는 없을 테니까.

'아냐……. 모르는 일이야…….'

하지만 아까 강혁의 달려가던 기세와 굳게 쥐어진 주먹을 봤다면 누구라도 의심했을 터였다.

"알아, 나도. 자, 됐지?"

그는 양손을 펼친 채 제인과 모하메드를 지키기 위해 파견되었던 지역 경찰 및 수도 관할 특수 경비대에게 빈손을 보여주었다. 애초에 제인을 제외한 나머지 사람들은 설마 병원 의사가 모하메드를 공격하리라고는 생각도 못 하고 있었더랬다.

"안으로 들어가시죠. 의원님께서 기다리고 계십니다."

안으로 들어간 강혁이 마주한 것은 아주 얇은 베개 하나 덜렁 벤 채로 낑낑거리고 있는 모하메드였다. 얼굴만 봐서는 진짜 죽도록 통증이 심한 것처럼 보였지만, 활력징후는 지극히 안정되어 있었다.

'혈압도 심장박동 수도 정상. 약은…… 항생제에 진통제만 들어가고 있네.'

경원에게 맡겼었고, 지금은 경원이 댄에게 인계한 상황이었다. 둘의 판단으로는 어제 환자에게 들어가던 약들은 끊을 만해서 끊었다는 얘기가 되었다.

"아, 왔…… 군. 당신이……. 백강혁…… 인가?"

모하메드가 어렵게 입을 뗐다. 바짝 마른 입술에는 벌써 피가 살짝 배어 있었다. 보통 수액이 들어가기 시작하면 코가 붓기 마련이었다. 그러다 보면 입으로 숨을 쉬게 되었고, 입술이 마르는 것은 매우 일반적인 일이었다.

"네. 모하메드, 맞습니까?"

"그…… 렇소. 내가 모하메…… 드요."

확실히 어제 대수술을 받은 사람치고는 의식이 또렷해 보였다. 하지만 지금 당장 기자 회견을 할 수 있을 정도로 멀쩡해 보이지는 않았다. 강혁의 생각으로는 지금부터 대략 사나흘 동안은 절대 안정을 취하는 것이 좋았다.

"통증은 좀 어떻습니까?"

"아린…… 통증은 있지만, 참을 만합니다."

"참을 만하다고?"

강혁은 고개를 갸웃거렸다. 얼굴에 가슴, 배까지 다친 양반이 참을 만해?

'마약이라도 줬나?'

정말 나쁜 주사라도 들어가는 건가 하고 고개를 돌렸다. 하지만 강혁이 발견한 것은 기껏해야 진통제와 진정제 정도뿐이었다.

"아, 박경원 선생님이 레미펜타닐을 아예 끊지는 않았어요. 마약성 진통제는 어느 정도 들어가는 게 좋겠다고."

강혁의 의문은 고스란히 제인에게 전달되었다. 제인은 아까 경원과 댄에게 전해 들었던 말을 그대로 전달해주었다.

"호흡은?"

"안정적입니다."

"박경원이 실력이 더 늘었네."

환자를 보는 데 있어서 제일 중요한 건 역시 그 환자를 살리는 것이었다. 하지만 너무 그것에만 매몰되다 보면 환자가 사람이라는 것을 종종 놓칠 때가 있었다.

'환자를 편안하게 해줘야 한다……. 확실히 기본에 충실해.'

"뭐, 우리 선생님들이 통증 관리를 잘하고 있는 모양이군요. 하지만 명심해야 할 것은 환자분은 아직 멀쩡히 다 나은 게 아니에요. 움직이거나 무리하는 건 절대 삼가야 해요."

"알고…… 있소."

아무튼, 강혁은 일단 말로 모하메드를 말리기로 했다. 지금 이곳엔 보는 눈이 너무 많지 않은가. 제아무리 강혁이라고 해도 증인들이 있는 상황에서 공인에게 폭력을 행사하는 건 부담이었다.

"하지만……. 시아파 광신주의자들에게…… 영토를 침범당했소……. 당신은 모르겠지만……. 파키스탄인으로서 절대 좌시해서는……. 안 될 일이오."

하지만 모하메드는 딱히 설득의 여지가 없어 보였다. 비록 목소리는 형편없이 갈라져 있었지만, 눈에는 살기가 그득했다. 단지 이번에 폭탄 테러를 당해서인 것만 같지는 않아 보였다. 오랜

세월 켜켜이 쌓아 온 증오의 역사가 분명히 그 안에 존재했다.

'아. 정말 짜증 나네.'

옛날 같았으면, 그러니까 여기 처음 왔을 무렵의 강혁이었다면 사실 그냥 귀찮기만 했을 터였다. 하지만 이제 어느 정도 이 지역의 역사에 대해, 그리고 현 상황에 대해 알게 되지 않았던가. 좋든 싫든 끔찍했던 이 근방의 역사를 체득하게 된 셈이었다. 그랬기에 마냥 귀찮아할 수도 없었다. 누구의 분노라도 이유는 있었으니까.

"알겠는데, 지금은 그럴 상황이 아니라고."

물론 모하메드는 뜻을 굽히지 않았다. 도리어 언짢은 듯한 눈빛으로 강혁을 노려보다가 같이 들어와 있던 정부 요원들을 향해 말을 이어나갔다.

"빨리……. 기자들 불러. 외신도 좋아. 이슬라마바드에서 오라고 해."

"네."

모하메드는 현 총리가 가장 신임하는 여당 의원이었다. 여당 내 입지 또한 어마어마했고, 또 대외 활동을 워낙 많이 한 터라 얼굴 노릇을 하기도 했더랬다. 당연하게도 요원들은 모하메드 칸의 말을 받들어 재빨리 방을 빠져나가려고 했다.

"어허, 어른들 얘기하는데 다들 어디 가."

강혁이 막아서지만 않았다면 정말 그랬을 터였다. 그는 길쭉한 양팔을 벌려 문 앞을 막아버렸다. 덩치가 좀 작은 사람이었다면 어떻게 비집고 나갈 틈이 보였을 텐데, 안타깝게도 강혁은 커다란 인간이었다.

"비켜주시죠. 닥터 백."

요원 중 가장 덩치가 좋은 이가 먼저 나섰다.

"아니, 안 돼. 기자 회견은 안 돼."

"고집부리면……. 저희도 무력을 사용하는 수밖에 없습니다."

"오, 그래? 정부 요원이 NGO 단체 의료진을 폭행하겠다고?"

강혁은 일부러 제인 쪽으로 시선을 주며 물었다. 제인은 사실 강혁의 안위보다는 감히 그에게 덤비려고 하는 요원 걱정을 하고 있었기에 별다른 말을 꺼내진 못했다. 입을 연 것은 여전히 요원 측 인사였다.

"그럼 비켜주시죠."

"안 된다니까? 지금 기자 회견을 하면 여기가 그 시아파인지 나발인지 하는 놈들의 표적이 된다고."

"저희가 있으니 걱정할 것 없습니다."

"오……. 그래? 니들 페샤와르에서는 없었나보지? 그래서 모하메드가 저 꼴이 됐어?"

"그건……."

특수 경비대 소속 요원들의 얼굴이 일그러졌다. 제인의 얼굴도 마찬가지였다.

'아니, 저 사람은 왜 굳이 도발을 하는 거야…….'

이러다 정말 물리적인 행사가 있으면 어쩌려고 저런단 말인가.

'왜 저렇게 막 나가는 거야…….'

어떨 때 보면 치밀한 전략가 같은데, 이럴 때 보면 그냥 생각

없는 깡패 같았다.

"당신이 자초한 겁니다, 닥터 백. 잠깐만 있으면……."

상대적으로 덜 우람해 보이는 강혁의 하체에 태클을 걸려고 달려들던 요원은 강혁에게 목덜미를 강타당한 채 정신을 잃고 말았다.

"에이. 말로 하려고 했는데."

강혁은 그렇게 널브러진 요원을 보며 대수롭지 않다는 듯한 얼굴로 중얼거렸다.

"배, 백 교수님!"

제인은 도대체 왜 그러냐는 얼굴로 외쳤고.

"어, 괜찮아. 안 다쳤어. 아, 또 오네."

강혁은 인자한 미소를 지은 채 다른 요원들을 하나하나 제압하기 시작했다.

"억."

"윽."

거의 손이나 발이 한 번 번쩍할 때마다 하나씩 나가떨어졌다. 어디 동네 개싸움도 아니고, 요원들을 상대로 한 싸움이었음에도 그러했다.

"너……. 너…… 누구야……."

모하메드는 그렇게 무려 요원 넷을 제압한 채 자신에게 다가오는 강혁을 향해 물었다. 그럴 리가 없다고 생각하고 있기는 했지만, 가슴 한편에는 이놈이 설마 시아파인가 싶기도 했다. 강혁은 두려움 가득한 그의 어깨를 두드리며 웃었다.

"나? 의사지, 누구겠어."

"무…… 무슨……."

모하메드는 눈을 동그랗게 뜬 채 강혁을 바라보았다. 방금까지만 해도 욱신거리던 통증이 싹 사라지는 듯한 기분이었다.

"지금 안 아프지? 거봐. 내 얼굴만 봐도 사람이 막 낫는다니까? 이렇게 훌륭한 의사를 왜 그렇게 무서워하는 눈으로 봐?"

모하메드는 눈앞에 있는 상대의 이름도 출신도 알고 있었지만, 이젠 정말 아무것도 모르겠다는 생각이 들었다. 강혁은 그런 모하메드의 어깨를 다시 한번 두드리고는, 제인을 돌아보았다.

"제인, 위에 가서 샌더슨 상사랑 리처드 좀 불러와줘. 여기 정리 좀 해야지."

제아무리 강혁이라 해도 깨어난 요원들이 무기라도 쥐어 들고 덤비면 백 퍼센트 장담은 어려웠다.

'누구 하나 죽여야 할걸.'

자기 자신보다는 상대의 안위를 장담할 수 없는 것이었지만.

"아, 네. 근데……. 뭐라고 하죠? 이 상황을?"

제인 또한 강혁의 속내를 완전히 파악하지는 못했어도 일단 미군을 불러야 한다는 의견에는 아주 강력하게 동의하는 바였다.

'너무 무섭잖아, 젠장.'

난데없이 요원들하고 싸움이라니. 손발이 덜덜 떨려올 지경이었다.

"상황? 아까 못 봤어?"

"제대로는…… 못 봤죠."

두 눈을 다 뜨고 있기는 했더랬다. 딱히 겁이 없어서라기보다는 너무 놀라서 눈을 감지 못했다는 표현이 더 맞을 터였다. 강혁은 사정없이 떨리고 있는 제인의 손을 툭 하고 잡은 채 말을 이었다.

"이놈들이 날 습격했잖아. 난 정말…… 겨우겨우 제압했고. 이것 봐, 땀 난 거."

"그거 제 땀……."

"아냐, 아냐. 나도 났어."

강혁은 아무리 봐도 바짝 말라 보이는 자신의 손을 절레절레 저어대고는 제인의 어깨를 두드렸다. 방금 4명의 건장한 요원들을 제압한 그 손이었다. 그런데도 제인은 어쩐지 안심이 되는 기분이었다. 이 손이 적어도 제인에게는 보호 장막처럼 느껴졌으니까.

"그러니까 빨리 미군 불러. 보호해달라고."

"어……."

"빨리."

"알았어요."

덕분에 제인은 제법 안정을 되찾은 채 병실을 나설 수 있었다.

"자, 이제 둘이 남았네?"

여전히 모하메드의 표정은 좋지 못했지만 그렇다고 아까처럼 소리를 치려고 하진 않았다.

"자. 모하메드."

그사이 강혁은 옆에 있던 의자를 끌어다가 모하메드 앞에 앉았다. 그런데도 모하메드는 강혁을 한껏 올려다봐야만 했다. 그가 높이 조절도 안 되는 침대에 누워 있었기 때문이었다. 그나마 강혁이 서 있을 때보다는 사정이 나아진 셈이었기에 모하메드는 대강 만족하기로 작정했다.

"나……. 난 환자. 의원이고……."

"아니, 나도 다 알어. 누가 죽인대?"

모하메드는 '죽일 것도 같으니까 이러지'라는 말을 굳이 입 밖에 내진 않았다.

"아, 아프다."

강혁은 그렇게 입을 꾹 다문 모하메드를 내려다보며 한마디를 툭 내던졌다. 자신의 어깨, 허리, 등을 주무르면서였다. 모하메드로서는 대번에 이해하기는 힘든 행위였다. 아까 신나게 사람들을 팬 것은 강혁이었으니까.

"미안하지도 않아? 댁 때문에 이렇게 다쳤는데?"

하지만 이 말을 듣고 나서부터는 강혁이 무슨 말을 하려는 것인지 정확히 알 수 있었다.

"뭐……, 뭔 소리야. 다친 건 우리 요원……."

"습격했잖아."

"무슨……."

"발뺌하네. 하여간 사람들 인성이……. 이것 좀 보라고."

"이거……. 이거 너 대체 언제."

모하메드의 눈이 아까보다도 더 동그래졌다. 강혁이 내민 휴대폰에 뜬 영상 때문이었다.

"이것 봐 이거. 의사한테 달려들고."

영상은 실랑이를 하던 요원이 강혁에게 태클을 걸려는 순간까지 찍혀 있었다.

"이후로는 내가 다쳐서 영상이 없네."

진짜 다친 건 요원이었지만, 증거는 강혁 편이었다. 강혁은 의사고, 저쪽은 요원이니까. 사회 통념상 물리적인 충돌에서 요원이 의사한테 진다는 건 좀 이상한 일 아니겠는가.

"이…… 이……."

"이…… 이……. 가 아니라. 이거 어쩔 거야. 확 유튜브에 올려버릴까? 나 친구 중에 구독자 수 70만인 유튜버도 있는데. 거기 올리면 파급력 장난 아닐걸."

강혁은 다시 한번 영상을 재생하며 말을 이었다. 오랜 친구인 이비인후과 전문의 이낙준을 떠올리면서였다. 그가 운영 중인 닥터프렌즈는 남다른 공신력을 자랑하는 채널 아니던가. 실로 검증받은 내용만 올리는.

"아, 안 돼. 안 돼, 그건."

물론 모하메드가 강혁이 말하는 유튜브 채널이 뭔지 알고 하는 말은 아니었다. 단지 70만이라는 수에 놀랐을 따름이었다. NGO 봉사 단체에 속한 의사를 정부 요원이 폭행하는 영상이라니. 구독자가 아예 없는 채널에 올린다 해도 하루 만에 천만 뷰는 족히 갈 만한 내용이었다. 그건 파키스탄 정부의 신용도에 대한 사형 선고나 다름없었다. 동시에 모하메드 칸의 정치인 생명에 대한 사형 선고이기도 했고.

"안 되겠지? 나도 그렇게 생각해."

"오, 올리면 안 돼……. 정말 안 돼……."

"알았어. 안 올릴게."

"저, 정말인가?"

강혁의 말에 모하메드의 얼굴에 화색이 돌았다.

"대신 조건이 있어."

이어진 말을 들었을 때는 거의 죽상이 되었고.

'이놈이. 이놈이 대체 뭘 요구하려고…….'

봉사하러 온 사람이니만큼 얼토당토않은 걸 요구하진 않을 터였다. 하지만 지금까지 보여준 모습만 해도 일반적인 봉사자랑은 매우 다르지 않은가.

'차라리…… 죽여……?'

인간적으로 볼 땐 정말이지 배은망덕한 일이었다. 목숨을 살려준 사람을 죽이겠다는 생각이었으니까. 하지만 모하메드는 정치인이었다. 자신의 생존을 위해서라면 뭐든지 할 준비가 되어 있었다. 그렇게 다소 양심에 걸리는 결정을 하려는데, 문이 열렸다.

"오, 왔어?"

들어선 이는 리처드 소령과 샌더슨 상사 그리고 함께 휴식을 취하고 있던 델타포스 요원들이었다.

'어?'

미군도 근방에 있다고 듣기는 했는데, 그게 델타포스였을 줄이야.

"좀 쉬었냐?"

"아, 아파요. 헤드록 좀 그만 걸어요."

게다가 강혁은 그중 하나, 그것도 하필이면 계급이 제일 높은 소령에게 헤드록을 걸고 있었다. 샌더슨 상사는 그저 쓰러진 요원들에게 관심을 두고 있을 뿐이었다.

'연수 한 방으로 기절. 여긴 명치, 여긴 턱. 흠……. 프로의 솜씬데.'

사람을 많이 두들기다보면 쓰러진 모습만 봐도 때린 사람 실력이 대충 보이게 되는 법이었다.

'이상한데? 여기 현역 요원이…… 있나?'

상대의 체격 등을 감안하면 현역 요원 중에서도 최상위 클래스가 와 있어야 가능한 일이었다.

"이거. 이거 누가 한 거죠?"

당연히 스미스가 강혁이나 제인에게 따로 누군가 붙여놨겠거니 하는 얼굴로 물었다. 하지만 손을 든 건 강혁이었다.

"저요. 어휴, 말도 마. 얼마나 무서웠는데."

"백……, 백강혁 교수가요?"

"겨우겨우. 진짜 어휴. 기억도 안 나, 어떻게 했는지."

"아니, 이건……."

"아무튼, 이놈들 나쁜 놈들이에요. 의사를, 그것도 어? 지네 보스인지 뭔지 고쳐준 의사를 죽이려고 했다니까."

"그……."

"어쩌면 지금도 죽이려고 하고 있을지도 몰라, 그쵸? 모하메드 의원?"

정곡을 찔린 모하메드는 지나치게 움찔하는 모양새를 보였다. 몸이 정상이었다면 이렇지는 않았을 텐데.

"허튼 생각은 안 하는 게 좋아. 얘들이 다가 아니거든? 미국 애들, 특히 CIA가 요인 암살에 얼마나 결벽증 가지고 있는지 알지? 바로 보복할 거야. 절대 못 막을걸."

"그, 그게 아니라니까요."

모하메드는 머릿속으로 악명 높은 CIA의 굵직했던 사건들을 떠올렸다. 전 세계적으로도 유명한 편이었지만, 유독 이곳 중앙아시아와 중동에서는 맹위를 떨쳤더랬다. 그들 손에 죽어나간 이들의 수를 세려면 손가락이 다 모자랄 지경이었다.

"그러니까……. 우리 신사답게 아까 하던 얘기하자고. 어디까지 했더라……."

강혁은 마음을 고쳐먹게 된 모하메드의 어깨를 두드렸다.

"아, 맞아. 세상엔 공짜란 없다고 얘기하고 있었지, 참."

"그……."

"그 뭐."

"아뇨, 아닙니다."

이제 모하메드는 숫제 존대를 하고 있었다.

"뭘 달라고 할까나?"

모하메드는 잔뜩 인상을 쓴 채 강혁을 바라보았다. 아까까지만 해도 아릿하게나마 느껴지던 통증이 죄다 사라진 듯한 기분이었다. 크게 다친 사람이 이제 아프지 않다면 마냥 잘된 일 아닌가 싶겠지만, 실상은 그렇지도 않았다.

"목숨값이니까……. 쿨하게 받을게. 건물 몇 채만 좀 기부해 봐."

강혁은 고민이 끝난 듯한 표정으로 조건을 말했다.

'이런 귀신같은 놈이? 건물을 내놓으라고?'

건물이라니. 숨이 턱 막힐 지경이었다. 제아무리 한구가 파키스탄 서북부에 있는 작은 도시라지만, 그래도 건물을 내놓으라고 하는 게 말이나 된단 말인가?

"왜? 불만 있어?"

하지만 강혁은 당당하기만 했다. 따지고 보면 그럴 수밖에 없는 일이긴 했다. 강혁의 뒤에는 일단 미국이 있지 않은가. 게다가 굳이 거기까지 가지 않더라도, 강력한 무기가 있는 상황이었다.

"이거 올려? 70만 채널에?"

바로 강혁의 손에 들려 있는 휴대폰이었다.

'이 개새…….'

앵글을 어떻게 조작한 건지는 몰라도, 무고한 의사를 억지로 공격하는 요원들과 그 요원들에게 지시를 내리는 듯한 모하메드가 담겨 있었다. 모하메드는 눈앞에 있는 백의의 사내가 정말 의사가 맞나 하는 생각이 들었다.

"뭘 그런 눈으로 보고 있어?"

"아뇨, 아뇨. 아뇨, 선생님."

세상에 무슨 놈의 의사가 이리 성질이 급하고 무례하단 말인가. 딱히 '의사'라는 직함을 떼고 보더라도 이런 놈은 처음이었다.

"어어, 잠시만요!"

그사이 강혁은 메일 창을 열고 전송 버튼 근처에서 손가락을 왔다 갔다 하고 있었다.

"아까부터 계속 같은 말만 하네? 나 간 보는 거 진짜 싫어하거든? 아무튼, 건물 내놓을 거야, 말 거야."

"내, 내놓겠습니다. 하지만 시간이 필요합니다. 돈……. 돈이 있다고 살 수 있는 건 아니라서."

어떻게 보면 방금 모하메드가 꺼낸 말은 꽤 설득력이 있다고 할 수 있었다. 알다시피 건물이라는 게 파는 사람이 물건을 내놓아야 살 수 있지 않겠는가. 아마 강혁도 여기 온 지 얼마 안 된 상황이었다면 모하메드의 말에 고개를 끄덕였을 터였다. 하지만 이젠 아니었다.

"뭔 미친 소리야. 총리 동생이 산다는데 안 팔고 배겨? 게다가 여기 병원 근처 건물이잖아. 흉물이라고, 이거."

모하메드는 강혁이 어지간한 전문가보다 이곳 상황을 더 잘 알고 있다는 사실에 절망한 얼굴이 되었다.

'당장…… 돈이 어디서 나냐고…….'

제아무리 총리 동생이라고 해도, 어디서 돈이 막 화수분처럼 생기는 건 아니지 않은가.

'기자 회견하겠다고 했다가 이 사달이 일어났다고 하면……. 가만히 있지 않을 텐데.'

지금이야 총리가 신뢰하는 중진 의원인 데다가 크게 다친 몸이라 당장 문제가 생기진 않겠지만 현 총리 아만 칸은 냉정한 면이 있는 사람이었다. 아마 두고두고 이 일을 기억해둘 터였다.

그 말은, 일을 더 잘할 만한 다른 사람에게 얼굴 역할이 넘어갈 수도 있다는 얘기였다.

"눈알 돌아가는 거 봐라, 이거. 어떻게든 건물 안 주려고."

모하메드는 다시금 전송 버튼 근처에서 어른거리는 강혁의 손가락을 보며 비명 지르듯 소리를 내뱉었다.

"그, 그렇게 간단한 문제가 아닙니다. 제, 제가 당장 드릴 수 있으면 드리죠……. 근데……."

"근데 뭐."

"아무리 병원 옆 건물이라고 해도……. 매도자가 있다면 강탈할 수는 없는 노릇 아닙니까?"

"그야 그렇지. 그러니까 사라고. 내가 언제 뺏어서 주래? 이 새끼, 이거 정말 나쁜 새끼네?"

나쁜 새끼라. 건물 빼앗아 가는 사람 입에서 빼앗기는 사람이 들어야 하는 소릴까?

"아무리 중진 의원이라고 해도……. 당에서 돈을 막 빼 쓰거나 할 수는 없습니다. 건물 가격이 한두 푼 하는 건……. 아니니까요."

"돈이 없다?"

"네."

'건물 두어 채는 더 있어야 하는데…….'

병상 자체를 더 늘리는 건 시기상조라 할 수 있었다. 하지만 지금처럼 단기로 방문하는 사람들의 숙소는 있어야 하지 않겠는가. 거기에 더해 이 한구 병원이 단순 진료 기관이 아닌, 지역을 되살릴 교육 기관이 되려면 건물이 더 필요했다. 단지 강혁이 이 모하메드를 괴롭히려고 꺼낸 얘기는 아니란 뜻이었다.

"으으음."

해서 강혁은 저도 모르게 신음을 흘릴 만큼 심각하게 고민에 빠졌다.

"아, 그래. 그러면 되겠네."

"뭐……. 뭘 그래요……?"

5분 정도 지났을까? 내내 잠자코 있던 강혁이 눈을 뜨며 입을 열었다. 얼굴 가득 드러난 기묘한 표정을 보고 있노라니 속에서부터 공포심이 스멀스멀 올라올 지경이었다. 이상한 일이었다. 모하메드는 방금 죽다 살아났기에 기실 세상에 두려울 것이 있으면 안 되는 시점이었으니까.

"좋아. 네가 돈 마련할 방법을 찾았어."

"뭐……. 뭔데요……."

하지만 모하메드는 자신의 어깨를 잡고는 얼굴을 들이미는 강혁에게 이루 말할 수 없는 공포심을 느껴야만 했다. 원하는 건 반드시 얻어내겠다는 굳은 의지가 전해져왔기 때문이었다.

"이 새끼들, 이거. 어? 어디 감히 여당 중진 의원이 누워 있는데 면회도 안 와."

강혁은 궁금해하는 모하메드에게 대답해주는 대신 델타포스에게 억류된 요원들과 비서들을 돌아보았다.

"아이구, 이거야 원. 뭘 했다고 이렇게까지 해. 일어나봐요. 일어나."

그러곤 델타포스의 손에서 비서 하나를 붙잡아 일으켜주었다.

"네?"

당연히 비서는 영문을 모르겠다는 얼굴이었다. 이게 대체 무슨 일인가 해서 모하메드를 바라보았다. 둘이 뭔가 긴밀한 대화라도 나눴나 싶어서였다. 모하메드의 얼굴에도 물음표만이 잔뜩 떠 있었다.

"여기 유지들이랑 단체장 연락처 다 알죠?"

"알긴…… 알죠."

"그럼 다 불러요. 깼는데 얼굴은 봐야지?"

"아……. 네."

"그래. 여당 의원 오셨는데 줄 대야지. 암."

*

삽시간에 병실은 지역 유지들로 와글와글해졌다. 물론 그렇다고 해서 환자 가까이 마냥 다가갈 수 있는 건 아니었다. 강혁과 제인 그리고 요다의 지시하에 모든 방문객은 마스크를 껴야만 했고, 또 환자의 1m 이내로 들어갈 수 없었다. 당연히 환자인 모하메드 또한 마스크를 끼고 있었다.

'읍, 읍.'

그 마스크 안으로는 오럴 튜브가 끼워져 있었는데, 당연하게도 다른 사람들은 이를 눈치챌 수 없었다. 일단 마스크로 가려져 있기도 하고, 교묘하게 시야를 가린 강혁 때문이기도 했다.

"다행히 몸은 괜찮다고 하시네요."

그 말은 곧 지금 의사소통이 가능한 건 강혁뿐이라는 얘기였다.

'이, 이 개새끼가…….'

모하메드는 눈으로 하염없이 신호를 보내려 했지만 어디 텔레파시라는 게 시도 때도 없이 통하는 것이란 말인가. 어떻게든 모하메드를 통해 중앙 정부에 연이나 대보려고 온 사람들인지라 전부 고개만 끄덕이고 있을 뿐이었다.

"치료에 대단히 만족한다고 하십니다."

"다행입니다. 그래요. 우리가 이 병원에 큰 빚을 졌습니다."

"그래서 말인데……. 지역 유지 분들께서 치료비 겸해서 기부금을 내주십사 하시는데요."

"아, 기부금……."

그사이 강혁은 유지들이 몰려오기 전에 미리 비서 그리고 모하메드 등과 입을 맞춰 알아낸 건물 두 채 값을 유지들에게 말해주었다.

"네? 이만큼을요?"

제아무리 유지들이라고 해도 시골 유지들 아니던가. 당장 건물 두 채를 사들일 만한 돈이 적게 느껴질 턱이 없었다.

'하긴……. 지금 모하메드 의원 영향력이면…….'

'줄을 대면……. 한구를 벗어날 수도 있어.'

강혁은 잠시 모하메드의 입에 귀를 가져다 대는 시늉을 하더니 쐐기를 박았다.

"무조건 내라고 하시는데요?"

그 말에 시장은 눈알을 굴리며 계산에 들어갔다.

'큰돈이야. 큰돈이지만…….'

이번 폭탄 테러로 인해 차기 대선 및 총선에서 여당의 승리가 거의 확정되어버리지 않았는가.

'야당은……. 이전의 부정부패조차 해결 못 하고 있어……. 그럼 역시……. 이번에도 이쪽이야.'

안 그래도 여당 승리설이 나돌고 있던 와중인데 시기적절하게 폭탄까지 터진 셈이었다.

"알겠습니다, 의원님. 의원님 목숨을 살려준 병원이니……. 저희가 합심해서 기부하도록 하겠습니다."

"감사하다고 하시네요."

"이렇게 빨리요?"

"네. 전 들려요."

"알겠습니다."

시장은 강혁의 말에 담담한 얼굴로 고개를 끄덕였다.

"자, 우리……. 다들 가서 돈 만들어 오세."

그러곤 모여들었던 유지들과 함께 방을 떠났다.

"어때? 일 해결됐지?"

제인이 어찌해야 할 바를 모른 채 발을 동동 구르고 있는 사이, 강혁은 모하메드의 입안에 들어가 있던 오럴 튜브를 빼내며 그를 내려다보았다. 오럴 튜브는 딱 손가락 둘 정도의 두께였기에 빼고 나서도 모하메드는 한동안 말을 잇지 못했다. 턱이 아파서였다.

"으……. 되기는……. 이거…… 이거 뇌물이라고요."

"뇌물이라니? 당신 주머니에는 한 푼도 안 들어갈 텐데?"

"저쪽이 그렇게 생각하고 주는 거 같습니까? 절반은 나한테 들어간다고 생각하니까 주는 거지."

"진실이 중요한 거지. 진실이."

방금 진실을 은폐한 놈 입에서 진실이 중요하다는 말이 나올 줄이야. 모하메드는 해도 너무한다는 생각에 몸을 일으키려다 상상을 초월하는 통증에 다시 누웠다.

"당신 수술받았어. 내가 워낙 잘해서 모르는 거지. 원래 같으면 어? 말도 못 한다고."

"으……."

그제야 모하메드는 자신이 어제 대수술을 받았다는 사실을 상기할 수 있었다.

"목숨값 대신이라고 생각하라고. 좋잖아. 여당 의원 살려준 대가로 지역 유지들이 병원에 기부하고. 얼마나 그림이 좋아?"

"그."

"아무튼, 다 나을 때까진 여기 있으라고. 기자 회견만 안 하면 열심히 치료해줄 테니까. 기자 회견하면, 알지? 그리고 아직 돈 안 받았잖아. 나 사람 잘 안 믿거든. 그럼."

강혁은 여전히 휴대폰 안에 건재한 동영상을 보여주고는 방을 떠나버렸다. 뒤에 제인과 리처드 등을 달고서였다.

*

그날 오후, 병원 3층. 거실 겸 식당 그리고 숙소까지 겸하고 있는 공간에 요다, 장미, 경원, 댄 등 중환자 및 다른 환자들을 돌보아야 하는 의료진 외에 모두가 모여들었다.

"아는 사람은 알 텐데."

불러 모은 이는 제인이었지만, 그러라고 시킨 사람은 강혁이었다. 따라서 모두가 모인 후 제일 먼저 입을 연 것 또한 강혁이었다.

"지금 여기 2층에 모하메드 칸이라고 파키스탄 의원 하나가 있어. 총리 동생인데."

"음."

가장 가까이에 있던 재원이 고개를 갸웃거렸다.

'대통령이 입원해도 이렇게 브리핑까지 할 사람은 아닌데?'

그렇지 않은가. 강혁은 그야말로 눈치라고는 1도 안 보는 인간이었다. 환자를 볼 때 그 사람이 권력가 또는 재력가라는 사실 따위는 염두에 두지 않는 인간이라는 뜻이었다. 한데 왜 의원이 있다는 걸 얘기하는 걸까.

'뭔가……. 뭔가 꿍꿍이가 있겠구나.'

강혁이 이제 와 새삼 권력에 아부하는 모습을 보일 리는 없지 않겠는가.

"그 사람 살려줘서 고맙다고 여기 유지들이랑 단체장들이 십시일반으로 돈을 모아줬어."

"오."

속 모르는 사람들은 그저 고개를 끄덕거리며 미소를 지어 보였다. 특히 강혁을 좋게만 보는 강일구, 김인수 교수가 그러했다. 하지만 그를 아주 잘 아는 재원은 그러는 대신 아까 강혁과 함께 있었던 것으로 추정되는 제인, 리처드에게로 시선을 돌렸다. 둘 다 꺼림칙한 얼굴을 하고는 고개를 숙이고 있었다.

'모아준 게 아니라……. 모아서 뜯었구나.'

봉사하러 온 의사가 현지인 삥을 뜯을 줄이야. 이쯤 되면 이제 경탄의 경지라 할 수 있지 않을까. 재원은 새삼 놀랍다는 표정으로 강혁을 바라보았다. 강혁은 예의 그 뻔뻔한 얼굴로 말을 이어나가는 중이었다.

"감사한 일이지. 알아서 그렇게 지역 사회 발전을 위해 돈을 내고 말이야."

"그렇네요."

"훌륭한 사람들이 많구만."

그에게 완전히 속아 넘어간 이들은 박수까지 쳐댔다. 그중에서도 특히 감동받은 것으로 보이는 김인수는 심지어 식탁을 두드리며 이런 말까지 보탰다.

"이거야 원, 자극이 되네요. 저도 기부하겠습니다."

"오? 안 그러셔도 되는데. 여기까지 온 게 더 감사하지."

당연히 김인수는 고개를 절레절레 털어가며 말을 이었다.

"아뇨, 아뇨! 여기 백 교수님이나 한유림 교수님처럼 평생 와 계시는 분도 계신데 뭐라도 보태야죠."

그 말에 어차피 이건 개수작이라고 생각하며 눈을 감고 있던 한유림이 펄쩍 뛰었다. 고개를 끄덕이는 강혁을 보고 있자니 황당함을 넘어 공포심이 들었기 때문이었다.

"펴, 평생이라니. 1년……, 1년 정도야. 그렇지? 그렇지? 백 교수?"

"그거야 알 수 없죠, 뭐."

"배, 백 교수……."

"도저히 한구 사람들을 두고 갈 수 없다면서요."

"아니, 그건……."

도대체 이놈은 왜 이런 일에 관해서는 잊는 법이 없는 걸까. 한유림은 이제 거의 한 달이 다 되어가는 그 일을 또다시 후회하며 말끝을 흐렸다. 그사이 강혁은 김인수 교수를 향해 고개를 돌린 후 넙죽 감사 인사를 올렸다.

"아무튼, 김 교수님. 정말 감사합니다. 금액은 얼마가 됐건 정말 소중히 사용하겠습니다."

"네, 백 교수님. 도움이 된다면 영광입니다."

강혁은 비로소 껄껄 웃더니, 지역 유지들이 내기로 한 돈에 관한 얘기를 꺼냈다.

"아무튼, 여기 사람들이 내기로 한 돈으로 저거랑 저거를 좀 사려고 해요."

거실에 난 작은 창문을 통해 보이는 건물 두 채를 가리키면서였다. 한구에 있는 다른 건물들이 그렇듯 두 건물도 화려하진 않았다. 그저 한구 병원 정도나 될까?

"하나는 단기 팀 숙소로 쓸 예정입니다. 앞으로 여기 분들 돌아가시면……. 주변에 추천도 하실 거고, 그럼 계속 팀이 돌아갈 텐데 언제까지 천막에 재울 수는 없죠."

추천이라. 말투를 보아하니 추천은 의무인 것 같았다. 그제야 재원을 비롯한 한국 단기 팀은 강혁이 꾸린 이번 단기 팀의 목적이 그저 단발적인 환자 진료가 아니었단 걸 알 수 있었다.

'그럼 그렇지…….'

이 사람이 어떤 사람인데 일을 그냥 꾸미겠는가. 사실 사람 불러다 잠자리 제공하는 것이 얼마나 귀찮고 성가신 일인데. 재원은 고개를 연신 끄덕여가며 강혁을 바라보았다. 강혁 또한 그런 재원을 마주 보았다.

"그러니까 돌아가면 해야 할 말이 이건데. 너 나와서 외워봐."

강혁은 앞으로 나온 재원에게 글씨가 빼곡히 적힌 종이를 한 장 쥐여줬다.

"진짜 이렇게 말하라고요?"

"어. 왜?"

"이렇게 말하면……. 너무 좋은 곳 같은데."

"왜. 후진 곳 같아? 너는 지금 네 교수님이 두 분이나 있는 여기가, 어? 그렇게 후져 보이냐?"

"아니, 그건……. 얘기가 왜 또 그렇게 가요."

재원은 진땀을 흘리며 방금 자신이 읽은 종이를 다시 한번 들여다봤다.

'아니……. 이렇게만 말하면 한국대학교 병원보다 좋은 거 같잖아…….'

세계 최고의 외과 의사와 함께할 수 있다느니, 보험 수가 따위 신경 안 쓰고 마음껏 진료할 수 있다느니, 진정한 봉사를 할 수 있는 기회가 지천으로 널려 있다느니……. 이런 것도 좀 과해 보이는 멘트였지만 그래도 어느 정도 사실은 사실이지 않은가. 백강혁이 세계 최고의 외과 의사라는 거야 뭐 반박의 여지없는 사실이었으니까.

'보험 수가는……. 그래, 여긴 보험이 없지.'

말장난 같아도 사실이긴 했다. 적어도 수가의 제한은 받지 않으니까. 다만 병원 시설과 의약품이 제한적일 뿐이었다. 그 제한이 보험 수가에 의한 제한보다 훨씬 더 심하다는 말을 안 했을 뿐. 봉사의 기회가 지천에 깔린 거야 뭐, 바깥만 잠깐 둘러봐도 알 수 있는 것이고.

어쩜 사람이 이리 뻔뻔할 수 있을까.

"뭐, 인마. 이렇게 가서 전해."

"이렇게 알고 오면 사람들이 뭐라고 하겠어요……."

"내가 설득할게, 현장에서."

"그……."

설득이 되긴 될 것 같았다. 방금 강혁이 내보인 주먹을 보고 있으려니, 정말 그럴 것 같긴 했다.

'그래, 그럼 된 걸까.'

굳이 다른 사람 생각해서 매 맞을 필요는 없지 않겠는가.

"알겠습니다……."

"좋아. 그럼 그렇게 알라고. 휘유, 돈 많이 걷어서 리모델링도 잘할 수 있겠네."

"자, 그럼 밥이나 먹을까나."

누구 하나 반박하고 나서는 사람이 없었다. 그저 고개를 끄덕일 따름이었다.

"오늘은 제육 덮밥입니다."

움직인 사람은 단 하나, 김영수 사장뿐이었다. 그는 온종일 밥때만 기다린 사람처럼 나는 듯이 움직여 음식을 내오기 시작했다.

"오. 제육."

"좋다, 좋아."

다들 들뜬 얼굴로 숟가락을 집어 들었다. 심지어 외국인인 제인이나 카심 또한 마찬가지였다. 그사이 환자 정리하고 돌아온 장미, 경원, 댄 등의 얼굴에 화색이 돈 것은 당연한 일이었다.

그때 한유림의 휴대폰이 울렸다.

"응?"

평소라면, 그러니까 한구 병원의 평소였다면, 밥 먹는 것까지 끊어가면서 전화를 받지는 않았을 터였다. 어차피 여긴 환자 왔다는 걸 전화로 알리는 곳이 아니었으니까. 그저 1층에 있는 누군가가 소리를 질러대면 충분한 사이즈 아니던가. 하지만 지금은 얘기가 좀 달랐다.

'뭐야, 뭔 일 터졌나?'

아무래도 단기 팀들이 있다보니 안전에 더더욱 신경이 쓰일 수밖에 없지 않겠는가. 그래서 스미스를 비롯한 각국 군 관계자들에게 특별히 더 주의를 해달라고 요청을 해놓은 상황이었다. 그들의 전화라면, 무조건 받아야만 했다.

"한유림입니다."

"아, 모르는 번호라 당황하셨겠네. 스미스입니다."

"아, 네. 무슨 일이시죠?"

한유림은 스미스라는 말에 자신의 휴대폰을 가리키며 몸을 일으켰다. 그게 무슨 뜻인지 찰떡같이 알아먹은 강혁 또한 그를 따라서 거실로 향했다.

"아……. 중요한 얘긴데. 혹시 옆에 엿들을 만한 사람은……. 없네요."

"그걸 어찌 알았습니까?"

"부탁하셨잖습니까? 잘 봐달라고."

"아……."

잘 봐달라는 게 집 안을 몰래 엿봐도 된다는 뜻은 아니었는데. 하지만 그렇게 하고 있다고 해서 뭘 어쩌겠는가. 그만큼 더 안전해진 것은 사실이지 않은가. 그래서 일단은 그냥 넘어가기로 했다.

"흠."

다만 강혁만 유리창을 통통 두드려볼 따름이었다.

'진동 방식 도청인가보네.'

민간에서는 모르겠지만 CIA와 같은 정보기관은 더는 도청기를 취급하지 않았다. 어차피 창문의 진동만으로도 도청이 가능한 시대가 열렸으니까. 지금 강혁의 눈에 이렇다 할 장치가 보이지 않는 걸 보면, 이 한구 병원도 그 방식으로 도청을 하고 있는 모양이었다.

'뭐……. 상관없지.'

어차피 강혁이 여기서 대놓고 반미 운동할 건 아니지 않은가. 아무리 도청해봐야 좋은 일을 조금 나쁜 방식으로 한다는 것만 알아낼 수 있을 터였다.

"아무튼, 꽤 주요한 정보가 하나 들어와 있습니다."

"뭐죠?"

"한구 병원, 특히 백강혁 교수님과 연관이 있는 정보죠."

"백강혁……?"

한유림의 눈이 가늘어졌다. 스미스의 입에서 나오는 정보라면 분명 심상찮은 정보일 터였다. 그런데 그게 강혁과 연관이 되어 있다면 더더욱 그럴 공산이 컸다.

"네. 아마 그쪽에서도 직접 연락이 갈 텐데……. 온전한 정보는 다 제공하지 않을 겁니다."

"그쪽?"

"파키스탄 탈레반."

"아. 탈레반……."

아, 맞다. 탈레반하고 연락하고 지내는 사이였지. 한유림은 절로 나오는 한숨을 토해내며 강혁을 바라보았다. 눈만 좋은 게 아니라 귀도 밝은 강혁은 뭐 어떠냐는 표정을 짓고 있었다.

"오늘 새벽 탈레반 측에 비정기적인 움직임이 있었어요. 뭐 워낙에 탈레반이야 제멋대로 움직이는 편이지만, 이곳 한구 지역의 탈레반은 그렇지 않거든요. 그래서 추적해보았습니다."

한구라면 오마르가 전권을 장악하고 있는 지역이었다. 그는 살아 있는 사람에게 폭탄을 두르고 뛰어들라는 명령을 내리는 인간치고는 퍽 신의가 있는 사람이어서 지금까지도 협정을 잘 지키고 있었더랬다. 그런데 그가 갑자기 움직이다니 대체 무슨 일일까.

"정확히 1시간 반 전쯤 총격이 있었어요. 상대는…… 처음엔 미상이었습니다."

"총격?"

"네. 규모는 대략 20명에서 25명 사이의 총격전이었죠."

"음."

한유림은 머릿속으로 그만한 크기의 총격전을 상상해보았다. 다친 사람들이 병원으로 온다면 거의 재앙이라 할 만한 사이즈였다.

"상대는 불과 4, 5명 정도였습니다. 대략 30여 분 후 제압되었는데, 그제야 저희도 상대를 파악할 수 있었습니다."

"누군…… 데요? 저희가 알아야 하는 정보입니까?"

"한 장관님은 몰라도, 백 교수님은 관심이 있을 겁니다."

"음."

한유림은 여전히 탈레반이 누구와 싸웠는지가 왜 중요할까 싶은 얼굴이었다. 반면 강혁은 뭔가 알겠다는 표정을 지은 채, 귀를 기울이고 있었다.

"이란 혁명 수비대입니다. 이번 모하메드 의원 폭탄 테러의 주요 용의자이자, 배후로 지목되는 녀석들이죠."

"살았나?"

그 말을 듣자마자 강혁은 휴대폰을 뺏어다 물었다. 이미 강혁이 옆에 있는 것 정도는 알고 있었는지, 스미스는 전혀 당황해하는 기색이 없었다.

"하나는 목숨을 부지하고 있더군요. 다쳤지만."

"오."

강혁은 눈을 동그랗게 떴다가, 입을 열었다.

"그런데 이걸 알려주는 이유는?"

"탈레반 측에서 연락을 할 겁니다. 저희가 파악하기론 그쪽도 다쳤거든요."

"그리고?"

"그럼 그쪽 하나 살려주고……. 이란 혁명 수비대 녀석도 받아서 입원시키십쇼. 탈레반 측이라고 생각하는 식으로 행동하면 아마 그렇게 해줄 겁니다. 어차피 놈들도 일단 숨을 붙여놔야 고문을 하든 뭘 하든 할 수 있을 테니까."

"그럼……. 뭘 할거지?"

"빼돌려야죠."

파키스탄 주요 인사에 관한 용의자 확보라. 굉장히 큰 건이었다. 아마 스미스로서는 백악관에 할 말이 좀 생길 만한 건수일 터였다. 만약 강혁이 일반적인 의사였다면 그냥 넘어갔겠지만, 아쉽게도 그는 이런 쪽으로 꽤 빠삭한 편이었다.

"그냥 정보 듣는 것의 대가로는 좀 과하게 퍼주는 느낌인데?"

"민간 앰뷸런스를 드리죠."

"콜."

*

얼마 지나지 않아 이번에는 강혁의 휴대폰이 울렸다. 스미스와의 전화는 끊어진 지 좀 되었지만 굳이 다시 걸 필요는 없을 터였다. 어차피 도청을 통해 다 듣고 있을 테니까. 강혁은 신호음이 대략 3번 이상 울리기를 기다린 후 전화를 받아 들었다.

"한구 병원 백강혁입니다."

딱딱하고 사무적인 말투였다. 전화를 건 상대, 즉 오마르는 다소 섭섭하다는 투로 입을 열었다.

"오마르야. 번호 저장 안 한 건가?"

"아, 오마르. 나야 대통령 전화번호도 저장 안 하는 사람인데."

"하긴……."

오마르는 씁쓸한 미소를 지은 채 뒤를 돌아보았다. 시야에 들어온 것은 명백히 죽어가는 부하였다. 제아무리 수적으로 유리한 상황이었다고 해도, 날아드는 총탄을 어찌할 수는 없지 않겠는가. 게다가 탈레반은 대외적으로 알려진 것보다 훨씬 오합지졸이었다. 제대로 된 훈련을 받은 집단은 아니란 뜻이었다.

"무슨 일이지?"

강혁은 뜸 들이는 오마르를 재촉했다. 이미 사전에 다 들어서 알고 있음에도 그러했다. 강혁은 정보의 우위에서 취할 수 있는 이점을 허투루 쓰는 사람은 아니었으니까.

"부하가 다쳤어. 협정은 유효하겠지?"

협정. 한구 지역을 중립 지역으로 두는 대신, 한구 병원에서는 그 상대가 탈레반이든 정부 측이든 간에 다 치료해주어야만 했다. 사람 목숨 알기를 파리처럼 여기는 놈들까지 살려야 되나 하는 자괴감이 들 수도 있었지만, 애초에 이 협정을 만든 사람은 다름 아닌 강혁이었다.

"당연하지."

강혁은 한 치의 망설임도 없이 고개를 끄덕였다. 협조의 대가로 앰뷸런스를 받기로 한 것과는 별개로, 환자가 있다는데 이것저것 잴 사람은 아니었으니까. 대답하는 목소리에 진심이 담겨 있다는 뜻이었다. 해서 오마르는 속절없이 속아 넘어갈 수밖에 없었다.

"그럼……. 지금이라도 가면 되나?"

"응, 와. 대신 무장은 안 돼. 지금 손님들이 와 있어서."

"그건 전해 들어 알고 있지. 도시 안으로 들어갈 땐 알아서 해제하도록 할 거야."

"좋아. 근데 몇 명이지?"

"둘. 자세한 건 가서 얘기하지."

"오케이."

강혁은 고개를 끄덕인 후 전화를 끊었다. 그러곤 한유림을 돌아보았다.

"총상, 둘 온대요."

"하나는 그……. 시아파인지 뭔지 하는 쪽인가?"

"그렇죠. 뭐."

"어휴."

정부 주요 인사를 해친 용의자가 병원으로 오고 있다니. 그 주요 인사인 모하메드가 바로 이 병원에 있는 마당인데……. 한유림은 저도 모르게 한숨을 쉬는 동시에 2층 쪽을 내려다보았다.

"뭘 그러고 있어요. 탈레반이나 시아파나. 똑같지."

"그……, 그래서 문제 아냐? 나는……. 나는……."

한유림은 정말 인생 제2막을 순수하게 봉사에 힘써보려고 여기까지 온 마당 아니던가. 그런데 강혁과 함께하게 되면서 일이 점점 커지는가 싶더니 종래에는 악명 높은 단체들과도 일을 같이하게 된 마당이었다.

'이게…… 이게 대체 무슨 일이냐고…….'

아마 이 내용을 저기 거실 쪽에 있는 사람 누구에게라도 말하게 된다면 어떻게 될까.

"어떻게 되긴. 아무도 안 믿지."

"아, 안 믿겠지! 그만큼 어이가 없는 상황이니까!"

"쉿, 조용히 하시고. 재들 불안하게 하려고 작정했어요?"

"하아……."

솔직히 양재원만 있으면 불안이 아니라 공포에 떨게 해도 상관없을 거 같았다. 하지만 저쪽엔 딸도 있지 않은가. 눈에 넣어도 아프지 않을 만큼 귀한 딸이……. 한숨을 쉬고 있으려니, 강혁이 한유림의 어깨를 툭툭 두드려주었다. 예의 그 여유로운, 그러니까 재수 없어 보이는 미소를 지어가면서였다.

"뭐 어차피 스미스가 우리 대화 내용 다 들었을 거예요. 탈레반이 여기로 온다는 거, 다 알고 있다고."

"검거하면 어떡해? 총격전 벌이면 어쩌냐고."

"CIA가 미쳤어요? 외국인이 이렇게 많은데 무슨 놈의 검거야. 어지간하면 현지 민간인하고도 마찰을 안 일으키는 놈들인데."

지나치게 미화하는 거 아닌가 싶기도 하겠지만 사실이었다. 지금이 무슨 냉전 시대도 아니고 무법자처럼 행동하는 정보기관을 어느 누가 납득할 수 있단 말인가. 게다가 CIA 정도 되면 각국의 다른 정보기관에서도 촉각을 곤두세우고 있기에, 주의할 수밖에 없었다.

'물론 필요하다고 판단되면 병원을 통째로도 날려버릴 수 있겠지.'

하지만 그게 언제가 될지는 몰라도 오늘은 아닐 터였다. 미국은 파키스탄과의 관계를 좋게 만들고 싶을 테니까.

"그, 그런 거야?"

"그렇다니까. 영화로 세상을 배워서 그런가. 나이에 비해 너무 순진한 거 같어."

"그……."

"아무튼. 준비합시다. 총상 둘이야. 뭐 걔들이 중요하게 생각하는 건 하나겠지만……."

실제로 한구 병원에 중요한 건 오히려 시아파 측 인사였다. 스미스가 약속해둔 게 있었으니까. 세상에 앰뷸런스라니. 제대로 된 차 하나 없어서 이동할 때마다 이슬라마바드에 요청해야 하는 한구 병원 측에서는 그야말로 구세주 같은 물건이 될 터였다.

강혁은 한숨짓는 한유림을 두고 식탁 쪽으로 들어갔다. 아직 대부분은 식사 중이었고, 식사를 마친 이들도 전부 식탁에 앉아 담소를 나누고 있었다.

"자, 주목."

그 상황에 강혁이 찬물을 끼얹으며 입을 열었다. 워낙에 키가 큰 데다가 목소리에 묘한 울림이 있는 인간이라 삽시간에 주의를 끌 수 있었다.

"아, 백 교수님."

"네, 말씀하세요."

강일구, 김인수가 제일 먼저 고개를 끄덕였다.

'사람은 적지만…….'

이만하면 어지간한 대학 병원 중증외상센터에 견줄 만한 수준은 될 터였다. 각기 어마어마한 실력자였으니까.

'다만 총상이라는 게 문제지.'

다들 교통사고나 공장에서의 외상에 관해서는 빠삭한 편일 터였다. 맨날 그런 환자들을 보는 사람들이었으니까. 하지만 대한민국은 유일한 분단국가인 것에 비해 총상이 극도로 드문 곳이었다.

하지만 일단 지금 실려 오는 환자들은 모두 총상 환자일 터였다. 그 말은 곧 한국에서 온 단기 팀의 실력을 얼마간 낮춰서 평가해야 한다는 뜻이었다. 심지어 양재원마저도 그러했다.

"총상 환자 둘이 온다고 합니다. 도착 시각은…… 대략 20분 후. 손상 정도는 미상이고, 부상 시각으로부터 대략 1시간가량 지났습니다."

당연하게도 한국 단기 팀 표정들이 다들 이상해졌다. 어제는 폭탄에 오늘은 총상이라. 해도 너무하지 않는가.

"총상이요?"

'원래 해외 봉사는 다 이런가.'

아직 봉사 활동 경험이 적은 재원은 이런 말도 안 되는 생각을 하면서 되물었다. 혹시나, 그럴 가능성이야 없겠지만 잘못 들었을까봐였다.

"어, 총상."

"아, 그렇구나."

물론 제대로 들은 것이었다.

'하……. 미쳤네, 진짜.'

처음 올 때만 해도 봉사랍시고 가는데 꼴랑 2주 정도 있다 오는 게 마음에 걸렸었는데. 3일 지나고 나니, 언제 돌아갈 수 있나 하는 생각만 들게 만드는 곳이었다.

"아무튼, 환자가 2명이니까. 팀은 2개로 나누겠습니다."

강혁은 재원의 얼굴이 경악으로 물들거나 말거나 자기 할 말을 이어나갔다. 한 가지 다행스러운 점은, 그래도 모든 이들이 중증외상센터 일로 워낙 단련을 받아서 어지간한 일로는 동요하지 않는다는 것이었다. 총상이라는 말에 얼굴이 좀 흔들리기는 했지만.

"1팀은 제가, 2팀은 닥터 제인이 맡아주시고."

"제가요?"

제인의 시선이 제일 먼저 닿은 사람은 한유림이었다. 지금껏 보아온 바에 따르면 현장에서의 경험이나 대처 능력을 제외하고 순수 수술 실력만 놓고 보면 한유림이 자신보다 훨씬 낫지 않던가.

'저기 양재원이라는 사람은……. 저 한유림보다도 더 낫다고 하고.'

그런데 왜 자신이 팀장을 맡아야 할까. 한구 병원의 팀장이라서? 적어도 제인은 그런 식으로 꽉 막힌 사람은 아니었다. 물론 강혁도 전혀 그런 사람이 아니었다.

"네, 제인. 총상이잖아요. 알다시피, 대한민국에서는 총상이 드물어요."

"아."

"그러니까 팀장은 제인이 맡아야 해. 총상에 관한 대처…… 다른 사람들은 어려워."

"알겠습니다. 총상은…… 제가 아무래도 낫겠죠."

"그래. 팀원은……."

강혁은 고개를 갸웃거렸다. 강일구, 김인수 모두 훌륭한 의사들임에는 틀림없는 일이었다. 하지만 각 과에 한해서였다.

'저 둘은 일단 스페어로 빼야겠구만.'

흉부가 다친 환자에게 강일구를 넣고, 사지가 다친 쪽에 김인수를 넣는 식이면 되지 않겠는가.

'제인도 우수하긴 해. 하지만……. 지금 오는 녀석들은 무조건 살려야 해.'

하나는 탈레반. 다른 하나는 시아파 광신주의. 인간적으로 꼭 살려야 하나 싶은 사람들이었지만, 한구 병원을 키워내려는 입장에서는 역설적으로 반드시 살려야 했다. 하나는 탈레반 측에, 또 다른 하나는 CIA 측에 협정의 의의를 각인시킬 수 있을 테니까.

"1팀은 나랑 양재원, 장미, 경원. 2팀 제인, 한유림, 카심, 댄. 팀원은 이렇게 하고……. 다친 부위에 따라서 강 교수님하고 김인수 교수님을 나누죠. 나랑 재원이는 1팀 수술 끝나면 바로 2팀으로 넘어갈게요."

"그게……, 그게 될까요?"

수술이라는 게 제아무리 빨리 끝내도 한계가 있지 않은가. 물론 강혁이 빠른 편이기는 했지만 제인은 납득하기 어려운 계획이었다.

"음, 알겠습니다. 교수님. 속도전이군요."

"어, 속도전. 많이 해봤지?"

"옛날에 맨날 했죠."

"오케이."

하지만 재원을 비롯한 소위 드림팀은 자신만만한 얼굴이었다. 세상에 이 팀이라면 살리지 못할 사람이 없을 테니까. 만약 있다면, 그건 이미 죽은 사람일 테니까.

죽어 마땅한 자

현대에서 생산된 트럭을 기이한 용도로 개조한 차량은 애초에 예고했던 시간보다 훨씬 일찍 병원으로 들어섰다. 미리 바깥에 있던 경비들 및 대사관 직원들 그리고 미군들은 이 이상한 차량에 관해 들은 바가 있었기에 지나치게 긴장하거나 하진 않았다.

"음."

곧 앞좌석에 있던 이들 중 하나가 내렸다. 오마르였다. 북실북실하게 기른 수염에 거친 옷감으로 된 상의. 여기까지만 보면 흔한 탈레반과 별반 차이가 없겠지만, 금테를 두른 안경이 다른 이들과 그의 존재를 확연히 구분해주고 있었다. 더욱이 그 안경이 너무 잘 어울린다는 점에서, 인텔리의 냄새마저 진하게 풍겼다.

"환자는?"

강혁은 일단 환자부터 찾았다.

"뒤에."

"뒤?"

"여기."

오마르는 강혁과의 대화가 몇 마디 이루어지기도 전에 트럭 뒤를 가리고 있던 천을 훅 하고 들춰냈다. 그와 동시에 역한 피비린내가 사방으로 뻗어 나왔다.

"에헤이."

보아하니 제대로 된 긴급 처치도 하지 않은 모양이었다. 여기저기 피딱지까지 형성되어 있어서 어디를 어떻게 다친 건지조차 한눈에 알아보기는 어려웠다. 다만 누가 탈레반이고 누가 시아파인지 정도는 알아볼 수 있었다.

'아예 정보가 없었다면야 몰랐겠지만.'

티끌만 한 정보라도 있는 지금은 이걸 못 알아보는 게 더 이상할 지경이었다. 강혁은 우선 아무래도 탈레반 측 인사라 생각되는 사람부터 살펴보았다. 팔과 다리를 쭉 편 채 누워 있었는데, 눈은 감겨 있었다. 옆에 있는 이들 모두가 그 사람만 바라보고 있었다. 그나마 옆에 쭈그린 채 방치된 녀석보다는 깨끗했다.

'상태는 이놈이 더 나쁜데. 골반에 한 방. 이게 치명타고……. 복부는 관통상. 간 쪽을 스쳤을까? 만만치 않은데, 이쪽도.'

그에 비하면 시아파 쪽은 그나마 괜찮은 편이었다. 뭐 그대로 두면 죽기야 하겠지만, 연명은 가능할 터였다. 결론을 내린 강혁은 고개를 끄덕이며 말을 이었다.

"우선 이 사람부터 수술방으로 옮기지."

내심 부하부터 가기를 바라고 있던 오마르는 당연하게도 순순히 그의 의견에 따랐다.

"어, 알겠어."

"아니. 옮기는 건 우리가. 손님이 있어서 일손이 많거든."

"아……."

"옮기는 것도 아무나 하는 건 아니기도 하고. 자, 여기!"

강혁은 한 손 거들려는 오마르를 말린 채 손을 번쩍 들었다. 그러자 일부러 제인 쪽 팀에 끼워 넣었던 한유림이 카심과 함께 다가와 시아파 인원을 데리고 처치실로 사라졌다. 그사이 강혁은 재원, 장미와 함께 탈레반 측 인사를 들것으로 옮겨 수술실로 향했다.

"넌 일단 천막에서 대기해. 어차피 치료하는 데 방해만 되니까."

"어……."

오마르는 순식간에 자신의 통제에서 벗어난 시아파 인사를 떠올리며 잠시 망설였다.

"왜? 죽을까봐? 너도 살렸어. 걱정 마."

"그……, 그렇군."

여기서 저놈 사실 시아파라고 할 수는 없는 노릇 아니던가. 오마르는 부하들과 함께 묵묵히 뒤로 물러나는 수밖에 없었다. 그사이 리처드를 비롯한 다른 미군들이 시아파 측 부상자의 수술실로 들어갔다는 건 꿈에도 몰랐다. 리처드는 시아파 인사를 내려다보며 한숨지었다.

"리처드, 그렇게 있지 말고 좀 도와요!"

"네? 아, 네. 아, 근데…… 이거……."

"일단 백 교수님이 데리고 들어간 환자에 비하면 이 환자가 훨씬 나은 건 사실이에요."

"그야 그렇죠. 그런데……."

"뭐, 죽는다 해도 이상할 거 없는 상태긴 하죠."

제인은 고개를 절레절레 흔들면서 우선 종아리 쪽 상처부터 살폈다.

"여긴 관통. 김인수 교수님, 여기 좀 맡겨도 될까요? 관통이라 소독만 하고 상처 치료하시면 될 겁니다. 총알은 없어요."

"아, 네. 맡겨주세요."

김 교수는 선선히 고개를 끄덕이며 장갑 낀 손으로 해당 부위를 처치하기 시작했다.

그사이 중심 정맥관을 잡아둔 댄이 제인을 향해 입을 열었다.

"혈압이 낮아요. 수액 주면서 버텨야 될 겁니다. 액티브 블리딩(active bleeding: 두드러진 출혈)도 잡아야 할 거고요."

"일단 호흡부터. 삽관해줘요. 총상이 횡격막 근처예요. 아마 그래서 분당 호흡수가 이렇게 빠른 걸 겁니다."

"아……. 네."

"위치가 별로 안 좋아요. 뒤에서…… 날아온 것 같아요."

제인의 말대로 앞에서 봤을 땐 상처가 제대로 보이지 않았다. 하지만 아까부터 침상을 잔뜩 적시고 있는 핏물을 고려해보면, 등판 쪽에 총상을 입었다고 생각할 수 있었다.

"환자를 일단 옆으로 돌리죠."

"네."

제인은 삽관이 되자마자 환자를 옆으로 돌렸다. 혈압이 조금 흔들리긴 했는데, 그 정도는 댄이 대응 가능했다.

"강 교수님, 한 교수님. 손 좀 보태주세요. 이쪽은…… 저 혼자서는 절대 무리예요."

"네, 물론이죠."

"알겠습니다."

기본적으로 총상에서는, 특히 총탄이 박혔다고 생각이 될 때는 그 총탄의 위치부터 확인하는 것이 급선무였다. 만약 제인이 강혁이었다면야 그냥 이대로 총탄을 찾아낼 수도 있겠지만 아쉽게도 제인은 일반인이었다.

"카심, 칼."

"네."

상처를 조금 더 넓혀서 살펴봐야 한다는 뜻이었다.

이때 한숨을 짓는 이는 아직도 한 발짝 떨어진 채 환자를 내려다보고 있는 리처드뿐이었다.

'난…… 난 군의관이잖아.'

그 말은 곧 사람을 살리는 게 그의 주된 업무라는 뜻이었다. 아니, 대다수 군의관은 그것만 하면 되었다. 하지만 지금 리처드는 아주 중대한 임무를 하나 더 맡게 된 참이었다.

'운송 작전이라 이거지?'

아무리 시아파 측 인사라 해도 사람인데, 그 사람을 납치해다가 옮기는 걸 가지고 운송 작전이라는 이름을 붙이다니. 이건 미군의 방식이라기보다는 CIA의 방식이라고 볼 수 있었다. 즉 리처드는 CIA의 스미스로부터 명령을 받은 상황이었다.

'이거……, 어려워도 너무 어려운데.'

일단 첫 단추부터 난관이었다. 우선 이 인간을 살려야 데려가든 말든 할 거 아닌가.

"아……. 이거 이건 폐인데."

한참 제인의 보조를 하고 있던 강일구가 탄식을 터뜨렸다. 총상 부위 근처를 넓혀 들어가다보니 무언가 뭉글뭉글한 조직이 위쪽으로 보였는데, 그게 역시 폐였던 모양이었다.

"이건…… 이건 간이야……. 이 환자 횡격막이 정확히 찢겼어."

다음으로는 한유림이 탄식을 터뜨렸다. 절묘하게 위아래로 중요한 장기 둘을 모두 다친 상태였다.

"우선…… 두 분 다 총탄 찾는 데 신경을 써주세요. 일단 그걸 제거해야…… 총상을 제대로 치료할 수 있어요."

"아, 네."

"알겠습니다."

우왕좌왕할 뻔했던 둘은 제인의 인도하에 다시 제자리를 찾았다.

"으음."

리처드는 잠시 침음하며 상황을 지켜보았다.

'그래……. 다들 우수한 의사들이지. 하지만 이 사람들만으로는 안 돼.'

자신이 한 손 거들면 좀 나을 수도 있겠지만 그것도 제대로 된 수술실에서나 통할 얘기지, 이런 처치실에서는 아니었다. 그 말은 곧 먼저 수술실로 들어간 강혁이 그 수술을 빨리 끝내고 합류해야 이 환자가 살아난다는 뜻이었다.

'처음 내려온…… 중요한 작전이야.'

사실 사람 살리는 것도 엄청 중요한 작전이기는 했다. 하지만 기밀에 속하는 일은 아니었다. 그에 비하면 이 시아파 인사를 살려서 납치한 뒤 도시 밖에 대기하고 있는 헬기까지 데려다주는 임무는 그야말로 어마어마한 비밀 임무라 할 수 있었다. 그걸 위해서는 강혁이 지금 어디까지 하고 있는지 확인해야만 했다. 리처드는 처치실을 빠져나가 수술실을 향해 달렸다. 불과 초 단위의 시간이 흐른 후, 리처드는 수술실 안에 들어설 수 있었다.

"어, 왔냐. 여기 좀 닫아라."

강혁은 마치 기다렸다는 듯이 이렇게 말했다. 고개는 들지도 않은 채였다. 당연하게도 리처드는 영문을 알 수 없었다.

"네? 뭘 닫아요?"

이제 기껏해야 10분 정도 지났을 뿐인데 닫기는 뭘 닫는다는 말인가. 당장 저기 있는 2팀은 아직 열지도 못하고 있는 시간인데.

"새꺄, 배 닫으라고. 배. 급해. 골반에 혈관 터졌어."

"어……."

"빨리! 이 새끼는 딱 봐서 거기서 내가 쓸모없다 싶었으면 일로 왔어야지. 뭘 헤매고 있어."

"어……. 네. 그, 네. 위에, 위에는 끝난 거예요?"

"그렇지, 속도전이라고 했잖아. 아까 뭐 들었냐?"

강혁은 별 한심한 새끼 다 보겠다는 얼굴로 혀를 차더니, 골반 쪽으로 걸음을 옮겼다. 재원 또한 마찬가지였는데, 표정을 보아하니 거의 강혁이 빙의한 듯해 보였다.

"뭘 봐요. 안 닫아요?"

말투도 그랬다.

'스승도 백강혁, 제자도 백강혁…….'

리처드는 여기가 지옥인가 하는 생각과 함께 넋이 나간 얼굴로 고개를 끄덕였다.

"네, 알겠습니다."

'백강혁이 둘…….'

"뭘 봐요? 다 한 거예요? 왜 이렇게 여유가 있지, 사람이? 어? 수술 한창인데?"

그때 리처드의 시선을 느낀 재원이 고개를 돌렸다. 눈이 마주치자마자 독사같이 쏘아붙이는데 정말이지 PTSD라도 올 듯한 그런 기분이 들었다.

"야야. 뭘 그렇게까지 뭐라고 하냐. 잘 닫고 있구만."

그때 구세주로 나서준 것은 정말 뜻밖에도 강혁이었다. 누군가를 말리는 강혁이라니. 적어도 리처드는 처음 보는 광경이라 할 수 있었다.

"네? 아니, 깨작거리니까 그렇죠. 저거 뭐 얼마나 된다고 저걸 저러고 있어."

"못하는 걸 어쩌니. 사고만 안 치면 됐지."

"사고……. 하긴 또 그렇긴 하네."

"그래. 집중하자, 집중. 보면 모르겠냐? 여기 진짜 개빡세."

'개새끼들…….'

아니, 곱씹어보면 곱씹어볼수록 개무시한다는 생각밖에는 들지 않았다.

'내가 그래도……, 어? 미군 군의관 중에서 에이슨데.'

하지만 강혁과 재원이 불과 10분 만에 처치해놓은 부분을 보고 있자니 한숨이 나오긴 했다. 어떻게 이토록 완벽하게 처치할 수 있었을까. 절개가 최소한으로 이루어진 것은 말할 것도 없었다. 어떻게 요만한 절개를 통해서 총탄을 제거하고, 또 출혈까지 막을 수 있었을까. 심지어 간 껍질이 찢겨 있지 않은가. 다른 장기도 아니고 간이었다, 간. 핏덩이라고 할 수 있는 간.

'피가 진짜 많이 흘러나왔을 텐데…….'

출혈이 엄청나서 시야가 안 좋았을 텐데 그 와중에 출혈을 막았다는 게 신기했다. 물론 리처드라고 해서 마냥 놀라고만 있는 건 아니었다. 쉴 새 없이 봉합을 이어나가고 있다는 뜻이었다. 미처 강혁이나 재원이 신경 쓰지 못한 자잘한 출혈도 잡아가면서.

"다했냐?"

딱 마지막 매듭을 짓자마자, 강혁이 리처드를 바라보았다.

"네, 넵. 다했습니다."

"그럼 내려와, 인마. 뭘 거기서 뭉개고 있어."

"아……. 네."

'이거 최대한 빨리 잡고 안으로 들어가야 해.'

총알이 영 좋지 못한 곳에 박힌 상황 아니던가. 이대로 두었다가는 환자가 죽을 가능성이 너무 컸다. 강혁의 서두르는 마음은 금세 재원에게도 전해졌다. 그렇지 않아도 속도가 빠른 상황이었기에 정맥 봉합은 더욱 빠른 속도로 쭉쭉 이어졌다. 이미 발생한 출혈을 제거하면서 동시에 이루어진 봉합인지라 그야말로 대단하다고 볼 수 있었다.

'혈압은…… 괜찮군.'

그걸 가능하게 하는 요소 중 하나가 바로 경원이었다. 녀석은 한시도 눈을 떼지 않고 환자의 현 출혈 및 기출혈, 그리고 전신 상황에 관해 아주 예민하게 반응해주고 있었다.

"됐고. 이제 다음."

강혁은 장미에게 칼을 받아 드는 즉시 총알 구멍을 넓혀나갔다. 본디 총상 환자 수술에서 제일 어려운 것이 총알 구멍을 찾아내는 것인데, 그걸 제일 쉽게 하는 사람이다보니 작업은 일사천리로 진행됐다. 그렇게 모습을 드러낸 총탄은 환자의 전립선 부근에 박혀 있었다.

'영 좋지 못한 곳에 박혔는데…….'

전립선이라는 게 마냥 불편한 존재로만 느껴질 수도 있겠지만, 사실 전립선에서 분비되는 액은 생식에 있어 지대한 영향을 끼치는 녀석이었다. 더군다나 전립선 안쪽으로는 소변이 지나는 요도도 있지 않은가. 심지어 안쪽으로는 정액까지 연결이 되어 있었다.

'고자…… 는 피할 수 없겠는데.'

"어쩌죠?"

재원 또한 거기까지 생각이 미쳤는지 표정이 좀 더 심각해졌다. 아무리 봐도 아직 어려 보이는데 고자라니. 자식을 대단히 중요하게 생각하는 이곳 문화권에서는 더더욱 치명적인 부상이라고 할 수 있었다.

"할 수 없지. 목숨이 중요하지 고자되는 게 중요하겠어?"

"그건……."

"그리고 어쩌면 너처럼 평생 쓸 일 없을지도 모르지."

"무슨 그런! 미쳤어요?"

"됐고. 오줌이라도 싸게 만들어주자고."

"음, 네. 알겠어요."

"일단 총알부터 제거해야 해."

강혁이 든 날카로운 메스가 이미 찢어진 전립선을 조금 더 그어 들어갔다.

"이게 아예 한가운데에 박혔네."

"재수도 없지. 이러면 이거…… 이거 진짜 고자는 피할 수가 없네요."

"아무튼……. 칼 다시 줘봐. 어차피 전립선……, 이건 못 살리겠다."

"네."

"넌 이거 묶어."

"아……. 네."

재원은 강혁이 가리킨 두 곳의 관을 보며 조금은 숙연해진 얼굴로 고개를 끄덕였다. 두 관은 바로 저기 밑에 있는 정낭에서부터 이어진 것이었기에 그러했다. 말하자면 정자가 나오는 관이었는데, 그걸 묶어야 된다는 뜻이었다.

'명복을 빕니다…….'

절대로 그렇지 않다는 걸 머리로는 알고 있었지만, 가슴으로는 마치 자신이 이 사람을 고자로 만들어버리는 듯한 기분이 들었다. 재원이 죄책감과 사명감 사이에서 최선을 다하고 있을 무렵, 강혁은 계속해서 휘둘러대던 칼을 고쳐 잡았다. 지금까지는 박리를 주로 했다면, 이제는 본격적으로 잘라내기 위해서였다.

강혁과 재원은 여전히 속도전 중이었다. 딱 필요한 대화만 나누더니 순식간에 잘려나간 요도를 이어나가기 시작했다. 장미는 그렇게 딸려 나온 전립선에서 총알을 찾아내 맞추기 시작했고. 뭔가 쓸데없는 일처럼 보일 수도 있지만, 실은 무척 중요한 작업이었다. 저게 잘 맞지 않는다는 건, 몸속 어딘가에 총알 부스러기가 남아 있다는 뜻일 테니. 상대가 전쟁법에 달인이라면 또 모르겠지만 아마도 총탄에는 다량의 납이 뒤섞여 있을 가능성이 농후했다. 그 말은 몸속에 조금이라도 남으면 나중에 커다란 문제가 생길 수 있다는 뜻이었다.

'훌륭……, 훌륭하긴 하다. 이 속도면……. 밖에 있는 환자까지 해도……. 살릴 수도 있겠어.'

리처드는 그야말로 완벽하게 돌아가고 있는 팀을 보면서 고개를 끄덕였다. 임무 완수는 할 수 있을 것 같은 기분이었다.

"활력징후는 어떻지?"

"괜찮습니다."

"좋아. 나가자. 경원이는 그대로 대기하고 있어. 환자 세팅이랑 후 처치는 댄한테 맡길 거야."

"네, 교수님."

자존심은 좀 상할 터였다. 하지만 어쩌겠는가. 실력 차이가 실제로 나는데.

'댄이 뭐 그렇게……, 좀생이는 아니니까.'

그동안 보아온 댄의 모습을 돌이켜보면, 섭섭해하기는커녕 미안해할 사람이었다. 아무튼, 강혁은 환자를 데리고 수술실을 나섰다. 한 손으로는 앰부를 쥐어짜면서였다. 엘리베이터가 처치실 바로 옆에 있었기 때문에, 지나가는 사이에 처치실을 들여다볼 기회가 있었다.

"흉관 꽂았습니다!"

"다리 쪽 출혈은 이제 멎었어요!"

"간, 간은!"

"아직……, 아직 계속 샙니다!"

"눌러요!"

밖에서 들으면 대체 누가 말하는 건지 헷갈릴 정도로 정신이 없어 보였다. 다만 확실한 것은 일단 환자가 살아 있다는 사실과 이를 위해 모두가 최선을 다하고 있다는 것이었다.

'총알은 제거한 거 같은데.'

아마 그렇지 못했다면 환자는 지금쯤 죽었을 터였다. 총알이 틀어박힌 곳 주변의 시야를 확보하지 못했을 테고, 효과적인 지혈이고 뭐고 할 수 없었을 테니까.

'제인한테 맡기길 잘했지.'

총상에 이만큼 대응할 수 있는 의사는 드물지 않을까. 그것도 상당히 까다로운 부분에 박힌 총상이었다. 대견하다는 말을 써도 좋을 지경이었다. 사실 제인도 외상 전문의는 아니니까.

'뭐……. 강일구나 김인수에 한유림까지 있었으니 당연한가.'

강혁은 불만 하나 없이 제인의 수족처럼 움직이고 있는 셋을 떠올리다가 이내 입을 열었다.

"제인!"

"네!"

다행히 한시름 놓은 상황인 건지 제인은 즉각 답변해왔다. 강혁은 자기 눈앞에 있는 환자를 가리키며 말을 이었다.

"엘리베이터 써야 해서! 아직 발전기 안 왔잖아, 그치?"

"네? 아, 네! 일주일은 더 걸릴 거예요!"

"그럼 불 다 끌게!"

"아……. 알겠습니다. 자, 모두! 모두 손 멈추고, 누르는 사람만 누르고 있어요!"

제인은 바로 강혁의 말을 알아듣고는 필요한 지시를 내렸다. 급하게 움직여야 하는 상황은 아니었기에 다들 제인의 지시를 별문제 없이 따를 수 있었다. 강혁은 부산스럽던 처치실이 조용해지는 것을 확인하고는 고개를 끄덕였다. 그러자 어느새 병원 구조에 익숙해진 장미가 불을 모조리 내렸다.

"저긴 아직도 저러는구만……."

그 광경을 밖에서 보고 있던 오마르가 고개를 가로저었다. 엘리베이터를 쓸 때마다 불을 꺼야 한다니. 세상에 저런 한심한 병원이 또 어디 있단 말인가.

'뭐……. 그래도 수술 하나는 무사히 끝난 모양인데.'

오마르는 자신의 배에 새겨진 흉터를 쓰다듬으며 잠시 눈을 감았다. 흉터 길이만 봐도 죽다 살아났다는 걸 알 수 있을 정도로 험악한 상처 아니었던가. 그런데도 오마르는 멀쩡히 살아 있었다. 그건 전적으로 저기 있는 백강혁 덕분이었다.

'다행이지.'

때문에 오마르는 꽤 오랜 시간이 흘렀음에도 불구하고 굳이 병원 안으로 들어설 생각은 하지 않았다. 어차피 강혁은 최선을 다하고 있을 테니까. 그가 들여보낸 두 사람을 모두 살리기 위해서.

"됐어. 재원이 너는 댄 올 때까지 일단……. 환자 보고 있어."

그사이 강혁은 2층 중환자실에 도달했다. 모하메드는 이미 위닝을 마쳤기 때문에 벤틸레이터가 하나 남아서 다행이었다. 재원은 그 벤틸레이터 기기를 연결하면서 강혁을 향해 되물었다.

"네? 안 들어가도 되겠어요? 나 없이 할 수 있겠어요?"

아직도 속도전의 영향인지 뭔지 완전한 재원으로 돌아오진 않은 모양이었다. 이 자신감이라니. 강혁은 그게 자신을 흉내 내고 있기 때문이란 걸 알고 있음에도 불구하고 조금은 화가 날 지경이었다.

'남들이 볼 때 내가 저런가?'

어찌나 빡치게 하는지 강혁으로 하여금 그의 살아온 나날을 되돌아보게 할 지경이었다.

"차, 참으십쇼."

심상찮은 그의 얼굴에 제일 먼저 나선 것은 리처드였다.

"아무튼, 넌 여기서 이 사람 보고 있어. 이상한 소리 하지 말고."

"수술이나 잘하고 오세요. 나 없이 되려나 몰라."

"후후."

"왜 그렇게 웃어요?"

"아니, 이따……. 이따 재밌을 거 같아서."

강혁은 재원을 두고 아래층으로 향했다. 올라올 때야 엘리베이터를 탔지만, 내려갈 때는 아니었다. 계단을 이용해야만 했다. 계속 불을 껐다 켰다 할 수는 없는 노릇이었으니까. 강혁은 부리나케 뛰어 내려가면서 동시에 리처드를 재촉했다.

"야, 빨리 와. 앰뷸런스……. 아니, 사람 살려야지."

"아."

리처드는 강혁의 등 뒤에 바짝 붙어 따라 내려가면서 임무 상세 사항을 떠올렸다. 아직 이렇다 할 기밀을 취급해보지 못한 리처드인지라, 이번 임무만큼은 최선을 다해 숙지하고 있었다.

'이번엔 파키스탄 총리 동생을 피습했다라…….'

아마 이 자를 데리고 가면, 미군은 대강의 정보만 습득한 후 파키스탄 정부에 선물로 줄 심산인 듯했다. 그거 하나 가지고 뿌리 깊은 반미 감정이 사그라들지는 않겠지만, 적어도 미국의 이런 제스처는 상당히 유의미한 인상을 남길 것이다.

-우리는 이란, IS, 탈레반을 적으로 생각하는 것이지, 이슬람 전체를 적으로 돌릴 생각은 없다.

뭐 이런 정도? 기껏해야 소령에 불과한, 게다가 군의관이라 업무적으로 군 체계에서 다소 비껴가 있는 리처드의 추론으로는 그러했다.

"야, 근데 준비는 됐냐?"

강혁은 묵묵히 뒤따라오던 리처드를 돌아보며 물었다.

"네? 무슨 준비요?"

"인마. 너 저 환자 그냥 데려갈 생각이야? 우리도 탈레반에 할 말이 있어야 할 거 아냐."

"아, 아……. 그거요?"

"아, 그거요? 태평한 거 보소. 여기가 미군 부대 영내인 줄 아냐? 수틀리면 총질할걸?"

오마르 성격에 그렇게까지 극단적으로 나올 거 같진 않았지만 아직도 야만적인 방법이 잘 통하는 탈레반의 리더라면 더더욱 그럴 가능성이 있었다.

"내가 말한 대로 하는 게 제일 좋기는 할 텐데, 되겠어?"

당연히 강혁은 그에 대한 대책이 다 있었다. 온전히 임기응변으로 내놓은 것이긴 해도 아마 이보다 더 좋은 방법이 있지는 않을 터였다. 제아무리 날고 기는 미군이라 해도 마찬가지였다.

"저는 바로 위 상관하고만 얘기해서……. 정확히 어떤 방법이 채택되었는지는 모릅니다."

리처드는 강혁이 현 중동 지역 및 중앙아시아 지역 넘버원이라고 할 수 있는 스미스와 직접 통화한다는 걸 떠올리며 입을 열었다. 어찌 일개 의사가 그렇게까지 할 수 있을까. 알면 알수록 대단한 사람이었다.

"아……. 맞아, 너 소령이지."

"저기……. 제 나이에 소령이면 진급 빠른 편이거든요……."

"아무튼, 대책이 있기는 하다 이거지?"

"네. 근데 그게 뭔지는 잘……."

"소령한테 뭘 바라겠어. 한 장관님한테 시켜봐야지."

"그……. 네, 뭐. 알겠습니다."

리처드는 뭐라 대꾸하려다 말고 고개를 끄덕였다.

"아무튼, 들어가자고."

"네."

강혁은 이미 텅 비어버린 처치실을 확인하고는 수술실로 향했다. 하루 온종일 일하고 어찌 이런 체력이 남아 있을까 싶었다. 강혁은 표정 하나 흐트러지지 않고 수술실 안으로 들어섰다. 과연 제인은 센스 있는 사람이라 강혁을 기다리고만 있지는 않았다. 이미 등 쪽의 상처를 처치실에서 보던 것보다 훨씬 더 넓히고 안쪽을 관찰하고 있었다. 중간중간 피가 튀어 오르기도 했는데, 아무래도 안쪽 출혈이 완전히 잡히진 않은 모양이었다.

'아니……. 저 정도면 아직 간은 건들지도 못한 모양인데.'

심지어 호흡도 상당히 불안정했다. 그나마 지금껏 보아온 댄이나 경원이 워낙 숙달된 마취과 의사라 망정이지, 그렇지 않았다면 바로 저 호흡 때문에라도 환자를 잃었을 거 같았다.

"경원아, 호흡 계속 컨트롤할 수 있지?"

강혁은 일단 제일 급해 보이는 호흡부터 챙겼다.

"네. 음……. 1시간 정도는 전혀 무리 없을 겁니다. 근데 이거

보다 오래 지속되면……. 폐 손상이 가속화되긴 할 거예요."

"음압이 안 걸려서 그렇지?"

"네. 지금 억지로 더 불어 넣고 있는데, 더 이상 지속하기는 부담됩니다."

"오케이. 1시간?"

"네."

"알았어."

1시간이라. 강혁은 다시금 그 단어를 되뇌면서, 수술 부위에 한 층 더 가까이 갔다. 제인이 환자를 옆으로 눕힌 채 새우등 모양으로 만들어놨기 때문에 등 쪽의 상처는 아주 잘 드러나 있었다.

'정말 묘한 데를 뚫고 들어갔지.'

횡격막을 찢으면서 들어간 총알이라니. 오랜 시간 사람을 살려오면서 별의별 케이스를 다 본 강혁도 처음 보는 것이었다.

"아, 백 교수."

강혁의 접근을 눈치챈 강일구가 슬쩍 자리를 비켜주었다.

"일단 이쪽 폐가 살짝 다치긴 했는데, 거의 스친 정도라……. 찢어진 폐막은 닫아줬어. 일부 뭐 절제한 부분이 있긴 하지만 의미 있을 정도는 아냐. 쐐기 절제술 정도라고 보면 돼."

"아. 그렇군요. 근데 횡격막은……. 아직 찢긴 채로 있는 거 같은데요?"

"어……. 어. 사실상 개흉 상태야. 그래서 그나마 영향 좀 줄여보려고 흉관은 박았는데……. 별 의미는 없지."

고개를 틀어 보니 과연 흉관이 눈에 들어왔다. 딸랑거리는 것은 거의 눈에 띄지 않았는데, 강일구 교수 말대로 제대로 기능을 하고 있진 않은 모양이었다.

'그래도 강일구 교수님 남겨둔 보람은 있네.'

만약 손상된 폐가 그대로 공기 중에 노출되어 있었다면 어찌 되었을까. 기계 호흡을 지속하면 지속할수록 더 많은 가스가 유출되었을 거 아닌가. 그 말은 곧 더 많은 가스를 밀어 넣어줘야 한다는 것인데, 그렇게 했다면 말단에 있는 폐포들이 견디지 못하고 터져나가고 말았을 거다. 강혁은 실제로 압력 손상에 의한 폐출혈을 여러 차례 본 바 있었다.

"근데…… 왜 횡격막은 그대로 두었죠?"

"아……. 간의 상부가 다쳤어. 출혈이 상당해. 그래서 시야가……. 나오질 않아. 그나마 닥터 제인하고 한 교수님이 총알을 제거하고 눌러두면서 줄긴 했는데, 그래도 무리야. 아예 더 열면 모르겠지만……."

강혁은 강일구 교수의 말을 들으며 환자의 수술 부위를 다시 한번 들여다보았다. 이제 강혁이 손 바꿔서 들어올 거라 생각했는지 한유림은 하던 것을 멈추고 제인을 도와 거즈를 쑤셔 박고 있었다. 그 때문에 깊숙한 부위의 시야는 없어진 지 오래였지만, 어차피 강혁이 지금 보고자 하는 부위는 거기가 아니었다. 아마도 제인이 그은 것으로 추정되는 절개선이었다. 강일구 교수는 강혁의 시선이 절개선으로 향하는 것을 확인한 후, 조금은 겸연쩍은 얼굴이 되었다.

"내가 더 그어달라고 한 거야. 도저히 쐐기 절제술 할 만한 시야가 안 나와서. 그런데 여기서 더 그었다간…….”

“절개선에 의한 손상도 무시할 수 없는 수준이 되겠죠.”

“어, 그래. 맞아. 그래서 일단 멈추고 지혈해봤는데……. 안 되더라고.”

아마 한국대학교 병원처럼 설비가 있었다면 얘기는 좀 달라졌을 터였다. 가령 타코콤(지혈제)이 있다거나, 하다못해 전기 소작기라도 있었다면 차근차근 지져나갔을 텐데. 여긴 그런 게 하나도 없지 않던가. 물론 제인의 필살기 중 하나인 총알 화약을 이용한 지짐술도 있긴 하지만, 그것도 다 시야가 확보되고 수술 부위가 어느 정도 열려 있어야 쓸 수 있는 방법이었다.

“그래도 뭐……. 지금까지 살려놨잖아요. 그럼 됐죠.”

강혁은 이리저리 계산을 좀 더 해보고는 고개를 끄덕이며 수술 부위에 딱 붙었다. 장미를 향해 손을 내밀면서였다.

“집게.”

“아, 네.”

일단 방금 쑤셔 박은 거즈들부터 빼낼 심산이었다. 하지만 그 전에 제일 먼저 해야 할 일이 있었다. 바로 인원 정리였다.

‘뭔 수술방에 의사가 이렇게 많이 들어와 있어.’

병상 수가 많지 않은데도 불구하고 의사가 부족한 그런 병원이었다. 한데 수술실에 의사가 무려 7명이나 되었다.

“일단 한 교수님.”

“어? 어. 나는 남지? 내가 아무래도 외상…….”

“아니, 나가라고.”

“어?”

제일 먼저 호명된 한유림은 ‘역시 나인가’ 하는 표정을 짓다가 눈을 동그랗게 떴다. 하지만 이어진 강혁의 속삭임을 듣고 나서부터는 다시 의기양양한 얼굴이 되었다.

“아……. 그건 나밖에 못 하는 일이지.”

“다 티 나게 말하지 말고. 일단 나가요. 엉뚱한 짓 하게 만들지 말라고.”

“아, 알았어.”

“그리고……. 닥터 제인. 제인도 나가. 병원 전체가 빈 느낌이야, 지금.”

“알겠어요.”

제인은 한유림과는 달리 별다른 말 없이 밖으로 향했다. 그렇지 않아도 병원이 어떻게 돌아가고 있는지 걱정이 태산 같았기 때문이었다. 아무래도 환자만 생각할 수 있는 강혁과는 입장이 달랐다.

“강 교수님. 강 교수님도 뭐……. 폐까지 하셨으니까, 나가셔도 될 거 같고. 김인수 교수님도 다리 마무리된 거 같고. 힘들죠? 가서 좀 쉬어요.”

“그래도 될까?”

“네, 알겠습니다.”

다음은 강일구, 김인수였다. 그 말은 곧 남은 거라곤 마취과 경원과 리처드뿐이라는 뜻이었다.

경원이 갑자기 보조할 리는 만무하니, 이제 보조할 사람은 리처드 하나 남은 셈이었다.

“저는……, 저는 어떻게 할까요?”

강혁이라면 혹시, 혹시 혼자 하지 않을까? 리처드는 뭐 이런 말도 안 되는 생각을 하면서 물었다. 그러자 강혁은 묘한 미소를 지어 보였다.

“뭘 어떻게 해, 새꺄. 빨리 안 붙어? 이거 CIA 일이잖아. 너라도 부려먹어야지.”

“아……. 엄밀히 말하면 저는 CIA가 아니긴 한데…….”

리처드는 강혁의 말에 곧장 손을 씻으러 가면서도 입은 쉬기가 아쉬웠던 모양이었다. 강혁은 그 말을 듣자마자 머릿속으로는 벌써 리처드의 뒤통수를 휘갈겨대고 있었다.

“후.”

강혁은 욕망을 애써 이겨낸 뒤 환자의 상처를 후비기 시작했다. 아까 들어가 있던 거즈를 빼낸 탓에 피가 왈칵 올라오고 있는 중이었다. 그사이 강혁은 장미에게서 새 거즈를 받아다 상처 깊숙한 곳에 쑤셔 박고 있었다. 장미가 거즈를 동그란 볼처럼 만들어준 덕에 아까 박혀 있던 것보다 훨씬 더 깊숙이 넣을 수 있었다. 제인이나 강일구는 닿지 못했던 상처였다.

‘뭐……. 이런 건 보이지도 않았겠지.’

강혁은 덜그럭 소리를 내고 있는 총알 조각을 돌아보았다. 아까 거즈를 빼면서 겸사겸사 근처에 있던 것을 제거한 덕이었다. 조금은 후련해졌다는 표정을 지으며 장미를 돌아보았다.

“보스민(지혈제) 적신 거 이제 나왔나?”

"네. 에피도 같이 적셨어요."

"오케이, 굿. 야, 경원아."

"네. 괜찮습니다. 아직은. 근데……. 그래도 서두르셔야 해요."

경원은 강혁이 걱정하는 바를 단박에 캐치하고는 괜찮다는 의견을 전달해왔다.

'역시 얘들이랑 수술하면 버릇 나빠지겠어.'

강혁은 흐뭇해하며 고개를 주억거렸다. 그러곤 아까 집어넣어놨던 거즈볼을 제거하고, 물기가 뚝뚝 떨어지는 거즈볼을 정확히 같은 자리에 쑤셔 박았다.

강혁은 줄어든 출혈로 인해 아까보다 훨씬 멀끔해진 환자의 상처를 가리켰다. 본래는 총알구멍 하나만 덜렁 나 있었겠지만, 지금은 강일구가 위로 그은 절개선 때문에 오히려 겉에 드러난 상처 자체는 훨씬 더 커져 있었다.

강혁은 잠시 쓸쓸해진 얼굴로 환자를 내려다보았다. 정말 훌륭한 의사인 강일구는 동의하지 않겠지만 강혁의 기준에서 볼 때, 이 사람은 죽어 마땅한 인간이었다. 페샤와르에서 터진 폭탄으로 다친 사람은 이들의 목표였던 모하메드 칸뿐이 아니었으니까. 도리어 이름 없는 이들이 훨씬 더 많이 죽거나 다쳤다.

'그래도 좀 걸리긴 하네.'

하지만 이 사람을 살리는 목적이 결국 미군에게 넘기는 것에 있다는 사실은 강혁에게도 충분히 껄끄러운 일이었다.

'뭐, 어쩔 수 없지.'

그런데도 강혁은 스미스와의 약속을 지키기 위해 손을 움직였다. 수술을 마치는 것이 빠르면 빠를수록 스미스가 이 사람에게서 정보를 얻어내는 것도 빠르지 않겠는가.

'고객 만족을 위해서야.'

스미스가 이 환자를 미국의 이름으로 파키스탄에 넘기게 된다면 아무래도 미국의 입김이 더 강해질 수밖에 없을 터. 그 말은 곧 스미스의 권한 또한 더 강해진다는 뜻이었다. 그 스미스가 만족할수록 한구 병원 또한 도움을 받을 확률이 커지는 것이었고. 결국, 한구가, 이곳의 사람들이 더 나은 미래를 얻게 된다는 뜻이기도 했다. 그렇게 마음을 굳힌 강혁은 쥐고 있던 바늘로 가장 깊숙한 곳의 절단 면을 찔러 들어갔다. 들어갈 땐 폐 쪽으로 꽂혀 있던 바늘이 나올 땐 배 쪽으로 나왔다.

그 말은 곧 시야를 담당하고 있는 리처드의 손이 빠르게 아래로 내려와야 한다는 뜻이었다.

"으."

"이것보단 빨라야 해."

"알겠습니다."

"자, 아직 멀었어. 계속하자."

"네……."

강혁은 바늘을 위아래로 계속 움직였다. 시야를 확보해야 하는 리처드는 정말이지 죽을 맛이었다. 그 시각, 어떤 차량 하나가 병원 안으로 들어왔다.

"환자, 환자입니다!"

"네, 연락받았습니다!"

어떻게 봐도 전형적인 환자 이송이었다.

"안으로 가시죠! 일단 처치실로!"

양재원이었다.

'대체 교수님은 여기서 뭔 일을 하고 있는 걸까?'

그는 자신이 말한 대로 침대를 끌고 안으로 들어가면서 생각했다. 침대에 누운, 피투성이가 된 환자를 내려다보면서였다.

'이미 죽었잖아.'

그것도 그냥 죽은 게 아니라, 아까 실려 왔던 환자와 정확히 똑같은 상처가 나 있는 채로 죽어 있었다. 심지어 복장도 똑같았다. 재원을 더 소름 끼치게 하는 건, 시신이 아직 따뜻하다는 것이었다. 그 말은 곧 이 사람이 죽은 지 얼마 안 되었다는 뜻이었다.

'대체 무슨 일을…….'

의문이 떠오르는 것은 당연한 일이었다. 해서 표정이 어두워지려는 찰나, 한유림이 그의 손을 가만히 잡았다.

"궁금해할 필요 없어. 이건 한구 병원의 일이니까……. 단기팀은 몰라도 돼."

"무슨 말인지……."

"몰라도 돼. 한 가지 확실한 건……. 이 일 덕에 여긴 더 발전할 거야. 더 안전해질 거고."

특히 마지막 문장에는 힘이 실려 있었다. 한유림은 그 말을 확신하는 동시에 진심으로 그러길 바라고 있었기 때문이었다. 물론 재원은 그런 복잡한 사정까지 다 알지는 못했지만, 다만 궁금해할 필요가 없다는 것 정도는 인지할 수 있었다.

'뭐……. 필요하면 얘기해주겠지.'

"자, 안쪽으로 옮겨!"

그사이 같이 병원 안으로 들어왔던, 그러니까 차를 타고 왔던 보호자들이 바삐 움직이기 시작했다. 겉보기에 아랍인이었지만, 이 사람들은 아랍계 미국인이었다.

"네!"

그것도 군인들. 그냥 군인도 아니고, 아주 제대로 훈련받은 군인들. 그들은 즉시 수술실 안으로 들이닥쳤다. 상당히 갑작스러운 타이밍이었지만, 강혁도 리처드도 그리 놀라진 않았다. 다만 아직도 손을 놀리고 있던 강혁만이 덤덤한 얼굴로 그들을 바라볼 따름이었다.

"한 10분에서 15분 걸려."

"대기하겠습니다."

군인들 또한 강혁의 말을 듣자마자 빠르게 수술실 안에 자리를 잡고는 쥐죽은 듯이 가만히 있었다. 강혁은 그런 군인들을 잠시 바라보고 있다가, 이내 수술을 마무리했다.

"오케이. 경원아, 깨우지 말고……. 그대로 나가자."

"네."

강혁은 언제나 그러하듯 담담한 얼굴로 고개를 끄덕이는 경원을 돌아보았다. 활력징후는 지극히 안정적이었다.

"그쪽은 작전 다 알죠?"

"숙지하고 있습니다."

이쪽도 흔들림 없는 답변을 해왔다.

'하긴……. 맨날 하는 작전에 비하면 오히려 싱겁겠지.'

필요하다면 적진에 들어가서도 요원을 구출해내는 녀석들 아니던가. 환자 하나 빼돌리는 것쯤은 식은 죽 먹기일 터였다.

"야, 너도 잘할 수 있지?"

"당연하죠. 저 교수님한테 배웠습니다."

그 일을 해내야 하는 리처드는 강혁의 시선을 받기가 무섭게 고개를 끄덕였다.

"알았어. 그럼……. 바로 바꾸자."

"네."

그렇게 모든 것을 재차 점검한 강혁은 환자와 시신을 맞바꾸었다. 시신은 딱 실려 올 때 환자의 모습을 하고 있었다.

'이럼 안 되지.'

한창 수술을 했는데, 이래서야 되겠는가. 해서 강혁은 무척이나 빠른 속도로 상처를 마치 수술한 것처럼 바꿔놨다. 그사이 진짜 환자는 수술실 문을 열고 어디론가 사라졌는데, 아마도 뒤뜰일 터였다. 그곳 말고는 사태가 진정될 때까지 숨어 있을 만한 곳이 마땅치 않을 테니까.

'아무튼……. 나도 할 일을 하러 가야겠지.'

강혁은 미국 쪽의 동선을 떠올린 후, 수술실을 나섰다. 패잔병 같은 얼굴을 하고 병원 문까지 터덜터덜 걸어 나갈 따름이었다.

'환자는 죽었다. 환자는 죽었다.'

끊임없이 자기 최면을 걸면서 문을 열어젖히고는 곧 오마르가 있는 천막 쪽을 바라보았다. 그렇지 않아도 내내 가슴 졸인 채 병원 쪽만 바라보고 있던 오마르였기에 곧장 강혁을 확인할 수 있었다.

'아……. 이거…….'

그리고 강혁의 얼굴을 보자마자 뭔가 좋지 못한 일이 벌어졌다는 걸 예감할 수 있었다. 그토록 오만하던 강혁에게서 낙담이 느껴졌으니까.

"어떻게……. 어떻게 됐지?"

오마르는 안 좋은 예감을 떠올리며 강혁에게로 다가갔다. 강혁은 그런 오마르를 보며 고개를 푹 숙였다.

"죽었어."

"누가. 누가!"

"옆구리 쪽에 총 맞은 환자. 위치도 안 좋은 데다가……. 너무 깊었어."

"아."

옆구리라. 오마르는 널브러진 채 죽어가던 시아파 녀석을 떠올렸다.

"다, 다른 사람은?"

"그 환자는 상대적으로 좀 나았어. 살았어."

"그……."

오마르는 듣던 중 다행이라는 표정을 짓다가, 이내 강혁을 노려보았다. 정말로 뭘 의심해서 그렇다기보다는 그저 확인하기 위함이었다.

"죽은 자는 어디에 있지?"

"아직 수술방."

"안내해. 그건 볼 수 있겠지."

"뭐……. 이미 나머지 치료도 다 끝난 마당이라. 들어와. 대신 난동은 안 돼. 알지? 여기 단기 팀이 와 있어. 그 사람들한테 무슨 일이 생기면……."

"알고 있어. 협정을 깰 생각은 없으니, 안내나 해."

"알았어."

강혁은 병원 복도를 따라 걸었다. 오마르와 어깨를 나란히 한 채였는데, 긴장한 기색 따위는 전혀 보이지 않았다. 다만 어깨를 조금 움츠리고 있을 뿐이었다.

'의기소침해 보이는구만…….'

이게 연기라고는 꿈에도 생각지 못하는 오마르는 강혁을 보면서 이렇게 중얼거렸다. 심지어 조금은 안쓰럽다는 생각마저 들 지경이었다. 뭐가 어찌 되었건 강혁은 그에게 생명의 은인이었으니까. 게다가 지금껏 이곳 한구 병원으로 실려 온 수많은 사람을 살려낸 장본인이기도 했고.

"이봐, 괜찮나?"

해서 오마르는 아주 살짝 앞서가던 강혁을 불렀다. 강혁은 그런 오마르를 처연한 눈으로 돌아보았다.

'괜찮지, 그럼. 앰뷸런스가 공으로 굴러들어 오는데.'

속으로는 이런 생각이나 하는 주제에 얼굴만은 쓸쓸하기 그지없었다. 그 때문에 오마르는 묘한 감정까지 느껴야만 했다. 뭐라고 딱 짚어서 말하긴 어려웠지만, 아무래도 부채감과 많이 닮아 있는 감정이었다. 이럴 땐 가장 가까이에 있는 사람이 뭐라도 해야 하지 않을까? 이런 생각에 오마르는 강혁을 위로하기 시작했다.

"그……, 처음은 아닐 거 아냐? 뭘 그리 속상해하고 있어."

병신인가. 강혁은 진심으로 자신을 위로하는 오마르를 보며 웃음을 터뜨리지 않기 위해 노력해야만 했다.

'필요하면 얼마든지 사람 한둘쯤은 그냥 죽이는 놈이…… 위로라니.'

아마 여기 오기 전의 강혁이었다면, 복잡한 중동 사정에 관해 전혀 알지 못하고, 또 관심도 없던 강혁이었다면 어쩌면 순수하게 눈앞에 있는 이 이방인의 위로에 감동했을 수도 있었다. 하지만 이제 더는 그럴 수는 없었다. 반드시 탈레반만의 잘못이라고 보기는 좀 어려웠지만……. 이 지역의 비극에 가장 큰 책임이 있는 집단이 바로 이 탈레반이었고 오마르는 그 탈레반의 중추였으니까.

"처음이 아니더라도 익숙해질 수 없는 게 있는 거야."

물론 강혁은 그러한 사사로운 감정을 일일이 드러내지는 않았다. 예전에 비해 성장한 게 실력만은 아니지 않은가. 상황에 맞추어 대응하는 법 또한 많이 늘어 있었다. 그렇지 않고서는 절대 이룰 수 없던 목표가 대한민국에서의 중증외상센터 정상화였으니.

"음……. 그런가."

오마르는 영혼 없이 내뱉은 강혁의 말에서 뭔가 느끼는 게 있는 듯 고개를 끄덕였다. 강혁보다도 오히려 더 비감에 젖은 눈을 하고서였다.

'나도 그렇긴 하겠지.'

유학을 다녀올 때까지만 해도 그의 삶은 평화롭기만 했다. 물론 머리가 굵어지고 나서는 그가 누리고 있는 '평화'가 다른 누군가의 불행에서 비롯되고 있다는 걸 어느 정도는 깨닫긴 했지만, 두 눈으로 직접 보지는 않았기에 체감하는 정도는 얕았다. 하지만 돌아온 후, 가업이라고 할 수 있는 탈레반 간부를 하게 되면서부터는 삶이 송두리째 달라지고야 말았다.

'살인이 익숙해진다면…… 누군가의 죽음이 익숙해진다면……. 그건 괴물일 테지.'

매일같이 누군가를 죽이거나, 누군가의 죽음에 깊이 관여해야만 했다. 형제들이나 다른 가족들은 그것을 너무 당연시 여기고 있었지만, 오마르는 그럴 수가 없었다. 태생이 다른 인간이었다. 그가 상념에서 깨어난 것은 강혁이 수술실 문을 열고 나서였다. 마취과 의사도 간호사도 자리를 비운 후였기에 방 안에는 오직 시신뿐이었다.

"음."

오마르는 강혁을 따라 시신을 향해 가면서 신음을 흘렸다. 생각해보니 자신이 관여한 죽음을 이토록 가까이에서, 찬찬히 들여다보는 것은 처음이었다.

"일단 눈은 감겨놨어. 테이프로. 이게…… 원래는 반쯤 떠지거든."

강혁은 그런 오마르를 돌아보면서 동시에 시신의 얼굴을 가리켰다. 이미 그의 날카로운 눈은 오마르 내면의 동요를 읽어낸 후였다.

'뭐……. 안 그런 척해봐야 뻔하지. 얘는 아직 애송이야.'

애송이가 아니었다면 애초에 협정도 불가했을 터였다. 그랬다면 강혁도 회유가 아니라 다른 방법을 썼을 테고. 아무튼, 그 애송이는 강혁이 예상했던 바대로 시신의 얼굴을 똑바로 바라보지도 못했다.

"그렇군……. 음."

이쯤 되면 최대한 비슷한 상처를 만들고 또 수술한 흔적을 만든 것이 모두 쓸데없는 짓이었다는 생각이 들 수도 있지만, 그렇다고 해서 그 행위들이 다 무의미했던 것은 아니었다.

'이놈이야……. 어물쩍 넘어가더라도 다른 놈들은 알 수 없지.'

밖에서 대기 중인 탈레반 병사 중엔 베테랑들도 끼어 있을 것이 분명했다. 오마르와는 태생부터 다른, 진짜 험악한 인간들. 강혁과는 아예 정반대되는 사람들 말이다. 그들은 사람을 죽이는 것을 업으로 삼고 있으니까. 그걸 어찌 아는지 묻는다면, 강혁은 시리아를 가리킬 터였다. 거기서 소위 인간 백정들이라 불리는 블랙 워터스의 용병들과 어울렸으니. 강혁은 잠시 옛 추억에 잠겨 있다가 재차 오마르를 향해 입을 열었다.

"시신은 어찌할 거지?"

이슬람 문화권에서는 시신을 함부로 훼손하지 않는 것이 원칙

이었다. 무슬림은 시신을 영혼의 안식처로 생각하기 때문이었다. 무덤을 정성껏 만드는 것도 그 생각의 일환이었다. 시신이 안식처라면, 무덤은 거주지의 개념이었다.

"우리가 가져가겠다."

심지어 그 장례 절차도 복잡하기 이를 데 없었다. 따라서 강혁은 시신을 곧장 가져가겠다고 하는 오마르를 말리지 않았다. 다만 한 가지 의문을 품기는 했다.

'탈레반에서 시아파 장례를 제대로 치러줄까?'

아마 그럴 가능성은 거의 없을 터였다. 둘은 천 년을 넘은 해묵은 원한을 매해 새로이 하는 앙숙 중의 앙숙이었으니.

"그럼……. 좀 도와주겠나? 차에 실어야 해서."

"아, 그러지."

강혁은 슬쩍 수술실 뒤편을 바라본 후 고개를 끄덕였다. 그저 마취과 기기와 그 약품들이 있는 공간일 뿐이었다. 강혁이 진짜로 바라본 것은 그 벽 너머에 있는 이들이었다.

'리처드 새끼, 설마 죽이진 않겠지.'

아까부터 쥐 죽은 듯 조용한 것을 미루어볼 때 별다른 사고가 난 것 같지는 않았다. 리처드 또한 강혁의 제자이니만큼 제대로 배운 놈이기도 했고. 하지만 저 환자의 생사에 앰뷸런스가 달려있다는 생각을 하니 밑도 끝도 없이 불안해지는 것도 사실이었다.

'뭐……. 일단 살리려면 여기서 나가긴 해야 하는데…….'

그 틈을 만드는 것 또한 강혁의 몫이었다.

'죄다 내가 직접 해야 할 일이로구만…….'

이쯤 되니 앰뷸런스 한 대로 퉁치려고 했던 스미스가 괘씸하단 생각도 들었다. 물론 강혁의 신들린 듯한 협상 능력에 의해 뭔가를 더 받아오기는 했다. 거기까지 생각이 미친 강혁은 속으로 묘한 미소를 띤 채 이송용 침대에 시신을 옮겼다. 이미 피가 식은 지 오래라 찰박거리는 느낌은 덜했다. 그저 굳은 핏덩이 몇 개가 바닥에 떨어질 따름이었다.

"으."

그마저도 오마르에게는 강한 자극이 되는 듯했지만, 강혁에게는 별다른 느낌을 주진 못했다. 집도했던 환자의 죽음이야 절대로 익숙해지지 않을 테지만, 죽음 그 자체는 익숙해진 지 오래였다.

"뭐 해? 가야지. 그…… 뭐야. 메카 향해서 머리 두고 해야 하는 거 아냐?"

"아, 아. 그래."

오마르는 강혁의 말을 듣고 나서야 침대를 같이 끌기 시작했다.

'메카라.'

사우디아라비아의 헤자즈 지방에 있는 이슬람의 하람(성지). 모든 무슬림 망자는 죽고 나면 그곳을 향해 머리를 두어야만 했다. 물론 오마르는 이 시신을 그렇게까지 대접할 생각은 전혀 없었다.

'화장해야겠지?'

영혼의 안식처라 할 수 있는 시신을 완전히 태워버리는 것이 진정한 복수라 할 수 있었다. 오랜 유학 기간 신앙심이 옅어진 오마르에게는 그리 커다란 의미가 없었지만, 그를 따르는 탈레반 병사들에게는 아닐 터였다. 둘은 서로 딴생각을 하면서 침대를 밖으로 끌었다.

"아, 대장."

병원 안으로 들어갔던 오마르가 다시 밖으로 나오자 오마르의 병사들이 하나둘 몸을 일으켰다. 이미 한밤중을 지나 새벽을 향하고 있는 시각인지라 다들 피곤한 기색이 역력했다. 놀다 온 것이 아니라 애초에 격전을 치르고 온 몸들이라 더더욱 그러할 터였다.

"이쪽으로."

"네!"

하지만 오마르의 명이 있자마자 일사불란하게 움직였다. 종교적 색채가 짙은 충성심이 이래서 무서운 법이었다. 이들에게 오마르의 말은 법 위에 선 무언가였다.

"죽었어."

"아……."

오마르는 강혁에게 곁눈질하고는 우르두어로 말하기 시작했다. 강혁은 이제 우르두어 실력이 더 늘어서 싹 다 알아들을 수 있었기에 별 의미 없는 짓이었다. 다만 눈치를 보는 척은 해야 했는지라 조금은 뒤로 물러섰다. 그래봐야 워낙에 귀가 밝아서 단 한마디도 놓치지 않을 수 있었다.

"아쉽지만……. 알은 살았어."

"알라신의 은총입니다."

같이 온 탈레반 병사의 이름이 알인 모양이었다. 강혁은 역시나 놈들의 우선순위는 자기 병사였다는 걸 다시금 확인하면서 딴청을 피웠다. 여기서 괜히 고개를 끄덕이다간 오해를 살 테니까.

"그래, 그럼 된 거지. 이놈을…… 이놈을 고문하지 못한 건 좀 아쉽지만."

"시신은 어떻게 할까요?"

"태워."

"네? 그래도 됩니까?"

"이런 놈에게 순교의 영광을 줄 수야 없지. 그렇지 않아?"

"그건……. 그건 그렇습니다. 네, 분부대로 하겠습니다!"

과연 오마르는 강혁의 예상대로 시신을 태우기로 작정한 모양이었다. 그 결정에 병사들 또한 상당히 만족한 기색을 보였다. 곧 시신을 실은 차가 병원을 빠져나갔다. 오마르는 남은 병사들을 대동한 채 강혁에게로 다가왔다.

"알을 보고 싶은데."

"알?"

강혁은 아까 들어서 다 알고 있었지만, 굳이 못 알아듣는 척을 했다. 오마르는 강혁이 어느 정도는 우르두어를 할 줄 안다는 걸 알고는 있었지만, 유창하게 하는 건 어려울 거라 생각했기에 아주 자연스럽게 대화를 이어나갔다.

"아, 우리 나머지…… 병사."

"아, 그. 2층으로 와. 다 따라오지그래? 수술은 잘돼서 상태가 썩 괜찮아."

강혁의 말에 오마르는 뒤를 돌아보았다. 병사들 모두 알을 보고 싶은 기색이었다. 당연한 일이었다. 그들은 전우인 동시에 친구들이었으니까.

"좋아. 다 올라가지."

오마르는 연신 고개를 끄덕이며 강혁의 뒤를 따랐다. 복도 쪽에 있던 가드들 또한 강혁의 뒤로 따라붙었다. 오마르야 몇 번인가 얼굴을 본 적이 있긴 하지만, 그래도 탈레반이지 않은가. 뭔 짓을 할지 알 수 없는 일이었다.

강혁과 오마르가 병실로 올라가자, 뒤뜰에 있던 리처드와 미군들이 주위를 살폈다.

"갔나?"

"네, 비었습니다."

"그럼 우리도 나가자. 마당도 확인한 거지?"

"네. 탈레반 측 인사는 단 한 사람도 남지 않았습니다."

리처드는 환자를 옮겼다.

"자, 바로 갑시다. 도시 남서서 방향 3km 지점에서 헬기 대기중입니다."

그들은 환자와 함께 차에 오르자마자 도시를 빠져나갔다. 탈레반이 향한 곳과는 정확히 반대 방향이었다. 건조한 사막 지대를 달리기 적합한 사륜구동 차량이 빠르게 한구를 빠져나갔다. 아주 거친 도로였지만, 북부 고산 지대인 페샤와르에 비하면 도로 사정이 훨씬 나은 편이었다. 그래도 여긴 깎아 내려가는 듯한 돌산은 거의 없었으니까.

“저기.”

운송 작전을 위해 투입된 이들 중 지휘관으로 보이는 이가 캄캄하기만 한 앞쪽을 가리켰다.

“몇 미터 남았죠?”

“150. 이제부턴 상향등 켜.”

“네.”

그사이 찰스 중위는 운전병과 대화를 이어나갔다. 그제야 리처드는 운전병이 상향등을 아직 켜지 않은 채, 도로도 아닌 곳을 달려왔다는 걸 알 수 있었다.

‘하긴……. 이 근방에서 미군 작전이 있다는 걸 알게 되면 안 되겠지.’

정신이 나간 놈 아니고서야 이 새벽에 여길 왜 달리겠는가. 누구에게라도 수상쩍게 보일 터였다.

“저기 보입니다.”

“오케이. 너무 바짝 붙이지는 마.”

“네.”

상향등을 켜고 달린 지 불과 몇 초 지나지 않아 리처드를 비롯한 일행은 커다란 헬기를 확인할 수 있었다. 치누크를 기반으로 한 에어 앰뷸런스였는데, 아마 이 근방에서 기동 중인 에어 앰뷸런스 중에서는 제일 좋은 물건일 터였다. 차량의 접근을 확인한 에어 앰뷸런스가 기동을 시작했다. 그와 동시에 내부에서 대기 중이던 의료진 및 요원 몇 명이 뛰어나왔다. 그들 중에는 놀랍게도 리처드가 알고 있는 얼굴도 끼어 있었다. 같이 파견 온 군의관이었다.

"어? 내가 있는데 왜……."

반갑긴 했지만 그보다 더 먼저 떠오르는 건 의문문이었다.

"아, 리처드 소령. 네 임무는 여기까지라던데?"

그 군의관이 이상한 말을 했다. 이 기회에 복귀하려던 리처드로서는 도저히 이해할 수 없는 말이었다. 여기까지라니.

"무슨……. 무슨 소리야. 나는 전달받은 게……."

"아, 그럴 거라고 하더라. 여기."

당황하는 리처드와는 달리 동기 녀석은 전혀 그런 기색이 없었다. 그저 들고 있던 전보를 건네줄 따름이었다. 인쇄된 도장이며 서명을 보니, 틀림없는 진품이었다. 서류엔 정말로 리처드에게 새로이 하달된 임무가 적혀 있었다. 요약하자면 다음과 같았다.

-한구 병원에 머물면서 백강혁과 CIA 사이의 일을 조율할 것.

세상에. 계속 저기 있으라고? 자기도 모르게 고개가 한구 지역으로 돌아갔다. 그사이 그가 쥐고 있던 앰부를 동기가 가로채더니 에어 앰뷸런스로 환자를 데리고 갔다.

"야, 야!"

생존이 걸린 문제였다. 리처드는 동기의 옷깃을 붙잡았다.

"왜."

동기는 귀찮다기보다는 두려움이 섞인 얼굴로 그를 돌아보았다. 당연한 일이었다. 이놈도 강혁 밑에서 구르고 굴렀던 놈이었으니까.

“너, 넌……. 알고 있지? 이런 임무가……, 이렇게 바로 바뀌지 않잖아!”

일종의 기밀에 속하는 임무였다. 기밀을 지키는 방법에는 물론 여러 가지 방법이 있기는 할 테지만, 애초에 아는 사람이 적으면 적을수록 좋은 법이었다. 한데 갑자기 아는 사람을 배로 늘린다고? 이치에 맞지 않았다. 무언가 외압이 있었던 것이 분명했다.

“음.”

동기 녀석은 리처드의 합리적인 추론에 한숨을 내쉬었다.

‘그래, 이 녀석은 친구이기 전에 전우지.’

“내가 아는 건 제한적이긴 한데……. 그래도 괜찮아?”

“괜찮아. 말해봐.”

“그……. 이 작전, 애초에 CIA랑 백 교수님 협력 작전인 건 알고 있지?”

“어……. 알고는 있지. 근데 그게 왜?”

“너 설마 백 교수님이 아무 대가 없이 CIA에 협조한다고 생각하는 건 아니지?”

“아……. 그…… 돈 받지 않으셨을까?”

동기 녀석은 리처드의 말을 듣자마자 피식하고 웃었다.

“야, 너 백 교수님이 돈으로 움직이는 거 본 적 있냐.”

“아……. 없긴 한데.”

“대가는 원래 앰뷸런스였어. 민간 앰뷸런스.”

“어? 그거 우리한테도 꽤 드문 자원 아닌가?”

"그러니까 가치가 있었겠지. 뭐……. 저 환자도 가치 있지 않겠어?"

동기는 이미 에어 앰뷸런스 속 중환자실에 들어간 환자를 가리켰다.

"아무튼, 원래는 그거 하나였는데 환자가 좀 까다로웠나보지?"

"어……. 어려웠지."

"그래서 하나를 더 요구했대."

"뭐, 뭘."

리처드는 엄습하는 불안감을 무릅쓰고 물었다. 이미 머리로는 알고 있었다. 하지만 인정하긴 싫었다. 동기는 그런 리처드를 안쓰럽다는 눈으로 바라보더니 고개를 가로저었다.

"뭐긴 뭐야. 너지. 노예……. 아니, 아니지. 파견군 형식인 거야. 너만 보낼 수는 없잖아? 병사 넷인가가 같이 파견될 거래."

"아니……. 그걸 왜 당사자랑 상의도 하지 않고!"

리처드는 프로펠러 돌아가는 소리를 묻을 만큼이나 큰 소리로 외쳤다. 동기는 이제 이만하면 충분했다는 얼굴로 고개를 돌렸다.

"몰라, 인마. 네가 운이 나빴던 거지. 하필 만나도 백강혁 교수님을 만나냐. 그것도 여기서."

"야, 야! 어디 가!"

"난 가야지, 이제."

"야!"

"아무튼, 계속 이런 식의 작전이 있을 건가봐. 이제 스미스가 너한테 연락한다고 하니까, 기대해."

리처드가 한구 병원에 남게 돼서 좋은 건 비단 강혁뿐만은 아니었다. 스미스에게도 아주 잘된 일이었다. 아무래도 강혁보다는 리처드가 소통하기 훨씬 덜 부담스러웠으니. 당사자인 리처드만 빼고 모두에게 이익이 되는 거래였던 셈이다. 에어 앰뷸런스는 얼빠진 얼굴이 된 리처드를 두고 하늘로 날아올랐다.

*

"아주 좋네."

강혁은 커피잔을 든 채 중얼거렸다. 이제 막 떠오른 아침 해가 밤새 식어버린 도시 전체를 데우기 시작한 참이었다. 강혁은 그 황톳빛 도시가 풋풋한 햇살을 반사시키는 광경을 좋아했다.

"뭐…… 이 광경도 나쁘진 않네요."

재원 또한 강혁 옆에 나란히 선 채 고개를 끄덕였다.

'관광을 아예 못하고 있는 게 좀 아쉽긴 하지만…….'

사실 관광은커녕 노예처럼 일만 하고 있는 상황이었다. 정말 여기 오자마자부터 시작해서 근 일주일간이 그랬다. 그래서인지 몰라도 모처럼 맞는 여유로운 아침이 무척 반가웠다.

"어떠냐? 있어보니까."

"네? 뭐가요?"

"여기. 어떠냐고."

"아……."

'후졌죠…….'

제일 먼저 떠오른 생각은 차마 강혁 앞에서 입 밖에 내지 못할 종류의 것이었다.

'이따위 말을 했다간 죽이겠지?'

"시설이 좀 부족하죠. 인원도……. 많이 부족하고."

"그렇지. 부족하지. 사실 그냥 2차 병원 하나라고 생각하면 그렇지 않겠지만, 도시에서 유일하게 제 기능을 할 수 있는 병원이라고 생각하면 너무 부족해."

"음."

재원은 강혁의 말에서 기시감을 느꼈다. 가슴속 깊은 곳 어디에선가 이 한구 병원과 동질감을 느낄 수 있었다. 그 이유는 강혁이 대신 말해주었다.

"꼭 옛날 우리 팀 같지 않냐?"

"아. 정말……. 정말 그렇네요."

'어쩐지……. 이 양반이 좀 너무 열 낸다 싶더라니.'

그제야 재원은 강혁이 왜 이 병원에 대해 그토록 깊은 애정을 보이는지 조금이나마 이해할 수 있었다. 강혁은 이곳에서 옛 향수를 느끼고 있는 것이 분명했다.

다른 단기 팀 일원들에게는 자세한 얘기를 해주지 않았지만, 재원이나 경원 그리고 장미에게는 대강 한구 병원이 처한 상황에 관해 얘기해준 참이었다. 딱히 다른 사람을 못 믿어서라기보다는, 강혁에게 이 세 사람이 가지는 의미가 워낙에 커서였다. 셋은 강혁에게 가족이었다.

강혁은 손가락으로 병원 양옆에 있는 건물들을 가리켰다. 기껏해야 3층, 4층짜리긴 했지만 나름 마당도 있는 널찍한 건물들이었다.

"저거 벌써 샀잖아. 여기 시장이 일 잘하더라고."

놀랍게도 지역 유지들은 단 하루 만에 돈을 모아왔다. 심지어 원래 건물 주인까지 대동하고 찾아왔는데, 일이 이쯤 되니 모하메드도 실은 그게 강혁이 꾸민 일이었다고 말하기도 어려웠다.

"모하메드야 좀 속이 쓰렸겠지만, 뭐 어쩌겠어. 살려줬는데. 있는 놈은 목숨값 내놔야지."

"그……. 뭐, 그렇죠?"

"아무튼, 덕분에 저거 둘……. 곧 돌아갈 거야. 막말로 건물만 있으면 뭐하냐고. 저거 안에 채워놓을 물건들이 필요하잖아."

"그럼요. 옳은 말씀입니다."

"물건이 하늘에서 쏟아져? 그랬으면 벌써 한구 뒤집어놨지. 돈이라고, 결국, 다 돈이야."

강혁은 그리 말하면서 대한민국의 중증외상센터 시스템을 떠올렸다. 처음에는 그렇게 막막하더니, 정부에서 작정하고 돈 풀기 시작하니까 모든 것이 술술 풀려버렸다. 만성적인 인력 부족도 마찬가지였다. 뼈와 살을 깎아가며 버티던 인력들에게 제대로 된 보상이 들어가니까, 인기과까지는 아니더라도 기피과는 면할 수 있었다.

'돈이면 귀신도 부린다더니.'

진짜 있으면 부릴 수도 있겠단 생각이 들 지경이었다. 그렇다면 이곳 한구도 돈만 풀리면 변할 수 있을 터였다. 위정자들과 기존의 권력자들 그리고 시민들의 동의가 아직도 더 필요하다는 차이가 있기는 했지만.

강혁과 재원이 대화하는 사이 누군가 식당으로 들어섰다. 커피를 홀짝이며 뒤를 돌아보니 장미와 경원이 나란히 서 있었다.

"내가 아까 다 봤는데, 또 봤어?"

"네? 아, 네. 워낙에 중환자들인 데다가……."

강혁의 말에 경원이 고개를 끄덕였다. 그새를 못 참고 또 환자를 보러 다녀왔다는 뜻이었다. 5일 동안 쉬지 않고 일했으면 좀 쉬지. 가끔 보면 강혁보다 더한 놈 같기도 했다.

"아, 짜증 나."

"너, 넌 또 왜 그래."

경원도 특이한 녀석이기는 했지만, 방금 욕설을 내뱉은 장미에 비할 바는 아니지 않은가. 조폭을 눈앞에 두고 있을 때만큼은 강혁도 어느 정도는 긴장을 해야만 했다.

"여기 간호사들. 카심 말고는 제대로 일하는 사람이 없던데요? 교육 안 해요?"

"아……."

"교수님 저 가르칠 땐 의욕 만땅이더니. 어째 시원찮아진 거 같아요. 늙어서 그런가. 하긴 마흔이면 불혹이니까……."

"야, 야. 거기서 늙었다는 말이 왜 나와. 나 아직 젊어."

"아닌 거 같은데? 옛날 백강혁 같았으면 벌써 뒤집어도 백번은 뒤집었을 거 같은데?"

"그……."

물론 장미의 말이 일부 맞기도 했다.

'성질대로였으면 벌써 여럿 죽였지, 조폭이…….'

실제로 한유림하고 제인이 몇 번 말린 적도 있었다.

"보고 있으니까 울화통이 터지던데. 박 선생님, 아까 봤죠? 한 놈은 손톱이…… 손톱이, 어? 1cm가 넘어요. 감염시키려고 작정했나? 아니지, 그럴 걱정은 안 해도 되겠다. 어차피 환자는 카심이 다 보니까."

"어……."

"안 되겠어요. 5일 더 남았으니까. 그동안 이 새끼들 정신머리라도 고쳐놔야지."

"아니, 야. 걔들 유지한테 주는 뇌물 대신 고용……."

"삥 뜯어서 건물도 사는 사람이 무슨 뇌물을 줘요? 모하메드 뒀다 얻다 써요? 이럴 때 협박해야지."

"어……. 그……."

강혁은 입을 반쯤 벌린 채 어버버 거리고 있었다.

"그건……. 그건 진짜 좀 조폭스러운데?"

"왜요? 나보고 맨날 조폭이라더니."

"아니, 그건 반쯤은……."

"반만 조폭처럼 할게요. 삥은 안 뜯지. 대신 제대로 해야지. 걔들도 일단 간호대학 나오긴 했다면서요."

"어, 그건 맞아. 간호사들이긴 해."

조금 이상하단 생각이 들 수도 있을 만한 대화였다. 간호대학을 나온 간호사들이라면 당장 그 어떤 환자라도 볼 수 있어야 하는 거 아닌가 하는 뭐 이런 생각들. 하지만 2월 말에 병원에 끌려와 인수인계받고 있는 인턴들을 본다면 아마 이해할 수 있을 터였다. 학교 나온다고, 면허증이 주어진다고 곧장 진짜 의사가 되는 건 아니라는 걸. 그 막대하다는 양의 의대 공부가 차라리 행복했다는 생각이 들 정도로 혹독한 수련 과정을 거쳐야만 의사가 될 수 있었다. 그리고 그건 의사와 함께 의료 행위의 최전선에 서야 할 간호사들 또한 마찬가지였다.

"그럼 말은 통하겠지. 설마 용어 다 까먹고 그러진 않았을 거 아냐."

"카심이 그건…… 책임지고 가르치고 있긴 하지."

강혁의 말에 장미의 입꼬리 한쪽이 슬며시 밀려 올라갔다. 강혁은 어쩐지 그 모습에서 장미의 흉포함이 느껴져 저도 모르게 몸을 뒤로 젖혔다. 장미는 딱 강혁이 뒤로 젖힌 만큼 가까이 다가가며 말을 이었다.

"오케이. 그럼 여기 저 새끼들, 아니, 저 간호사들 부모라는 사람들 다 불러 모아요."

"왜, 왜?"

"애새끼들 보내놓고 1년 넘게 꿀 빨았으면 이제 제대로 일할 때가 됐다고 해야지. 교수님 연기 잘 하더구만."

"모하메드 이용해서?"

"네."

"그…… 그다음엔?"

"조져야지."

"부모를?"

"미쳤어요? 간호사들이지. 5일만 줘요. 내가 책임지고 제대로 된 애들로 바꿔줄게."

한국대학교 병원에서 장미의 카리스마가 괜히 만들어진 게 아니었다. 장미가 스테이션에 나타나는 것만으로도 센터 전체가 오들오들 떨 지경이었다. 오죽하면 매달 돌아가면서 센터에 오는 일반 외과 레지던트들마저 장미를 무서워할까.

"어찌 됐건, 오늘 안에 집합시켜요. 나 여기 있는 동안 시간 허투루 보내게 하지 말고."

"어……. 알았어."

장미가 저렇게 나오는데 뭐 어쩐단 말인가. 천하의 백강혁이라 해도 고분고분한 수밖에 다른 방법이 없었다.

'와……. 존나 멋있다.'

옆에서 보고 있던 리처드는 장미를 보며 입을 쩍 하고 벌렸다. 그러곤 재원에게 들었던 '백강혁에게 무사히 개기는 방법'을 떠올렸다. 거기 맨 마지막쯤에 이런 문구가 있었던 것 같았다.

'백장미가 되면 된다.'

강혁은 장미가 시킨 대로 지역 유지들을 다시 한번 불러 모았다. 어차피 건물을 산 것에 관해 감사 인사도 전달해야 했으니 명분은 충분한 참이었다. 게다가 지역 유지들 또한 모하메드 얼굴을 한 번 더 보게 되는 셈이라 별다른 저항도 없었다.

"이제 자식들 제대로 된 간호사 만들어봅시다."

장미의 이 말을 들은 날, 앞으로 자식새끼들이 좀 고생할 거 같다는 생각이 들긴 했는데, 아무렴 어떻단 말인가. 출셋길이 눈앞에서 영롱하게 빛나는데. 자식이 한구 병원에서 뇌물이나 다름없는 월급을 축내며 간호사로 있는 유지들은 그들을 닦달해 장미 앞에 대령했다.

"흠."

장미는 눈앞에 서 있는 8명가량의 간호사를 보며 못마땅하다는 표정을 지어 보였다.

'이렇게 많았나?'

5일이 그리 긴 시간은 아니긴 하지만, 이 한구 병원이라는 곳도 큰 병원은 아니었다. 장미는 지난 5일간 거의 병원에서 살다시피 한 참이었고, 이럴 거면 뭐하러 숙소를 마련해주었나 싶을 정도로 잠도 못 자고 일을 해왔다. 그런데 이 8명 중에서 최소 절반은 단 한 번도 얼굴을 보지 못한 사람들이었다.

'겁나 힘들었겠네…….'

장미는 옆에 있는 카심의 어깨를 가만히 두드려준 후, 재차 8명의 간호사를 돌아보았다.

"들어서 알겠지만, 나는 지금 총리님과 모하메드 의원에게 전권을 위임받았습니다."

장미는 하나하나 눈을 맞추어가며 또박또박 말했다. 저게 사실은 온통 거짓부렁이라는 걸 알고 있는 강혁이 볼 때야 어이없는 일이었지만 간호사들이 그걸 알 리도 없고, 앞으로도 알 수 없을 테니 듣는 입장에서는 심각할 수밖에 없었다.

"알아들었어요?"

"네? 네!"

"그러니까 지금부터 내가 시키는 대로 해."

*

장미가 본격적으로 간호사 교육을 시작한 지 얼마 되지 않아 강혁은 불안해졌다.

"야, 조폭."

강혁은 커피를 홀짝이며 장미를 불렀다. 방금 수술을 끝마치고 나온 것을 감안하고 보면 지나치게 멀쩡한 몰골을 하고서였다.

"왜요?"

강혁 또한 장미를 보며 이게 사람인가 하고 있었기 때문에 둘 사이에 흐르는 기류는 기묘했다.

"그……. 이래도 되는 건가 싶어서."

"뭐가요?"

"저기 말야."

강혁은 그 긴장감의 이유가 되는 곳을 가리켰다. 바로 며칠 전 사들인 건물이었는데, 그 건물 입구에서 웬 시체 같은 이들이 걸어 나오고 있었다.

"아, 저기요? 어차피 교육관으로 쓸 거라면서요."

"그렇긴…… 하지."

강혁은 분명히 자기가 했던 말을 떠올리며 고개를 끄덕였다.

'근데 그건 침대라도 사고 난 후의 계획이었거든…….'

하지만 속으론 영 다른 생각이 떠올랐다. 세상에 모포 몇 개, 그것도 원래 한구 병원에서 쓰던 오래된 모포 몇 개만 던져놓고 저기서 자라고 할 줄이야. 이렇게까지 갑자기, 강압적으로 교육할 생각은 없었다.

"잠은……. 잠은 재우고 있지?"

"뭐, 남들만큼은 재우고 있죠."

남들이라. 강혁은 나머지 커피를 호록 마시다가 설마 하는 얼굴이 되어 장미를 돌아보았다.

"남? 설마 나만큼?"

"그렇죠. 다들 교수님보다 어린데, 더 자면 뭐 해요."

"야, 나 요새 밤 계속 새는데?"

"그러니까요."

"아니……."

강혁은 지쳐 쓰러지려는 한유림을 떠올렸다. 요 며칠 한구 지역이 미쳐 돌아가는 건지 허구한 날 중증외상 환자들이 발생하고 있었다.

'시발……. 재원이 없었으면 나도 쓰러졌어.'

그나마 양재원이 오롯이 두 사람분의 일을, 그러니까 무려 강혁만큼의 일을 해주었기에 망정이지. 그렇지 않았다면 정말이지 강혁도 이 자리에 서 있진 못했을 터였다. 사흘 동안 쪼개 잔 시간을 다 합쳐봐야 10시간 남짓하니까.

"그럼 저 사람들 어제 밤새웠어?"

"밤은 안 새웠어요. 2시간 정도는 재웠죠."

"2시간……."

아마 살면서 하룻밤을 지새워보거나, 2시간 남짓 자본 사람은 제법 많을 터였다. 하지만 그걸 사흘 이상 유지해본 사람만 손들라고 한다면 거의 90%가량은 손을 내려야 하지 않을까. 강혁의 얼굴이 찌푸려진 것은 어찌 보면 당연한 일이었다.

"다 있어? 도망간 사람 있을 거 같은데."

"오, 어떻게 알았어요?"

그에 반해 장미는 그저 해맑아 보일 따름이었다. 밝은 미소를 보다보니 강혁은 잠시 내가 너무 심각했나 싶은 생각이 들 지경이었다.

"아니지, 아냐. 아니 3일 만에 도망가? 사람이?"

"그니까요."

"그것도 못 견디고 도망이나 가고 말야."

강혁은 흡 치켜뜬 장미의 눈이 새삼 무섭다고 여겨져서 뒤로 한 발짝 물러났다.

'아……. 얘가 왜 이렇게 됐나 했더니…….'

생각해보면 다른 누구도 아닌 백강혁 자신이 가장 큰 영향을 미친 거였다. 어디선 장미의 별명이 리틀 백강혁이라더니, 우연이 아닌 셈이었다.

"한국대 병원이랑 여기랑 어떻게 같냐."

물론 강혁도 할 말이 있기는 있었다.

"달라요? 다 같은 병원인데."

"뭐……. 병원인 건 같지."

장미의 말대로 여기나 한국대학교 병원이나, 병원은 병원이었다. 하지만 그 병원을 이루고 있는 사람들은 천지 차이였다. 암만 한국대학교 병원 내에서 중증외상센터의 위치가 밑바닥이었다고는 해도, 그 안에 있는 사람들은 뭐가 어찌 되었건 국내 제일의 인력이지 않았는가. 장미를 비롯한 당시 중증외상센터 인원들은 최소한 준비가 되어 있었다.

"근데 너랑 재들이랑 같아?"

"교수님."

장미는 그렇게 고개를 끄덕이다가 돌연 강혁을 돌아보았다. 납득시켰다는 생각에 조금은 안심한 얼굴이 되어 있던 강혁은 다시 긴장했다.

"왜, 왜."

"저 사람들도 나름 진지한 사람들이에요."

장미는 나른해진 강혁의 눈을 마주한 채로 말을 이었다.

"응?"

"한구가 자기 고향이잖아요. 자기들이 열심히 일하면 여기가 더 좋아질 수 있다는 걸 이제 체득하고 있는데 왜 열심히 안 하겠어요."

솔직히 이건 강혁도 단 한 번도 생각지 못했던 얘기였다. 현지인들이 봉사를 한다라.

"일단, 자요. 전 저 사람들 교육하러 가야 해서."

강혁은 가서 잠이나 자라는 식으로 손을 훠이훠이 내저으며 떠나는 장미의 뒷모습을 바라보았다. 분명 강혁에 비하면 작디 작은 등인데 어쩜 저리 믿음직할 수 있을까.

강혁은 금세 밀려오는 피로를 이겨내지 못하고 마당에 마련되어 있는 천막에서 잠이 들었다.

"음."

일어났을 땐 한낮이었다.

'병원은 어떻게 돌아가고 있는 겨.'

강혁은 잠들었던 복장 그대로 일어나 천막을 나섰다.

"아, 교수님. 마침 잘됐네."

그런 강혁을 향해 달려오는 사람이 하나 있었다.

"뭐야."

강혁이 밑도 끝도 없이 퉁명스럽게 대해도 별로 타격을 입지 않는 사람. 양재원이었다.

"오전은 어찌어찌 버텼는데, 오후는 안 될 거 같아서요."

"왜?"

"왜긴 왜예요. 환자가 오니까 그렇지."

"뭔……."

강혁은 불퉁한 목소리로 대꾸하려다 말고 뒤를 돌아보았다. 빵빵거리는 소리와 함께 거친 엔진 소리가 들려 왔다. 언제나 그러하듯 SUV 아니면 지프차겠거니 하고 있었는데, 눈에 들어온 것은 앰뷸런스였다. 일반적인 앰뷸런스보다는 훨씬 거친 인상을 하고 있긴 했지만. 아무튼, 구급차였다.

"어?"

"사륜구동이래요. 그쪽에서 보내왔어요."

"아……. 벌써?"

미군이 아무리 일 다 계획해놓고 추진하는 녀석들이라고는 하지만, 바로 저번 주말에 환자를 보냈는데 벌써 앰뷸런스를 보내? 이건 좀 너무 빠르단 생각이 들었다. 그런 강혁의 말에 재원은 별거 아니란 투로 대꾸했다. 어깨를 으쓱해 보이면서였다.

"그래야만 하는 사정이 있대요."

"사정은 무슨……."

강혁의 말이 채 끝나기도 전에 조수석에서 누군가 뛰어내렸다. 겉보기엔 아랍인이었지만, 입고 있는 옷은 미국 군복이었다. 미쳤나, 한구 한복판에서 미군인 걸 저렇게 티 내? 강혁의 머릿속에 이런 생각이 스쳐 가고 있을 때쯤, 뒷문이 열리면서 환자가 탄 침대가 끌려 내려왔다. 후두둑 소리와 함께 바닥이 피에 젖었다.

"이런."

강혁은 우선 다른 생각은 접어둔 채 환자나 보기로 했다. 환자 또한 군복 차림이었다.

'작전 도중 발생한 부상인데?'

시리아에서 이미 여러 차례 미군과 함께했던 강혁은 바로 알아차릴 수 있었다. 지금 앰뷸런스에서 내려져 병원 이송용 침대로 옮겨지고 있는 이 환자가 입고 있는 복장은 그저 경계나 설 때 입을 만한 것이 결코 아니었다.

'모자는 벗겼고, 방탄조끼도 풀어헤쳤지만…….'

우측 허벅지에 묶여 있는 보조 탄띠에는 여전히 실탄이 다수 들어 있었다. 심지어 그중 일부는 소모한 것으로 보였다. 이 환자는 군 기지 근방에서 눈먼 총알에 당한 게 아니라, 적진 깊숙이 들어갔다가 구출되었을 가능성이 아주 컸다.

"어쩌다 다친 거지? 환자를 살리기 위해 묻는 거지, 정보를 캐내려고 하는 건 아니니까 안심하고."

해서 강혁은 침대를 병원 안쪽으로 끌고 들어가면서 아까 조수석에서 급히 뛰어내렸던 상사를 향해 물었다.

"닥터 백, 맞습니까?"

"어……. 그렇지."

"혹시 리처드 소령도 있습니까?"

"있을걸. 아, 저기 있네."

미리 연락이 왔었는지, 리처드는 수술실 안으로 들어가고 있었다. 마취과 박경원과 간호사 카심을 양옆에 대동하고서였다. 아마 마음 같아서는 장미를 데려가고 싶었겠지만, 장미는 지금 파릇파릇한 새싹들을 짓밟느라……. 아니, 더 잘 자라도록 북돋워주느라 바쁜 상황이었다.

리처드까지 확인한 상사는 먼저 경례부터 올렸다.

"필승, 닥터 백. 스미스로부터 닥터 백과 리처드 소령에게 전적으로 협력하라는 명을 받았습니다."

"아……. 뭐 그건 고마운데. 아까 질문에 대한 답을 못 들었어, 아직."

강혁은 상사가 리처드와 인사하는 동안 발견한 겨드랑이 쪽 상처를 누르고 있었다.

'좋지 않은데…….'

몸과 팔의 연결 부위인만큼 겨드랑이에는 그쪽으로 들어가는 혈관, 신경 그리고 림프관까지 모조리 자리하고 있었다. 오죽하면 '간지럼이라는 것이 아직까지 남아 있는 이유는 우리 몸의 약점을 알려 주기 위함이다'라는 가설까지 나왔겠는가.

"아……. 원래는 두 분께만 알려드리게 되어 있기는 한데……."

상사는 잠시 망설이다가 에라 모르겠다는 얼굴로 말을 이어나갔다.

"어차피 수술에 들어가실 분이 두 분만 계시는 건 아니겠죠."

"그렇지. 좋아, 그러니까 빨리 얘기해봐."

강혁은 그사이 다리 쪽에 난 상처 하나를 더 찾아내고는 재원을 보며 손짓했다.

"최근 아프가니스탄의 호스트 지역에 CIA가 추적하고 있던 주요 타깃 중 하나가 포착이 되었습니다."

주요 타깃이라. 아마도 알 카에다 측 인사가 아닐까? 어쩌면 그쪽에 무기를 대어주고 있는 로비스트들일 수도 있고.

"자세한 말씀은 드릴 수 없지만……. 생포해야만 하는 타깃이었는데, 추적 도중 파키스탄 국경을 넘었습니다."

강혁은 이야기를 듣는 동안에도 쉬지 않고 움직이며 환자를 수술대 위로 옮겨 놓았다. 미리 대기 중이던 리처드와 경원 그리고 카심은 즉시 마취에 들어갔다.

그사이 경원은 벌써 기관 삽관을 끝내고 제대로 들어갔는지 여부를 확인하기 위해 청진을 하고 있었다. 재원은 리처드와 손을 바꿔 소독을 하기 시작했고, 리처드는 귀를 쫑긋 세운 채 상사를 바라보았다.

“아직 함정인지 뭔지 명확하지는 않지만, 저희에게 제공되었던 정보보다 적의 수가 훨씬 많았습니다. 퇴각하는 과정에서 이미 병사 둘이 현장에서 사망했고, 심지어 하나는 억류되었습니다. 여기…… 한 사람만 겨우 살려서 돌아왔습니다.”

“아하.”

강혁은 그제야 뭔가 알겠다는 얼굴로 고개를 끄덕였다. 아마 사방에서 총탄이 빗발치듯 쏟아지는 상황이었을 터였다. 왜 총상이 중구난방으로 여기저기 있었는지 짐작이 갔다.

‘그나마 방탄조끼랑 방탄모를 제대로 쓰고 있어서 살았구만. 방탄조끼 쪽에도 총알이 5개나 박혀 있고…….’

이쯤 되면 살아 돌아온 게 천운이라 할 수 있었다.

“일단 다친 과정은 알았고. 여기까지 오면서 뭐 뒤 밟히거나 그런 건 아니겠지, 설마?”

“매무까지는 대기 중이던 험비로 이동했고, 매무에서 도이바까지는 일반 차량으로 바꿔 이동했습니다. 도이바에서 여기까지는……. 저 차를 타고 왔구요. 모든 과정은 현지 요원들이 도왔기 때문에 목표 지점이 드러났을 가능성은 없습니다.”

“알았어, 살려줄 테니까. 일단은 나가 있어. 사주 경계 똑바로 하고. 아니, 그 옷부터 갈아입어.”

“아, 네. 감사합니다.”

상사는 여전히 굳건한 표정이었지만 눈동자는 붉어져 있었다. 그는 강혁에게 인사를 하고 수술실을 빠져나갔다. 강혁은 잠시 그의 처진 뒷모습을 바라보고 있다가 이내 돌아섰다.

"혈압은?"

활력징후에 관해 물으면서였다.

"50에 30인데, 이것도 억지로 약 주고 끌어올린 겁니다. 출혈이……. 피를 너무 많이 흘렸어요."

출혈이 심하긴 했을 터였다. 강혁은 연신 고개를 끄덕이면서 말을 이었다.

"수혈은 가능한가, 우리?"

"일단 ABO 간이 검사 나갔고, B형 RH-인 것까지는 확인했습니다. 수혈 2팩 시작했고, 여의치 않을 거 같아서 아까 상사 쪽과 함께 온 병사들에게 부탁했습니다."

"기껏해야 셋일 텐데?"

"운이 좋았어요. 둘이 매칭됩니다."

"아. 그건 다행이네."

전우애라는 건 한 번이라도 느껴본 사람이라면 알겠지만, 일반적인 우정하곤 좀 다른 면이 있었다. 게다가 방금 죽을 고비를 함께 넘긴 이들이라면 수혈 정도는 별 저항 없이 해줄 터였다.

"오케이, 그럼 바로 들어가자."

"네."

"거기, 환자 옆으로 눕혀도 괜찮지?"

제일 빠르게 움직인 것은 역시나 강혁이었다. 그는 벌써 환자를 옆으로 눕히기 위해 몸통을 움켜쥐고는 나머지 둘을 돌아보았다. 허벅지 쪽을 맡기로 한 재원은 딱히 이견이 없었다. 반대편 팔, 정확히 말하면 전완부를 맡은 리처드는 약간 다른 의견이 있었지만 지금은 때가 아니었다. 겨드랑이에 난 상처야말로 환자를 죽음으로 이끄는 가장 큰 원인이었으니.

"오케이."

해서 강혁은 즉시 환자의 자세부터 잡았다. 겨드랑이 부위를 가리고 있던 팔을 들어 올려 치우고 나니, 한결 적나라하게 상처를 확인할 수 있었다. 내심 비켜 맞았길 기대하고 있었는데, 누가 노리고 쏜 것처럼 정확히 틀어박혀 있었다.

'폐까지 손상됐겠는데? 시발, 어떻게 살아서 온 거야?'

가슴에 구멍이 난 환자 같지는 않았는데……. 활력징후도 그렇지 않던가. 이상하다 싶어서 더 자세히 살펴보니 이유를 알 수 있었다.

'오……. 근육으로 틀어막았네.'

엇나간, 그러니까 부러진 갈비뼈 사이에 난 흉강의 구멍이 근육으로 막혀 있었다. 딱히 근력이 대단해서 그런 건 아니었고, 그저 우연히 이렇게 된 것으로 보였다.

"소독할 거 줘봐."

강혁은 곧장 베타딘을 이용해 상처 소독에 돌입했다. 범위는 남들이 판단했던 것보다는 훨씬 넓었다.

"음."

반대편에 있던 리처드는 그러한 사실을 곧장 깨달을 수 있었다.

'설마 흉강 내로도 부상이 있나?'

어지간하면 겨드랑이 쪽 절개를 통해서만 해결을 보고 싶긴 하지만, 어디 수술이란 게 하고 싶은 대로만 된다던가. 강혁은 우연히, 그러나 기가 막히게 틀어막힌 흉강 구멍이 열리지 않도록 주의하며 소독을 끝마쳤다.

"야."

재원의 얼굴을 보니 뭔가 생각나는 것이 있어 그를 불렀다. 재원은 고개도 돌리지 않고 대꾸했다.

"왜요."

"거 왜 김인수 교수님이 안 들어왔지? 그 양반 정형외과라 이쪽은 기가 막힐 텐데?"

겨드랑이야 외상 외과가 맡아야 된다지만, 이 환자 나머지 상처는 죄다 정형외과 아니던가. 가뜩이나 정형외과 쪽 수술이 섞여 있기만 하면 무슨 광증이라도 있는 사람처럼 발작하며 들어왔던 사람이 안 보이니 좀 이상하다 싶었다.

"아……. 김인수 교수님……."

재원은 다시금 강혁이 오전 중에 뻗어 있었던 것을 상기했다.

'이 사람은 지금 자기도 쓰러지는 상황에서 남들이 멀쩡할 거라고 믿는 건가?'

"지금 뻗었죠. 못 일어나요, 그 교수님."

"뻗어?"

"교수님이 자꾸 칭찬하니까 신나가지고 무리해서 그렇잖아요. 강일구 교수님도 누워서 수액 맞고 계시고."

"아."

그제야 강혁도 자신이 방금까지만 해도 쓰러져 있었다는 사실을 떠올릴 수 있었다. 하긴 강철 그 자체라고 해도 좋을 정도인 강혁도 쓰러질 지경인데, 남들은 오죽할까. 심지어 강일구는 노인이었다.

"무리하기는 했지."

"무리하기는 했지? 그렇게 태평하게 말하면 안 될 거 같은데. 진짜 뒤질 정도로 힘들다고요, 여기."

"근데 너 의외로 잘 버틴다?"

강혁은 이제 막 손을 다 닦은 후, 팔뚝을 따라 흐르는 물줄기를 털면서 재원을 돌아보았다. 재원 또한 차게 식은 물을 뚝뚝 흘리고 있었다.

"뭐, 저도 교수님이랑 하루 이틀 있었던 건 아니니까요."

이제 보니 재원의 팔뚝, 특히 전완부 부근이 꽤 두터워져 있었다. 펑퍼짐한 수술복 아래 숨겨진 하체도 제법이었고. 저만하면 리처드보다도 나을 수도 있을 거 같았다. 병아리 같던 놈이 이제 체력적으로도 성장한 건가, 뭐 이런 생각마저 들 지경이었다. 재원은 고개를 절레절레 흔들고는 원래 자신이 맡기로 했던 곳으로 다가갔다.

'1팩은 다 들어갔네.'

강혁은 심호흡을 한 번 하며 대략적인 계획을 세운 후 메스를 집어 들었다. 그러곤 곧장 메스를 슥 하고 그었다. 애초에 손상이 만만치 않다는 걸 인정하고 있었기에 절개선 긋는 데 있어서 별 망설임이 느껴지지 않았다.

'출혈은 겨드랑이 동맥에서 나는 거야……. 찢어졌겠지.'

겨드랑이 동맥이라고 하면 그저 간지럽기만 할 뿐 별거 아니라고 생각할 수 있지만, 결국 그 동맥이 팔 전체를 먹여 살리는 동맥이었다. 당연히 아주 굵은 동맥이었고, 터지면 큰일이었다.

"멧잼(Metzenbaum scissors) 줘봐."

어느 정도 절개선을 이어나가던 강혁은 대략 15cm가량 정도가 되자 메스를 내려놓고는 카심에게서 가위를 받았다. 무언가를 자를 때도 쓰일 수 있지만, 끝이 마냥 뾰족하지는 않아서 이미 그어놓은 부위를 넓혀나가는 데에도 적합한 기구였다. 강혁은 모르는 사람이 보면 미친놈이라는 말이 나올 정도로 빠른 속도로 상처를 파고들어 갔다. 한창 파고들던 강혁은 손가락 끝에 무언가 이질적인 것이 걸리는 순간 딱 하고 손을 멈추었다. 근육이나 신경은 아니었다. 우선 해부학적으로 그런 게 있을 만한 위치도 아니었을뿐더러, 강혁은 좁다랗고 어두운 틈을 통해서도 안쪽을 대강 짐작할 수 있는 눈을 가지고 있었다.

'찾았다.'

이미 잘린 어떤 관의 단면에서 검은 액체가 콸콸 흘러나오고 있었다. 그나마 줄기차게 흘러나오는 건 아니고, 중간중간 덜컥 막히는 타이밍도 있었다. 덕분에 강혁은 이게 어두워서 까맣게 보이는 것일 뿐, 동맥의 단면이라는 걸 확신할 수 있었다.

"베슬 클램프."

"네? 벌써요?"

"아, 달라면 줘. 환자 뒤져."

"어……. 네!"

강혁은 빠르게 손을 놀려 번 거즈로 이왕에 흘러나온 피를 치우면서 동시에 혈관을 손으로 잡았다. 거의 새끼손가락만큼이나 굵은 동맥이었다. 그러다보니 동맥을 잡은 손가락 끝을 통해 강렬한 박동이 전달되었다. 의무병인지 아니면 의무 훈련을 받은 병사인지, 최선을 다해 누르고 왔기에 망정이지 그게 아니었으면 지금쯤 환자를 죽게 만들기 충분한 손상이었다. 강혁은 최대한 빨리 움직이기로 작심했다. 우선 동맥을 쥐고 있던 왼손은 그대로 둔 채, 오른손으로 클램프를 잡아다가 손으로 짚은 부위보다 조금 더 심장에 가까운 곳을 집었다. 평평한 모양을 하고 있는 베슬 클램프를 고정하자 더는 손끝으로 박동이 전달되지 않았다.

"휴."

강혁은 얕은 신음과 함께 손을 떼었다.

'일단은…… 이어주자. 이어주고, 지켜보지.'

"봉합사 줘봐."

강혁은 전달받은 봉합 기구를 이용해 혈관을 이어나가기 시작했다. 언제나 그렇듯 빠르고 정확한 봉합이었다. 강혁은 어마어마한 연산력으로 제멋대로 찢긴 혈관 중 자를 부분은 잘라내고, 살릴 부분은 살리면서 동시에 봉합을 해내고 있었다.

마침내 강혁이 한숨과 함께 고개를 들었다. 그러곤 양측에 집어두었던 베슬 클램프를 풀었다. 굳이 확인을 해야 하나 싶을 정도로 완벽한 문합이었지만, 강혁은 긴장감을 늦추지 않고 베슬 클램프를 쥔 채 혹 어딘가 새는 곳은 없는지 바라보았다. 바람 빠진 타이어처럼 축 늘어져 있던 심장에서 먼 쪽 혈관이 곧 팽팽하게 늘어났다.

'잘 들어가긴 하네. 뭐……. 이제부턴 이 사람이 버텨야 하는 상황이지.'

"뭐야."

그제야 강혁은 자신을 바라보고 있는 세 쌍의 눈동자를 확인할 수 있었다.

"미쳤어? 수술 안 하냐? 그만 멍 때리고 수술이나 해. 너 그거 아직도 피 나는 거 아냐?"

"아."

재원은 강혁의 혈관만큼 위급하지는 않았지만, 그만큼 위험할 수 있는 상처를 들여다보았다.

'3번이구나. 흠.'

그나마 이건 꽤 먼 거리에서 피격당한 건지, 총알은 갈비뼈를 부서뜨리긴 했어도 더 깊이 들어가진 못한 상황이었다. 그저 흉강에 구멍 내는 것에 그쳐 있었다.

"경원아, 흉강 열린다."

"아, 네. 대비하고는 있었습니다."

"혈압은 어때?"

"아까 딱 이어질 때는 출렁했다가……, 지금은 안정적입니다. 피는 계속 들어갈 예정이고요."

"오케이, 좋아."

그 말은 곧 강혁이나 리처드, 재원이 놓치고 있는 출혈은 없다는 얘기였다. 달리 말하면 수술은 예상했던 대로 잘만 흘러가고 있다는 뜻이기도 했다. 강혁은 고개를 끄덕이며 부러진 3번 갈비뼈 조각을 밖으로 끄집어 당겼다. 이미 부러졌음에도 당장 제거할 수는 없었는데, 강력한 근육 하나가 뼈를 당기고 있어서였다. 흉강 안에 난 구멍을 틀어막고 있는 녀석이기도 했다.

'휘유, 소흉근(Pectoralis minor)이 이렇게 큰 사람은 또 오랜만일세.'

잘 모르는 사람이 보면 '아, 이게 대흉근이군요' 할 만한 사이즈였다. 강혁은 자기 근육은 어느 정도나 되려나 하고 중얼거리면서, 근육이 붙잡고 있어준 덕에 그나마 흉강 안으로 딸려 들어가지 않은 갈비뼈 조각들을 모조리 바깥으로 끄집어냈다.

'4번도 부러졌네. 대강 봤으면 모를 뻔했어.'

그렇게 다 끄집어내고 나서야 비로소 4번 갈비뼈도 부러졌다는 걸 확인할 수 있었다. 다만 4번은 총알에 의해 직접 타격받은 것은 아닌지 조각이 어긋나 있지는 않았다. 그렇다면 굳이 건드려서 좋을 게 없었다.

"가위 줘봐."

"네? 아, 네."

한창 다른 수술 보조를 하고 있던 카심이 재빨리 기구대 위에 있던 수술용 가위를 강혁에게 건네주었다. 조금만 더 센스가 있다면 멧잼을 주었을 텐데, 아쉽지만 이건 끝이 삐죽했다. 조직

바깥에 있는 걸 자르는 데에야 적합하겠지만 안쪽을 후비는 건 불가능하다는 뜻이었다.

'뭐, 어쩔 수 없지.'

물론 일반인들에 한정된 얘기였다. 강혁은 괴물이었고, 지금 이 수술은 그가 괴물이란 걸 최선을 다해 드러내야만 제대로 끝낼 수 있는 수술이었다. 우선 강혁은 갈비뼈에 붙어 있던 소흉근을 잘라내었다. 이런 거 하나도 허투루 하는 법은 없었다. 거의 무슨 발골 작업이라도 한 것처럼 말끔한 갈비뼈 조각이 카심의 기구대 위로 떨어져 내렸다.

강혁은 그렇게 근육을 이어준 후, 안에 틀어박혀 있던 총알을 제거했다. 단단한 뼈에 부딪혔음에도 불구하고 조각나지 않은 상태였다.

"거긴 좀 어떠냐?"

이제 슬슬 수술이 마무리되어 가는 마당이라, 강혁은 다른 부위에도 관심을 보였다. 먼저 대꾸한 것은 리처드였다.

"여긴 관통상이라서요. 뼈도 안 다쳤고, 혈관은 바로 이었고……. 근육이 좀 찢어지긴 했는데, 뭐……. 워낙 매스(mass)가 좋아서 괜찮을 겁니다."

"음."

강혁은 리처드가 맡은 부위를 내려다보았다.

"나쁘지 않네. 뼈 다쳤으면 너 좀 어려웠을 뻔했다."

강혁은 고개를 절레절레 저어대고는 재원을 돌아보았다. 척하면 척하는 사이인 만큼, 강혁이 별말 하지 않았지만 재원은 이미 뒤로 물러나 있었다.

"오."

이쪽은 허벅지였다. 다행히 허벅다리 뼈를 부러뜨리거나 하지는 않았다. 만약 그랬다면 겨드랑이나 여기나 비슷하게 위중한 상태였으리라.

"여기도 혈관 터지긴 했는데, 그냥 정맥이라 묶었어요. 근육도 최대한 결 따라 봉합해주었으니……. 아마 기능에 큰 이상이 생기진 않을 겁니다."

"괜찮네. 흠……."

곧 수술을 마친 강혁이 리처드, 재원과 함께 수술실을 나섰다. 아직도 총리가 약속했던 발전기가 도착하지 않은 상황인지라 1층 불을 죄다 꺼야만 엘리베이터를 움직일 수 있었다.

"그 새끼 설마 까먹은 건 아니겠지?"

강혁은 불안한 얼굴을 하고선 중얼거렸다. 그와 눈이 마주친 경원은 그저 묵묵히 앰부만 짰다. 재원 또한 잠시 마주쳤으나 뭔가 대꾸를 하진 않았다. 강혁과의 사이야 친밀하기 그지없었으나 한구 병원을 기준으로 본다면 경원이나 재원은 외부인이었기 때문이었다.

"그……. 설마요."

강혁도 그렇게 생각했기에 시선이 카심의 얼굴에 더 오랜 시간 머물렀다. 무언의 압박을 느낀 카심은 무슨 말이든 해야 한다는 생각이 들었고 그래서 어깨를 으쓱해 보였다. 딱히 강혁의 마음에 드는 대답은 아니었다. 설마라니. 이 새끼가 죽을라고. 강혁은 그런 생각을 하면서 또 다른 한구 병원 식구를 향해 고개를 돌렸다.

"어……. 저요?"

리처드였다. 반강제적으로 아니, 리처드 입장에서만 보면 백퍼센트 강제적으로 이 병원에 머물게 되었으니 여전히 심적으로는 남이라 여기고 있었다. 하지만 그건 그의 생각일 뿐이었다. 강혁이 그렇게 생각하지 않기 때문에 그의 생각은 아무짝에도 의미가 없었다.

"그래, 너. 넌 이 상황에 대해 어떻게 생각하냐. 내가 미군 일을 벌써 3번이나 해주는 거 같은데, 아직도 전기가 안 들어와. 리처드 소령, 이게 대체 어찌 된 일일까? 응?"

"저, 저한테 이러셔도."

띵. 그를 구원한 것은 그를 곤란하게 만들었던 엘리베이터 신호음이었다.

"오, 그래도 어찌어찌 올라는 오네."

2층에 도착했다는 것을 확인한 강혁은 시선을 거두고 환자를 끌고 나갔다. 재원은 한숨을 내쉬고 있는 리처드의 어깨를 두드려주고는 강혁을 도왔다. 경원 또한 마찬가지였다. 둘 다 곧 여길 떠날 사람들이라 그런지 마음이 퍽 여유로워 보였다.

'이런 망할…….'

강혁은 경원과 방금 수술하고 나온 환자를 돌아보았다.

"경원아, 정리된 거냐?"

"아, 네. 뭐 2, 3일 고비긴 할 텐데, 수술이 깔끔하게 됐고 출혈을 일단 잡아서……. 괜찮을 겁니다. 다만 여기 오기 전에 피를 너무 많이 흘려서 그게 좀 걱정입니다. 팔도……, 이건 뭐 교수님께서 추후에 상태 보면서 결정해주시면 될 거 같고요."

경원의 시선은 강혁이 아니라 환자의 오른팔을 향하고 있었다. 더 정확히 표현하자면 오른손 끝이었다. 오랜 시간 피가 통하지 않은 탓에 손상이 있었는지 색이 변해 있었다. 아까까지만 해도 강혁을 제외한 어느 누구도 눈치채지 못할 만큼 미세한 변화였지만, 이젠 아니었다.

"음, 뭐. 아직은 괜찮아. 아직은."

수술에 참여했던 이들은 이 말을 듣자 어쩐지 푸근한 기분이 들었다. 다른 사람도 아닌 강혁의 말이었기 때문이었다.

"상사는 어딨지?"

강혁은 환자 상태가 자신이 통제 가능한 수준이라는 걸 확신한 후에야 보호자를 찾았다. 그 말에 밖에서 대기하고 있던 상사가 안으로 들어섰다.

"네, 백 교수님."

아까까지만 해도 계급도 이름도 적히지 않은 군복을 입고 있더니 어느새 평상시 미군 복장으로 환복한 상태였다. 강혁은 그의 좌측 가슴에 적힌 톨레도란 이름에 잠시 시선을 두었다가, 다시 입을 열었다.

"우선……. 환자는 우측 팔이 반쯤 절단이 되어 있었습니다."

"음."

"좌측 팔에도 관통상이 있었고, 허벅지에도 관통상이 있었죠."

"어렵…… 겠습니까?"

톨레도 상사는 고개를 슬쩍 들어 병사를 바라보았다. 전투에 있어서는 베테랑 그 이상이지만, 의료에 대해서는 아는 것이 없는 톨레도에게는 죽음이 코앞에 다가온 듯 보였다.

"아뇨. 살 겁니다. 수술은 잘됐습니다."

"오……."

"팔이 너무 오랫동안 허혈(Ischemia: 국소 빈혈) 상태에 빠져 있어서 염려가 됩니다만 저는 괜찮을 거라 판단했습니다. 원한다면 계속 현장에서 일할 수 있을 겁니다."

"네, 감사합니다."

"아무튼, 두 분 정도는 병원에 계시는 것이 좋겠습니다. 리처드 소령이 있긴 하지만, 병사에게 위안이 될 만한 전우가 있는 게 의식이 깨어났을 때 도움이 될 테니."

"네, 닥터 백. 감사합니다."

강혁은 병실을 빠져나간 후 한국 단기 팀을 소집했다.

"그……. 수액 맞고 있는 사람들도요?"

"어. 장미 말고는 다 오라고 해. 어차피 얘기만 하려고 부르는 거니까."

"아, 네."

강혁은 몇 분 뒤 3층으로 향했다. 장미를 제외한 단기 팀 인원이 다 모여 있었다.

"아이고 백 교수님. 죄송합니다."

"제가 체력이…… 이거야 원. 봉사하러 와서 이런 신세라니."

요즘은 식당보다는 회의실처럼 쓰이고 있는 3층 식당에 강혁이 들어서자마자 강일구와 김인수가 차례로 고개를 숙였다. 각기 왼팔에 수액을 달고 있었기에 오히려 강혁이 미안함을 느껴야만 했다.

"아뇨, 아뇨. 저희도 단기 팀 받는 게 처음이라……. 이렇게까지 환자가 몰릴 줄은 몰랐습니다."

사과는 먼저 와 있던 제인 입에서 먼저 나왔다.

"아뇨. 마음의 준비를 했어야 했는데……."

하루에 적어도 100명 이상 환자를 보고, 몇 차례 응급 수술까지 들어가야 했던 강일구가 고개를 떨구었다.

"전 나이도 젊은데……. 그거 밤 좀 새웠다고 이렇네요. 죄송합니다."

거의 매일 수술에 투입되었던 김인수도 고개를 절레절레 흔들었다.

"둘 다 충분히 잘했으니까 인사치레는 이쯤에서 관두고요."

슬슬 미안함을 넘어서 민망함을 느낀 강혁이 책상에 양손을 짚은 채 입을 열었다.

"제가 여러분 모실 때 약속드린 몇 가지가 있죠. 숙소, 식사 뭐 이런 것들. 알아보니까 페샤와르에 호텔이 몇 개 있는데, 숙소가 우리 텐트만 못하더군요. 식사야 뭐 다들 만족하셨을 거고요. 저기 김영수 사장님 보이시죠? 정말 죽도록 고생했습니다."

"음."

"박수 주시죠."

영리한 강혁은 불만이 가득할 수밖에 없는 숙소 문제 바로 뒤에 불만이 나오기 어려운 식사 얘기를 덧붙였다. 정말 훌륭한 식사였기 때문에 박수를 안 치기도 뭐한 상황이었다. 강혁은 그렇게 숙소 문제를 두리뭉실 넘어가고는 말을 이었다.

"그리고 이제 관광 문제가 남아 있는데요."

'관광이라.'

재원은 여기 와서 보낸 지난 일주일 남짓한 시간을 돌아보았다. 관광은 얼어 죽을, 이 병원의 마당 밖을 나서본 적조차 없었다. 처음 며칠간은 그나마 나가고 싶다는 생각이라도 들었던 것 같은데 어디서 폭탄이 터지질 않나, 총상 입은 사람이 오질 않나……. 포기한 지 오래였다.

"이슬라마바드 관광으로 대체하려고 합니다. 이건 뭐 우리 대사관이 전적으로 지원해주신다고 하니, 별걱정하실 건 없을 겁니다."

대사관에서야 좋아서 하는 일은 당연히 아니었다. 사람 몇 데리고 다니는 게 뭐 대수인가 싶을 수도 있겠지만, 대사관 업무에 관광 가이드까지 포함된 건 아니었으니까. 하지만 이들은 국위선양을 목적으로 온 사람들이었고, 실제 지난 일주일 동안 한구 지역에 이들의 봉사가 끼친 영향은 어마어마했다. 아만 칸 총리나 모하메드 의원이 판단하기에 만약 이 한구 지역에 외국 기업이 들어온다면 당연히 한국 기업이 처음이 되지 않을까 한다는 얘기까지 돌 지경이었다.

"차 내일모레 온다니까, 그때까지만 힘내주세요."

강혁은 그렇게 말한 후 김영수 사장을 향해 고개를 끄덕해 보였다. 그러자 김영수 사장은 이슬라마바드에서 공수해 온 삼겹살을 꺼냈다.

"오우."

여긴 이슬람 국가였고, 따라서 돼지를 먹는 건 아주 엄격히 금지되어 있었다.

"와……. 이거 어떻게…… 어떻게 구한 거예요?"

댄은 거의 감격해서 울 것 같은 얼굴이 되어 물어왔다.

"이것도 대사관에서 도움을 주었습니다. 중국 통해서 들여왔다고 했습니다."

"오……. 대한민국 만세."

댄은 삼겹살 앞에 국적을 바꾸기라도 한 건지 몇 번인가 대한민국 만세를 외치곤 경건한 태도로 고기를 굽기 시작했다.

"대한민국 만세."

심지어 요다도 그랬다. 그사이 미리 양해를 구했던 카심만 방을 빠져나갔다. 나일론이긴 해도 신자는 신자인지라 코란에서 명백히 금하고 있는 음식을 먹을 수는 없었기 때문이었다.

"술도 꺼내 오지."

'이번에 보내면 또 언제 보겠어.'

무엇보다 강혁은 이 좋은 사람들과 헤어지는 것이 아쉬웠다.

"교수님, 뭔 생각해요?"

그때 재원이 옆으로 다가왔다. 강혁이 그토록 밀라고 했던 수염에 술을 묻힌 채였다.

"그냥."

"일주일 동안 죽도록 부려먹고, 그냥? 일단 이거나 다 마셔요."

"지금 술로 덤비는 거냐?"

"제가 또 술은 말술이거든요."

"저도 좀 낍시다."

재원 뒤로 리처드가 달려왔다. 벼르고 별렀던 것 같은 표정으로.

'스미스가 술 얘긴 안 했나보지.'

강혁은 그 모습을 보며 허허 웃었다. 명백히 혼자였던 자신의 삶 깊숙이 들어온 제자들이 개기는 꼴이 재미있었기 때문이었다.

가짜 우정의 값

삼겹살과 술로 밤을 보낸 다음 날, 식당 여기저기서 신음이 흘러나왔다.

"으아……."

재원을 깨운 건 평소와 같은 알람 소리나 아침 햇살 같은 낭만적인 것이 아니라, 위장 구석구석에서 치밀어 올라오는 메스꺼움이었다.

"응?"

차마 몸을 일으키지는 못하고 눈만 겨우겨우 뜰 수 있었다. 낯선 천장이 보였다.

'시바, 여기 어디지?'

본능적인 두려움에 고개를 들려고 하니, 깨질 듯한 두통이 엄습했다. 그저 숙취로 인한 두통만은 아니었다. 찰싹. 누군가 그의 이마를 때렸다. 손목의 스냅을 활용하는 것이 한두 번 때려본 솜씨가 아니었다.

"어……. 장미?"

고개를 돌려 보니 장미가 있었다. 장미는 별말 없이 재원의 얼굴을 내려다보았다. 표정만 봐도 무슨 생각을 하고 있는지 알 것 같은 기분이었다.

'어휴, 이 모자란 새끼…….'

재원은 '아, 이런 게 얼굴에 쓰여 있다는 건가' 하는 생각을 하며 다시 한번 입을 열었다.

"여기 어디……."

"아오, 술 냄새. 그냥 누워요."

"어, 어딘데."

"어디긴요. 기억 안 나요? 어제 여기서 술판 벌였다며."

장미는 어이가 없다는 얼굴로 고개를 가로저었다. 반대편 구석에도 사람 하나가 반 죽어가는 얼굴로 끙끙거리고 있었다. 겁도 없이 강혁에게 덤벼들었던 리처드였다.

"아……. 아, 맞아. 맞아……."

재원은 그제야 어제 술을 들입다 부었던 것을 떠올릴 수 있었다. 백강혁. 그 인간하고 몇 병이나 마셨더라.

'아……, 그래. 위스키는 진즉에 다 마셨지.'

댄의 비밀 주류 창고를 탈탈 턴 어제의 술판은 위로연의 성격을 띠고 있었기에 술과 음식은 금세 동나버리고 말았다.

'그다음에…… 그다음에…….'

"얼씨구. 어제 술 혼자 다 드셨어, 아주."

어느새 문 쪽에 강혁이 서 있었다. 방금 머리를 감은 건지 약간의 물기가 어린 채였다. 멀쩡해 보이는 걸 넘어서 지나치다 싶을 정도로 멀끔하게 하고 있었다.

'사람이 저래도 되는 건가.'

어제 못해도 각자 소주 3, 4병은 마셨던 거 같은데. 그것도 양

주는 뻔 숫자인데……. 근데 저렇게 멀쩡하다고?

"장미야. 수액 풀로 틀어버려."

"아, 네. 그래야죠. 아우, 술 냄새. 이게 뭔 지랄이래."

재원이 놀라고 있는 사이, 장미는 강혁의 말에 따라 수액을 풀로 풀어버렸다.

"엇."

그제야 재원은 무언가 차가운 기운이 자신의 왼쪽 팔뚝을 통해 스며드는 걸 느낄 수 있었다.

"엇은 뭔 놈의 엇이야. 너 땜에 귀한 5DW500 쓰고 있잖아."

"아오, 아까워."

쉽게 말하면 당이 들어가 있는 수액을 재원에게 놔준 것이다. 강혁은 그대로 한유림에게로 향했다.

"넌 어떻게 그렇게 멀쩡하냐."

한유림은 리처드와는 달리 눈은 뜨고 있었다. 지영이 건넨 물을 무려 빨대로 마시면서였다.

"딸 없는 놈들은 서러워서 살겠나."

"아니, 넌 어떻게 그렇게 멀쩡하냐고."

"나야, 원래 술이 세니까."

한유림은 기가 찬다는 얼굴로 헛웃음을 터뜨렸다.

"술은 나도 세거든?"

"3병에 뻗던데 뭘."

"3병이면……, 3병이면 인마……."

자랑할 만한 일인지는 모르겠지만 한유림은 어디서든 술이 세다는 말을 듣는 편이었다.

"그럼 내려와요."

"응?"

"술 세다며, 실제로 멀쩡해 보이고. 오전 진료 봐야지."

"야……. 나도 힘들……."

"10초 줄게요."

"와, 이 개새끼."

도착하자마자 정신없이 진료와 수술을 하느라 인사도 제대로 못했던 강혁과 단기 팀은 만난 지 일주일이 넘어서야 겨우 진한 인사를 나눌 수 있었다. 거하게 술 파티를 벌였지만 며칠 뒤에 떠난다는 생각을 하면 아쉽기만 했다. 마지막 이틀은 싱겁다고 느껴질 만큼이나 별일이 없었다.

"이제 다 끝났네요."

강일구 교수가 짐을 실은 후 강혁을 바라보았다. 올 때만 해도 대사관 측 트럭만 있었는데, 지금은 파키스탄 정부군 소속 수도 방위군의 호위 차량까지 와 있었다. 어찌 되었건 아만 총리는 자신이 했던 약속을 지키고 있는 셈이었다. 아마 처음 여기 왔을 때 같으면 이렇게까지 호위를 받을 필요가 있나 싶은 생각을 단기 팀 전원이 했겠지만, 폭탄 테러에 총격전에 워낙 다양한 환자들을 본 뒤라 다들 그저 든든해하기만 했다.

"그러니까요. 와서 고생만 하시고."

"아뇨, 수도에서 하루 정도…… 관광 일정이 있다고 하지 않으셨습니까? 기대 중입니다."

"거참. 다음엔 다른 사람 보내봐요. 또 오진 마시고."

강혁은 강일구 교수의 어깨를 두드리며 웃었다.

"교수님, 저희도 갑니다."

마지막으로 다가온 건 재원, 경원 그리고 장미였다.

"어. 그……, 내가 조만간 한국 갈게."

"아니, 아뇨. 진짜 무리하실 필요 없어요."

'이번에 여기 사업체 자리 잡고 나면……, 그땐 잠깐 자리 비워도 되겠지.'

얼마나 걸릴지는 알 수 없지만, 최대 반년이면 되지 않을까.

"거, 고만 웁시다."

"지, 지영아!"

"재 집 가는 거예요. 왜 이래, 이거."

"새꺄! 아비가 우는데 위로는 못 해줄망정!"

한유림도 너무 오래 두면 안 될 것 같았다.

"자자, 들어가서 웁시다."

"흐엉."

"뚝. 오늘 진료 빼줄게."

"너 약속 지켜라. 진짜."

강혁은 말이 끝나자마자 도망가듯 숙소로 올라가는 한유림을 보면서 옅은 미소를 지어 보였다.

"저, 교수님."

그런 그를 향해 리처드가 다가왔다. 잔뜩 굳은 얼굴을 한 채였다.

"응."

뒤에는 톨레도 상사를 대동하고 있었다. 톨레도는 꽤 눈치가 있는 편인지, 아니면 지령을 받은 건지는 몰라도 이곳 전통 복장을 한 채였다.

"드릴 말씀이 있습니다."

리처드는 자신의 뒤에 선 톨레도를 살피고 있던 강혁을 향해 말을 이었다. 아주 진중한 얼굴을 유지한 채였는데, 강혁은 그런 리처드를 보면서도 별로 놀라진 않았다. 이 자식이 왜 이러는지 알고 있었으니까.

'작전이 실패했지.'

미군은 세계 최고라는 자부심을 가지고 있는 집단이었다. 그 때문에 실패라는 말을 입에 올리길 극도로 싫어하는 성향이 있었다. 게다가 강혁은 처음 환자를 치료할 때부터 톨레도의 태도를 보며 내내 의심을 품고 있었다. 정말 타깃 암살이 목표였을까? 그랬다면 왜 하필 근거리에 앰뷸런스가 있었을까. 딱히 미군의 주요 작전지도 아닌 곳인데.

"뭐, 그래. 안에서 해야겠지?"

"네. 교수님."

"그럼 안으로 가자."

강혁은 대강 그런 생각을 이어나가면서 병원 안으로 들어섰다.

"엿듣는 사람은 없겠죠?"

CIA 소속이 되었지만, 원래 군의관인 리처드는 그에 관한 훈련을 받은 적이 없었다. 이 때문에 모든 것이 어설플 수밖에 없었는데 지금이 딱 그랬다.

"당연히 있지. 여기서 나누는 대화는 모조리 스미스한테 보고될걸."

강혁은 숙소, 그러니까 자신이 머무는 방에 들어온 뒤 사방을 두리번거리고 있는 리처드를 향해 말했다.

"요새 도청기로 도청 안 한단다."

"네?"

"도청 막으려면 진동 장치가 있어야 해."

강혁도 이런 사실을 안 지는 얼마 안 됐다. 친한 이비인후과 전문의 이낙준에게 주워들은 지 한 1년이나 되었을까? 원래 난청에 관심이 많은 친구라 만나면 대화가 거의 그쪽으로 흘러가곤 했다. 그렇다보니 노이즈 캔슬링 헤드폰 얘기가 나왔고, 그 기술이 최근 도청 방지에 적용되었다는 얘기도 들었다.

CIA야 당연히 창문 진동을 통한 도청을 선호하겠지만, 탈레반이나 파키스탄 정부도 그럴까? 아마 아닐 터였다. 톨레도는 꼼꼼히 방 안을 살핀 후에야 입을 열었다.

"닥터 백, 도움을 요청합니다."

"나는 그렇게 두리뭉실한 말은 좋아하지 않는데."

강혁은 고개를 가로저으며 다리를 꼬았다. 톨레도는 쓴웃음을 지으며 고개를 숙였다.

"죄송합니다, 닥터 백."

스미스에게 들었던 조언을 떠올리면서였다.

'그 사람은 담백한 사람이야.'

"아니, 뭐 사과할 필요는 없고. 뭘 도와달라는 건지 말하라는 거지."

강혁은 그 말을 하면서, 밖에 세워져 있는 앰뷸런스를 돌아보았다. 겉으로만 보면 전형적인 민간 앰뷸런스였다. 딱히 한구 병원과 위화감을 일으킬 만큼 화려하지도 않았다. 아니, 오히려 적당히 허름했다. 여기저기 칠이 벗겨진 곳도 있었다.

'안은 완전 최신식이다, 이거지.'

좀 좁은 것만 빼면 사실 한구 병원 수술실보다도 더 나았다. 저걸 저렇게 만들고 위장까지 해서 여기까지 빼돌리려면 대체 얼마나 들까? 강혁으로서는 쉽사리 상상이 가지 않았다.

"네, 일단……. 한 번 더 죄송하다는 말씀을 드려야겠습니다."

톨레도는 고개를 숙인 채 말을 이었다. 강혁은 어차피 뭔 얘기를 꺼낼지 대강 눈치채고 있었기에 별다른 반응을 보이지 않았다.

"아니, 사과 말고 얘기를 하라니까."

"네, 닥터 백. 우선 제 부하……."

"앤서니 상병?"

"네. 앤서니 상병이 다친 작전은 요인 제거를 위한 게 아니었습니다."

"음. 뭐."

"놀라지…… 않으십니까?"

톨레도는 강혁이 너무 담담해서 놀랐다.

"교수님? 알고…… 있었어요?"

"대강은."

"어, 어떻게요?"

"매복이 있었다고 했잖아. 그것도 야지에. 총 든 놈들이 매복하고 있을 정도로 인적이 드문 곳에…… 요인 제거나 납치하자고 사람부터 보내? 이상한 일이지."

옛날 옛적이라면 또 모르겠지만, 요샌 무인기나 드론 등 아주 다양한 옵션이 있었다.

"근거리에 앰뷸런스까지 대기시켜놨잖아. 그럼 누굴 제거한다기보다는 구하러 갔다고 보는 게 타당하지."

강혁의 말에 톨레도는 상당히 감탄했다는 얼굴이 되었다. 도청 장치를 통해 아주 멀리 떨어진 곳에서 듣고 있던 스미스 또한 비슷했다.

"아무튼. 도와달라는 게 구출 작전에 참여해달라는 거, 맞아?"

톨레도 상사는 잠시 침묵하다가 고개를 끄덕였다. 얼굴엔 여전히 놀라움이 가득해 보였다. 그럴 만도 했다. 아직 작전에 관해 일언반구도 하지 않았는데, 줄줄 꿰고 있으니까.

"오케이. 그럼……, 나는 어쩌면 되지? 설마 총질하라고 시키진 않을 테고."

강혁은 의사 아닌가. 그것도 국경없는의사회 소속 의사.

"아, 네. 당연합니다. 실제 내부로 잠입하는 건 저희가 합니다."

"음."

여기서 말하는 '저희'란 네이비 실에서도 최고의 특수부대라 일컬어지는 데브그루(DEVGRU)를 의미했다. 강혁은 어딘지 모르게 든든해지는 듯한 느낌을 받으며 고개를 끄덕였다.

'데리고 나오긴 하겠지.'

강혁은 고개를 끄덕이면서 옛날 시리아에서 겪었던 일을 떠올렸다.

'살릴 수 있겠어?'

안색이 파리한 백인을 데리고 나온 동료가 강혁을 향해 외쳤었다. 한눈에 상태가 엉망이라는 걸 알 수 있었다. 솔직히 고개를 젓고 싶었지만, 구출 과정에서 한 사람을 잃었다는 말에 차마 그럴 수도 없었다.

'더럽게 어려운 일이 되겠는데.'

강혁은 별로 떠올리고 싶지 않았던 기억을 애써 저편으로 흘려버리곤 톨레도를 바라보았다. 그러나 이번에 입을 연 것은 의외로 리처드였다.

"저희는 작전 지역에서 북북동 방향 3km 지점에서 앰뷸런스를 타고 대기합니다. 톨레도 상사가 이끄는 팀이 요인을 구출했다는 신호를 받으면 1.5km 지점까지는 마중을 나가야 할 수도 있습니다."

"마중?"

"네. 요인 상태가 어떨지 알 수 없습니다."

"아."

아마 최악을 예상하고 있을 터였다. 이미 한 차례 작전을 수행

했음에도 구출하지 못한 상황이지 않은가. 게다가 아프가니스탄 탈레반들은 원래도 거칠기로 소문난 녀석들이었다. 납치된 사람을 어떻게 다루고 있을지는 감히 상상도 하기 어려웠다.

"걱정 마십시오. 현장에서 위험하다는 판단이 들면, 마중은 취소됩니다."

고개를 끄덕이는 강혁과 리처드 사이로 톨레도가 끼어들었다.

"뭐, 어련히 알아서 잘하시겠지. 그럼 개시는 언제지?"

"금일 자정입니다. 이미 부대원들은 대기 중입니다."

작전에 한 번 실패했으니 독이 올랐겠지. 강혁은 그렇게 중얼거리면서도 대체 납치된 요인이 누구길래 이렇게까지 애를 쓰고 있나 하는 의문이 들었다.

'뭐……. 일반인은 아니겠지.'

고민해봐야 답이 나오진 않을 터였다. 다만 한 가지 확실한 건, 요인은 미국 정부에서도 상당히 중요하게 여기는 사람일 것이라는 점이었다.

'이건……. 일단 빚으로 해둘까.'

이미 벤틸레이터와 자전거 발전기 그리고 여기선 절대로 구할 수 없을 만한 수준의 앰뷸런스까지 뜯어낸 참이었다. 그 와중에 한 번 실패한 작전을 다시 수행하러 가는 사람들에게 또 무언가를 내놓으라고 하면 어떻게 될까.

'존나 화나겠지.'

미국은 달래고 이용해야 할 대상이지, 화나게 해도 될 대상은 결코 아니었다. 그랬다간 어떻게 되는지 보여준 사례가 여럿 있지 않은가. 해서 강혁은 씨익 하고 웃었다.

"알겠습니다, 가죠."

"조건은…… 걸지 않습니까?"

톨레도는 강혁이 허가하지 않을 경우, 리처드만 데리고 가라는 명령까지 받은 마당이었다. 강혁은 미국과 거래하는 사람이지, 미국의 명을 받는 사람은 아니었으니까. 한데 이렇게 흔쾌히 나서자 오히려 좀 이상하다는 생각이 들었다.

"조건이라니. 어려울 때 돕는 게 친구지."

"어……."

"그냥 돕겠습니다. 야, 가자. 이거 준비해서 차에 싣고."

"네? 아, 네."

리처드는 강혁이 어느 틈엔가 종이에 적어둔 물품 목록을 받아 들고 고개를 끄덕였다. 대체 언제 이걸 다 적은 거지? 이런 고민을 하기에는 시간이 많지 않았다. 자정에 작전이 개시된다면, 적어도 그 2시간 전에는 포인트 지점에 가 있어야 하지 않겠는가. 게다가 이동을 최대한 엄폐해야 할 테니, 길이 아닌 곳으로 가야 할 터였다.

"상사, 상사도 움직이지. 현장 지휘관 아닌가?"

"아……, 네. 감사합니다. 닥터 백."

강혁이 1층으로 내려가자, 이미 리처드는 다른 간호사들의 도움을 받아 앰뷸런스에 짐을 싣고 있었다.

"오?"

그 광경은 강혁에게 있어서 매우 낯선 광경이었다. 적어도 이 병원에서 제대로 일하는 간호사는 카심뿐이었으니까. 그런데 지금 일하고 있는 녀석들은 죄다 다른 놈들이었다. 심지어 땀까지 뻘뻘 흘려가며 짐을 옮기고 있었다.

"장!"

"미!"

이상한 구호를 외치고 있었는데, 그게 누구 때문인지는 자명했다.

'CIA보다 조폭이 백배는 무섭구만…….'

대체 어떤 방법을 쓰면 잉여 인력이 저렇게 파이팅 넘치는 일꾼이 되는 걸까. 덕분에 강혁과 리처드는 상당히 빠른 시간 내에 준비를 마칠 수 있었다.

"일단 수술 세트는 3개…… 챙겼고. 수술복 6벌에 장갑, 마스크, 수술모 모두 12개씩 챙겼습니다."

강혁이 뒷자리에 올라타자, 미리 타고 있던 리처드가 빠르게 품목을 읊었다. 일부는 이미 차 안에 비치되어 있는 것도 있었다. 놀랍게도 여긴 전기 소작기나 석션도 마련되어 있었다.

'시발……. 병원보다 좋네, 진짜.'

"그……. 구출 과정에서 부상자가 발생해도…… 가능할까요?"

"뭐……. 가능하게 해야지. 그래서 둘이 가는 거 아냐?"

강혁은 앞 좌석, 그러니까 운전석 쪽을 두드렸다.

"갑시다."

"네, 닥터 백."

그러자 운전석에 앉아 있던, 어떻게 봐도 병원 인력은 아닌 사람이 경례를 붙이곤 차를 출발시켰다. 외관은 무척 낡아 보이는, 이곳 한구와 전혀 위화감이 없는 차량이었지만 내부는 어마어마한 스펙을 자랑하는 괴물이었다.

어느새 차는 오프로드를 지나고 있었다. 엄청난 앰뷸런스면서 동시에 사륜구동 차량인지라 앞으로 나아가는 덴 전혀 무리가 없었다.

그동안 톨레도 상사는 다른 경로로 탈의 남쪽으로 향했다. 이쪽은 앰뷸런스가 아니라 험비를 타고 무작정 달렸기에 속도가 훨씬 빨랐다.

"여기서 세우지."

톨레도는 선글라스를 벗으며 입을 열었다.

"네, 상사님."

차량을 몰던 병사는 즉시 차를 세우고 뛰어내렸다. 그러곤 위장막을 이용해 험비를 가렸다. 어지간히 가까이 오지 않는 이상, 여기 험비가 있다는 사실은 깨닫지 못할 터였다. 톨레도는 위장이 잘 되었는지를 확인하고는 성큼성큼 앞으로 걸어 나갔다. 눈앞에 뭐가 보여서는 아니었다. 그저 GPS 기기에 입력된 좌표를 믿을 뿐이었다.

"톨레도."

좌표에 충분히 가까워졌다는 판단이 들었을 무렵, 어디선가 그를 부르는 소리가 들려왔다. 고개를 돌려 보니 어느새 현장 지휘관, 얼마 전까지만 해도 총괄 지휘관으로서 원격으로 작전을 지시하던 키퍼 중령이 서 있었다.

"아, 중령님."

"이쪽으로."

짧게 깎은 머리에 각진 턱을 가진 키퍼 중령은 불혹이 넘은 나이에도 불구하고 어지간한 장정 하나쯤은 박살 내버릴 수 있을 것 같은 체격을 유지하고 있었다.

"경비 인원이 늘었어."

"음……. 거의 2배로군요."

"당연하겠지. 다시 쳐들어올 걸 알고 있을 테니까."

"요인이 옮겨졌을 가능성은 없습니까?"

"위성 2개가 이곳을 주시하고 있어. 정찰기도 교차하면서 띄우고 있고."

그 말은 곧 이곳에 존재하는 모든 이의 이동을 철저하게 감시하고 있었다는 뜻이다. 제아무리 완벽하게 훈련된 인원이라도 이만한 감시를 벗어나기는 어려웠다.

"아직 살아 있습니까?"

"그건……."

알 수 없는 일이었다.

"어제 카불 근처에서 MSS(Ministry of Security, 중국국가안전부) 측 요원으로 의심되는 자의 움직임이 관찰되었어."

"거래 중이란 얘기군요."

살아는 있다는 뜻이겠군. 톨레도는 그렇게 생각했다. 톨레도에게는 기밀 접근권이 거의 없다시피 했고, 따라서 요인이 어떤 정보를 들고 있는지도 알지 못했다. 하지만 그가 알고 있는 사실만으로도 요인이 들고 있는 정보는 꽤 무거웠다.

"그래서 내가 온 거야. 알파는 내가, 브라보는 자네가. 나머지는……."

"묻지 않겠습니다."

"좋아. 톨레도. 자네 대기 지점은 여기서 300m가량 떨어져 있어. 일몰 시각이 8시 11분이니까, 8시 20분에 이동해서 대기하게."

"네, 중령님."

톨레도는 소리 없이 경례만 붙인 후, 몸을 돌렸다. 그러자 브라보 팀에 소속된 인원 전원이 그를 향해 다가왔다. 모두 6명이었다.

"쉬고 있게."

"네."

'잘 수 있을 때 자둬야겠군…….'

톨레도는 팀원들과 막사 안에 들어가 곧바로 눈을 감았다. 그가 다시 눈을 뜬 것은 8시였다. 일어나자마자 군장을 챙기고, 장비를 점검하고는 막사를 나섰다. 산 뒤쪽으로 해가 넘어가고 있었다. 인공조명이랄 게 없는 지역이다보니, 곧 칠흑 같은 어둠이 내려앉았다. 어딘가로 이동하기엔 최악의 조건이었지만, 작전을 수행하는 데는 최적의 조건이기도 했다.

"이동."

톨레도는 브라보 팀을 이끌고 키퍼 중령에게 지시받았던 포인트 지점으로 이동했다. 아주 낯선 지형이었지만 개당 천만 원을 호가하는 야간 투시경을 끼고 있었기에 별 어려움은 없었다.

"대기."

그는 포인트에 도착하자마자 일인용 위장 텐트를 땅 가까이에 설치하고 안으로 들어갔다. 설치한 사람도 정신을 차리지 않으면 어디에 있는지 잠시 헷갈릴 정도로 교묘하게 만들어진 텐트였다. 거기서 3시간이 더 지났을 무렵, 통신이 들어왔다. 키퍼 중령의 목소리가 확실했다. 하지만 톨레도는 절차에 따라 행동했다.

-코드.

-폭스트롯(F), 오스카(O), 엑스레이(X). 폭스.

-컨펌.

-목표 300M 지점까지 이동. 교전 허가, 선제공격 불가.

-카피.

코드를 확인한 톨레도는 방금 받은 지시 사항을 전달하고는 앞으로 나섰다. 낮은 자세를 하고서였는데, 솔직히 뛰어가도 아무도 모를 것 같은 어둠이었다. 하지만 경계를 늦추진 않았다. 아무리 조심해도 모자랄 것이 없는 위험 지역이었으니까.

-브라보 목표 확인.

-대기.

곧 톨레도는 목표 지점에 도달해, 통신을 보냈다. 그러곤 키퍼의 명령을 기다렸다. 야간 투시경을 위로 올린 채 경계 인원을 돌아보면서였다. 목표 지점은 불이 환하게 켜져 있었다.

'서른이 넘는군…….'

이전보다 인원이 더 늘어 있었다. 피해 없이 돌입해서 요인을 데리고 올 수 있을까?

-알파, 델타 사격. 브라보, 찰리 대기.

상념에 젖어들 틈은 없었다. 소음기를 낀 자동화기들이 불을 뿜기 시작했기 때문이었다.

"어디야!"

"습격이다!"

알파와 델타는 처음부터 경계 인원을 노리지 않았다. 그들이 노린 것은 대낮처럼 환한 빛을 쏘아대고 있는 경계등이었다. 불이 꺼지자 경계 인원들은 허둥지둥하기 시작했다. 30명에 가까웠던 인원이 전부 쓰러지자, 다시 명령이 떨어졌다.

-돌입.

사방에서 총소리가 빗발치고 있었다. 톨레도는 자신이 맡은 입구로 향했다. 입구는 아직 닫혀 있었다. 하지만 발로 차면 대번에 부서질 만큼 허술했다. 톨레도는 그 입구를 부수고 들어가는 대신, 돌입할 순번을 확인했다. 따로 대화를 나누거나 하진 않았다. 모든 의사소통은 수신호로 대체되었다. 굳이 이곳에 누가 있다는 걸 알려줄 필요도 없을뿐더러, 어차피 총소리 때문에 제대로 전달도 안 될 테니까.

'좋아.'

톨레도는 순번을 확인한 후 손가락 3개를 폈다. 그 순간 뒤따르던 브라보 팀원들의 긴장감이 훅 하고 올라갔다. 2개, 1개. 그리고 주먹이 꽉 쥐어지자, 첫 순번을 맡게 된 밀로 하사가 안으로 돌입했다. 곧이어 2번째, 3번째 팀원들이 안으로 돌입했다. 중간중간 총을 마구잡이로 난사하는 소리도 들리긴 했지만 톨레도는 작전이 아주 잘 수행 중이라는 걸 확신할 수 있었다.

'갈까.'

곧 마지막 순번, 그러니까 톨레도가 들어갈 순번이 되었다. 이미 방 안의 총소리는 잦아든 지 오래였다. 모조리 제압되었다는 뜻이었다.

'총 7명인가.'

"부상자는?"

"이상 무."

제일 먼저 돌입했던 밀로 하사가 즉시 답했다.

"좋아."

톨레도는 고개를 끄덕이면서 여전히 밝은 방을 둘러보았다. 바닥은 온통 탈레반 측 시신들로 가득했다.

"아까와 같이."

"네."

아직도 사방에서 총소리가 들려오고 있었다. 톨레도가 시간을 가늠하는 사이, 어느새 밀로 하사가 다음 방으로 돌입했다. 2번째, 3번째 그리고 4, 5, 6번째까지. 아까와 똑같은 방식의 돌입이었다.

'이번에도 7명인가.'

"이상 무."

"오케이. 이번엔 순번 반대로. 내가 먼저 간다."

톨레도는 방문을 걷어찼다. 키퍼 말에 따르면, 중동 지역 무기상 브로커이자 CIA 위장 요원 코드명 폭스는 아마도 이 방에 있을 가능성이 제일 컸다. 그 말은 이 방의 저항이 가장 거셀 거란 뜻이기도 했다. 예상대로 제압 사격의 양이 어마어마했다. 좁디좁은 방 안에서 이만한 사격이라니. 적어도 10명은 넘는 게 분명했다. 그러나 데브그루 측의 사격은 도리어 신중해진 상황이었다. 이 방에 요인이 있을 가능성이 크기 때문이었다. 오인 사격으로 요원을 쏴버리면, 작전 실패였다.

"좋아."

의자에 묶인 백인 사내를 제외한 모두가 쓰러졌다. 그러나 톨레도는 긴장을 유지한 채 사내에게 다가갔다. 그러곤 경동맥을 짚었다.

'약하군, 좋지 않은데.'

체력이 어마어마하게 떨어져 있을 게 뻔했다. 구출한다면 살릴 수 있을까? 알 수 없는 일이었다. 우측 바닥에서 부스럭거리는 소리가 들려왔다. 고개를 돌리자 소년의 독기 어린 눈이 보였다.

톨레도는 바로 방아쇠를 당기지 못했다. 소년의 앳된 얼굴과 그의 총구가 톨레도가 아닌 요인을 향하고 있는 걸 보았기 때문이었다. 단 한 발이라도 이 쇠약해진 요인에게 닿는다면 작전은 실패였다. 해서 톨레도는 몸을 날렸다. 요인 쪽이 아니라, 아예 소년 쪽을 향해서였다. 그게 그가 발사하는 총탄을 다 막아낼 수 있는 유일한 방법이었다.

"억."

"이런 개새끼가."

상황을 파악한 밀로 하사가 소년병을 향해 총탄을 난사해 벌집을 만든 후, 톨레도에게 달려들었다.

"괜찮습니까?"

제아무리 잘 만들어진 방탄복이라 해도 모든 총탄을 다 막아주지는 못하는 법이었다. 특히 지금처럼 난사되는 총탄에 노출되었을 때는 더더욱 그러했다.

"이런 제기랄."

밀로 하사의 입에서 욕설이 터져 나왔다. 톨레도 상사를 부축한 손에 끈적이고 따듯한 무언가가 잔뜩 느껴졌기 때문이었다.

-부상자 발생, 부상자 발생!

-요인 확보는?

이 와중에 요인이라고? 욕 나오는 상황이었지만 밀로 하사는 군인이었다.

-확보!

-전선 이탈하라. 찰리, 델타 팀이 퇴로 확보 중.

-카피.

여기서 제일 가까운 병원이 어디지?

'아프리콤? 괌?'

이 작전 때문에 급히 파병된 밀로 하사로서는 한구 병원의 존재를 알 턱이 없었다. 그 때문에 그의 머릿속에는 터무니없이 먼 곳에 있는 병원들만 떠올랐다.

"음."

작전 지역에서 3km 근방에 떨어져 있던 강혁이 가벼운 한숨을 쉬었다.

"이봐, 통신 들어온 거 없어? 들어올 거 같은데."

강혁은 운전석 뒤편을 두드렸다. 그렇지 않아도 긴장하고 있던 병사는 즉시 고개를 흔들었다.

"아, 아뇨. 없습니다."

"이상한데."

"이상하긴요. 이제 12시 15분인데. 작전 들어간 지……."

리처드가 강혁의 말에 대답하는 그때, 통신이 들어왔다.

-요인 확보, 의식 불명. 부상자 1명 발생. 현재 델타, 찰리 팀이 안전 확보 중. A 포인트로 이동 바람.

-카피.

병사는 잠시 목을 가다듬고는 즉각 답했다. 그러곤 뒤를 돌아보았다.

"이동해야 합니다. 안전 확보는 되어 있을 테니…… 걱정은 안 하셔도 됩니다."

"그래."

강혁은 군말 없이 고개를 끄덕였다.

"긴장되냐?"

강혁은 리처드를 보며 빙그레 웃어 보였다. 리처드는 정말이지 어이가 없었다.

"지금 이 상황에서 웃음이 나와요?"

"나 어디에서 근무했었는지 잊었냐?"

"한국대학교 병원 중증외상센터요. 거기도 힘들긴 했죠. 그래도 총알 맞을……, 아."

"멍청아. 네 선배들 나한테 어디서 배웠냐고."

"시리아……."

"그래."

리처드는 새로 허가된 기밀 접근 권한으로 들춰볼 수 있었던 강혁에 관한 파일을 떠올렸다. 강혁은 블랙 워터스에서 단순히 의료 업무만 했던 것이 아니었다. 그랬다면 그에게 연봉으로 200

만 달러나 지급하진 않았겠지. 아무리 바빠봐야 블랙 워터스에 있을 땐 수술이 일주일에 하나 정도였을 텐데.

'구출 작전에 직접 투입된 적도 있다고 했지.'

차량은 무사히 A 포인트 지점에 도달했다. 아까 있었던 곳과 마찬가지로 불빛 하나 없는, 그러니까 인적이라고는 찾아볼 수 없는 그런 곳이었다. 하지만 강혁에게는 보였다.

'50m 거리에 위장 천막이 있어.'

그리고 그 천막 근처에는 간호 장교로 보이는 인물들이 몇 보였다. 아마 이번 작전에서 부상자가 꽤 속출할 수도 있을 거라 판단했던 모양이었다.

-도착 1분 전.

-카피.

곧 통신이 들어왔다. 작전 지역에서 이탈한 부상자와 요인이 들어오고 있는 모양이었다. 환자를 받기 위해 차량 문을 열자, 리처드가 강혁의 손을 잡았다.

"교, 교수님. 나가도 괜찮은 걸까요?"

이놈은 대체 이렇게 겁이 많은데 어떻게 군인 할 생각을 했을까? 강혁은 잠시 말없이 리처드를 내려다보다가 이내 입을 열었다.

"이 근처에 벌써 너네 병사들 쫙 깔렸어."

"네? 정말요?"

"그래. 뭐……. 조명을 켜진 않겠지만. 아무튼, 그래."

"응."

리처드가 납득을 했는지 안 했는지는 알 수 없었다. 지금 중요한 건 환자가 오고 있다는 사실이었으니까. 그 환자 둘이 어떤 상태인지가 강혁의 주된 관심사였다. 통신에서 들었던 것처럼 딱 1분이 지나자마자 가까운 거리에서 차량 소리가 들려오기 시작했다.

'험비로구만.'

하나가 아니라 무려 4대였다.

"닥터 백."

맨 앞에 있던 차량에서 내린 사람이 강혁에게 빠르게 다가왔다. 나이가 꽤 있어 보였는데, 체격은 거의 강혁과 비슷할 정도로 우람했다.

"네, 제가 백강혁입니다."

계급장이 따로 박혀 있진 않았지만 강혁은 그가 아마도 톨레도 위에 있는 지휘관일 거라고 확신했다.

"키퍼 중령입니다. 지금 옮기고 있는 환자를 좀 봐주시겠습니까?"

고개를 힐끗 돌려보니, 병사 둘이 험비 뒤에 실려 있던 환자를 들것에 옮긴 채 앰뷸런스를 향해 뛰어가고 있었다. 담요로 덮어두긴 했지만, 드문드문 드러난 몰골까지 다 가릴 수는 없었다.

'요인이군.'

아마도 이번 구출 작전의 목표 대상이었을 터였다. 그렇다면 부상당했다는 사람은 어찌 되었을까.

"부상병은 어디 있습니까?"

"아. 저기 있습니다."

키퍼는 고개를 돌려 다음 험비에서 내려지는 사내를 가리켰다. 처음 사내와는 확연히 구분되는 모습이었다. 그는 군복을 입고 있었고, 얼굴이 익숙했다.

'톨레도 상사.'

강혁은 굳이 입밖에 이름을 내진 않았다.

"부상 수준은 어떻습니까?"

키퍼 중령이 조금은 곤란하다는 표정을 지어 보였다.

"닥터 백. 부상병은……, 저희가 알아서 치료하겠습니다. 닥터 백께서는 요인을 봐주시면 좋겠습니다."

"음."

강혁은 뒤를 돌아보았다. 요인은 앰뷸런스 안에 들어간 상황이었다.

'애초에 저쪽을 위해 불러 온 거지.'

"알겠…… 습니다."

"감사합니다, 닥터 백. 요인 치료가 끝나면 부상병 상태도 봐주시죠."

"네. 부상병도 이송되는 겁니까?"

"물론입니다. 응급 처치 후, 곧장 이송할 겁니다."

"알겠습니다."

강혁은 우선 고개를 끄덕이고는 앰뷸런스 안으로 들어갔다.

들어가는 순간 악취가 훅 하고 풍겨왔다. 그저 못 씻어서 나는 냄새는 아니었다. 피. 피가 있어야 이런 냄새가 날 터였다.

'발을 뭉개놨군……. 적어도 열흘은 지났어.'

"감염이……."

"썩었어. 오른쪽은…… 못 살려."

"교수님."

리처드는 수액에 항생제를 연결하면서 입을 열었다. 강혁은 수액에 진정제를 섞어 넣었다. 그사이 앰뷸런스가 출발했다. 목적지는 한구 병원이 아닌 이슬라마바드의 미 대사관이었다. 지금 병원으로 향하다 혹 누군가의 눈에 띄게 되면 작전과 한구 병원과의 연관성이 밝혀질 가능성이 크기 때문이었다.

"왜."

"부상병도……, 제대로 된 치료를 받긴 하겠죠?"

강혁은 아마 아닐 거라고 생각했다.

"이 사람만큼은 아니겠지."

"그럼……."

"최대한 빨리 치료하고, 교대하는 게 좋아. 총상이라면, 이슬라마바드까지 가는 시간 동안 절대 살아 남지 못할 테니까."

"아."

"그러니까 서둘러. 환자가 이 사람만 있는 게 아니니까."

"알겠……, 알겠습니다, 교수님."

앰뷸런스가 출발하고, 이동하는 동안 갑자기 비가 내리기 시작했다. 아직 본격적인 여름이 오지 않은 것을 감안하면, 퍽 드문 일이었다.

"근데…… 차가 너무 흔들리는데요?"

강혁은 고개를 절레절레 저어대다가, 맞은편에 선 리처드를 불렀다.

"뭐야, 너 차에서 수술 처음 해?"

"네?"

보통은 그렇지 않나요?라는 말이 무심코 튀어나올 뻔했다.

'대체 누가 차에서 수술을 하냐고…….'

"아니, 아냐. 넘어지지만 말라고. 어차피 보조만 해주면 돼. 그건 할 수 있겠지?"

"어……."

"배에서 수술한다고 생각하라고, 배. 그건 경험 있을 거 아냐."

항공 모함과 이 앰뷸런스를 비교하는 건 좀 무리가 있어 보였다. 하다못해 순양함에 있는 처치실도 이것보다는 사정이 나았다.

"눈알 굴리지 말고. 이 환자 죽는다, 진짜."

"아, 네. 알겠습니다."

"우선 우측은……, 이거 절대로 못 살려."

"네."

"그나마 무릎은 살릴 수 있겠지만. 음."

강혁은 안타깝다는 표정을 한 채 환자의 얼굴을 돌아보았다. 얼마나 잡혀 있었는지는 알 수 없었다. 다만 그 기간이 얼마가 됐건 죽을 고생을 했다는 건 알 수 있었다. 얼굴이 그냥 상한 정도가 아니라, 아예 망가져 있을 지경이었으니까.

'더 깊이 재워야겠구만.'

강혁은 곧장 메스로 환자의 다리에 절개선을 넣었다.

*

놀랍게도 절단술은 시작한 지 40분도 채 되지 않아 끝이 나버렸다. 그저 잘라낸 데서 그친 것이 아니라, 일부러 길게 남겨둔 가죽을 이용해 단면을 덮는 방식의 봉합까지 마치는 데까지 걸린 시간이 그러했다. 그냥 수술실에서 이루어졌다고 해도 대단한 일인데, 달리는 차 안에서 이루어졌다는 건 거의 기적에 가까운 일이었다.

"좋아, 그럼 왼쪽 볼까."

생사를 가늠하기 힘든 상황은 이미 넘어간 후였다. 상상하기 어려울 정도의 빠른 속도로 우측 다리를 절단해내면서 패혈증의 가장 큰 원인을 제거했으니 십중팔구는 살아나지 않겠는가.

'임무는…… 성공이야.'

강혁의 의식 한구석엔 톨레도 상사가 있었다. 아직 살아 있을까? 그렇다면 그도 제대로 된 치료를 받아야 할 터였다. 강혁은 운전 중인 병사에게 물었다.

"톨레도는. 톨레도는 어디에 있지?"

"네?"

병사는 대답 대신 질문으로 답했다.

"아……. 그, 부상병 말씀하시는 거군요."

병사는 잠시 고개를 주억거렸다. 그 반응을 보면서 강혁은 저 사람도 일개 병사는 아닐 거라고 확신했다.

'상사라는 직위를 붙이질 않네.'

강혁은 착잡한 마음을 딛고 일단 술기를 이어나갔다. 리처드 또한 마찬가지였다.

-여기는 피닉스, 알파 응답 바람.

-알파, 피닉스 무슨 일인가? 운송에 차질이라도 생겼나?

운송이라 함은 아마도 요인 이송을 뜻하는 것일 터였다. 악취 미로군, 강혁은 그렇게 생각하며 봉합을 이어나갔다.

-운송에는…… 차질 없습니다.

-음, 그럼 무슨 일이지?

-다른 부상병에 관해 궁금해합니다, 닥터 백이.

-다른 부상병을? 음.

'사람 살리는 데 있어서만큼은 절대 방심하지 않는 인간이라고 했지.'

그런 그가 다른 이를 궁금해한다? 적어도 저쪽 수술이 일단락되어가고 있다는 뜻일 터였다. 그게 아니면, 생사를 걱정해야 할 상태는 넘어갔다는 뜻이거나.

'그렇다고 해도, 솔직히 말해줄 필요는 없겠지…….'

키퍼 중령은 뒷좌석에 실린 톨레도를 돌아보았다.

'미안하네, 톨레도.'

-총탄이 스치긴 했는데, 괜찮아. 버틸 수 있네.

-아, 그렇습니까?

키퍼 중령은 거짓말을 했다. 병사는 애초에 속아 넘어가줄 공산이 컸기에 바로 반갑게 대꾸했다. 하지만 강혁은 그러지 않았다.

'고민했는데.'

목소리 자체에는 이상한 점이 없었다. 고민이 아주 길지 않았던 것을 보면, 키퍼 중령의 내적 갈등 또한 그리 심각하지는 않은 듯했다. 아마도 고민을 한 이유는 생사 여부를 속이기 위해서라기보다, 환자 상태를 어떻게 꾸며야 하는가였을 것이다.

'뭐……. 죽지는 않았단 뜻인데.'

죽었다면 죽었다고 했을 터였다. 강혁은 그것만으로도 일단은 만족할 수 있었다.

"다친 게 톨레도 상사였어요?"

리처드는 봉합 기구를 쥔 채 물었다. 같은 미군이라는 동료 의식도 있었고, 마음이 쓰이는 것은 당연했다.

"음."

강혁은 그런 리처드를 관찰했다. 사실을 말했을 때, 동요할 만한 상태인지 어떤지를 확인했다는 뜻이었다.

'뭐, 괜찮겠지.'

“다쳤어, 꽤.”

“얼마나…….”

“뭐, 의식은 없겠지. 안정된 상태도 아닐 거야. 물론, 의무병 수준이 꽤 높으니……. 죽지는 않은 것 같지만.”

“적어도 방금 돌아온 대답보다는 심각할 거다, 이거죠?”

“정확해.”

“알겠습니다. 서둘러야겠네요.”

리처드 역시 봉합에 집중했다. 이미 차량은 어느 정도 등속도에 접어든 참이었다. 곧 차 안에는 온통 봉합하는 소리만 가득 퍼지기 시작했다. 기분 탓인지는 몰라도 아까보다 속도가 훨씬 빨라져 있었다.

“좋아. 됐어. 잘라내진 않아도 되겠어. 어찌어찌 걷겠는데.”

그 덕에 환자의 나머지 발은 어떻게든 살아날 수 있었다.

“이봐, 지금 어디쯤이지?”

운전석을 향해서였다.

“코핫 파테 장 하이웨이입니다.”

“하이웨이? 어쩐지 아까보다는 좀 덜하더라.”

“그래도……. 도로 사정이 아주 좋지는 않습니다.”

“하이웨이에서는 어디쯤이야?”

“이제 올라탄 지 한 10분 됐습니다.”

“음.”

강혁은 머릿속에 파키스탄 전도를 떠올렸다. 하도 현지 인프라와 관계가 깊은 일을 하다보니, 싫어도 외울 수밖에 없었다.

'이제 절반 온 셈인데……. 그나마 국도가 아니라 하이웨이니까 속도는 더 빠르겠지.'

다행히 비도 슬슬 그쳐가고 있었다. 그 덕분인지, 확실히 차량 속도도 훨씬 빨라져 있었다.

"통신 연결할 수 있을까?"

"아, 물론입니다. 근데, 어떤 일로……."

"이 환자 완전히 안정됐어. 리처드에게 이송 맡기고, 나머지 부상병을 좀 보고 싶은데."

"어……."

운전병은 이 사람이 진심인가 하는 얼굴로 백미러를 바라보았다. 그러곤 진지하기 이를 데 없어 보이는 강혁과 눈이 마주쳤다.

'진심이구만.'

환자를 보겠다는 생각에는 흔들림이 없어 보였다.

"알겠습니다, 연결하겠습니다."

병사는 고개를 끄덕이고는 통신을 연결했다. 그사이 상대방과 연결되었고, 운전병은 벌써 대화 중이었다.

-부상병을?

-네, 이쪽 수술은 끝났다고 합니다.

-그렇다고 해도……. 비워둘 수는 없는데.

키퍼는 아주 곤란하다는 목소리로 대꾸했다. 그 말에 강혁이 손을 휘저었다. 방금 들은 대로 대답하란 뜻이었다.

-리처드 소령이 여기 남고, 닥터 백이 수술하러 간다고 합니다."

-수술하러? 여길 온다고?

-네.

-음.

키퍼의 목소리에 당황스러운 기색이 번졌다. 당연한 일이었다. 트럭에 와서 수술을 하겠다고? 그러느니 그냥 두는 게 나은 거 아닌가? 키퍼는 그런 생각을 하면서 뒤를 돌아보았다. 톨레도를 돌보고 있던 병사가 우비 쓴 고개를 끄덕이는 것이 보였다. 아직 살아는 있는 모양이었다.

'저기서 수술이 가능할까?'

천으로 옹색하게나마 비바람을 피하고는 있었지만, 그렇다고 해서 절대 쾌적한 환경이라고 말할 수 없었다.

-최선을 다할 테니, 맡겨달라고 합니다.

고민하고 있으려니, 운전병이 통신을 다시 보내왔다.

-알았네. 차는…… 여기서 1km 전방 분기점에서 멈추지.

-네, 그렇게 하겠습니다.

운전병도 고개를 끄덕였다. 그와 동시에 강혁은 몸을 일으켜 짐을 챙기기 시작했다.

"오케이. 음, 뭐……. 이만하면 되겠어."

강혁은 여분으로 챙겨 온 수술 기구함과 기타 집기 그리고 약품을 가방에 쓸어 담고는 고개를 끄덕였다.

"저 앞에서 세우겠습니다."

"오케이."

운전병은 그런 강혁을 확인하고는, 앞서가던 트럭 뒤로 차를 붙였다. 차가 멈추자 강혁은 곧장 앰뷸런스 뒷문을 통해 뛰어내린 후, 트럭을 향해 달려 들어갔다.

'비가……. 아직도 꽤 내리긴 하네.'

강혁은 트럭 안으로 뛰어들며 인상을 찌푸렸다. 앰뷸런스 내부도 그리 쾌적한 상황이라고 말할 수 있는 건 아니었지만 여기처럼 열악하진 않았기 때문이었다. 습하고 춥고…… 부상자에게는 거의 최악이었다.

"아, 닥터 백."

상황을 전해 들은 의무병이 경례를 붙였다. 비닐로 가려진 트럭이었지만, 그래도 약한 등은 들어와 있었기에 얼굴은 확인 가능했다.

"네, 백강혁입니다. 수술 보조해본 적 있어요?"

강혁은 20대 중반쯤으로 보이는 병사를 보며 질문을 던졌다.

"아뇨, 간단한 처치라면 보조해본 적 있습니다."

"뭐……. 어차피 시키는 대로만 하면 되고, 멸균 수칙만 지켜주면 되는데……. 그건 할 수 있겠어요?”

“개념은 잡혀 있다고 생각합니다.”

“오케이, 좋아. 그럼……. 어디 볼까.”

강혁은 시원스러운 답변에 만족하며 톨레도를 돌아보았다. 아직 군복을 그대로 입은 상태로, 그리 두껍지 않은 담요를 덮고 있었다. 피비린내가 코끝을 찔렀다.

‘이건 뭐……. 많이 다치지 않았어도 추워서 죽게 생겼네.’

이런 부상에서는 저체온증이 종종 문제가 되곤 했기 때문이었다. 애초에 출혈이 많은 외상 외과 측 수술에서는 환자의 생존과도 연관되었었다.

“불 없나?”

“네?”

“불이라도 피우라고. 이 상태에서 어떻게 담요를 벗겨.”

“어……. 트럭…… 위에서요?”

병사는 창백한 전등이 흔들리고 있는 트럭 내부를 둘러보았다. 그러고는 다시 멍한 얼굴로 강혁을 향해 고개를 돌렸다. 하지만 이미 강혁은 그 자리에 없었다.

“어?”

“이봐, 이봐!”

강혁은 병사를 지나쳐 앞 좌석 쪽에 바짝 붙어 큼지막한 주먹으로 유리창을 두드리고 있었다. 방탄 유리였지만 저러다 부서지는 거 아닌가 하는 생각이 들 정도로 거센 강도였다.

“응?”

키퍼 중령은 놀란 얼굴로 뒤를 돌아보았다.

"뭐……, 뭐야."

"불 피워도 되지?"

"응?"

"톨레도 상사 얼어 죽어, 이러다가! 수술하다가 얼어 죽게 생겼다고!"

"아, 아……."

키퍼 중령은 강혁의 말을 곧장 알아들었다.

"그…… 불 안 나게만 주의해주시오."

"오케이. 됐지? 불 내놔."

"아, 네."

의무병은 키퍼 입에서 허락이 떨어지자마자 불을 내주었다. 강혁은 라이터를 받아 들자마자, 솜처럼 풀어둔 거즈에 불을 붙였다. 그러곤 톨레도 몸을 덮고 있던 담요를 끌어와 태웠다.

"어이, 그쪽도 일로 와."

강혁은 트럭 뒤에서 경계 서고 있던 병사 중 하나를 불렀다. 병사는 잠시 망설였으나 의무병이 고개를 끄덕이자 이내 가까이 다가왔다.

"넌 이거 계속 쥐어짜."

"이게……. 이게 뭔데요?"

"지금은 말고. 한 1분 뒤에."

강혁은 앰부를 건네준 후, 담요 아래로 모습을 드러낸 톨레도를 향해 고개를 돌렸다. 아까 담요를 들추면서도 확인했지만, 이렇게 다시 보니 정말이지 참담한 상태였다.

'가까이에서 난사라도 당했나?'

방탄복은 걸레가 되어 있었다. 대강 봐도 열 발 이상은 박힌 것 같았다. 그중 한두 발은 유효한 타격을 준 것이 확실해 보였다.

'허벅지를 관통한 총알이 아랫배에 틀어박혔군…….'

아마도 아래쪽에서 위로 발사한 모양이었다. 이상한 일이었다. 특수 부대원이, 그것도 톨레도 상사와 같은 역전의 용사가 이렇게 근거리에서 난사를 당해?

'요인 구출하려고 몸빵이라도 한 건가?'

"의무병, 거기서 베타딘 적셔."

"아, 네."

강혁은 베타딘 거즈를 가리키며 말을 이었다.

"여기 배꼽부터 해서, 배 전체 다 닦고 우측 다리도 다 닦아."

"아, 네."

강혁은 의무병이 곧잘 소독하는 걸 확인하고는 톨레도의 머리 쪽으로 향했다. 어느새 오른손에는 플라스틱 튜브가 들려 있었다. 톨레도의 얼굴을 들여다보던 강혁은 고개를 가로저으며 튜브를 쑥 하고 집어넣었다. 그야말로 눈 깜작할 사이에 삽관이 이루어졌다. 강혁은 그 튜브에 앰부를 연결하고는 아까 불러왔던 병사의 등을 두드렸다.

"분당 10회. 더도 말고, 덜도 말고. 알았어?"

"어……. 네."

"혹시 변화 있으면 내가 알려줄 테니까, 넌 그냥 내가 시키는 대로만 짜."

"네, 네."

"안 그러면 환자도 뒤지고 너도 뒤지니까, 열심히 하라고."

강혁은 방금 피워둔 불 쪽을 바라보았다. 탁탁 소리를 내면서 잘도 타고 있었다. 그 덕에 땀이 날 정도의 열기가 전달되었다.

'뭐, 버텨주겠지.'

못 버틴다면 어쩔 수 없는 일이었다. 제아무리 강혁이라고 해도, 이런 상황에서 반드시 살릴 거라고 장담할 수는 없는 노릇 아니던가.

"AB형 있나?"

강혁은 톨레도 상사 목에 걸린 군번줄에서 혈액형을 확인하고 물었다.

"저, 저 AB형입니다."

트럭 뒤에서 경계를 서고 있던 병사 중 하나가 손을 들었다. 강혁은 별말 없이 가까이 오라는 뜻의 손짓을 해댔다.

"어……, 네."

"톨레도 상사가 피를 너무 많이 흘렸어. 네 피가 필요해."

강혁은 그렇게 다가온 병사를 향해 딱 핵심만 말했다. 그러곤 병사가 고개를 끄덕인다 싶을 때 바로 토니켓(의료용 압박대)을 감고는 바늘을 꽂아버렸다.

"어?"

"안 아프지?"

"아……."

"넌 저기 옆에 앉아 있어. 어지러우면 말하고. 뭐 내가 확인하겠지만, 그래도 말해주면 좋겠지."

"허……."

병사는 이게 대체 무슨 일인가 싶은 얼굴로 얼떨결에 바늘이 꽂힌 채로 강혁이 시킨 대로 옆으로 가 앉았다. 그사이 강혁은 톨레도 상사의 나머지 팔에 바늘을 꽂고는, 피가 잘 들어가는지 확인했다. 어찌나 빨랐는지 수액 라인을 통해 흘러나온 피가 단 한 방울도 낭비되지 않았다.

'일단 이 정도면…… 내가 할 수 있는 수준의 준비는 다 한 거지, 뭐.'

강혁은 딱 시간 맞춰 소독을 끝낸 의무병과 함께 장갑을 꼈다. 강혁은 마음의 준비를 한 채 메스를 깊이 그었다.

'뭐……. 적어도 작전 수행에는 문제없을 정도로 만들어주지.'

그 전에 숨이 붙어 있어야 가능한 일일 테지만.

'체온이…… 35.4도야. 음. 그만큼 환자가 약해졌다는 뜻이겠지.'

서둘러야 했다. 강혁은 적당히 타협하기로 한 채 봉합을 이어 나갔다. 그러면서도 동시에 환자의 활력징후를 살폈다. 우선 객관적인 지표만 봐도 썩 괜찮아진 참이었다. 그렇다고 쉴 틈이 주어지진 않았다. 아까보다 좋아졌다는 것이지, 객관적으로도 좋다고 말하기엔 좀 무리가 있었으니까. 하지만 적어도 고비를 넘겼다는 건 확신할 수 있었다.

'죽진 않겠어.'

강혁은 총알이 파헤쳐놓은 상처 위에 봉합을 해나갔다. 그렇게 대략 40여 분의 시간이 더 흐르고 난 후에야 강혁의 손이 멈추었다.

"휴, 됐다. 닫을 테니까, 가위 들어."

"아, 네."

"컷."

"네."

톨레도를 살렸다는 확신이 들자마자 강혁의 머릿속은 온통 이런 생각으로 가득했다.

'빨리……, 빨리 끝내고 좀 자자.'

돌이켜 보니 오늘 진짜 힘든 날이었다. 단기 팀 배웅하고, 차 타고 작전 지역으로 이동하고, 거기서 몇 시간을 대기하고……. 대기하다가 구출된 요인 수술하고, 비를 뚫고 트럭 위에서 또다시 수술…….

"다 됐다……."

극도로 피곤한 상황이었지만 수술을 빨리 끝내기 위해 더욱 집중했다. 얼마 후, 강혁이 만족했다는 얼굴로 환자의 허벅지를 두드렸다. 어느새 총탄에 꿰뚫렸던 상처가 제대로 붙어 있었다. 절개할 때부터 이미 다 고려하고 쨌기 때문이었다.

강혁은 가까이 있던 병사 셋을 둘러보며 말을 이었다.

"나는 이제 좀 자야 되니까, 셋이 돌아가면서 앰부 짜. 분당 10회."

"아……."

"체온이 35도 밑으로 내려가면 깨워."

"네."

"나머지는…… 음……. 그냥 저 기계 울리면 깨워……."

강혁은 반쯤 포기한 얼굴로 이렇게 말하고는 그대로 트럭 바닥에 엎어졌다. 바닥에는 톨레도의 피로 축축했지만, 그냥 무시하기로 했다. 사소한 것에 신경 쓰기엔 너무 졸렸다. 밤새 덜컹이는 차 안에서 두 번이나 수술을 했으니 당연한 일이었다. 전체적인 시간이 적게 걸린 것도 아니지 않은가. 이제 곧 새벽 4시였다.

"자네."

"여기서 그냥 잔다고?"

"전투 명상이라도 배웠나."

거의 눕자마자 잠이 든 강혁을 보며 세 병사 모두 한마디씩 했다. 다들 한 가닥 하는 사람들이지만 이 사람은 좀 특별해 보였다.

"야, 야. 분당 10회 짜고 있어?"

"어? 당연하지. 짜고 있지."

"그래. 일단……. 일단 대사관까지 주의하자고. 1, 2시간은 더 가야 할 거야."

의무병의 말대로 차량은 1시간 후 카슈미르 하이웨이에 올랐고, 곧 이슬라마바드를 목전에 둘 수 있었다. 한 나라의 수도이니만큼 환경이 한구나 탈에 비할 바는 아니었다. 하지만 병사들은 도리어 긴장을 늦추지 못했다. 이슬라마바드에서도 폭탄 테러가 있었다는 사실을 기억했기 때문이었다.

차의 속도가 줄어들 때쯤, 누가 깨우지도 않았는데 강혁은 눈을 부릅뜨고는 몸을 일으켰다. 불과 2시간 남짓 잔 사람치고는 상당히 멀쩡해 보였다.

"별문제 없었지?"

그는 깨어나자마자 일단 환자 상태부터 살폈다. 활력징후는 자기 전과 비교해 그렇게 변하지 않은 상황이었다.

"네."

"근데, 안 힘드나? 아무리 훈련받았어도……. 그거 짜는 거 힘들 텐데."

"괜찮습니다. 톨레도 상사님의 목숨이 걸린 일이니까요."

그사이 차량은 대사관이 밀집해 있는 지역에 들어섰다.

"좋아. 요인하고……. 부상병부터 안으로 옮겨!"

키퍼 중령은 입구에 내리자마자 명령부터 내렸다. 그러자 대사관에서 대기 중이던 인원들과 작전지에서부터 함께 온 이들 모두 그의 명령에 따라 요인과 톨레도 상사를 대사관 내부로 옮겼다. 리처드와 강혁 또한 별다른 제지 없이 환자 둘과 함께 안으로 들어설 수 있었다.

"지하로!"

키퍼 중령은 계단 밑을 가리켰다.

"환자 이쪽으로!"

그사이 대사관 측 의료진들 역시 쉬지 않고 움직였다. 간호사 넷은 벌써 환자에게 붙어서 활력징후 및 부상 그리고 처치 수준을 파악했고, 또 수액과 약은 제대로 들어가고 있는지를 확인하는 동시에 혈액 검사도 나갔다. 의사들 또한 바쁘긴 마찬가지였다.

'처치를 했으면 얼마나 했겠어…….'

그중에서도 특히 외과 의사로서 현 상황에 관한 책임자이기도 한 닥터 요한슨은 신경이 무척 날카로워져 있었다.

"빨리! 빨리 이쪽으로!"

요한슨의 말에 간호사들과 병사들의 발걸음이 더 분주해졌다. 덕분에 요인과 톨레도는 순식간에 처치실 내부에 있는 침대로 각각 옮겨졌다. 요한슨은 애초에 명령받은 대로, 우선 요인에게로 향했다.

'부상병이 발생한다고 해도 요인이 최우선이야. 그 외에는 죽어도 어쩔 수 없네.'

대사의 말을 떠올리면서였다.

"혈압은!"

"110에 80입니다!"

"응?"

당연히 엉망이겠거니 하고 있던 요한슨의 얼굴에 당황스러운 빛이 스쳤다. 혈압이 정상이라고? 분명히 잡혀간 지 2주가 넘었다고 들었는데? 그것도 탈레반에게 잡혀가지 않았던가. 녀석들은 포로에 대한 예우 따위는 알지 못하는 놈들이었다. 분명히 무차별적인 고문을 가하고 또 제대로 된 처치도 안 했을 텐데. 요한슨은 이런 생각을 하면서도 일단 다음 질문을 던졌다.

"심장박동 수는?"

"82회입니다!"

"호흡수……. 아니, 이건 뭐 기계 호흡이었고. 에이, 비켜봐."

심장박동 수도 정상이자, 요한슨은 더는 못 참겠다는 얼굴을 하고선 요인에게 달려들었다. 그제야 요한슨은 수술한 부위를 고스란히 바라볼 수 있었다.

"키퍼…… 중령님. 환자 구출하자마자 온 거 맞습니까?"

혼란스러워진 요한슨은 키퍼를 향해 물었다. 키퍼는 혹 상태가 너무 나빠서 그런가 하는 얼굴로 강혁을 잠깐 바라보았다가, 요한슨을 향해 답했다.

"네. 구출하자마자 앰뷸런스로 이송했습니다. 무슨 문제라도 있습니까?"

"병원에 들렀다 온 게 아니란 거죠?"

"네. 12시에 구출 작전 돌입하여, 31분경 구출에 성공했고, 바로 이곳으로 왔습니다. 모든 처치는 앰뷸런스에서 이루어졌습니다."

"허."

요한슨은 기가 찬다는 얼굴로 바람 빠지는 소리를 내었다. 그도 그럴 수밖에 없는 것이, 그냥 완벽한 수술이 되어 있기 때문이었다. 이런 게 앰뷸런스에서 가능하다고?

"그……. 키퍼 중령님. 작전에 참여한 의료진이 누구죠?"

"아……."

키퍼는 즉시 답하는 대신, 이 명단이 기밀 사항이었는지 여부부터 확인했다. 하지만 곧 대사관 내에서는 언급이 가능하다는 발언을 떠올릴 수 있었다.

"리처드 소령과 닥터 백입니다."

"닥터…… 백?"

"네. 백강혁입니다."

"백강혁……, 백강혁……. 응? 설마? 외상 외과 백강혁?"

요한슨의 얼굴에 경악이 번졌다. 아직도 학회에서 들었던 강혁의 강의가 가슴 깊숙한 곳에 자리해 있었기 때문이다. 그만큼 대단한 실력을 소유한 사람이 바로 백강혁이었다. 그 사람이 여기 와 있다니.

"네, 맞습니다. 백강혁 교수입니다."

"그 사람이 왜 파키스탄에 있죠? 설마……."

CIA에서 고용했나, 하는 생각이 먼저 들었다.

'하긴, CIA라면……. 최고의 조건을 제시했을 테지.'

어떤 걸 요구해도 들어줄 수 있을 터였다. 최고의 병원, 최고의 숙소, 최고의 연봉 등등. 그만한 가치가 있냐고? 차 안에서 이런 수술이 가능한 사람을 딱 한 사람이라도 더 데려올 수 있다면 그때 가서 가치를 논할 수 있을 것 같았다.

"아, 아뇨. 이번 작전에만 참여했습니다."

"허. 혹시 지금 있나요?"

"네. 그런데……. 닥터 요한슨. 요인 상태에 관해 아직 설명을 듣지 못했습니다."

"아. 네. 지금 약으로 재워놔서 그렇지, 시간 지나면 깨어날 겁니다. 뭔가 더 처치를 할 필욘 없어요. 그냥…… 내과적인 처치……. 아니, 관리가 필요할 뿐입니다."

"그럼……. 살아난다는 겁니까?"

"네. 백 퍼센트 확신합니다."

"아."

그제야 키퍼 중령의 얼굴에 한 줄기 미소가 피어났다. 뭐가 어찌 되었건 이 지독한 하루의 끝이 성공으로 끝났다는 소리였으니. 그와 동시에 톨레도에 관한 걱정이 물밀 듯 차올랐다. 타고난 군인 정신으로 애써 억누르고 있던 감정이었다.

"그, 그럼. 다른 부상병은 어떻습니까?"

"아, 잠시만."

요한슨 또한 키퍼의 말을 듣는 즉시 톨레도에게로 향했다. 윗선에는, 그러니까 작전이 중요한 사람들에게 톨레도의 목숨은 한 줌의 모래 같을지 모르겠지만 적어도 현장, 그것도 의료 현장에서 일하는 이들에게는 요인과 같은 무게를 가진 목숨이었다.

"혈압 90에 60이고……. 심장박동 수는 75회입니다. 호흡수는 일단 벤틸레이터 연결했고, 기계 호흡 세팅 마쳤습니다. 체온이 조금 낮기는 한데……. 바깥 기온 때문인 것으로 생각됩니다."

요한슨이 다가가자마자, 간호사 하나가 톨레도 상태에 대해 빠르게 읊었다. 단지 활력징후에 관한 얘기뿐이긴 했지만, 요한슨은 안심할 수 있었다.

"아, 우측 갈비뼈 5, 6, 7번에 골절이 있다고 들었습니다."

"음. 그래서……. 여기 이렇게."

"네. 부목을 대었습니다. 올 때부터 이미, 이렇게 되어 있었습니다."

"과연."

이미 강혁이 수술했다는 사실을 들었기에 요한슨은 아까처럼 놀라지 않았다. 고개를 끄덕이면서 톨레도의 상처를 살필 뿐이었다.

'우측 아랫배하고 허벅지 관통상이 있었군……. 이미 봉합까지 다 되어서 원래 얼마나 손상이 있었는지는 육안으로 파악은 안 돼.'

나중에 CT를 찍어 봐야 할 터였다. 기왕이면 MRI도.

"이 환자도 내과적 관리만 하면 충분하겠습니다."

찬찬히 환자를 살피던 요한슨은 그리 오래 지나지 않아 키퍼 중령을 돌아보며 자신 있게 답했다. 키퍼는 아까보다도 더 밝은 표정을 지었다.

"다행이군요."

"그러면……, 이제 제 질문에 답해주시죠. 혹시 닥터 백이 여기 있나요?"

"아, 네. 저기 있습니다."

"어디……? 아."

요한슨은 조금 떨어진 곳에서 졸린 눈을 하고 벽에 기대어 있는 강혁을 발견했다. 이미 간호사들에게 환자에 관한 인계를 마쳤기 때문에 여차하면 또 잘까 하고 있는 상황이었다. 강혁의 바람과는 관계없이 요한슨은 강혁을 향해 성큼성큼 다가갔다. 세계적인 명성을 가지고 있는, 그리고 그 명성보다 더한 실력을 갖춘 의사와 대면할 기회였다. 절대 놓치고 싶지 않았다.

“저, 닥터 백. 요한슨이라고 합니다. 일전에 학회에서 만나 뵌 적이 있는데……. 혹시 기억하시나요?”

“음……. 모르겠는데.”

“네, 백 교수님은 그때 너무 많은 사람을 만나셔서…… 이거야 원. 여기서 또 뵙게 될 줄은 몰랐는데, 정말 영광입니다. 혹시 악수 청해도 될까요?”

“뭐, 그러죠. 요한슨이라고 했죠?”

“네, 네. 아이고 감사합니다.”

“하하, 이런 거 가지고 뭐.”

강혁은 요한슨이 이 의료 시설의 헤드라는 사실을 상기했다. 그리고 아까 간호사에게 들었던 말 또한 떠올렸다.

‘아마 2년은 더 있을걸요? 오신 지 얼마 안 됐어요.’

그 말은 곧 이놈을 구워삶아 놓으면 언제든 쓸모가 있을 거라는 뜻이었다. 대사관 지하에도 이런 수준의 의료 시설을 들여놓을 정도로 변태 같은 놈들 아닌가. 이만하면 어떻게든 도움이 되면 됐지, 방해가 되진 않을 터였다. 돈 많은 놈들 대상이니, 삥 뜯는 데 있어서도 죄책감이 덜 들 테고.

‘이 양반……. 또 뭔가 꾸미고 있구만…….’

리처드는 악수에 심지어 사진까지 같이 찍어주는 강혁을 보며 고개를 가로저었다. 저 표정과 저 눈빛만 봐도 알 수 있었다. 이 사람이 순수한 의도를 가지고 이러는 게 아니라는 것을. 하지만 애석하게도 요한슨은 그 사실을 잘 몰랐고, 강혁은 연기력이 뛰어났다.

"와, 정말 감사합니다."

"아뇨. 훌륭하신 분이라고 들었습니다. 종종 연락하죠."

"네, 물론이죠. 여기, 제 연락처입니다."

"좋군요. 아주 좋아요."

리처드는 계속해서 껄껄 웃고 있는 강혁을 보고는 고개를 가로저었다. 강혁 또한 워낙에 눈치가 빠른 사람이라 리처드가 그러고 있다는 걸 바로 깨달았으나 별로 신경 쓰거나 하진 않았다. 그저 요한슨과 죽이 아주 잘 맞는 사람처럼 껄껄 웃을 따름이었다.

"약으로 재워놔서……. 한 4, 5시간은 있어야 할 겁니다. 상처를 생각하면 사실 만 하루나 이틀 정도 재우는 것도 좋고요. 또……."

동시에 자신이 수술해서 데려온 환자들에 대한 설명도 곁들이고 있었다. 이것은 딱히 요한슨에게뿐만 아니라, 키퍼 중령을 포함한 다른 이들에게도 중요한 사항이었기에 다들 귀를 기울이고 있었다.

"그리고…… 저 부상병. 톨레도 상사는 가능하면 최대한 빨리 움직일 수 있도록 해주시죠."

"네? 다리에 부상이 있던데요."

"3일 정도면 충분히 걸을 수 있을 겁니다."

"3일?"

보통 다리 수술을 하게 되면, 그것도 허벅지 수술을 하게 되면 3일 이내 휠체어를 타는 게 최대 목표가 되기 마련이었다. 그런데 3일 이내에 걷는다고?

'하긴 이 사람은 정형외과는 아니니까…….'

대강 시도나 해보고 안 되면 말아야겠다는 생각이 들었다. 하지만 도저히 강혁 눈앞에서 그런 말을 할 수는 없었다. 지금껏 발표한 자료만 봐도 어마어마한 의사인데, 이번에 해놓은 수술을 보니 그보다 더한 의사란 확신이 들어서였다.

"네, 알겠습니다."

"좋아. 그럼……."

강혁은 그 외에 환자 진료에 필요한 정보를 모두 인계한 후 리처드를 바라보았다. 리처드 또한 군 관계자인 키퍼에게 요인에 관한 수술 정보를 말해주고 난 참이었다.

"야, 이제 우리 끝난 거 아냐?"

"네? 아……. 네. 그렇죠."

끝났단 얘기를 듣자마자 피로감이 몰려오는지, 리처드는 연신 하품을 해댔다. 이해가 안 가는 일은 아니었다. 둘의 하루는 그야말로 지독하다는 말이 딱 어울릴 정도로 길고 힘들었으니까. 마침 대사관 측에서 병실을 숙소 대신 내어주겠다고 했기에, 리처드는 바로 씻고 잘 생각이었다. 어차피 그에게 주어진 임무는 구출된 요인을 어떻게든 살려서 대사관으로 데려오는 것이었지, 요인에게서 정보를 획득하는 건 아니었으니.

"커피 한 잔, 콜?"

하지만 강혁은 딱히 잘 생각이 없어 보였다. 리처드는 이 사람이 돌았나 하는 얼굴을 한 채 되물었다.

"커피요?"

"아침이잖아."

강혁은 리처드와 어깨를 나란히 한 채 계단을 오르고 있었다.

"아니……. 우리 밤새웠잖아요."

"하루 이틀 새나, 뭐. 커피 마실 거지? 잠은 이따 가면서 자라고. 어차피 앰뷸런스 탈 텐데. 아파서 타긴 싫잖아?"

'협조 안 하면 누워서 간다는 뜻이로구만…….'

리처드는 살기 위해 고개를 끄덕였다. 강혁은 그런 리처드를 아주 만족스럽다는 눈으로 바라본 후, 요한슨을 향해 고개를 돌렸다. 옆에는 대사까지 나와 있었다. 어찌 되었건 대사가 파키스탄에 온 이후, 거의 처음으로 추진하는 민간 교류 사업의 중심에 있는 사람이 강혁이었기 때문이었다.

'오사마 빈 라덴 죽일 때만 해도 이런 날이 올 줄은 꿈에도 몰랐는데…….'

대사는 감개무량한 심정이었다. 적어도 본인 임기 중에는 파키스탄과 교류하는 일은 절대 없을 거라 생각했는데.

대사로 있는 동안 우호 관계가 증진된다면, 무조건 좋은 일 아니겠는가. 지금까지는 주로 '길 열어라, 누구 내놔라' 이런 말만 했다면, 이제부터는 '여기 좀 투자하겠습니다. 대신 이것 좀 사주세요' 뭐 이런 말도 가능하게 될 터였다.

강혁, 리처드, 요한슨 그리고 미 대사까지 넷은 대사관 내에 마련되어 있는 카페테리아로 향했다. 넷 다 잠을 거의 못 잔 상황이었기에 다들 아메리카노부터 찾았다.

"여기 크루아상이 아주 괜찮습니다."

그리고 대사가 적극 추천한 크루아상도 곁들이기로 했다. 강혁은 향긋한 커피를 입에 털어 넣으며 고개를 주억거렸다.

"음, 커피도 괜찮은데요?"

"그렇죠? 제가 대사로 있으면서 여기 원두 바꾼 게 제일 잘한 일이라고 생각합니다. 하하."

"그렇게 생각하셔도 되겠는데요? 여기 와서 먹은 커피 중에 제일 맛있어요."

강혁은 과한 겸손 아닌가 하는 생각을 하면서 일단 맞장구를 쳐주었다.

'여기서는 뭘 받아도 일단 크다.'

별로 좋지 못한 생각 때문이긴 했지만 아무튼, 분위기는 좋았다.

"그나저나……. 최근 한구 분위기는 좀 어떻습니까?"

"테러라면, 거의 한 달 반가량 아무 사건도 일어나지 않았습니다. 탈레반 측과도 긴밀히 연락하고 있고, 자경단 측도 협조적이고요."

"안전하다고 판단하십니까?"

고개를 돌려 보니, 어느새 대사의 표정이 싹 바뀌어 있었다. 냉정하기 이를 데 없는 정치인의 얼굴을 하고 있었다. 차라리 잘된 일이었다. 강혁도 한가로이 한담이나 나눌 만큼 시간이 많은 사람은 아니었으니까. 해서 강혁은 예의 그 여유로운 표정은 유지하면서도 한층 단호해진 말투로 대꾸했다.

"그렇게 판단하지 않았다면, 단기 팀을 부르진 않았을 겁니다."

"아."

대사는 이미 다 알고 있는 모양이었다.

"단기 팀은 무사히 잘 돌아갔습니까?"

"지금 이슬라마바드 관광 중일 겁니다. 돌아가기 전에 얼굴이나 봐야죠."

"아하. 위험한 일은 없었나보군요."

"지역 주민들을 자극하지만 않는다면……. 괜찮을 겁니다. 물론 미국이 전면에 나선다면 얘기는 좀 달라질 겁니다."

이곳의 반미 정서는 상상을 초월할 지경이었다. 그나마 닥터 제인이나 댄도 국경없는의사회 소속 뒤에 숨었으니 활동이 가능한 것이지, 그렇지 않았다면 쥐도 새도 모르게 쓱싹당했을 수도 있었다. 세상에는 좋은 미국인도 있다는 말을 잘 믿지 않는 경우가 아주 많았다.

"그야, 그렇겠죠. 아무래도."

그런 선입견을 만든 장본인 중 하나라 할 수 있는 대사는 쓴웃음을 지은 채 고개를 끄덕였다.

"한국에 관한 이미지는 어떻습니까? 반감이 있나요?"

어차피 예상한 질문이라 딱히 놀라진 않았다.

"뭐, 여기도 한류가 있죠. 단기 팀에 대한 반응도 좋았고, 반감은 없습니다. 오히려 좋았으면 좋았지."

"예상대로군요."

대사는 중앙아시아 및 남아시아를 휩쓸고 있는 한류를 떠올리며 고개를 끄덕였다. 그가 여기 처음 왔을 때만 해도 대한민국은 정말이지 생소한 이름이었는데, 이젠 모르는 사람이 별로 없었다. 심지어 「주몽」이나 「대장금」 같은 드라마를 줄줄 꿰고 있는 사람도 적지 않았다. 대사는 얼마 전에도 정부 부처 인사가 최근 한국어를 배우고 있다고 한 것을 기억하며 말을 이었다.

"한국 대사관 측과 협의해서 미국계 한국인 중 이곳에 진출할 의향이 있는 사람들을 선발할 겁니다. 주로 음식, 숙박, 유통업이 되겠죠."

"음식은 제가 알아본 사람이 있는데, 도움을 부탁드려도 될까요?"

"한국 대사관에서도 알고 있는 사람입니까?"

다시 말하면 검증이 된 사람이냐는 뜻이었다.

"네, 대사관 측에서 선발해서 데려온 사람입니다. 김영수라고, 믿을 수 있는 사람이에요."

"소재지가 어디죠? 지금?"

"이슬라마바드에 있습니다. 여기, 주소."

"음……. 인터뷰를 해보죠. 그 외에도 차근차근 알아보도록 하겠습니다."

"감사합니다, 그럼."

"응? 어디 가시려고요?"

"배웅해야 할 녀석들이 있어서."

강혁은 인사를 마치고 몸을 일으켰다. 당연하게도 대사는 강혁에게 차량을 붙여주었다. 아무리 봐도 앞으로 같이 할 일이 많아

보였으니까. 요한슨 말에 따르면 저만한 실력을 지닌 사람은 미 본토에도 없다고 했다. 친하게 지내서 나쁠 일 없다는 뜻이었다.

"아, 리처드. 넌 진짜 안 갈래?"

강혁은 그렇게 대사와의 인사를 마치고 리처드를 바라보았다. 리처드는 방금 커피를 들이켰음에도 불구하고 얼굴이 반쯤 죽어 있었다. 세상엔 카페인만으로는 극복 불가능한 피로가 있는 법 아니겠는가. 게다가 의사 대부분은 이미 학생 시절 또는 레지던트 시절 카페인에 길들어서 약발이 잘 듣지도 않았다.

"네, 전……."

"그래, 뭐. 연락처는 주고받았더만."

"아, 네. 양 센터장님하고는."

"알았어. 쉬어라."

"네, 교수님. 감사합니다."

"감사는 무슨."

강혁은 피식 웃고는 대사가 마련해준 차량에 몸을 실었다. 이곳에 도착한 것이 새벽 6시가량이었으니 지금 기껏해야 8시밖에 안 된 상황이었다. 다들 여독이 쌓인 상황일 테니, 아직 호텔에 있을 게 분명했다.

"대사관 로드로 갑시다."

"아, 네. 한국 대사관으로 가나요?"

"그 바로 옆에 게스트하우스로요."

"네, 닥터 백."

힐끗 앞을 살펴보니, 운전기사가 아니라 운전병이 앉아 있었다. 미국 대사관에서 한국 대사관까지의 거리는 그리 멀지 않았기에 금세 도착할 수 있었다.

"아, 저거 맞는 거 같습니다."

"네, 그럼 안으로 진입하겠습니다."

차량은 곧 대사관 입구로 향했다. 차량 표지판에 대사관 소속 차량이라는 표식이 있었기에 입구를 지키고 있던 헌병은 다소 긴장감을 늦출 수 있었다. 최근 대사관을 노린 폭탄 테러가 거의 없었다는 것 또한 한 가지 이유였다.

"어떤 용무로 오셨죠?"

"미 대사관에서 닥터 백을 모시고 왔습니다."

"아, 들어가시죠. 연락받았습니다."

헌병은 뒷자리에 있는 강혁 얼굴을 확인하자마자 길을 비켜주었다.

'대사가 일을 잘하는군.'

강혁은 그 모습을 보면서 흡족하다는 뜻의 미소를 지어 보였다. 이런 사람과 같이 일을 한다는 건 일종의 축복이라 할 수 있었다. 아마 한구에서의 사업도 차질 없이 진행되지 않을까, 뭐 이런 생각까지 들었다. 물론 고려해야 할 문제도 많고 상황도 언제든지 변할 수는 있겠지만.

"도착했습니다."

강혁이 잠시 미 대사를 떠올리고 있는 사이 차량은 곧 목적지에 도달해 멈추어 섰다.

"감사했습니다."

"아닙니다, 제 임무입니다."

강혁은 차에서 내려 게스트하우스로 향했다. 말이 게스트하우스이지 시설만 따지자면 이슬마바드 내에 있는 어지간한 호텔보다 좋았다. 일단 안전하다는 면에서 비교할 수 없는 우위를 점할 수 있었다.

"백 교수님이시죠?"

이미 이쪽으로도 연락이 됐는지, 입구에 있던 군인 하나가 인사를 건네왔다. 강혁은 고개를 끄덕이며 입을 열었다.

"네, 다들 안에 있습니까?"

"네. 아마 아침 식사 중일 겁니다."

"제가 알아서 가죠."

"아, 네. 식당은 1층에 있습니다."

"감사합니다."

강혁은 곧장 식당으로 향했다. 1층에 마련된 식당은 그냥 구내식당 수준이라고 보면 되었다. 안에 들어서자, 제일 먼저 김인수 교수가 그를 반겨주었다.

"어? 백 교수님? 어떻게 여길?"

여기까지는 또 연락이 안 닿은 모양이군. 강혁은 그렇게 생각하며 껄껄 웃었다.

"뭐, 올 일이 있어서 겸사겸사 왔습니다. 인사도 해야 하고."

"아……. 일단 오시죠. 식사 안 하셨죠?"

"아뇨. 대강 먹었어요."

대답하면서 둘러보니, 생각보다 식당에는 사람이 거의 없었다.

"어제 저희끼리 또 단합한다고 한잔해서……. 거의 자고 있을 겁니다."

"빠져 가지고……."

"네?"

"아뇨, 아닙니다. 방 어디죠?"

"2층하고 3층에 있습니다. 2층은 여자, 3층은 남자."

"알겠습니다. 식사 맛있게 하시죠."

강혁은 김인수 그리고 강일구 등과 일별하고는 곧장 3층으로 향했다.

'나만 없으면 빠지는구나, 이 새끼들은.'

설마 했는데, 딱 중증외상팀만 아무도 안 보일 줄이야. 강혁이 계단 오르는 속도가 점점 빨라졌다.

'옳거니.'

어찌나 신들이 나셨는지 방문도 죄 열어놓고 주무시는 모양이었다.

"아우……. 뒤지겠다."

심지어 재원은 신음까지 흘려대고 있었다. 이기지도 못할 술을 왜 이렇게 마실까. 이런 생각을 하며 방 안에 들어갔더니, 아니나 다를까 재원, 경원 모두 뻗어 있었다. 재원이야 이럴 줄 대강은 알고 있었다지만 경원까지 이럴 줄이야.

'이게 다 양재원, 너 때문이야.'

어떤 벌을 내려야 남들에게 칭찬받을 수 있을까? 고민하던 찰나 술에 젖은 수염이 눈에 딱 들어왔다. 그래, 이거 처음부터 눈에 거슬렸지. 이 녀석이 애지중지하기도 하고 말이야. 마음을 정한 강혁은 호주머니에서 만능 칼을 꺼내 들었다. 호신용으로 쓸 수 있을까 해서 들고 다니던 물건이었는데, 오늘에 와서야 요긴한 쓸모를 자랑하게 되었다. 강혁의 칼 솜씨야 원래 알아주지 않았나. 그 대상이 제자가 되고, 또 안면부라고 해서 딱히 변하는 건 없었다. 한 치의 망설임도 없이 수염을 깎아나갔다.

"음?"

중간에 재원이 눈을 떴음에도 달라지는 게 없었다.

"뭐, 뭐야 시, 시."

"쉿. 움직이면 뒤져. 목 베인다? 너?"

"아니. 이미……."

하고 싶은 말은 많았다. 움직이고 싶은 것도 당연했고. 하지만 괴한이 목에 칼을 들이밀고 있는데 욕구에 충실할 만큼 용감하지는 못했다.

"사, 살려줘요."

그 대상이 강혁이라는 걸 인지했지만, 그런데도 마냥 안심할 수는 없었다. 강혁은 정말이지 뭔 짓을 할지 알 수 없는 사람이었으니까.

"닥치고 가만히 있어."

"으."

다행히 그리 오래 지나지 않아 목을 베려는 게 아니라 수염을 깎고 있을 뿐이라는 사실을 알게 되었지만, 그렇다고 황당함이 어디 가는 건 아니었다.

"이, 이 미친놈이 여기까지 와서 이게 대체 무슨……?!"

"미친놈? 하루 안 봤다고 그새 또 개기네."

"아니, 여긴 어떻게 온 거예요? 거기 진짜 멀더만."

"다 방법이 있지."

"하."

재원은 고개를 절레절레 흔들었다. 아무리 생각을 해도 이해가 가지 않는 상황이었기 때문이었다.

"여기……, 수염 깎으러 온 거예요? 설마?"

그 상황 속에서도 제일 납득이 안 되는 것부터 일단 물었다. 혹시 그렇다고 한다면 휴대폰에 있는 강혁 번호를 지울 작정이었다.

"아니, 내가 미쳤냐?"

"그럼 왜 왔어요?"

"인사하러 왔지. 파키스탄까지 와줬는데, 고맙잖아?"

"허."

재원은 말을 더 잇지 못하고 뒤를 돌아보았다. 재원이 예상했던 것처럼, 경원도 그를 바라보고 있었다. 도저히 믿지 못하겠다는 얼굴로.

'이 사람이 지금 고맙다고 한 거 맞냐?'

'맞는 거 같긴 한데……. 몸이 안 좋아서 헛것을 들었을 수도…….'

동시에 둘은 마치 미리 약속이라도 했다는 듯 눈으로 대화를 나누기 시작했다.

'혹시……. 돌아버린 거 아닐까?'

'어쩌면 죽을 때가 됐을 수도 있지…….'

둘이 바들바들하고 있는데, 강혁이 입을 열었다.

"야."

재원이나 경원이나 어리둥절한 얼굴로 위를 올려다보았다. 그리고 입을 헤 하고 벌렸다. 예상했던 흉신악살 같은 얼굴이 아니라, 어딘지 모르게 푸근해 보이는 얼굴을 하고 있는 강혁 때문이었다.

"나도 사람인데, 당연히 고맙지 않겠냐? 니들 휴가까지 내서 여기 왔는데 말야."

강혁은 두 사람의 표정이 어떻든 말을 이었다. 사실 처음 단기팀이 아니, 강혁이 몸소 키워낸 제자들이 이 땅을 밟았을 때부터 하고 싶었던 말이었다. 할까 말까 고민하다가 그냥 가슴에 묻었는데, 공교롭게 또 이슬라마바드에 오게 되지 않았는가. 이쯤 되면 제아무리 무신론자인 강혁이라고 해도 하늘을 한 번쯤 쳐다볼 수밖에 없었다.

"내가 몸은 여기 있어도, 자나 깨나 한국 걱정이라고. 뭐 경제나 이런 거 얘기가 아냐. 그거야 뭐 알아서들 잘하고 있잖아? 우리 중증외상센터 걱정이 이만저만이 아니었다고, 진짜."

떠나올 때는 솔직히 조금은 홀가분한 마음마저 들었었다. 하지만 막상 거길 떠나고 나자, 한없이 그립고 또 걱정이 들었다. 거의 백강혁 원맨으로 돌아가던 곳이지 않은가. 거기 내가 없으면 대체 어떤 꼬락서니가 될까.

"근데 이게 웬걸? 한유림 교수님이 지영이나……. 보복부 장관, 박성민 대통령하고 통화할 때마다 입이 찢어지더라고. 너네 진짜 잘하고 있다고. 사망률, 치료 예후 모두 내가 있을 때랑 크게 차이가 없다고."

엄밀히 말하면 차이가 아주 없지는 않았다. 재원이 뛰어난 외과 의사라고 한다면, 강혁은 괴물이었으니까. 물론 남들 눈에야 재원도 괴물로 보일 수도 있겠지만 둘 사이에는 엄연히 채워지지 못할 간극이 있었다.

"뭐, 그때부터 생각은 했어. 칭찬 한 번쯤은 해야겠다고."

강혁은 거기까지 말한 후, 잠시 뜸을 들였다. 해야지, 해야지 하고 왔는데 막상 하려고 하니까 입이 잘 안 떨어져서였다. 하지만 강혁이 누구란 말인가. 칼을 뽑았으면 무라도 벨 위인이었다. 대개는 사람을 베긴 했지만.

"잘했다, 둘 다."

해서 마침내 가슴속에 지난 몇 달간이나 두고 있던, 아니 어쩌면 몇 년간 묵혀뒀던 말을 꺼내고야 말았다.

"오……."

동시에 재원과 경원 모두 감동한 얼굴이 되어 강혁을 올려다보았다. 특히 재원은 거의 울기 직전이 되어 있었다.

'내가……. 내가 시발…….'

강혁이 센터장을 맡기고 가버리는 바람에 얼마나 힘들었던가. 솔직히 딱 센터장 되던 날만 기분 좋았고, 나머지 나날은 괴로움의 연속이었더랬다. 생각보다 강혁이 수술 외적으로도 감당하고 있던 업무가 상당히 많았기 때문이었다. 물 밀듯 밀려오는 환자 수술만 해도 죽을 거 같은데 밤잠 설쳐가며 서류 작업까지 하고 있었을 줄이야. 아마 장미가 절반쯤 가져가서 해주지 않았다면, 지금쯤 재원은 진짜 죽었을지도 몰랐다.

"흐어엉."

아마도 그 고통은 평생 가도 잊혀지지 않을 거라 생각했는데, 이 괴팍하고도 괴이한 스승 입에서 잘했다는 말이 나오자마자 사르르 녹아 없어지는 기분이었다.

"이 새끼 우네, 또."

"흐어엉."

"아……. 하지 말걸……."

"흐어어어어어어엉."

"아……."

그리고 강혁은 수술할 때 말고는 좀 병신 같은 제자의, 그것도 우는 제자의 등을 한동안 쓸어주었다.

"휘유."

"이제 좀 괜찮아졌냐?"

재원이 안정을 되찾은 것은 무려 10분도 더 지나서였다. 그러고서도 계속 꺽꺽거리고 있었는데, 이제는 이게 울어서 그런 건지 아니면 어제 마신 술이 덜 깨서 그런 건지 헷갈릴 지경이었다. 심지어 강혁의 그 날카로운 눈으로 보기에도 그랬다.

'진짜 알 수 없는 새끼라니까.'

그런 놈이 또 중증외상센터장은 곧잘 해내고 있지 않은가. 정말이지 불가사의한 놈이었다.

"네, 후. 아, 울었네. 와……. 평생 세 번 울었는데, 방금이 그중 하나네요."

"지랄 말고. 한두 번 울어 제낀 솜씨가 아니던데."

"아니에요, 저 진짜 안 울어요."

"됐고. 이제 슬슬 관광 가야 되지 않냐?"

"아……. 네. 가야죠. 교수님도 같이 가세요?"

재원의 눈빛엔 뭔가 좀 아쉽다는 감정이 서려 있었다. 그렇게 벗어나고 싶어 하더니, 그거 한번 안아줬다고 저러다니. 강혁은 어이가 없어서 웃었다.

"아니, 난 이제 돌아가야지. 여긴 가랄 때 안 가면 교통편 찾기가 진짜 힘들어."

"아……. 하긴."

"여기가 진짜 열악하네요, 이게 참."

"돕고 싶으면, 가서 단기 팀이나 좀 모아서 보내줘. 최 감독님이 영상 만들면……. 여건이 더 좋아지긴 할 거야. 이제 슬슬 기업체도 들어온다니까, 나아지겠지."

"네, 가면 최대한 알아볼게요."

"그래, 무리는 하지 말고."

강혁은 수염을 깎고 보니, 살이 몇 kg은 빠져 보이는 재원을 보며 말했다. 잘하고 있기는 한데 정말 엄청 고생하고 있는 모양이었다.

"그럼, 간다."

"아, 가세요?"

"어. 사실 좀 늦었어. 나 두고 갈 거 같진 않아서 버틴 건데……."

강혁은 리처드의 얼굴을 떠올렸다. 설마 그럴까 싶긴 한데, 그 녀석이라면 혹시 또 몰랐다. 개기면 분명히 맞게 된다는 걸 알면서도 또 개기는 놈이니까.

"더 늦으면 버리고 갈 거 같아."

"아, 책임자가 리처드예요?"

"어."

"그럼 빨리 가요. 제가 뭐 가르쳐둔 게 있어서."

"뭔데."

"백강혁한테는 개길 수 있을 때 개겨라."

미친놈인가? 강혁은 재원을 잠깐 노려보다가 이내 고개를 절레절레 흔들었다. 그래, 뭐 이런 즐거움이라도 있어야 되지 않겠는가.

"수제자 돼가지고 아주 좋은 거 가르친다."

해서 강혁은 재원의 어깨를 두드려준 후, 자리를 떴다.

"아, 맞아."

그러다 문가에 다다르고 나서는 뒤를 돌아보았다. 정신을 차려보니 어느새 손에 무언가를 들고 있었다. 재원은 설마 망치 같은 건가 해서 뒤로 숨었다.

"잰 또 왜 저런다니."

강혁은 혀를 츠츠 차고는, 방금 꺼내 든 것을 경원에게로 던졌다. 낡은 천으로 만들어진 인형이었는데, 나름의 멋이 있었다.

"이게…… 뭐예요?"

"장미 선물. 걔 그런 거 좋아하잖아. 귀신들린 물건 같은 거."

"그……."

"전해줘. 나 간다."

"아, 네. 교수님!"

"또 보자."

사소한 변화

며칠 뒤, 강혁은 일과가 다 끝난 후 한구 병원 옥상에 있었다. 평소처럼 운동을 하고 있으려니 누군가 찾아왔다.

“아, 안녕하십니까, 닥터 백. 말씀 많이 들었습니다.”

손님은 짧은 머리에 까무잡잡한 피부, 그리고 건장한 체격을 하고 있었다.

‘아주 대놓고 군인이라고 하지, 왜.’

“아……. 스미스가 말했던?”

“네. 데니스 박입니다.”

데니스 박이라. 이민 1세대도 아니고, 2세대쯤 되는 모양이었다.

‘그런 것치고는 한국어가 꽤 유창한데.’

“오면 온다고 미리 말하지. 그랬으면 오늘 운동은 밤에 하거나 했을 텐데.”

강혁은 수건을 휙 하고 던져두고는, 고갯짓으로 옥상 벽 쪽을 가리켰다. 예전 같았으면 비밀 얘기하기에 이곳 옥상보다는 차라리 거실이 더 나았겠지만, 병원을 둘러싸고 있는 그나마 높은 건물이 죄다 병원 소유가 되면서부터는 이곳이 제일 나은 곳이 되었다.

“아, 네.”

데니스는 바로 강혁의 의중을 알아차리곤 뒤를 따라 걸었다.

'백강혁이 있다고 하면, 근처로 작전 나가는 요원들의 사기가 올라.'

'그 병원이 지금 미국이 시도했던 그 어떤 작전보다 파키스탄 내부 정보를 잘 얻어 와.'

'거기 요새 심심찮게 탈레반이랑 정부 요원들이 입원해.'

데니스는 강혁을 만나러 오기 전 들었던 말들을 떠올렸다. 대부분은 강혁의 능력과 이 병원의 효용성에 관한 말이었다.

'아, 그 개새끼? 그 새끼만 조심하면 되겠네. 응? 그 사람이랑 일해야 한다고? 어…….'

중간에 좀 이상한 말이 끼어들어가 있기는 했다. 영리한 데니스는 이것도 절대 무시하면 안 될 의견이라고 생각했다. 강혁의 능력이 아니라 인성에 관해 얘기했던 사람들은 거의 다 이런 반응을 보였으니까. 요약하면 능력 있는 개새끼라는 뜻이었다.

'얘는 또 어떻게 삥을 뜯나.'

강혁은 데니스가 들어오기 전부터, CIA 측에서 위장 요원을 보내면 삥 뜯을 궁리만 하고 있었다.

"일단, 회사는 어디에 자리 잡았지?"

강혁은 그러한 속내를 숨긴 채 질문을 던졌다. 아직도 전기가 들어오지 않는 곳이 많아 속절없이 어두컴컴해져가고 있는 도시 한구를 바라보면서였다.

"아."

그제야 데니스는 강혁이 왜 옥상에서 대화를 이어나가겠다고 했는지 알 것 같았다. 한구가 워낙에 낙후된 데다가, 병원이 약간 지대가 높은 곳에 있어 도시가 한눈에 들어왔다. 그가 회사를 마련한 곳은 한구 병원에서 좀 떨어진 곳에 있음에도 불구하고 시야에 들어올 지경이었다.

"저깁니다."

"아……. 경찰서 바로 옆이네?"

"네. 그편이 안전할 것으로 생각되어서요."

"현지 직원은 몇이나?"

"일단은…… 셋입니다."

"셋? 아……. 설마……."

"네. 한 사람은 정부 관계자 자제고, 한 사람은 탈레반, 한 사람은 자경단입니다."

"서로는 모르지?"

"당연하죠. CIA에서 심사하고 뽑았습니다."

"일 잘하네, 역시."

한구에 들어오는 첫 민간 기업이지 않은가. 당연히 탈레반과 자경단의 경계가 있을 수밖에 없었다.

"저 안에서 저는 그냥 기업인입니다. 한국 정부에서 청년 외국 창업 자금을 지원받아 사회적 기업을 이끄는 젊은 사장이죠."

"음. 그런 정책이 진짜 있나?"

"있죠. 돈도 한국 정부 통해서 받았습니다."

"이야……."

서류상으로는 더없이 완벽하다는 뜻이었다. 강혁은 내심 감탄하면서 고개를 끄덕였다.

"그래서 저는 모든 연락을 이곳 병원을 통해 하게 됩니다. 저쪽에서는 통화도 하지 않습니다."

"병원에 너무 자주 오면 의심을 사게 되지 않나?"

"여기 이것을 좀 봐주시죠."

데니스는 처음 들어올 때부터 손에 쥐고 있던 서류를 건네주었다. 영문으로 된 진단서였는데, 누군가의 진단 이력이 쓰여 있었다.

"심장 판막 수술력이라?"

"실제로 저는 받은 적이 없지만, 저곳 사장 박창수는 받은 이력이 있습니다."

"그거 때문에 매주 약을 받으러 와야 한다?"

"네. 게다가 저는 한국 사람이니, 같은 한국 사람이 있는 이 병원에 자주 온다 해도 이상하지 않죠. 타국살이는 외로우니까요."

"수술력 외에 다른 설정도 있나?"

"물론이죠."

데니스는 박창수라는 인물의 고향 및 부모를 포함한 가족 관계 그리고 학력에 친구 관계까지 아주 세세한 내용을 쏟아냈다.

'변태 아냐? CIA 소속 드라마 작가라도 있나?'

그렇지 않고서야 이렇게까지 쓸데없는 설정을 잡을 필요가 있을까?

"그런 눈으로 보지 마십쇼. 이런 곳에서…… 장기간 작전 수행을 하려면 다 필요한 일입니다."

"근데, 정확히 무슨 사업을 할 거지?"

"아……. 커피요. 이곳이 그래도 고산 지대 아닙니까?"

"그렇지."

해가 따가워서 그렇지, 나름 선선할 때는 또 선선한 지역이었다. 아프가니스탄처럼 본격적인 건조 기후도 아니었고, 잘 찾아보면 커피를 기를 만한 곳도 있긴 할 터였다.

"그렇게 멀지 않은 곳에 작은 커피 농장이 있습니다. 뭐…… 정말 작은데, 저는 그 물량의 반을 확보해서 한국으로 수출할 생각입니다."

"쓸데없이 비싼 거 아냐?"

"공정 무역이니까요. 좀 비싸도 됩니다. 실제로 이 지역 경제에 엄청나게 큰 도움이 될 테니……. 게다가 곧 한구의 의료 봉사를 소재로 한 다큐도 유튜브를 통해 풀린다고 하니, 한국에서는 상당한 반향이 있을 겁니다. 소비자들이 기꺼이 지갑을 열어주겠죠."

"하긴."

더는 가성비가 중요한 시대는 아니지 않은가. 이젠 옳은 일에 돈을 쓰는 시대가 오고 있었다. 그리고 최 감독의 다큐가 거기에 바람을 불어넣어줄 터였다.

'사업 콘셉트 한번 제대로 잡았는데.'

명분도 있고, 시기도 좋았다.

"그럼 그 다큐멘터리 보고 돕고 싶어서 온 기업으로 소개가 되나?"

"바로 그렇죠."

"잘됐네."

강혁은 고개를 끄덕이며 아까 데니스가 가리켰던 회사 쪽을 바라보았다. 벌써 복작대는 거리가 눈에 보이는 것 같았다. 돈. 돈이 쏟아지면, 도시도 분명 변화하게 될 터였다.

"아, 그런데 말이야."

"네."

"앞으로도 한국인 기업들 계속 들어오겠지?"

"아, 물론이죠. 저 같은 위장 요원만 들어오면 이상하니까요. 진짜 한국인 기업들도 들어올 겁니다. 제가 선례를 잘 남기면요."

"좋아. 좋네."

강혁은 최근 장사를 접고 병원 전담 요리사로 잠시 뛰고 있는 김영수 사장을 떠올렸다. 한국인이 조금만 더 늘면 일자리를 구할 수 있을 터였다. 그러자면 이 지역에서 한국인에 관한 호감도를 좀 더 끌어 올리는 것이 좋았다.

데니스 박이 사업체를 연 지도 벌써 일주일이 다 되어가고 있었다. 커피를 가져다 판다길래 운송이 주된 일이 되는가 했더니, 그건 전혀 아니었다. 오히려 데니스 박은 매일같이 농장에 나가 피땀 흘려 일하는 모습을 영상에 담고, 또 함께 일한 노동자의 집에 가서 밥을 같이 먹으며 그 모습도 영상에 담았다.

'이미지 사업이다, 이건가.'

"아, 두 분 다 여기 계셨네. 다행이에요."

제인의 등장에 강혁이나 한유림 모두 긴장한 모습을 보였다. 제인 또한 이 둘만큼이나 바쁜 사람인데, 일부러 일과 후에 이렇게 찾아왔다는 건 무언가 아주 중요한 일이 있다는 뜻이었기 때문이다. 그리고 그 중요한 일이라는 건 대개 누군가의 생명과 연관되어 있었다.

"무슨 일이지?"

"두 분, 압둘 시장 아시죠?"

압둘 시장이라고 한다면 이곳 한구에서는 상당한 권력을 가진 사람이었다. 시장이라는 지위 때문만이 아니라, 그 집안이 종교적으로도 상당히 유력한 위치를 점하고 있기 때문이었다.

"아, 알지. 왜? 다쳤대?

"아뇨. 그 사람이 직접 그런 건 아니고요. 전화가 왔어요. 아마 동네 지인이 아픈 거 같은데……."

"동네 지인? 어떻게 아픈데?"

"1시간 전부터 가슴이 불편하다고 하더니……. 이제 통증이 생겼나봐요."

"1시간? 가슴?"

강혁은 약간은 어이가 없다는 얼굴이 되어 제인을 돌아보았다. 보통 가슴이 아프거나 불편하면 당장 병원에 와야 하지 않은가. 그런데 10, 20분도 아니고 1시간을 버텨? 제인은 그런 강혁의 의문을 즉각 이해했다.

"아……. 민간요법을 쓴 모양이에요."

"민간요법이 뭔데?"

"뭐…… 향초로 냄새 맡는 거였나……. 그럼 심신이 이완되면서 불편감이 해소된다고 믿는 모양입니다."

"거참……. 그래서 지금 오고 있는 건가?"

"네, 압둘 시장이 차를 빌려줘서, 지인네 가족이 몰고 온다고 합니다."

"들었죠? 내려갑시다."

"어? 아, 그래."

옛날 같았으면 벌써 계단으로 뛰어 내려갔을 강혁이었지만, 지금은 그저 거실 근처에 서성이고 있을 따름이었다. 묘한 미소를 지은 채였다.

"꼭 이렇게 엘리베이터를 타야 되나?"

시선은 제인의 손가락 끝에 걸려 있었다. 제인 또한 묘한 미소를 지은 채 고개를 끄덕였다.

"발전기 바꿨으니까요. 체감해야죠."

제인의 말처럼 사흘 전 교체된 발전기는 성능이 아주 좋았다. 그만큼 기름을 많이 먹기는 했지만, 아만 총리는 약속을 지킬 줄 아는 사람이었다. 덕분에 한구 병원은 후원금으로 사들인 기름이나 장비를 단 한 톨도 흘리지 않고 무사히 이송해올 수 있었다.

1층에 도착하자마자 로지스티션 드니스를 마주할 수 있었다. 이슬라마바드에서 발전기와 석션 등을 가져온 장본인이었다. 그는 제인과 반갑게 대화를 나눴다.

"진짜 좋네요. 불 안 꺼도 이렇게 잘 움직이다니. 우리 엘리베이터가 이렇게 매끄럽게 움직이는지는 처음 알았어요.”

“앞으로 계속 좋아질 텐데요. 익숙해져야죠.”

강혁은 그런 제인을 보다가, 이내 시선을 병원 바깥쪽을 향해 돌렸다. 고요하기 짝이 없는 한구의 밤을 깨부수며 다가오는 엔진 소리가 있었다. 아직은 다른 사람들까지 다 눈치챌 정도로 커다랗진 않았지만 지극히 예민한 강혁은 저도 모르게 병원 밖으로 걸음을 옮기고 있었다.

“백 교수? 야. 어디가?”

한유림은 영문도 모른 채 그런 강혁을 따라 걸었다. 응급 상황이 가까워진 이상 강혁의 말을 무조건 따르는 게 좋겠다고 여겼기 때문이다. 곧 자동차 소리가 더 가까워졌다. 그 속도가 상당히 빠른 것으로 볼 때, 환자가 굉장히 위급한 상태라는 것 또한 예측할 수 있었다.

“흉통이라고 했죠?”

“어.”

“최악의 경우에는 이미 심정지겠는데.”

“심폐소생술 하면서 왔을까?”

“했겠어요?”

“아니.”

심폐소생술이라는 것은 반드시 교육이 있어야만 알 수 있는 술기였다. 때문에 둘은 저 자동차를 보면서 일단 숨이라도 붙어 있기를 바랄 따름이었다. 차가 멈춰 서자마자, 강혁이 뛰어갔다.

“환자는?”

그러곤 유창한 우르두어로 보호자에게 물었다. 보호자는 황망한 표정으로 뒷좌석을 가리킬 따름이었다. 강혁은 곧장 차 문을 열고, 안에 널브러져 있던 중년 사내를 안아 들었다. 한유림 또한 너무 늦지 않게 따라붙었다.

"어떤 거 같아?"

"내가 심전도예요? 보자마자 어떻게 알아."

"대강은 알지 않아?"

강혁은 대꾸하는 대신 일단 환자를 살피며 병원 안으로 뛰어 들어갔다.

'입술 색이 파래……. 이 정도면 산소 포화도는 대략 40? 맥박도 너무 약하고……. 역시 심근경색인가.'

욕 나오는 상황이었다. 여기서 심근경색이라니.

"심전도!"

"네, 네!"

강혁은 한유림과 함께 환자를 안아 들고 병원 안으로 뛰었다. 그렇게 도달한 곳은 처치실 입구 쪽이었다. 안으로 들어가진 않았다. 어차피 수술실로 직행해야 될 것 같았으니까.

"빨리!"

"네!"

강혁의 성화에 간호사 둘이 부리나케 심전도를 붙여나갔다. 당연히 강혁, 제인, 한유림은 물론, 뒤에서 대기 중이던 드니스까지 들러붙었기에 속도는 무척 빨랐다.

"아, 이거……."

강혁은 심전도 모니터를 보다가 탄식했다. 이게 바로 심근경색입니다, 하고 보여줘도 될 만큼 명백한 소견이었다. 선택지는 역시나 하나뿐이었다.

"수술……. 수술실로!"

"수술해? 이렇게 아무것도 모르고?"

강혁이 수술실을 가리키자, 한유림이 뜨악한 얼굴이 되어 대꾸했다. 하지만 어쩌겠는가. 아무것도 없는데.

"그럼 그냥 손가락 빨고 있을까? 언제 돌아가시나 기다려?"

"뭔 말을 또 그렇게 하냐, 너는."

"그럼 달려요!"

"에이, 알았어!"

한유림 또한 강혁의 말에 동의하고 나자 더는 지체할 것이 없었다. 제인과 간호사까지 해서 모두 넷이 부리나케 수술실을 향해 달리기 시작했다. 그렇게 문을 열고 안으로 들어서자, 댄과 그를 보조할 간호사 그리고 카심이 보였다.

"바로 마취!"

그 말은 수술을 곧장 시작해도 된다는 뜻이었다.

"네, 닥터 백!"

댄은 고개를 끄덕이며 환자를 수술대로 옮기는 일을 도왔다. 그러곤 간호사가 재어준 약을 처치실에서 잡아둔 수액 라인에 찔러 넣었다. 모든 것이 어찌나 유려하게 흘러가는지, 마치 제대로 된 병원 같았다. 그 모습을 바라보던 강혁은 저도 모르게 장미를 떠올릴 수밖에 없었다.

'조폭……. 여기 네가 만든 작품이 있다…….'

지금 댄을 보조하는 간호사도 그렇고, 처치실에서부터 따라온 간호사도 그렇고, 모두 예전에는 어디 구석에서 농땡이나 피우던 놈들이었다. 하지만 지금은 이렇게 건실한 간호사들이 되어 있었다.

'진짜 괴물은 조폭일지도 몰라.'

"다 됐습니다!"

그사이 댄은 귀신같은 솜씨로 삽관까지 마친 후, 강혁을 불렀다. 강혁은 즉시 손 닦으러 가면서 고개를 끄덕였다.

"좋아. 이 환자…… 심근경색이니까, 알지?"

"네. 맡겨주세요. 최대한 버티겠습니다. 근데……."

댄의 얼굴은 어둡기만 했다. 무언가 걱정이 있어 보였다.

"오픈 하트를…… 여기서 할 수 있을까요? 이건…… 이건 혈관인데요."

개흉 수술. 이번이 처음인 것은 아니었다. 강혁은 여기 오자마자 심장 파열된 환자를 살려낸 전적이 있으니까. 하지만 이건 혈관에 관한 수술이었다. 체외 순환기(에크모)를 돌려야 가능한 수술이라는 뜻이었다.

"어떻게든 해볼게."

그 말은 곧 심장을 멈춰두고 해야만 하는 수술이라는 말이기도 했다. 꿀렁이는 심장을 두고 어떻게 거길 흐르는 혈관을 수술한단 말인가. 하지만 강혁의 답은 성의 없다 느껴질 만큼이나 간단했다.

"네?"

"해본다고."

"그……."

하지만 댄은 그 대답에서 왜인지 모를 신뢰를 느꼈다. 그것은 비단 강혁의 말투가 단호하기 때문만은 아니었다.

'이 양반…… 지금까지 했던 수술들이 모두…….'

평소 같았으면 당연히 포기해야 할 환자들도 쉬지 않고 왔었는데, 강혁은 아직 그중 단 하나도 잃은 적이 없었다. 이 사람은 그야말로 난폭한 천사 그 자체였다. 그 존재가 기적이라고 해도 과언이 아니었다.

"알겠습니다. 저는…… 바이털만 보겠습니다!"

"좋아."

해서 댄은 언제나 그러했듯 자신이 해야 할 일에만 집중하기로 작정했다.

"혹시 모르니까 다리도 닦고 시작하자고."

"어. 그래."

강혁의 말에 한유림도 재차 서둘렀다.

"좌관상동맥만 나간 건지……. 아니면 셋 다 나갔는지가 관건이야. 전자도 어렵지만, 후자면……."

솔직히 후자는 제아무리 강혁이라 해도 이런 설비하에서는 좀 어려웠다. 허벅 정맥을 떼다가 이어야 하는데, 그건 진짜 어려운 술기였기 때문이었다.

"일단, 일단 열어."

"네, 열고 보죠."

"오케이, 알았어."

손 닦는 동안에도 카심은 쉬지 않고 움직이는 중이었다. 어떻게든 수술 시간을 단축시키기 위해 환자 가슴을 죄 소독해두었다. 혹 소독하는 과정에서 오염이라도 되지 않을까 하는 걱정은 필요 없었다. 카심은 베테랑이었고, 장미에게 또다시 사사받았으니까.

"바로 시작하면 되겠네. 잘했어."

강혁은 일단 칭찬부터 던진 후 가우닝을 했다. 나머지 둘도 가우닝하고 순식간에 드랩까지 마친 후, 환자 주변으로 모여들었다.

"그럼……. 시작할까."

강혁은 그렇게 말하면서 손을 내밀었다. 그러자 카심은 기다렸다는 듯이 메스를 건네주었다. 강혁은 메스를 받자마자 일단 가슴 가운데를 따라 그었다. 워낙에 시간이 부족한 상황이었기에 곧장 흉골이 드러나도록 그어버렸다. 붉은 피가 주르륵 흘러나왔지만, 이제 더 걱정할 필요는 없었다. 아만 총리가 준비해준 석션을 제인이 작동시키기만 하면 되니까.

거의 1년 가까이 입으로 석션해왔던 제인은 거의 울 것 같은 얼굴이 되어 있었다. 세상에 석션이 자동으로 되니까 이렇게 좋다니.

"좋아……."

강혁 또한 시야가 실시간으로 확보되고 있으니, 속도가 평소보다도 더 빨라져 있었다.

"철판 안으로 대고……. 톱."

"네."

강혁은 흉골 위로도 이미 박리를 마치고, 흉골과 그 바로 아래 종격동까지 분리를 해놓았다. 아마 원래의 카심이었다면 절대 대응하지 못했을 터였다.

-백 교수님이랑 수술할 때는 기구 하나 줬으면, 그다음 기구 바로 준비해요. 원래 얼마나 걸리지, 이런 거 의미 없어요.

하지만 카심은 장미에게 원터치 강의를 들은 참이었다.

"여깄습니다."

덕분에 철판과 톱을 바로 건네줄 수 있었다. 강혁은 그렇게 전달받은 철판을 한유림에게 주었고, 한유림은 철판을 흉골 아래로 조심스럽게 하지만 빠르게 쑥 밀어 넣었다.

"좋아. 제인은 이거 걸어서 옆으로 당기고."

"네."

심근경색이란 말 그대로 심장의 근육이 죽어가는 것을 의미했다. 다른 곳의 근육이 죽어가도 커다란 문제를 일으키겠지만, 아무래도 심장은 그 의미가 다를 수밖에 없었다. 단 한시도 쉬지 않고 펌프질해 피를 온몸으로 보내야만 하는 기관이니까. 그나마 다행인 것은 아무것도, 그야말로 아무 처치도 하지 않고 왔음에도 어느 정도의 박동은 남아 있다는 점이었다.

'아예 턱썩 막힌 게 아니라…… 확 좁아지는 형태로 왔겠지…….'

그렇지 않았다면 아마 민간요법을 시행하고 있는 도중에 급사했을 터였다. 심근경색이란 절대 요행으로 살아남을 수 있는 질환이 아니지 않은가.

'빨리 찾아야 해. 그렇지 않으면 이 환자는 죽어.'

"좌하행동맥. 여기가 이상해."

"아……."

한유림 교수 또한 강혁의 말을 듣자마자 해당 동맥을 향해 고개를 틀었다.

"좌전하행동맥이 나갔어. 부위는…… 대략 여기."

"어, 상당히 밑인데. 이러면……, 이러면 재건을 어떻게 하지?"

한유림은 정말로 이 수술에 관해서 만큼은 단 하나도 모르겠다는 얼굴이었다. 고개를 돌려 보니 제인 또한 대충 비슷한 표정을 하고 있었다.

"속가슴동맥을 이용하면 돼."

"속가슴동맥……?"

이름이 대단히 낯설었다. 그도 그럴 것이 그렇게까지 중요한 혈관은 아니었다. 적어도 외상 외과적 관점에서 보면 더더욱 그러했다. 이 동맥이 만약 잘리거나 다쳤다고 하면 그냥 묶어버리면 되는 종류의 동맥이었으니까. 하지만 흉부외과에서는 절대 무의미한 동맥이 아니었다.

"이게 여기 앞가슴뼈 뒤를 따라서 배꼽까지 간다고."

"오……. 그럼 이거 떼다가 이어주면 되겠구나!"

"그렇지. 이 술식이 나오고 나서부터 관상동맥 우회술 성공률이 기가 막히게 올라갔다고."

"어……."

댄이 고개를 갸웃거렸다.

"왜 그래?"

다른 사람이 저런 소리를 내었다면야 당연히 무시했을 터였다. 하지만 댄은 마취과 의사이지 않은가.

"아니, 방금 부정맥이 지나가서요."

"부정맥?"

"네."

"심방?"

"네. 심방이긴 합니다만……."

"다만?"

워낙에 중요한 사안이었기에, 강혁은 아주 얇은 혈관을 박리하고 있는 와중에도 질문을 멈추지 않았다. 그러면서도 손은 단 한시도 쉬지 않았다.

"AV 노드에서……. 완전히 걸러줄 수 있을까요? 지금 경색이 와서……."

"일단. 최대한 서두를게."

"네, 부탁드립니다. 저도 잘 보고 있도록 하겠습니다."

"아미오다론은, 안 쓰나?"

"딱 한 번 튄 거라서요. 우선은 지켜보겠습니다."

강혁은 심장 쪽을 바라보다가, 다시 속가슴동맥 박리에 돌입했다.

"자, 이제 절반 왔어."

강혁은 그렇게 분리해낸 동맥을 집어 들고는 다시 한번 좌전하동맥을 짚었다. 잇기 전에 정말 어디가 막힌 건지 확인하기 위함이었다. 역시나 아까 봤던 그곳이 막혀 있었다.

"어, 어!"

이제 이어볼까 하고 있는 찰나 댄이 외쳤다.

"왜, 왜!"

"심실……, 심실세동!"

세동이라는 말을 듣자마자 모두 심장을 바라봤고, 부들부들 떨고 있는 심장이 눈에 들어왔다.

"어, 어쩌지?"

한유림과 제인이 당황한 얼굴로 강혁을 바라보았다. 강혁은 그런 둘을 마주하면서 역시나 황당함을 금치 못했다. 제인이야 그렇다 치더라도, 한유림 당신은 그러면 안 되는 거 아닌가? 하는 생각이 머릿속을 스쳐 지나갔다.

"맨날 갈비뼈 사이 째서 심장 짜던 양반이 뭐 그런 말을 해!"

그러곤 어차피 열린 가슴에 환하게 노출되어 있는 심장을 쥐어짜기 시작했다. 강혁이 손에 쥔 심장을 쥐어짤 때마다 온몸으로 피가 훅 하고 돌았다. 모니터에 있는 심전도에도 그때마다 리듬이 돌았다. 하지만 움직이지 않으면, 여전히 떨기만 하고 있었다.

"제세동! 제세동기!"

"우리 병원에 그런 거 없어!"

"그럼 일단 짤게. 이제 다 조용히 해. 집중해야 되니까!"

"어? 어, 알았어."

"네, 닥터 백."

심장 짜는데 뭘 더 집중하겠다고 조용하라고 하는 걸까. 정말이지 이상한 주문이었지만, 상대는 백강혁이었다. 수술실은 곧 조용해졌다. 덕분에 강혁이 심장 짜는 소리만이 온통 울려 퍼지게 되었다. 그 침묵 속에서, 강혁은 온 신경을 환자의 심장에만 집중했다.

'손가락 위치를 조금 바꿔야겠는데.'

우선 제일 중요한 것은 심장을 제대로 쥐어짜서, 뇌 손상을 막는 것이었다. 강혁이 손가락 위치를 바꾸자마자 조금이나마 소리가 바뀌었다. 물론 강혁만 느낄 수 있는 변화이기는 했다. 대략 5분 정도가 흘렀다. 벌벌 떨리는 손을 애써 진정시켜 가며 심장을 쥐어짰다. 그렇게 1분여가 더 흘러간 후에야 댄이 안도의 한숨을 내쉬었다.

"돌아……, 돌아왔어요!"

고개를 돌려 보니, 댄도 사투를 벌인 모양이었다. 빈 주사기가 굴러다니는 것을 보면 알 수 있었다.

"좋아. 그럼 다시 진행한다."

강혁은 뻐근하다 못해 떨어질 것처럼 아픈 팔을 심장에서 겨우 떼어내고는, 한유림을 바라보았다. 한유림은 당연히 그 시선의 뜻을 바로 알아먹진 못했다.

"뭐. 왜 날 봐."

"진행하라고."

한유림은 영문을 모르겠다는 얼굴만 하고 있었다. 그사이 강혁은 팔뚝을 연신 주물거리다가 다시 입을 열었다.

"혈관, 이으라고요."

"어? 백 교수가 안 하고?"

"팔 이래가지고 어떻게 해."

강혁은 자신의 팔을 들어 보였다. 방금 말해준 것처럼 부들부들 떨리고 있었다.

"옆에서 봐주긴 할 테니까, 해봐요. 왼손으로 보조도 해줄게. 잘하잖아."

한유림은 강혁의 격려에 힘을 내 집도의 자리로 옮겼다. 곧 수술에 집중하기 시작했고, 강혁은 부들부들 떨리는 오른손 대신 왼손으로 보조를 해주었다. 강혁은 한유림의 눈동자를 들여다보았다. 눈동자가 거의 쉴 새 없이 이리 튀고, 저리 튀고 하고 있었다.

'심장 움직임을 따라가네? 이 정도는 아닐 거라고 생각했는데…….'

확실히 그때 열 오른 상태로 무리한 이후 실력이 확 는 것 같았다. 한유림은 강혁이 감탄하는 사이, 좌전하행동맥 하방을 집게로 집었다. 이미 막힌 지 오래된 곳이라 짚는다고 해서 큰 영향이 있거나 하진 않았다.

한유림은 마치 강혁이 빙의라도 한 것처럼 봉합 기구를 놀려대기 시작했다. 아무래도 강혁처럼 빠르진 못했다. 심장이 뛰고 있으니, 당연한 일이었다. 하지만 그 와중에도 한 땀, 한 땀 이어나가긴 했다.

'미친……. 이 사람은 언제 또 이렇게 늘었지?'

그것만 해도 베테랑 외과 의사 중 하나인 제인을 놀라게 하기엔 충분했다.

'이게 가능한 사람이 얼마나 될까.'

제인이 감탄하고 있는 동안에도 한유림은 쉬지 않고 봉합 기구를 움직였다. 여전히 빠르다고 하기는 좀 어려웠다. 강혁에 비하면 절반에도 미치지 못할 터였다. 하지만 정확하게 딱딱 원하는 부분을 찌르고는 있었다. 그 결과, 제대로 혈관을 이을 수는 있었다.

"후."

한유림은 방금 자신이 이어낸 혈관을 내려다보며 안도의 한숨을 내쉬었다. 어느새 손으로는 혈관을 막고 있던 집게를 쥐고 있었다.

"풀어봐요. 괜찮으니까."

"괜찮을까? 정말?"

"내가 허튼소리 하는 거 봤어요?"

"아니, 아니지."

덕분에 용기를 얻은 한유림은 집게를 동시에 풀었고, 훅 하는 느낌과 함께 속가슴동맥에서 좌전하행동맥으로 혈류가 이어졌다.

"음."

어느 곳 하나 새는 곳은 없었다.

"좋아, 좋아."

강혁은 고개를 끄덕이며 수술대에서 조금 멀어졌다.

"그럼 마무리 잘해요. 난 요다 불러오고 보호자 볼게."

"어, 어디 가!"

"아, 왜……. 나 힘들어."

강혁은 뒷걸음질을 통해 수술실 문을 향해 아주 빠르게 이동했다.

"그럼 우리 60대 천재 의사 한유림 씨, 지금까지 그랬던 것처럼 혼자 마무리 자알 부탁드립니다아."

무려 엠디 앤더슨의 유망주였던 제인에게 인정받을 정도의 천재. 백 년에 한 번 나올까 말까 싶은 백강혁이란 천재는 콧소리가 섞인, 다소 방정맞은 목소리를 내고는 수술실 문을 닫고 밖으로 나가버렸다.

"저, 저 개새끼."

한유림은 그렇게 나가버린 강혁의 뒷모습을 향해 적나라한 욕설을 내뱉었다.

"진정하세요. 한 교수님."

제인은 그런 한유림을 말렸다.

"한 교수님, 그래도 혼자 하실 수 있죠?"

"어? 어, 네. 네, 팀장님. 당연하죠. 닫는 거야 뭐……."

"네, 부탁드립니다. 뭐, 문제가 생길 거 같진 않은데……. 그래도 마취가 길어지면 환자에게 부담이 가니까요."

그렇게 수술실이 분주해진 동안, 강혁은 어슬렁거리며 보호자를 찾아 병원 복도를 헤맸다. 아까 처치실에서부터 강혁을 도와 환자를 수술실 안으로 넣는데 일조했던 간호사를 붙잡고서였다.

'안 된댔는데…….'

간호사는 얼마 전 아니, 거의 몇 주 전 겪었던 일을 떠올렸다. 장미라고 했던가? 꽃 이름이랑 같은 이름이던데. 세상에 어떤 꽃이 그렇게까지 악랄할 수 있을까.

'옛날보다는 많이 좋아졌어, 좋아졌는데. 그래도 백 교수님……. 절대 혼자 보호자한테 보내진 마. 말릴 수 있는 누군가를 같이 보내.'

장미의 혹독한 가르침을 받은 덕에 그때 들었던 것은 단 하나도 빠지지 않고 기억할 수 있었다. 지금 강혁이 요구하는 것이 그중 하나였다.

'어쩌지……? 카심 선생님이라도 나와야 할 텐데, 그때까지 어떻게 둘러대지?'

"뭐야, 왜 그래. 왜 떠냐고? 이상하네. 아픈 건 아닌 거 같은데……. 이거……."

강혁은 그런 간호사를 보며 턱 밑을 긁었다. 간호사는 마음먹은 듯 심호흡을 한 번 하고 입을 열었다.

"그……, 환자가 시장님 지인이잖아요."

"그렇지. 나도 들었어. 근데 그거랑 뭔 상관이지?"

"그래서 차를 빌려준 거고요."

"음. 그랬지?"

"근데 차가 하나라, 다시 돌아갔어요. 시장님 준비하시면 데려온다고……."

"잉? 이상한데. 수술이 아무리 그래도……, 1시간은 넘게 걸렸는데?"

생각해보면 이것도 진짜 말이 안 되는 시간이었다. 개흉해서 관상동맥 우회술을 했는데 1시간이라는 단위가 나올 수 있다니.

"그, 네. 준비에 시간이 좀 걸립니다. 지위가 있으시다보니……."

"그래서 보호자가 갔다, 이 말인가?"

"네."

강혁은 뭔가 이상하다는 얼굴로 고개를 갸웃거렸다. 아까 보았던 보호자는 걱정이 가득하다 못해 짓눌린 느낌이었는데 그런 와중에 다시 돌아가? 참으로 이상한 일이었으나 확인할 길은 없었다.

"알았어, 그럼. 요다는 어딨지?"

"네? 아, 닥터 요다요. 지금…… 아마 숙소에 있겠죠?"

"그럼 따라와."

거실에선 요다와 리처드가 노닥거리는 중이었다.

"냉장고랑 맥주 보내달랬더니 센스 있게 얼려서 가져왔어. 이 맛에 군인 한다, 정말."

"어……."

"벌써 끝났어요?"

사실 둘은 오늘 오프였고, 따라서 맥주 마시는 모습이 강혁의 눈에 띈다고 해도 큰 문제가 생기는 것은 아니었다.

"벌써는 새꺄. 심근경색인데 그럼 온종일 하냐? 아무튼, 요다

일어서."

"어? 네? 왜요?"

"왜긴. 심장 환자 나오는데, 우리 병원 내과 너 하나잖아."

"아……. 저 오늘은……."

요다는 제대로 된 답을 하는 대신 말끝을 흐렸다. 고개를 돌려 벽에 걸린 달력을 바라보면서였다. 오늘은 요다의 오프 날이었다.

"아, 저거? 저거 나도 오늘 오프야."

"아."

"네……. 뭐, 중환자실 하나는 비니까…… 거기로 받을게요."

"술 많이 마신 건 아니지?"

"반 캔 마셨어요, 반 캔. 사실 마시면서도 불안해서."

강혁은 일단 요다의 얼굴을 들여다보았다. 홍조도 없고, 눈동자도 또렷한 것이 솔직히 술을 마신 것 같아 보이지도 않았다. 그사이 수술이 끝났는지, 엘리베이터 쪽에서 침대 끄는 소리가 들려왔다.

"어, 백 교수. 수술 마무리는 잘 됐어."

한유림은 환자의 수술 부위에서 눈을 떼지 않은 채, 강혁에게 노티 아닌 노티를 했다.

"좋네요. 댄, 활력징후는 어땠지?"

강혁은 안심했다는 표정을 한 채 댄을 바라보았다. 잠시 요다를 돌아보고서였는데, 요다 또한 댄에게 집중하고 있었다.

"안정적입니다. 중간중간 아직 심방 쪽 부정맥이 지나가기는 하는데……. AV 노드에서 걸러지고 있어요. 아까처럼 심실세동으로 이어질 가능성이 있기는 합니다."

"심실세동?"

묵묵히 고개를 끄덕이던 요다가 심실세동이라는 말에 눈을 치켜떴다.

"아, 네. 수술 도중 세동이 있어서……. 백 교수님이 손으로 심장을 쥐어짰습니다."

"어, 얼마나요? 그때 평균 혈압은 몇이었죠?"

요다의 질문을 들으면서 강혁은 저도 모르게 귀를 쫑긋했다.

"아, 그때 잠시만요. 아, 맞아. 105 정도 되었습니다."

"105? 그럼…… 그냥 정상인데?"

요다는 이게 정말 사람인가 하는 얼굴로 강혁을 돌아보았다.

"얼마나……, 얼마나 지속되었는데요?"

"6분가량 지속되었습니다."

"6분?"

"네."

"음……. 그동안 평균 혈압은 계속 유지되었고요?"

"네, 단 한 번도 떨어지지 않았습니다."

"허……."

심장을 손으로 쥐어짜는 방식으로 6분간 혈압을 유지하다니. 이 사람이 만약 멀쩡히 살아난다면 그건 백 퍼센트 강혁 덕분이라고 해도 과언이 아니었다.

대강 일이 정리되어 가고 있을 때쯤, 엘리베이터 소리가 들려왔다. 제아무리 전기가 잘 들어오게 되었다고는 해도 함부로 쓰지 않는 물건인 만큼 안에 누가 타고 있는지는 안 봐도 뻔했다.

"시장님 납셨나본데."

"나가보죠."

제인의 말에 강혁이 돌아섰다.

"나도?"

"수술한 장본인이니까 가야죠."

"한 교수님도 가죠. 혈관 이어줬잖아?"

강혁은 한유림의 팔뚝을 잡아챈 후 함께 나갔다.

"닥터 제인."

아니나 다를까, 딱 나가자마자 시장을 만날 수 있었다.

"네, 시장님."

"수술은…… 잘되었습니까?"

"네, 잘되어서 회복 중입니다. 심근경색이었는데, 천만다행입니다."

"아……."

시장은 배운 사람이었지만 그렇다고 해서 심근경색에 관한 수술이 얼마나 어려운지까지 알 정도는 아니었다. 그래서인지 그저 감탄만 할 뿐, 크게 놀라진 않았다. 다만 죽을 사람이 살았다는 것 정도는 알고 있었다.

"늘 신세를 지는 거 같은데……. 뭐 또 도울 만한 일이 있소?"

도움이라는 말에 강혁의 입이 씰룩거렸다. 삥 뜯을 수 있다는 생각이 들어서였는데, 아쉽게도 제인이 그의 입을 가로막았다.

"백 교수님. 제가 할게요."

"제인이……?"

못 미덥다는 눈빛을 보내자, 제인이 피식 웃었다.

"저도 백 교수님이랑 하루 이틀 지낸 건 아니잖아요? 걱정 마세요."

뭔가 의미심장해 보이는 말을 하면서였다.

'뭐……. 이 병원에 뭐가 더 필요한지는……, 제인이 더 잘 알긴 하겠지.'

제인은 국경없는의사회라는, 가장 활동적인 NGO 단체 안에서도 베테랑 중의 베테랑으로 통하는 사람이었으니까.

"닥터 제인, 말해보시오. 오늘은 들어줄 준비가 되었소."

시장 압둘은 부드러운 미소를 띤 채 제인을 응시했다. 방금 그의 오랜 친구가 극적으로 살아났으니 말이다.

"네, 감사합니다. 시장님."

'지금이 아니면……. 이 문제는 절대 논의할 수 없어.'

제인은 아랫입술을 지그시 깨물고는 입을 열었다.

"한구 병원이…… 국경없는의사회 소속으로 재개원한 후, 혹시 어떤 환자들에게 제일 커다란 도움이 되었는지 알고 계십니까?"

"외상 환자겠지, 아무래도. 저번…… 폭탄 테러도 그렇고, 각종 교통사고나 근처 목동들의 사고도 많이 담당해주고 있다고 들었소."

이 자리에 있는 누구라도 예상할 수 있는 답변이었다. 하지만 제인은 그런 압둘을 보며 고개를 끄덕이지 않았다.

"아뇨, 시장님. 아닙니다. 외상 환자들이 아니에요."

"응?"

압둘의 눈에 놀라움이 번졌다. 외상 환자가 아니면 대체 누구에게 도움을 주고 있다는 건가 하는 얼굴이었다.

"산모와 아이들……. 그들의 죽음이 제일 크게 줄었어요."

"아……."

제인의 말을 듣고 나서야 압둘은 그가 신경 써야 하는 사람 중에 그런 이들도 있었다는 것을 깨달았다는 듯 입을 벌렸다. 그야말로 망치로 뒤통수라도 얻어맞은 듯한 얼굴이었다.

"시장님. 이곳 한구는 물론이고, 페샤와르에도 제대로 된 여성 병원이 없습니다. 비난할 생각은 없습니다만……. 이곳 조산사들의 방식은 여전히 수백 년 전과 비교해 별로 달라진 것이 없어요. 심지어 현대식 교육을 받은 이들조차…… 종종 터무니없는 실수를 저지릅니다."

제인은 처음 이곳에 왔을 당시를 떠올렸다. 당시 제인은 고작 3개월간의 교육을 받고 바로 현장에 투입된 현지 조산사와 1년 정도 교육을 받고 자격증을 딴 간호사가 아이 받는 것을 지켜보았었다. 그것만 해도 상당히 놀라운 일이었다. 세상에 아이를 낳는, 지극히 어렵고도 위험한 일을 어떻게 저들에게 맡길 수 있을까. 이보다 더 놀랄 만한 일은 없을 거라 여겼었다.

'하아.'

하지만 산모의 통증을 없애겠답시고 신경 안정제를 쓰는 것을 보았을 때만큼은 아니었다. 산모에게 투여된 신경 안정제는 고스란히 아이에게 흘러 들어갔고, 그렇게 태어난 신생아는 숨을 쉬지 못했다. 그 때문이었다. 제인이 쉬는 날도 없이 분만을 담당하고 있는 것은.

"당장 여성 병원을 세워달라는 건 아닙니다. 그건 무리라는 걸, 아주 잘 알고 있어요."

제인은 지나친 과로로 인해 붉어진, 이제는 원래 그런 것처럼 느껴지는 눈을 한번 깜빡였다. 거기에 담긴 진정성이 압둘을 휘어잡았다. 도저히 무시할 수 없음을 느끼며 압둘은 고개를 끄덕였다.

"말해보시오. 듣고 있소."

"우선은 교육이 필요합니다. 이곳의 산모들은 임신하고 나서 무엇을 주의해야 하고, 또 무엇을 하지 말아야 하는지 전혀 알지 못합니다. 또 여전히 이곳의 조산사들은 부족한 지식을 가지고 아이를 낳게 합니다. 이들에 관한 교육도 필요합니다. 아니, 어찌 보면 가장 시급하죠. 그들에게 강제성을 띤 교육을 할 수 있게 해주십시오. 일주일에 한 번…… 아니, 한 달에 한 번이라도 좋습니다. 산모들과 조산사들을 모아주세요."

"가르치는 건……. 닥터 제인 그대가 할 건가?"

"네."

"음."

압둘은 그제야 제인의 눈이 붉다는 것을 깨달았다. 절대 감정적으로 욱해서 붉어진 것은 아니었다. 제인의 눈동자는 거의 항상 그랬다는 것을 압둘 역시 알고 있었다.

압둘은 어쩐지 부끄럽다는 생각이 들었다. 생판 남인 사람조차 이곳에 와서 희생이라 할 만한 봉사를 하고 있는데, 정작 희생하고 또 봉사해야만 하는 직책을 맡은 시장 자신은 무얼 해왔나.

"알겠소, 닥터 제인. 내 약속드리지. 이제부터 한구 내에 있는 모든 산모는……. 아니, 모든 여성은 이곳에서 의무적으로 교육받아야 할 것이오."

"감사합니다, 시장님."

"그런데, 그렇게 모으면 수용할 장소는 있소?"

시장은 협소하다는 말로밖에 표현할 수 없는 병원 내부를 둘러보았다.

"저기, 건물이 있지 않습니까."

그 선물을 바치는 데 가장 적극적으로 임했던 압둘은 그제야 도시 전체로 보면 하잘것없다 느껴지는 건물을 떠올렸다.

"안에 책상이나 걸상은 있소?"

"아직……. 이제 채우는 중입니다."

"그건……, 그건 내가 책임지지."

"아, 시장님이…… 그걸요?"

제인은 도무지 믿지 못하겠다는 기색을 숨기지 못했다.

"뭐, 어려운 일은 아니니까."

"감사합니다, 시장님. 은혜 잊지 않겠습니다."

"그럼, 내일 다시 오겠소. 저 친구 좀 잘 보살펴주길 바라오."

"네, 시장님. 그건 걱정 마십시오."

그사이 압둘은 마지막으로 병실 안에 누워 있는 환자를 돌아보고는 발걸음을 돌렸다. 곧 그가 타고 온 차량이 소음을 내며 완전히 병원을 빠져나갔다. 강혁은 그 소음이 충분히 멀어졌을 때 입을 열었다.

"닥터 제인, 잘하던데?"

진심이었다. 강혁이 생각했던 것보다 아니, 그가 직접 나섰을 경우보다도 더 잘 해낸 것 같았다.

"뭘요. 늘 생각하고 있던 주제니까…… 그렇죠."

제인이 전 세계 모성 사망률의 거의 대부분을 차지하는 나라들을 거쳐 파키스탄으로 오게 된 것은 결코 우연이 아니었으니까.

'제 사명은……. 전 세계 모성 사망률을 낮추는 데 조금이나마 보탬이 되는 거예요.'

강혁은 언젠가 제인의 입에서 들었던 말을 떠올렸다.

'모성 사망률이라…….'

태어난 아이 10만 명당 임신·출산과 관련한 임신부의 사망 수를 의미하는 말이다.

"하긴, 언제까지나 닥터 제인 혼자서 한구 애를 다 받을 수는 없지."

"네……. 그런 방식으로는 한계가 있어요. 저라고 여기 영원히 있을 수는 없는 일이니까요."

강혁이 가진 고민과 같은 종류의 것이었다. 때문에 시스템을 만들어야 했다. 강혁이 대한민국 중증외상센터를 새로이 만들었던 것처럼. 물론 그에 비하면 제인이 당면한 과제는 정말이지 어려운 일이었다. 이곳은 인프라는 물론이고 아예 교육 자체가 안 되어 있었으니.

"언제라도 도움이 필요하면 불러. 여장이라도 할 테니까. 나랑 한 교수님은 언제나 당신 편이야."

"감사합니다, 백 교수님."

다행히 오랜만에 평안한 밤이 지났다. 그 흔한 응급 환자도 외상 환자도 산모도 찾아오지 않은 밤이었다. 덕분에 다음 날 아침 모두들 상쾌한 얼굴로 거실에 모여 있었다. 강혁은 단기 팀이 남겨두고 간 스틱형 아메리카노를 입에 문 채 창문을 내다보며 말을 이었다.

"트럭 들어오는데, 책상이랑 걸상 실려 있어. 새 건 아닌 거 같은데."

"벌써? 아니, 벌써 그걸 구했다고?"

"좀 작아 보이긴 하는데……, 개수는 많아. 어디서 구한 거지?"

"얼마 전 초등학교 하나가 폐교했어요. 거기서 가져 왔을 겁니다."

"그럼 일단 옮기러 내려갈까요?"

한구 병원 의료진들은 트럭 가득 실려 있던 짐을 교육용으로 정해둔 건물 1층 안쪽으로 옮기기 시작했다. 파키스탄 한구 지역 최초의 산모 교실의 탄생이었다.

*

"어디 아프다고요?"

강혁은 진료실에 앉은 채, 앞에 선 노인을 올려다보았다. 난청이 심해도 너무 심했다.

'아니, 이건 전농이라고 봐야 하나?'

아예 못 듣게 된 지 오래된 것으로 보였다. 같이 따라온 보호자의 태도를 보면 알 수 있었다. 환자를 향해 같이 소리를 질러대는 대신, 고개를 돌려 자신의 입을 보게 하고 있지 않은가. 어디 가서 저런 걸 배웠을 리는 없을 테니, 아마 경험적으로 알게 되었을 가능성이 제일 컸다. 전농 환자들은 상대의 입 모양을 보고 대화 내용을 유추하게 된다는 것을.

"아아! 어디 아프냐고?! 속이 쓰려! 속이!"

강혁은 그렇게 외치는 노인의 눈이 온전히 자신을 향하고 있지 않다는 사실 또한 그리 오래지 않아 눈치챌 수 있었다.

'백내장이…… 아주 심하군.'

이 정도 거리에서 수정체가 혼탁한 게 보인다는 건, 노인의 시력이 거의 없다는 걸 의미했다. 말하자면 노인은 눈도 잘 안 보이고 소리도 잘 안 들리는 사람이었다. 그런데도 보호자도 노인도 정작 제일 불편할 증상인 이 두 가지에 관해서는 불평조차 하고 있지 않았다. 이들에게 시력을 잃는 것이나 청력을 잃는 건 그저 노화에 의한 자연스러운 과정일 뿐, 아예 질환이라고 생각하지도 않았다.

'지금 내가 해줄 수 있는 건 아무것도 없지…….'

"일단 누워보세요."

다행히 노인은 수술이 필요한 질환은 아닌 듯했다. 그의 말대로 속이 쓰렸을 뿐이었다. 강혁은 약 몇 개를 처방해주고, 5일 후 다시 보자는 말을 한 후 보조에 나섰던 간호사를 돌아보았다.

"아, 없습니다. 마지막 환자였어요."

강혁은 진료를 마치고 병원 밖으로 나섰다. 그리고 병원 옆 건물로 다가갔다. 강혁이 모하메드를 이용해 삥 뜯은 건물 중 하나였고, 지금은 교육관으로 쓰이는 곳이기도 했다.

'잘하고 있겠지?'

강혁은 그곳 1층에 있는 강당 앞을 서성였다. 안쪽에서는 제인의 목소리가 들려왔다.

"뭐 하고 있어?"

한유림이었다.

"오, 제인 나오네."

한유림은 강혁을 향해 손을 흔들다가, 마침 나오는 제인을 가리켰다.

"강의는 어땠어?"

"잘된 거 같아요. 생각보다 다들 진지해서요. 뭐……. 애초에 그럴 만한 사람들로 고르긴 했죠."

"가득 찼어?"

"아……. 그렇지는 않고요. 그래도 빈자리가 많지는 않았어요. 40명 정도는 왔어요."

"오, 첫 강의치고는 굉장히 성공적이네."

"그렇죠. 맞아요. 시장 백이 좋긴 좋네요."

"그럼 첫 강의 성공적으로 끝냈으니까, 오늘은 가볍게 한잔 어떻습니까?"

공교롭게도 한유림의 상상력을 자극하는 대사였다.

"아, 그럴까요?"

"리처드가 미군 부대에서 받아놓은 게 있거든요. 가죠. 다 같이 축하나 하게. 한 교수님도 가죠."

"사실 강의 말고도 오늘 축하할 일이 하나 더 있어."

빙글빙글 웃으면서였다.

"축하할…… 일이요?"

제인은 이제는 익숙해져버린 살얼음 낀 맥주를 한 모금 마시고는 강혁을 돌아보았다.

"저번에 재원이랑 경원이, 장미 왔다 갔잖아. 그때 아무래도 좀 도움이 됐지?"

"네? 물론이죠. 세상에 그런 단기 팀만 있으면……."

제인은 저도 모르게 방금 강혁이 언급한 셋과 더불어 함께 왔던 나머지 인원들을 떠올렸다.

강혁이 직접 키웠다는 그 셋이야 말할 것도 없을 수준이었다.

'그 덕에 한구 병원이 그야말로 이 일대에서 제일 좋은 병원으로 완전히 자리 잡았어.'

그런 단기 팀이라면 얼마든지 환영이었다.

"재원이 말고 내 제자가 몇 명 더 있거든."

"아……. 그럼?"

"이강행이라고, 지금 국군수도병원 중증외상센터 위탁 센터장 하는 애가 있는데."

위탁이라고 해도 휴가는 군의관이랑 똑같이 나오거든. 좀 길더라고. 그래서 오라고 했지. 밑에…… 쓸 만하게 키우는 친구들이랑 같이."

"아하. 그럼 언제 오려나요?"

"아, 그게…… 그래도 군 병원 소속이라 아주 빨리 진행되지는 않나봐. 한 두어 달은 걸릴 거 같아."

"두어 달…… 뭐, 잘됐네요. 그 정도면 이쪽도 정비가 더 되긴 할 거예요."

제인은 살짝 몸을 일으켜 거실에 난 작은 창밖을 바라보았다. 두 건물이 서 있었는데, 아직 안쪽 정비가 제대로 되지 않은 상황이었다. 주말이나 평일 진료가 끝난 후 다들 몰려가서 청소도 하고 또 짐도 들여놓고 있기는 했지만, 절대 하루 이틀 사이에 끝날 일은 아니었다.

그렇게 두런두런 대화를 나누고 있으려니, 카심이 문 쪽을 똑똑 두드렸다.

"저, 데니스가 찾아왔는데요."

그리고 얼마 지나지 않아 데니스가 안쪽으로 들어왔다.

"오, 오늘은 뭐 특별한 날인가보죠? 술을 다 마시고."

데니스는 너스레를 떨며 능숙하게 빈자리를 찾아 앉았다.

"아, 여기."

"오, 향 좋다. 직접 로스팅한 거야?"

"네. 블렌딩까지 다 해서 드리는 거예요. 그냥 그대로 컵에 얹고 뜨거운 물 부으시면 됩니다."

"음. 좋아. 오늘은 또 무슨 일?"

올 때마다 뇌물 조로 바치는 커피인데, 제인이나 한유림, 리처드까지 모두 그 커피에 의존하여 하루를 보내고 있었다.

"제가 계속 영상 찍어서 업로드하고 있던 건 알고 계시죠?"

"어, 알고 있지."

"그거 트래픽이 드디어 터졌어요. 그…… 한국에……."

"최 감독?"

"네. 그분이 올린 미니 다큐멘터리가 터지면서, 확 유입이 돼 가지고."

강혁은 고개를 끄덕이며 최하림 감독이 올리기 전 보여주었던 다큐멘터리를 떠올렸다. 사실 「중증외상센터: 골든 아워」와 같은 임팩트가 있지는 않았다. 그때처럼 오래 같이 있던 건 아니었으니까. 하지만 이곳의 실상을 가감 없이 보여주는 다큐멘터리라는 건 분명했다. 다시 말하면 진심이 담겨 있었단 얘기였다. 그러한 종류의 진심은 어떻게든 통하기 마련이었다.

"덕분에 지금 한국에 있는 꽤 커다란 카페들하고 직계약이 됐어요."

"아……. 그럼 이제 돈 버는 건가?"

"네. 뭐 대부분 인건비로 나가긴 하겠지만, 그래도 생각보다

빨리 사업체가 돌아가기 시작했습니다. 좋은 일이죠."

비단 데니스에게만 좋은 일이 아니라, 한구 지역에도 좋은 일이었다. 이 녀석이 생산하는 커피는 꽤 비싼 값에 팔릴 텐데, 공정 무역에 가치를 두고 있는 기업이니만큼 현지인 노동자들을 후려치진 않을 테니까. 그 말은 한구 지역 내에 고임금 노동자가 늘어나게 된다는 뜻이었다.

"근데 다 현지인들로만 채울 거야? 그건 어려울 텐데."

"아……. 당연하죠. 농장 노동자들이야 마땅히 그래야겠지만…… 운송이나 유통 등은 한국인들로 채울 생각입니다. 일단 포장하는 것도 감독이 필요하겠죠. 그냥 막무가내로 할 수는 없으니까. 품질 관리에 신경 쓸 생각입니다."

데니스의 말을 들으면서 강혁은 고개를 끄덕였다. 진짜 요원이 맞나 싶을 정도로 사업 감각이 꽤 뛰어난 녀석이었다.

'하긴 공정 거래한다고 해서, 소비자들이 마냥 호구가 되는 건 아니지.'

뜻만 좋고 물건이 후지다면 대체 어느 소비자가 구매를 이어나가겠는가. 아무튼, 잘된 일이었다. 사업체가 번창한다는 것은.

"음, 근데 그럼 공간이 좀 필요하겠네? 지금 사무실 들어간 곳은 너무 협소하잖아."

강혁이 특유의 표정으로 이런 말을 할 땐 뭔가 뜯어낼 게 있다는 뜻이었다. 하지만 대체 여기서 누구에게 뭘 어떻게 뜯어낼 것인지는 감이 잡히지 않았다.

"아……. 네, 아무래도 좀 그렇죠. 우선은 급한 대로 농장에서…….”

“에이. 농장에서 뭔 포장을 해. 거기 멀잖아. 농장 노동자들이야 근처에서 출퇴근하니, 그렇다 치더라도……. 감독할 사람들은 어떡해. 매일 거기로 가라고 하면 가겠어? 한구에 오는 것만 해도 질색할 사람들이 태반일 텐데?”

맞는 말이긴 했다. 사실 이곳 한구에 오는 것만 해도 어마어마한 일이었으니까. 물론 요원들이야 오라고 하면 오겠지만, 어지간하면 민간인들로 채우는 것이 좋았다.

“그럼……. 백 교수님 생각은 뭔지 여쭤봐도 될까요? 여기 시장에게 허가를 받을 때까지 좀 기다릴까요?”

“아니, 그럴 필요가 없다니까? 우리가 도와주면 되잖아.”

“네?”

“우리 건물 있잖아. 저기, 두 채나.”

강혁은 영문을 모르겠다는 얼굴을 하고 있는 데니스를 보면서 밖을 가리켰다. 하나는 교육동, 하나는 숙소동으로 쓰겠다는 명목하에 뜯어낸 건물 두 채. 여전히 교육동 1층 말고는 통으로 비어 있었는데, 아마 앞으로도 그럴 확률이 높았다.

“아…….”

“저기 하나는 아예 비었어. 저길 빌려줄게.”

강혁의 말이 점점 더 빨라졌다.

“그래. 아니, 이럴 게 아니라 갈까? 지금?”

“네?”

“건물 보러 가자고. 저기 나름대로 어? 방도 4개에 거실도 있고 부엌에 화장실도 2개나 돼. 물이잘안내려가지만."

"마지막에 뭐라고 했어요? 그것만 왜 한국어로 빨리해요?"

"아니, 뭐. 손볼 곳이 몇 군데 있다, 이거지. 아무튼, 일단 가보자고. 내가 친히 다 둘러보게 해줄게. 내가 진짜 동생 같아서 그래. 여기 한국인도 저기 저 못생긴 노인네 하나밖에 없고, 정 줄 곳이 없다. 정 줄 곳이!"

"저 새끼는 꼭 나를 걸고 넘어지더라?"

한유림은 이미 방문 닫고 나가버린 강혁의 뒤에 대고 중얼거렸다.

"근데 한 교수님, 리처드. 따라가봐야 하는 거 아닐까요? 백 교수님……, 뭔 짓 할지 모르는데."

"따라갑시다."

"네, 리처드도 오세요."

해서 제인은 한유림과 리처드를 대동한 채 밑으로 뛰어 내려갔다.

"여기가 1층. 어때? 불도 들어와. 우리 총리님이 여기도 따로 발전기 달게 해줬거든. 뭐, 계속 돌리려면 기름이야 너네 돈으로 써야겠지만, 그래도 안정적으로 전기가 들어온다고."

"음……. 그건 확실히 장점이네요. 어차피 야근까지 시킬 생각은 없지만."

강혁은 복덕방 아저씨에 빙의라도 한 듯 청산유수로 어필하기 시작했다.

"자, 자, 일단 올라오라고. 2층은 더 좋아."

"네, 백 교수님. 음."

그렇게 제인 일행이 뒤쫓아 오는 동안에도 강혁의 설명은 계속되었다.

"봐봐. 2층은 거실이 되게 넓지. 여기를 메인 작업장으로 쓰거나 해도 되지 않겠어?"

"음……. 탁 트였네요. 근데……."

"근데 뭐."

"유리창이 없는 거 아니에요?"

"아아, 그거? 일단 철거했지."

"왜, 왜요?"

"여기 뭘 달게 될 줄 알고 오래된 유리창을 남겨둬? 그때 가서 떼려고 하면 그게 또 다 돈이야, 돈. 미리 뗐지."

"음."

"여기 3층이 진짜야."

강혁은 얼떨결에 고개를 끄덕이고 있는 데니스를 끌고 맨 꼭대기 층, 그러니까 3층으로 향했다. 그나마 1, 2층은 쓰레기가 좀 치워져 있었지만 3층은 그런 조치도 취해져 있지 않았다.

'쓰레기가 본격적으로 보일 거라는 뜻의 '진짜'인가?'

데니스는 말 그대로 발 디딜 틈이 없어 보이는 3층을 보며 입을 벌렸다.

"걸리적거리는 게 좀 있긴 한데, 구조를 보라고 구조를. 방이 4개야, 무려. 한국인 직원이 셋이 되어도 각방을 쓸 수 있다, 이 말이지. 화장실도 2개나 있어서 불편할 일도 없고."

"물이…… 물이 나오나요?"

"지금은 수도 잠가놔서 안 나오는데, 틀면 당연히 나오지."

'음…….'

"아, 전기가 들어오잖아. 용량도 꽤 커, 이거. 병원에다 단 거랑 똑같은 거라고. 알지? 요새 병원 에어컨에 냉장고까지 팍팍 도는 거."

"그건 그렇죠."

"여긴 일단 전기가 끊길 일이 없어요. 프라이버시도 보장되고……. 노트북 그거 충전 전압 부족해서 안 될 일도 없고. 어때."

"음……. 근데 말이죠."

데니스는 다시 한번 3층 전체를 둘러보았다. 강혁의 말대로 쓰레기를 걷어낸다고 생각해보면 상당히 컨디션이 괜찮은 건물이었다. 대지 면적도 이만하면 넓은 편이고.

'이걸 통째로 빌리면 대체 얼마야?'

"자, 잠깐! 지금 무슨 얘기 중이죠?"

그때, 마치 구세주처럼 제인이 등장했다.

"음? 아, 여기 임대에 관해서 얘기 중이지."

"조건……. 조건 말씀드렸어요? 너무 후려치면 안 돼요! 우린 같은 목적을 가지고 있잖아요."

제인은 불안한 마음에 강혁을 다그쳤다. 그에 반해 강혁은 그저 어깨를 으쓱해 보일 따름이었다.

"아니……, 내가 뭘 후려쳐. 여기 빌려주는 게 이 친구한테도 좋은 거라니까 그러네."

"얼마에……. 얼마에 빌려주려고요?"

제인의 말에 데니스의 눈 또한 다시 제인에게서 강혁을 향했다.

'1,000불? 2,000불?'

대체 얼마를 부를까.

"일단 3개월 렌털 프리로 하지."

"역시 2,000……. 응? 렌털 프리요?"

"아니 뭘 그런 눈으로 봐? 나 좋은 사람이야. 공정 무역으로 이 지역 살리겠다는 사람 후려칠까봐?"

"아니……. 그……."

"그 후에는 일단 1년은 걸릴 거 아냐, 자리 잡는데. 그동안 월세는 500불로 하자고. 어때. 제인, 이만하면 후하지?"

"어……. 그것도 좀 너무……."

너무 싸지 않나 싶을 지경이었다. 통 건물 임대가 500불이라니. 아무리 한구라도 그렇지. 이건 건물이지 않은가.

"어때? 제인이 생각하기에도 싼 가격이야."

강혁은 그런 제인을 애써 무시한 채 주섬주섬 품 안에서 계약서를 꺼냈다.

"자, 찍어. 지장."

"어……."

"에이, 속고만 사셨나. 진짜 좋은 조건이라고. 3개월 렌털 프리에, 월 500불, 1년."

"아니, 근데……."

데니스는 더듬거리며 강혁이 건네준 계약서를 들춰보았다. 대체 이 양반은 언제부터 이걸 들고 다니고 있던 걸까.

"왜, 뭐."

"이걸……, 이거 언제 쓰신 거예요?"

"한 한 달 됐지."

"한 달?"

한 달이라면 딱 데니스가 여기 와서 첫인사를 나누었을 때 즈음이었다. 그때부터 벌써 임대차 계약을 계획하고 있었다고? 그간 데니스가 보아온 강혁은 그저 맛 좋은 커피나 가져다주면 헤헤 웃는, 어딘지 느슨한 사람 아니었던가. 하지만 눈앞에 선 강혁은 그가 알고 있던 그 강혁이 아니었다.

"문제가 되나? 내가 옛날에 써놨다고 이 좋은 조건이 바뀌는 건 아니잖아?"

"그건……. 그건 그렇죠."

뭐가 어찌 되었건 조건 자체는 진짜 좋은 조건이었다. 아마 나중에 정식 허가 절차 다 받아서 진행한다 해도 이거보다 무조건 몇 배는 비쌀 터였다.

-렌털 프리 3개월, 1년간 월세 500달러. 관리비 별도.

다행히 아까 강혁이 구두로 알렸던 사안이 명문화되어 있긴 했다. 아니, 딱 그것만 쓰여 있었다.

"이게 다예요?"

"그렇지, 뭐."

"어……."

"아, 뒤에 선불이라고 쓰여 있지? 1년 치. 1년 중에 3개월은 무료니까, 4,500불만 내."

건물 1년 임대료가 4,500불이라니. 기껏해야 500만 원이라는 소리 아닌가. 이렇게 들으니까 진짜 거저 같았다. 마침 지금 들고 있는 작전비만으로도 얼마든지 충당이 가능했다.

"어……. 알겠습니다. 사인할게요."

"어, 난 해놨어. 거기 계좌로 보내. 닥터 제인 명의로 된 계좌야."

"아, 네."

이렇게 얼렁뚱땅 계약이 완료되었다.

"들어왔어?"

강혁은 바로 눈앞에서 휴대폰을 들고 꼼지락거리고 있는 데니스에게서 제인에게로 고개를 돌렸다. 그제야 제인은 휴대폰 알림음이 울렸음을 깨달았다. 그러곤 계좌에 4,500불이 들어왔다는 사실 또한 알았다.

"네, 들어왔어요."

"음. 잘됐네. 월세는 그렇고."

강혁은 허허 웃으며 데니스의 어깨를 두드렸다.

"관리비가 문젠데."

"네?"

"아까 정확히 말해줬던 거 같은데, 여기 발전기 우리 측에서 단 거거든. 전기 365일 들어올 수 있게끔. 기름도 우리 한구 병원으로 들어오는 트럭으로 실어 나를 거고."

"어……."

데니스는 팔뚝에 오소소 돋아난 소름을 내려다보며 입을 벌렸다.

'당한……, 당한 느낌인데?'

관리비 별도라는 항목을 좀 더 챙겼어야 했는데! 라는 생각을 하고 있으려니 강혁이 계속 말을 이었다.

"뭐, 알아서 기름 구해오고 발전기 떼다 딴 거 붙여도 되는데. 알지? 우리는 총리 라인 타서 아무한테도 안 뜯기고 오는 거. 이거 알아서 하려고 하면 아마 어려울걸."

"오?"

"대신 가는 게 있으면 오는 것도 있어야겠지?"

"어……."

"여기 보라고. 공간이 이렇게 좋은데 보수도 안 되고, 더럽고……. 그래, 안 그래?"

"그렇긴 하죠."

"렌털 프리 해주는 동안 여기 치워."

"허."

데니스는 그제야 이 인간이 왜 렌털 프리를 해주겠다고 했는지 깨달았다. 그리고 동시에 제인은 왜 강혁이 95% 이상의 확률로 교육동부터 치우자고 했는지 깨달았다. 이미 데니스라는 인간을 알게 된 후로는 여길 이 친구한테 떠넘길 생각을 하고 있었던 것이다.

'천재……. 천재다.'

'하긴……. 어차피 여기 이 건물……. 애물단지야…….'

처음 발전기 달고 나서는 신나서 기름도 들이부어놨지만, 사실 그 이후로는 딱히 전기를 써본 기억도 없었다. 안이 워낙에 개판이었기 때문이었다. 그런데 이걸 돈까지 받으면서 청소랑 유지 보수까지 시킬 수 있다고? 이게 천재가 아니면 대체 누굴 천재라고 해야 한단 말인가.

"여기……, 여길 다 치워요? 저 아직 직원이……."

"렌털 프리 해준 돈으로 새꺄, 사람 쓰면 되잖아. 어차피 지역 경제 활성화 위해서 온 거 아냐? 그리고 사무실 렌털 비용도 여기로 돌려. 그럼 한 달에 사람 두셋은 충분히 쓰고도 남을걸."

"그건…… 음. 그것도 그렇긴 한데……."

"하는 거 봐서 관리비 결정할 거야."

"아니……. 관리비를 유동적으로 둔다고요?"

"당연하지. 기름 끌고 오는 거 다 우리 손으로 하는 건데 그게 가격이 맨날 같겠냐? 자, 그럼 내일부터 농장일 끝나면 여기로 와서 청소해. 직원 따로 뽑아서 낮에 하는 건 우리가 감독해주겠지만, 알지? 여기……. 아주 열심히 일하는 풍조는 아닌 거."

"하……. 아마 제가 거의 다 해야겠죠."

"그래, 잘 알아듣네. 역시 우수한 요원이야."

"하……."

말 그대로 한숨만 나오는 상황이었다. 강혁이 방금 언급한 것처럼 이곳의 노동자들은 그렇게 있는 힘껏 일하는 편은 아니었기 때문이다. 돌아서 병원으로 향하는 강혁과 제인의 뒷모습을 보며 데니스는 눈앞이 깜깜해지는 것을 느꼈다.

"하."

그렇게 서서 한숨을 쉬고 있으려니 누군가 다가와 그의 어깨를 두드려주었다. 다름 아닌 리처드였다.

"자, 이럴 때 하는 말을 가르쳐줄게요."

리처드는 아주 진중한 얼굴로 말을 이었다.

"무슨 말을?"

"이거 해보면 확실히 기분이 나아져요. 앞으로도 계속 저……, 저 백강혁 보려면 배워야 해."

데니스는 안 그래도 한숨을 쉬어도 답답한 게 잘 안 풀리는 기분이긴 했다. 리처드는 그런 데니스를 보며 다 안다는 표정으로 한 마디 한 마디, 아주 또박또박 알려주었다.

"자, 해봐요. 시."

"시."

"발."

"발."

"이번에 연달아서, 시발."

"시발. 어?"

이상한 일이었다. 방금 당한 억울하고 분했던 감정이 조금은 풀리는 듯한 느낌이 들었다. 리처드는 데니스의 얼굴에 화색이 도는 것을 보며 고개를 끄덕였다.

"역시……. 이거 없이 백강혁을 견디는 건 말이 안 돼."

"고맙……, 고맙습니다. 훨씬 낫네요. 훨씬…… 나아요."

모두를 위한 작전

다음 날 점심 식사 시간, 한유림이 자신 앞에 놓인 수프를 뜨며 입을 열었다.

"환자가 좀 는 거 같지 않아?"

"음, 맞아요. 늘었어, 확실히."

강혁 또한 한유림의 말에 동의한다는 뜻으로 고개를 끄덕였다. 보통 오전 내내 보면 한 30명에서 35명 내외였는데, 오늘은 50명을 보고 왔기 때문이었다. 이 정도면 거의 단기 팀 왔을 때랑 비교해도 손색이 없을 지경이었다.

"통계를 보면 어때, 닥터 제인?"

그렇지 않아도 둘의 대화를 유심히 듣고 있던 제인은 즉시 답을 해주었다.

"점점 늘고 있어요. 저번 주 외래 환자가 580명 정도였거든요? 그 저번 주는 550명이었고. 이번 주는……. 이 추세로 가면 600명 넘어요."

"그중에서 여성 환자 비중은?"

"여성 환자가 진짜 많이 늘고 있어요. 그래서…… 제가 다른 환자를 아예 못 보고 있어요, 보조 간호사도 데려가는 바람에. 그래서 다른 분들도 상대적으로 환자가 늘었다고 느껴질 거에요."

"비중이 얼마나 되는데?"

"예전에는 제가 한 주에 100명도 안 봤어요. 근데 이제 200명이 넘어요."

"200명……."

그 말은 곧 제인 혼자 200명을 보고 있다는 뜻이었다. 게다가 제인은 단순 외래 환자만 보는 게 아니라, 분만 및 제왕 절개까지 하는 의사가 아니던가. 실제 주어지는 부담은 어마어마할 터였다.

"이거 딴 게 아니라 산부인과 의사를……. 그게 아니더라도 일단 남자 말고 여자 의사부터 뽑아야겠는데?"

"음……. 그게, 말처럼 쉽지가 않아요."

제인은 우선 고개를 저으며 대꾸하기 시작했다. 강혁이 얘기하기 전에도 이미 여러 차례 알아본 모양이었다.

"능력 있는 후배들이야 많죠, 많은데……. 사실 그 커리어 꺾고 여기 오라고 할 수는 없고……. 또 산부인과는 그 특성상 단기 봉사로는 한계가 명확하잖아요."

"그건……. 그것도 그렇지."

외상 외과는 다친 걸 수술해주면 거의 그걸로 끝이었다. 하지만 산부인과는, 특히 산과는 사실 임신하기 전부터 임신 그리고 출산, 심지어 출산 후 과정까지 돌봐야 하는 마라톤 같은 진료가 필요한 과였다. 제인의 말마따나 단기 봉사로는 그렇게 큰 효과를 볼 수 없었다.

"그렇다고 제가 여길 비우고 어딜 갈 수도 없고요."

"음."

이것도 맞는 말이었다. 오히려 강혁은 한유림이나 리처드로 어느 정도 선에선 대체가 되겠지만, 제인은 유일무이한 존재 아니던가. 당장 제인이 사라지면 간신히 떨어뜨렸던 모성 사망률이 다시 오를 게 뻔했다.

"어, 제가 좀 도움이 될 수도 있겠는데요?"

그때 쥐죽은 듯이 있던 요다가 손을 들었다.

"응? 요다, 너가?"

"저 이번에 휴가잖아요. 열흘 동안."

"아……. 맞아, 휴가지."

강혁의 말과 장단이라도 맞추겠다는 듯 댄이 한숨을 쉬었다. 요다가 없어지면 아무래도 같은 내과계인 마취과의 고생이 커질 수밖에 없기 때문이었다.

"놀러 가는 건 아니고, 학회를 가려고 해요. 1차 진료 의학회 쪽으로 해서. 거기 세션 중 하나가 '딴짓하는 의사들'인데, 제가 강연 한 꼭지를 맡았어요."

"오? 그래?"

"네. 국경없는의사회에서 그래도 5년 넘게 일한 내과 의사가 흔한 건 아니니까요."

"맞지, 그렇지."

다른 NGO 단체도 아니고, 세상에서 제일 힘들다고 하는 국경없는의사회에서 5년을 버텼다는 건 정말 대단한 일이었다.

"그 세션에 들으러 오는 사람들은 아마…… 의료 봉사에 관심이 좀 있는 사람들일 거예요. 제가 열심히 꼬셔볼게요."

"오……. 모집하러 가는 거구나."

강혁은 마음에 든다는 얼굴로 고개를 끄덕였다.

"아, 내가 갈 수 있으면 좋은데."

"아직 온 지 그렇게 오래되지 않아서…… 휴가 쓰긴 어려우실 걸요."

"그러니까 하는 말이지. 근데, 학회 가서 꼬신다는 건 정말 천재적인 발상이야."

한유림은 한숨을 쉬고는 몸을 일으켰다.

"어디 가요?"

"커피 마시러 나가려고. 생각해보니까 오후 외래 없는데 계속 죽치고 있기 아깝잖아. 이제 뭐, 슬슬 여기 익숙해지기도 했고."

협정이 아주 잘 이루어지고 있기도 했고, 또 길이나 거리 분위기가 익숙해진 이후 한유림은 다른 사람들에 비해 곧잘 나다녔다.

"근데 내 손은 왜 잡아요?"

"혼자는 무서워."

물론 혼자 팍팍 나가진 않았다.

"거참 노인네."

강혁은 한유림과 함께 일단 데니스에게 빌려준 건물로 향했다. 아직 계약한 업체가 아주 많지는 않아서 그런가, 커피 포장 및 소량 판매 모두 1층에서 다 이루어지고 있었다.

"여."

강혁은 그 안쪽에 차려진 정말 작은 카페에 능숙한 태도로 들어섰다.

"아, 백 교수님."

바리스타 비슷한 사람이라고는 이 도시 전체에 데니스뿐이었기에 이렇게 손님이 오면 무조건 그가 응대했다. 포장이야 다른 직원들이 하고 있는 모양이지만, 2, 3층 청소도 거의 혼자 도맡아 하는 듯했다.

"백 교수님이라니. 사장님이라고 해야지. 이 건물 주인이 누구라고?"

"하."

데니스는 정말 볼 때마다 사람 속 뒤집어놓는 강혁을 보며 한숨을 쉬었다. 예전에 리처드에게 배웠던 욕을 속으로 중얼거리면서였다. 신기하게도 이렇게 하면 속이 좀 풀리는 기분이 들었다.

"네, 백 사장님."

"어, 그래. 전에 사 간 염소는 잘 있고?"

"그…… 네. 농장에서 키우고 있습니다."

그새 병원에서는 필요 없어진 염소까지 데니스에게 팔아치운 마당이었다.

"발전기까지 해서 1,500불이면 뭐 거저 줬다, 진짜."

"그…… 네."

"그런 김에 커피 두 잔 줘봐. 아이스로 시원하게, 정성 들여서 타."

데니스는 리처드의 주문을 속으로 끊임없이 외며 커피 두 잔을 만들어냈다.

"여기요."

"음. 향 좋다. 여기 커피 진짜 괜찮아. 장사 잘되겠어."

강혁은 빨대로 아이스커피를 가열차게 빨아 재꼈다.

"아, 맛있네."

"그쵸. 데니스 걔네 커피가 의외로 제대로라니까. 장사 좀 되겠어."

"뭐……, 로스팅하고 블렌딩 하는 기술이 중요한 거 아냐? 그렇다며."

"그렇긴 하죠. 그래도 원두가 개판이면 이런 맛은 안 나오지."

강혁은 그렇게 말하면서 커피를 한 번 더 들이켰다.

"그건 그렇고……. 여기도 좀 변하긴 하네."

"응. 변했죠. 몇 달 만에."

"이게 진짜…… 되긴 되는구나."

평화 협정이 이루어지고 또 그 협정이 잘 지켜진 지 수개월이 지나자, 우선 길거리 분위기부터 바뀌었다.

"공 이리로! 일로 넘겨!"

"싫어, 내가 찰 거야!"

우선 골목에 애들이 늘었다. 이 많은 애들이 그동안에는 대체 어디 다 숨어 있었나 싶을 정도였다.

"보기 좋네. 애들 뛰어노니까."

"뭐…… 보기 좋은지는 모르겠지만, 이게 정상이긴 하지."

그에 반해 강혁은 그저 심드렁할 따름이었다. 어디선가 사이

렌 소리가 울려 퍼졌기 때문이었다. 강혁과 한유림은 약속이라도 한 듯이 그 소리가 들려온 곳을 돌아보았다.

"이거!"

"이 도시에 사이렌 울리는 차는 한 대뿐이야!"

방금 강혁이 말한 대로 사이렌이 울리는, 제대로 된 앰뷸런스는 단 한 대뿐이었다. 그리고 그 앰뷸런스는 다름 아닌 한구 병원에 있었다. 처음 울릴 때만 해도 병원 쪽에서 들려오던 소리는 점차 강혁에게 가까워지고 있었다. 공교롭게도 가까운 곳에서 환자가 발생한 모양이었다. 강혁은 눈앞에 모습을 드러낸 앰뷸런스를 보며 고개를 저었다.

"일단 저걸 타자고요!"

한유림의 팔뚝을 잡아끌면서였다. 그사이 강혁과 한유림을 알아본 차량이 바로 앞에 멈추어 섰다. 조수석에 타고 보니, 운전석에는 이번에 새로 온 친구, 장이 앉아 있었다. 한구 출신은 아니었다. 국경없는의사회 본부에서 보내준 소중한 인재로, 응급구조사 자격증에 로지스티션으로 일한 경험도 있었다.

"어떤 환자죠?"

강혁은 뒤쪽에 탔기에, 질문은 조수석에 앉은 한유림의 몫이었다. 장은 운전대를 잡은 채 곧장 대꾸했다.

"신고자 말로는…… 온종일 속이 안 좋다고 하다가 갑자기 쓰러졌다고 합니다. 환자는 남자고 나이는 38세, 알려진 기저 질환은 없습니다만."

"진단이 안 됐을 가능성이 훨씬 크겠네."

"네, 그렇죠."

프랑스 출신인 장은 이곳에 오자마자 매일 운전대를 잡고 골목골목을 누벼온 몸이었다. 장은 생전 처음 보는 도시임에도 상당히 익숙한 솜씨로 차를 세웠다. 그러곤 차를 세운 곳 바로 안쪽 골목을 가리켰다. 애초에 차가 다닐 수 있게 설계된 계획도시가 아니었기에 들어갈 수 없는 길이 더 많았다.

"들것 도울 사람!"

장의 외침에 주변에 있던 장정 몇이 우르르 달라붙었다. 강혁과 한유림은 이미 차에서 뛰어내려서 장과 어깨를 나란히 하고 달리고 있었다.

"어, 어디, 저기야!"

"네, 저 건물입니다."

"오케이. 우리가 먼저 가서 상태 볼게!"

"여기, 여기!"

건물 안으로 들어서자마자 나이 지긋한 노인이 손짓을 하며 외쳐댔다.

"잠깐 비켜보시죠."

강혁은 보호자에게 묻는 대신 환자부터 살폈다. 이곳에서는 보호자의 말이 크게 도움이 되진 않았기 때문이었다. 대다수 사람이 자기가 어떤 병을 앓고 있는지도 제대로 알지 못하는 곳이니 당연했다.

"어떤 거 같아?"

한유림도 우선 강혁의 맞은편에 섰다. 침대에 누운, 안색이 파리한 환자를 내려다보면서였다.

"이런 제길."

"왜 그래?"

"이 환자 아무래도 속 더부룩한 게 하루 이틀 된 게 아닌 거 같은데."

"무슨……."

"배…… 배를 봐요. 배 만져보라고."

한유림은 그제야 환자의 배에 전반적인 고동이 있음을 알 수 있었다. 확 부풀어 오르진 않을 것으로 미루어볼 때 혈관이 터진 것 같진 않았지만, 이만한 고동을 일으키려면 혈관이 대체 얼마나 확장되어야 하는 것인지 가늠조차 되지 않았다.

"당장 가서 열어야 해. 댄한테 연락해서 수술방 준비하라고 해줘요."

"어, 어. 알았어."

강혁은 급히 전화를 걸기 시작한 한유림을 보며 중얼거렸다. 탄식에 가까운 중얼거림이었다.

"차라리 외상이 낫지……. 이건……."

"연락됐어."

한유림은 곧 전화기를 내려놓았다. 그사이 도착한 장은 장정들과 함께 환자를 들것에 옮기곤 뛰기 시작했다.

"좋아, 이쪽으로 태우고. 저 어르신은……, 어르신은 나랑 같이 타면 돼."

"그럼 바로 출발하겠습니다!"

장은 환자를 뒷자리 침대에 눕히자마자 운전석으로 뛰어 들어갔다. 그리고 강혁과 한유림은 장이 시동을 거는 동안 각자 의자에 자리 잡았다.

"산소 포화도는 어때요?"

"75 정도. 일단 산소는 줘야겠는데."

"풀로 틉시다. 아니, 잠깐만."

강혁은 콧줄이나 마스크로 산소를 주려다 말고 환자의 가슴골을 꾹 하고 눌러보았다. 미약한 신음이 터져 나오긴 했지만, 그 외에는 이렇다 할 액션이 없었다.

'하긴, 당연하지.'

혈압이, 그것도 수축기 혈압이 60에 불과했다. 평균 혈압은 50도 안 되었으니 그나마 지금까지 자발 호흡이 있었던 게 다행이었다.

"그냥 삽관을 하자고요. 어차피 가면 넣어야 되는데."

"어……, 약 쓰기는 좀 부담스럽지 않아?"

반면 한유림은 망설였다. 보통 삽관하려면 근이완제와 진정제를 같이 써야 되는데, 두 약 모두 혈압을 크게 떨어뜨릴 수 있기 때문이었다.

"아니, 약을 왜 써. 의식이 흐린데. 넣으면서 깨면, 그때 약 넣으면 되지."

"어디로?

"여기."

"벌써 라인 잡았어?"

"눕히자마자 잡았지, 뭐 하러 꾸물대."

강혁은 플라스틱 튜브를 환자의 입안에 밀어 넣었다.

"얼마나 남았지?"

강혁은 장을 향해 물었다. 장은 사이렌 소리보다도 더 요란하게 클랙슨을 터뜨려가며 차를 몰고 있었다.

"한……, 한 5분?"

'복부 대동맥 박리가 진행 중인데 속도도 빨라……. 버틸 수 있나?'

복부 대동맥이란 심장에서 바로 나온 대동맥이 대동맥궁을 거쳐 배까지 내려온 이후의 이름을 뜻했다. 말하자면 심장에서 곧장 나온 커다란 동맥이라는 뜻이었다. 워낙에 압력이 강하고 또 그걸 버티기 위해 혈관 벽이 두껍다보니, 간혹 박리라는 현상이 벌어지곤 했다.

'혈압이 더 떨어진다……. 박리된 틈으로 혈액이 계속 들어차고 있어……. 대체 어디까지 찢어진 거야, 이 망할 놈의 혈관이.'

"얼마나 남았지?"

마음이 급해진 강혁은 불과 30초도 채 지나지 않아 다시 장에게 물었다. 장은 짜증을 내는 대신 성심성의껏 답해주었다.

"4분…… 좀 넘게요!"

"이런 젠장."

"어쩌지?"

"일단……, 일단 배 닦아요."

"어?"

"어차피 수술방에 가면 열 거잖아. 먼저 열어서 피 더 빠져나오지 않게라도 해야겠어."

"아니……."

"혈압 더 떨어지잖아! 이거…… 지금 밑으로 쭉쭉 밀리고 있는 거라고. 압력 더 전달되면 수술해도 죽어."

"그건……, 그건 그렇지."

한유림은 이미 아까 찢어놓은 옷가지를 더 벌리고는 베타딘을 부었다.

"보조해요."

"어, 근데…… 이게……."

"단 1분이라도 늦추는 게 의미가 있어. 이거 대동맥이잖아."

"알았어, 집중할게."

"좋아."

강혁은 한유림의 눈동자에서 순식간에 잡념이 사라지는 것을 확인했다. 강혁은 엄밀히 말하면 단 한 번도 전신 마취에 해당하는 약을 써본 적 없는 환자의 배를 가르고 들어갔다. 일반적인 상황이었다면 난리가 나고도 남았을 텐데, 환자는 미동도 없었다. 그러기엔 혈압이 너무 낮았다.

'좋아해야 될지, 아니면 씁쓸해해야 할지 모르겠네.'

강혁은 고개를 절레절레 저으며 메스를 내려놓았다. 그러곤 전기 칼을 집어 들었다. 강혁은 전기 칼로 냅다 방금 만들어놓은 절개선 안쪽을 그었다. 평소 복막을 가를 때와는 달리 좌측 갈비뼈에 평행한 선으로 그어 열었다.

"옳거니."

강혁은 오른손에 들고 있던 혈관 집게를 쑥 하고 집어넣었다.

"어디 갔……, 아. 여기다. 일단 잡았어. 얼마나 남았지?"

물론 그 시간이 아주 오래가진 않았다. 장의 답을 들으면 알 수 있었다.

"이제 2분이요."

"오케이. 이대로 병원 입구까지 들어가줘. 바로 수술실로 간다."

"네!"

곧 앰뷸런스가 병원 입구에 멈춰 섰다. 카심과 리처드가 대기 중이었다.

"내가 신호하면 침대로 옮겨. 멋대로 하면 나 놓친다. 그럼……."

"알겠습니다. 신호 주세요."

"나도 준비됐어."

한유림이야 처음 이 환자를 마주했을 때부터 초집중하고 있는 상태였던지라 곧장 리처드와 호흡을 맞출 수 있었다. 강혁은 카심을 보며 외쳤다.

"가서 준비해! 복부 대동맥 박리! 댄한테도 알리고!"

"아……, 네! 알겠습니다!"

카심은 지체하지 않고 수술실로 달려갔다.

"하나, 둘, 셋!"

그사이 강혁은 신호를 주어 환자를 앰뷸런스에서 병원 이송용 침대로 옮겼다. 한유림이나 리처드나 다들 체격이 단단한 사람들인지라 장정 하나 옮기는 것쯤은 일도 아니었다. 덕분에 강혁도 베슬 클램프로 틀어쥔 것을 놓치지 않을 수 있었다.

'지금 놓치면 환자 죽는다…….'

아까 환자 배 가르고 들어갈 때만 해도 약간의 갈등은 있었다. 하지만 지금 와서는 아까 가르길 천만다행이라는 생각만 들었다.

'그때 안 잡았으면 죽었어.'

그야말로 환자는 이미 죽었다 살아난 셈이었다.

"자, 왼발 맞춰서 이동!"

강혁은 침대 위로 옮겨지는 바람에 약간 흔들린 바이털이 정상으로 돌아오길 기다렸다.

"자, 이제 문 열어!"

다행히 성공적으로 수술실 문 앞에 당도할 수 있었다.

"이제 옮겨! 댄은 바로 마취 걸고!"

"네!"

차 안에서 삽관해둔 것이 지금 도움이 되었다.

"몇 kg……."

"66!"

게다가 앰뷸런스 침대에는 몸무게 재는 기능이 따로 탑재되어 있었다. 덕분에 약 용량 재는 것 또한 일사천리였다.

"오케이, 약 들어갑니다!"

해서 댄은 곧장 수액 라인을 통해 약을 찔러 넣었다. 마취 가스가 나오는 관을 환자의 목에 연결된 플라스틱 관과 연결하면서였다.

"한 교수님은 손 닦고! 너, 넌 상처 닦아!"

"네!"

"어, 알았어!"

손 하나가 배 안에 들어가 있어 움직일 수 없는 강혁을 제외한 모두가 분주했다. 방금 강혁이 주문한 것처럼 한유림은 나는 듯이 달려가 손을 닦았고, 리처드는 그 자리에서 카심이 건네준 베타딘으로 환자의 배를 닦았다. 카심은 그렇게 기구를 건네주면서 동시에 수술상을 차렸다.

카심은 칼을 들고 잠시 고민하다가 이내 한유림에게 건네주었다. 강혁은 지금 오른손을 배 속에 집어넣고 있는 상황이었다. 제아무리 괴물이라고 해도 집도를 맡을 만한 상황은 아니었다. 게다가 그간 보아온 바에 따르면 한유림도 강혁 못지않은 괴물이었다.

"내가 해? 리처드 말고?"

"먼저 칼 잡은 사람이 임자지. 한 교수님이 해요. 리처드가 보조하고."

"알았어."

한유림의 절개는 아까 강혁이 넣었던 것과는 달리 정중앙에서 수직 방향으로 들어가고 있었다. 명치에서부터 배꼽을 돌아 그보다도 더 아래까지 이어지는 길고 긴 절개였다. 그러다보니 당연히 피가 줄줄 새어 나왔는데, 그건 리처드가 싹 다 처리하고 있었다. 얼마 전 구비한 전기 칼과 그에 딸려 온 전기 소작기를 이용해서였다.

'잘하네, 이 친구.'

한유림은 지혈 외에도 절개 면을 제때 당겨준다든지, 아니면 절개할 곳을 미리 잘 노출시켜 놓는다든지 하는 리처드를 보며 생각했다. 생각해보니까 둘이 맨날 백강혁 보조나 해봤지, 서로의 수술에 들어가본 적은 없었다.

'하긴……. 이런 놈이 우연찮게 여기 와 있으면 나 같아도 잡아다 쓸 생각이 들긴 하겠어.'

"이것 좀 다 이쪽으로 밀어봐. 어, 그렇게. 옳지."

"지금 보이죠? 저기. 저기 찢었네. 이야……, 이걸 어떻게……."

둘은 장애물을 어찌어찌 치워 나가면서 혈관 근처에 도달했다. 그러곤 눈을 마주치며 한마음 한뜻으로 놀랐다.

'아까 내가 직접 보긴 했지만……, 대체 이걸 어떻게 앰뷸런스에서 한 거지.'

강혁은 정말로 딱 혈관이 박리된 부분, 그중에서도 측면만 베슬 클램프로 쥐고 있었다. 덕분에 박리된 부분 안쪽으로는 피가 들어가지 않으면서 동시에 전체 혈류에도 방해가 되지 않았다.

"칼 줘봐. 석션이랑."

한유림은 곧 박리된 부분 외벽에 아주 살짝 구멍을 내고는 석션을 집어넣어 안쪽에 차 있던 피를 모조리 제거하기 시작했다. 이게 일반적인 상황이었다면 진짜 환자 죽일 만한 술기긴 했지만 지금은 아니었다. 강혁이 박리의 기시부를 틀어막고 있었으니까. 튜브처럼 혈관을 누르고 있던 피가 제거되고 있었기 때문에 죽기는커녕 혈압이 오르고 있었다.

"오……, 혈압 올라갑니다."

그게 상당히 의미가 있어서 내내 모니터를 보며 약물 조절 중이던 댄의 입에서 감탄이 흘러나올 지경이었다.

"후, 좋아. 음."

"좋아. 우리 인조혈관 얼마나 있지?"

한유림은 강혁이 틀어쥐고 있는 부위보다 대략 3cm가량 윗부분의 대동맥 측면을 베슬 클램프로 쥐고는 카심을 바라보았다.

"이제 5개 정도 남았습니다."

"야……. 그래도 단기 팀에서 진짜 많이 주고 갔구나."

한유림은 그렇게 건네받은 인조혈관을 방금 자신이 짚은 곳에 연결하기 시작했다. 그러자 잠자코 있던 리처드 또한 아래쪽 복부 대동맥을 짚더니, 거기에 인조혈관을 연결하기 시작했다. 말하자면 임시 우회로를 만들고 있는 것이라고 보면 되었다.

한유림은 우회로를 통해 흘러내려가는 혈류를 보고는 가만히 고개를 끄덕이다가, 이내 베슬 클램프를 대동맥의 수직 방향으로 가져갔다.

"댄, 혈압 흔들릴 수도 있어."

댄에게 주의를 주면서였다.

"네."

그러곤 댄이 대답하는 것을 듣자마자 혈관 전체를 짚었다.

"어우, 답답해 죽는 줄 알았네."

그와 동시에 강혁이 여태껏 기구를 쥐고 있던 손을 풀었다.

"이제 백 교수가 할 거지?"

한유림은 그런 강혁을 보면서 아주 자연스럽게 뒤로 물러났다.

"아니, 뭔 소리야. 지금까지 잘해놓고선. 대동맥 재건도 둘이 해야지."

"아, 알았어."

수술이 계속되어도 한유림이 손을 움직이는 속도는 전혀 느려지지 않았다. 리처드 또한 한유림과 속도를 맞추었다.

'좋아. 잘하네. 흠…….'

강혁은 빠르게 위아래 인조혈관을 복부 대동맥에 이어 붙이고 있는 둘을 보며 고개를 끄덕였다. 빠른 속도로 진행된 만큼 수술도 끝나가고 있었다. 강혁은 애써 걱정을 지우고, 환자를 향해 고개를 돌렸다. 이제 완전히 봉합까지 마친 환자가 그를 기다리고 있었다.

"오, 다 끝났네? 벌써?"

"봉합이야 금방이지. 중환자실 가야지?"

"그렇죠. 이걸 어떻게 바로 깨워, 말이 안 되지."

"역시 그렇지?"

한유림은 연신 고개를 끄덕이고는 댄에게 신호를 보냈다. 그러자 댄은 마취 가스를 풀고는 앰부를 연결했다.

"제가 벤틸레이터 연결하고…… 환자 쪽 볼게요."

댄은 미군에서 받아 온 새 벤틸레이터에 환자를 연결하고는 고개를 끄덕였다.

"아유, 쉬는 날에 이게 뭔 난리냐. 한 교수님 우린 가서 좀 쉽시다."

"어? 어, 그래. 맞네. 우리 쉬는 날이네. 하……."

아무튼, 댄과 다른 간호사 하나를 병실에 두고 나온 강혁은 한유림과 함께 기지개를 켜고는 위로 향했다.

"저도 좀 쉬어야겠네요."

"아니, 넌 내려가야 할 거 같은데?"

뒤따라 올라오려는 리처드를 말리면서였다. 별로 합당한 이유가 없어 보였기에, 리처드는 잔뜩 삐친 얼굴이 되었다.

"뭐예요. 한국 사람 아니라고 따돌려요, 설마?"

"내가 꼭 한국 사람이라고 잘해주는 거 봤냐?"

"아니……. 그건……, 그건 아니긴 하죠."

"내려가면."

강혁은 그런 리처드를 보면서 말을 이었다. 어느새 장난기는 온데간데없고, 진지한 얼굴을 하고 있었다.

"벽에 기대고 있는 환자 있을 거야."

"네?"

"얼굴 하얗게 질린 게, 아무래도 통증이 심한 거 같은데……. 오후에 남자 외래는 안 열려서 못 본 거 같아. 장도 출동하느라 응급실 진료 못 했고. 너가 가서 보고 해결 좀 해라."

"그런……, 그런 환자가 있어요? 거짓말하는 거 아니에요?"

"내가 이런 걸로 구라 치는 거 본 적 있냐?"

"아, 아뇨."

다른 일로는 구라가 아니라 사기도 치는 게 백강혁이었다. 하지만 환자 관련한 일로는 아니었다.

"인제 그만 살고 싶냐? 빨랑 안 내려가?"

"아, 알겠어요. 근데 수술방 열어야 되면 어째요?"

"뭘 어째. 어지간하면 국소 마취로 해. 댄 지금 중환자실 보잖아."

"하……."

"하?"

"아뇨, 아뇨. 빨리 가요, 나도 내려갈 테니까. 하여간 귀도 밝어……."

리처드는 연신 투덜거리면서 1층으로 향했다.

'아니……. 환자 데리고 올라오면서 대체 언제 복도를 봤다는 거지?'

리처드는 고개를 갸웃거리며 1층 복도에 들어섰다. 그러자 간호사 하나가 대번에 눈에 들어왔다.

"저기, 괜찮아요? 어디가 아픈 거예요?"

사방을 둘러보면서 동시에 누군가를 향해 말을 걸고 있었다. 아직 리처드의 눈에는 환자가 보이지 않았지만, 대번에 알 수 있었다.

'진짜네.'

백강혁, 그 양반은 정말 귀신이라도 된단 말인가. 어떻게 딱 보자마자 누군가 아프다는 걸 알았을까.

"아, 선생님."

간호사는 리처드를 마주하자마자 안도의 한숨을 내쉬었다.

"어, 언제 본 거예요?"

"제가 발견한 건 이제 한 5분 됐습니다."

"5분이라."

'창백한데……. 식은땀도 나고.'

"우선 바이털 재야지. 모니터 가져와요. 그리고 사람 더 불러. 환자 처치실로 옮기려면."

"아, 네!"

"이름이 뭐예요!"

"으……."

아쉽게도 리처드는 우르두어를 할 줄 몰랐고, 환자는 통증이 심한 건지 뭔지 대화가 잘 되지 않았다. 리처드는 우선 환자를 눕히고 배를 눌러 보았다.

"으악!"

통증과 비명이야 만국 공통어 아니겠는가. 이거라면 의사소통이 안 될 것도 없었다.

"오케이, 누를 때 아프고. 자, 뗄 때는?"

"으아!"

"아……. 이거 안 좋은데."

누를 때 아픈 건 압통이라고 하는데, 이게 있다고 해서 심각할 필요는 없었다. 하지만 뗄 때 아픈 것, 즉 반발 압통이 있는 건 꽤 심각하다는 사인이었다. 게다가 리처드가 확인한 것은 그것만이 아니었다.

'배가 단단해. 가드닝(Guardning)이 있어. 음.'

가드닝이란, 배를 누를 때 무의식적으로 배가 단단해지는 것을 의미했다.

'게다가 뜨끈해. 열이 있어.'

열이 있다는 건 높은 확률로 감염이 있다는 걸 의미했다. 반발 압통까지 있으면서 열이 있어?

'시발.'

욕이 절로 나오는 상황이었다. 그사이 아까 보냈던 간호사가 모니터와 이송용 침대 그리고 다른 간호사 하나를 끌고 왔다.

"자, 일단 혈압부터. 그쪽은 라인 달고요."

"네."

"어……. 열이 있습니다. 38.7도!"

"어쩐지 뜨끈하더라니. 혈압은?"

"어……. 80에…… 50입니다."

"80?"

"네."

"어……."

출혈도 없는데 혈압이 80이라.

'부를까?'

리처드는 자신도 모르게 고개를 쳐들어 천장을 바라보았다. 아마 지금쯤 강혁은 샤워까지 마치고 거실 소파에 반쯤 누워 있을 터였다. 아주 높은 확률로 제인과 한유림 그리고 카심과 노가리도 까고 있을 테고.

'아냐, 아냐……. 이 정도는 혼자 해야지…….'

"환자한테 언제부터 아팠냐고 좀 물어봐줘요."

"3일 됐답니다."

"3일? 아니, 그동안 뭐 하다가 이제 왔어."

"그건……. 물어볼까요?"

"아니, 아뇨."

뭐 하러 그런 걸 물어본단 말인가.

"어디가 아팠대요? 배 전체? 지금은 배 전체가 다 아프다고 하잖아."

"아……, 아뇨. 처음엔 윗배만 살살 아파서 그냥 체했다고 생각했대요."

"그럼 윗배가 아프다가 갑자기 전체가 아프게 된 건가?"

"아……. 그렇진 않고. 아랫배가 아프다가 아까 오전에 확 좋아졌대요. 그래서 다 나은 줄 알았는데 갑자기 미친 듯이 아파서 겨우겨우 온 거라고 합니다."

"그게 언제지?"

"한 30분 전?"

'충수 돌기…… 였나본데. 터진 모양이야……. 그래도 30분이면 아직 시간은 있어.'

우리 몸은 상당히 잘 설계된 유기체였다. 배 안에서 뭐가 터져도 그게 순식간에 확 다 퍼져버리진 않는다는 뜻이었다.

'그래도 전신 마취가 좋겠지.'

그냥 충수 돌기염, 그러니까 맹장염이라면야 몰라도 이게 터져서 복막염으로 진행되고 있는 상황이라면 얘기가 좀 달라지지 않겠는가. 해서 리처드는 댄에게 전화를 걸었다.

"어, 왜!"

"어……."

하지만 전화를 받은 건 댄이 아니라 강혁이었다. 그것도 꽤 격앙된 목소리. 불안했다.

"그, 아래 환자 복막염……."

"그래서 뭐."

"전신……."

"아, 안 돼."

"왜, 왜요."

"여기 환자 안 좋아. 나 지금 메스 들었다."

"아."

중환자실에서 메스를 들었다니. 무슨 일인지 굳이 물어보지 않아도 될 만한 상황이었다. 그리고 저 위는 어떤 문제가 생겨도 이상하지 않을 만한 환자가 제법 있었다.

"어지간하면 국소로 해. 하다가 전신 가도 되잖아."

"그……. 네."

리처드는 전화를 끊고 한숨을 쉬었다. 그러다 문득 환자가 자신을 보고 있다는 것을 깨달았다.

'이런 시발.'

대체 지금 나를 보고 무슨 생각을 하고 있을까.

"일단 진통제 주시고."

리처드는 낑낑대고 있는 환자를 보며 지시를 내렸다.

"환자한테 이제 치료할 텐데, 절대 움직이면 안 된다고 해요. 아플 거라고 하고."

"네."

"아니다. 아예 한 사람이 붙어서 보고 있어요. 움직이면 진짜 큰일 나."

"아…… 네. 알겠습니다."

"자, 그럼 상 폅시다."

"어……. 여기서요?"

"여기서지, 그럼. 또 옮기게? 어차피 처치실도 설비는 다 있잖아요. 일단 잘 보고 있어요. 상 차리고 볼 테니까."

리처드는 환자와 마주하고 있는 간호사에게 신신당부한 후, 기구함으로 향했다. 그의 말대로 처치실임에도 불구하고 어느 정도의 수술 기구는 갖추고 있었다.

"이거 내가 차리고 있을 테니까, 가서 석션 통이랑……. 그거 뭐야. 전기 칼 가지고 와줘요."

"아, 네.'

그러곤 베타딘을 묻힌 후 환자에게 다가갔다.

"좀 차갑습니다."

리처드는 자신의 말을 간호사가 통역해주길 잠시 기다린 후, 슥슥 환자의 배를 문질러 닦았다. 복막염으로 번졌을 가능성이 워낙 큰 상황이었다. 그 때문에 닦는 범위가 아주 넓었다.

"음."

리처드는 전기 칼과 석션 기구 모두 잘 돌아가는지까지 확인한 후, 손을 닦았다. 혹시나 그사이 위에 수술이 끝날까 했으나 밖에서는 전혀 기미가 보이지 않았다. 저 위에 있는 사람들 성격상 진전이 있었다면 지금쯤 하나는 내려오지 않았겠는가? 수술이 정말 잘 되고 있는지 궁금해서라도 그랬을 터였다.

'아무도 안 내려오는 거 보면……. 어지간히 빡센 모양인데.'

하긴 그럴 수밖에 없을 터였다. 백강혁이 중환자실에서 당장 메스를 집어 들었다는 건, 그만큼 급박한 상황이라는 뜻일 테니.

'일단……. 열어야지, 어쩌겠어…….'

해서 리처드는 심호흡을 하고, 펜을 집어 들었다. 국소 마취 주사는 절개선을 그려둔 후의 일이었다.

"조금 따끔합니다."

베타딘이 다 말라서 누렇게 변한 환자의 배에 주사기를 찔러 넣었다. 그러곤 간호사가 건네준 핀셋으로 방금 마취한 부위를 꼬집었다. 리처드는 한 번 확인하고 나서도 여러 번 꼬집은 후에야 칼을 집어 들었다. 이미 통증이 없다는 걸 확인했으니 거칠 것이 없었다. 정말 순식간에 복막이 갈라졌다. 그와 동시에 리처드의 얼굴에 안도가 스쳐 지나갔다.

'휴……. 아예 엉겨 붙진 않았네.'

"좋아……. 좋아. 항생제 때렸지? 좀만 더 버티라고 해. 금방 끝낸다."

"네! 그렇지 않아도 빨리 끝내라고 합니다!"

"응?"

"위에……. 장난 아닌 모양이에요!"

고개를 돌려 보니, 환자와 마주하고 있던 간호사가 전화기를 들고 있었다. 그것도 아주 참담한 얼굴을 하고서.

"하아……."

내려오지는 못할망정 위로 불러? 이번 일이 끝나면 CIA고 나발이고 전배 요청을 심각하게 고려해야겠다는 생각이 들었다.

'우선 이거부터 끝내자…….'

리처드는 잠깐 위를 바라보다가 이내 수술 부위를 향해 시선을 옮겼다.

'오케이……. 상행 결장 찾았고.'

다행히 리처드가 만진 부분은 다 부드러웠다. 그 말은 곧 염증이 거기까지 미치진 않았다는 뜻이었다.

'오케이, 찾았어. 후.'

리처드는 곧 불과 7, 8cm밖에 안 되는 절개선 틈을 통해 문제의 충수 돌기를 찾아냈다. 뽁! 그와 동시에 밖으로 빼내었는데, 역시나 장간막이 터진 부위를 막고 있었다. 이제 시간이 좀 지나서 그런가 들러붙긴 했지만, 이만하면 보호막 역할을 정말이지 훌륭하게 해준 셈이었다.

"뭐……. 면역력 정상이고 항생제 쓰면 괜찮을 거 같은 모양새긴 한데……. 그래도 세척은 좀 해야겠네."

"세척?"

"네, 근데 왜 반말……. 응?"

간호사 목소리가 좀 이상한데 하면서 뒤를 돌아보니, 강혁이

서 있었다. 장갑과 팔뚝에 피를 잔뜩 묻히고서였는데 얼굴은 웃고 있었다.

"뭘 하시기에 이렇게 안 오시나 해서 내려와봤지."

"그……. 위에는 벌써 끝났어요?"

리처드는 슬쩍 아까 벗어둔 손목시계를 바라보았다.

"뭐가 벌써야. 30분이나 지났는데."

강혁의 시간관념은 다른 사람들하고는 명백히 다르기 때문이었다.

"아무튼, 어디 우리 리처드는 어떻게 했나 볼까."

"어어. 환자 국소 마취예요. 너무 뭐라고 하지 마요."

'그래도……, 수술은 잘됐어.'

그나마 다행이라면 수술은 정말 잘됐다는 점이었다. 솔직히 아무것도 없는 이런 곳에 혼자 덜렁 던져다놓고 수술하라고 하면 어느 누가 이만큼의 성과를 낼 수 있을까.

"이것 봐, 이거."

하지만 강혁은 미처 환자의 수술 부위를 보기 전부터 고개를 내저었다. 혀까지 츠츠 차고 있었는데, 영 부자연스러운 것이 저절로 나오는 건 아니었다. 그저 리처드를 놀리기 위함이었다. 그걸 알면 화가 나면 안 되는 법인데, 이상하게 강혁이 저러면 열이 올랐다.

"왜, 왜요!"

"야 국소 마취 한다고 그냥 피부만 찌르면 되냐?"

"네……?"

국소 마취가 그거 말고 더 있나? 하는 얼굴이 되었다.

'내가 뭐 실수라도 했나?'

아무리 돌이켜봐도 그건 아닌 거 같았다. 뭐가 어찌 됐건 간에 환자는 잘 치료받지 않았는가. 그런 생각을 이어나가고 있으려니, 강혁도 말을 이었다.

"척추 마취라고 못 들어 봤냐?"

"어……."

"한 번 찔러만주면 여기 감각 아예 없어지는데. 그럼 진짜 하나도 안 불편해."

"어……."

하지만 강혁의 입에서 척추 마취란 말이 튀어나오자마자 할 말이 없어졌다. 강혁은 그렇게 리처드의 입을 다물게 한 후, 환자의 손을 가리켰다. 그제야 리처드는 환자의 얼굴이나 활력징후가 아니라, 그의 손을 볼 생각이 들었다.

"보여? 피 나잖아. 힘을 얼마나 줘야 저렇게 되는 거야, 저거."

"그……."

"상식적으로 생각해봐라. 맨정신으로 배 긋는 게……. 어휴. 사무라이여? 할복하니?"

강혁은 영문을 모르겠다는 얼굴을 한 리처드를 보며 고개를 저어댔다. 환자의 몸만 치료할 게 아니라, 마음도 헤아릴 수 있어야 진짜 의사라는 말을 하면서였다. 세상에 척추 마취라니. 왜 그런 좋은 방법이 있는 걸 생각하지 못했을까. 새삼 환자에게 미안해지는 기분이었다.

"그래도 뭐……. 그런 거치고는 수술은 곧잘 했네. 세척하고, 닫아. 일반 병실로 올리고."

"일반으로요?"

"우린 벤틸레이터 안 달면 다 일반이야."

"아, 하긴……."

여긴 한구 병원이지 않은가. 일반적인 통념을 적용할 수는 없는 노릇이었다. 아무튼, 강혁은 많이 혼내기도 했지만, 적절히 칭찬도 해주곤 다시 위로 올라갔다.

*

강혁은 방 안에 들어서면서 한유림을 향해 입을 열었다.

"지영이?"

물어볼 것도 없는 일이었다. 매일 밤 지영과 영상 통화하는 게 한유림에게 있어서만큼은 제일 중요한 일이었으니까.

"어, 그렇지."

"잘 지낸대요?"

"이제 곧 시험이니까, 힘들지."

"힘들긴. 걔 공부 잘하는 거 다 아는데."

"근데 진짜 걱정이야……."

"왜요?"

강혁은 한유림 맞은편에 놓인 침대에 걸터앉았다. 매일 밤 나란히 누워 잠드는 게 일상이 되다보니, 이런 식으로 대화 나누는 것도 퍽 익숙해진 참이었다. 강혁뿐만 아니라 한유림도 그렇게 된 지 오래라 말이 술술 나왔다.

"지영이……. 얘 아직도 외상 외과 하고 싶어 해."

"아버지 따라서 전공 정하는 게 문젠가? 나 같으면 좋아할 거 같은데."

아버지를 존경하고 따르는 딸이라니. 기특하고 또 대견하지 않은가. 하지만 그건 강혁이 아버지가 아니라서 가능한 생각이었다. 딸 생각하는 아버지 마음은 아예 달랐다.

"미친놈아, 너 제자 중에 결혼한 애 하나라도 있냐?"

"음……."

그리고 강혁 또한 한유림의 말을 듣자마자 바로 납득할 수 있었다. 강혁도 지영이를 조카 정도론 생각하고 있기 때문이었다.

"걔가 뭐……. 아예 의학이랑 결혼할 생각이면 모르겠는데……. 그건 또 아닌 모양이더라고."

"연애해요?"

"만나는 애는 있는 모양이야. 자세히 말은 안 해주는데, 내가 지영이 키운 게 벌써 몇 년인데 몰라?"

"남자애도 의산가? 그렇지 않으면 사실 이해해주기 어렵긴 할 텐데."

굳이 외상 외과 아니더라도 인턴, 레지던트는 만만한 직업이 아니지 않은가. 시도 때도 없이 불려다녀야 하는 데다가, 거의 병원에서 살아야만 했다. 퇴근이 없다는 걸 일반인들이 이해하기란 쉬운 일이 아니었다.

"아……. 동기지 뭐. 다른 애들 만날 시간이 어딨어, 얘가."

"그럼 됐지."

"되기는? 어떤 새낀지 어떻게 알고 돼?"

"지영이가 어련히 잘 알아서 했을까. 걔가 한 교수님보다 훨씬 똑똑하던데."

"야……."

한유림은 자기를 까면서 동시에 딸을 치켜세우는 강혁을 보며 잠시 고민했다. 이걸 화를 내야 할지, 아니면 좋아해야 할지 헷갈렸기 때문이었다.

'그놈이 백강혁 능력 반만 따라가도 내가 걱정 안 하지. 아니지, 내가 미쳤나?'

그러다 문득 강혁과 지영이 혹 이어질까봐 걱정했던 일에 생각이 미쳤고, 화들짝 놀란 채 고개를 가로저었다. 그렇게 잠시 생각을 정리한 한유림은 조금 다른 얘기를 꺼냈다. 딸내미 연애 상담하기에 강혁은 너무 삭막한 인간이란 생각이 들어서였다. 지 연애도 안 챙기는 놈이 다른 사람 연애에 관심이 있겠는가. 만약 그렇다면 그게 진짜 이상한 일이었다.

"아무튼, 나는 얘가 외상 외과 하고 싶어 하는 게 마음에 걸려."

"자기 하고 싶은 거 할 수 있으면 좋지, 왜?"

"백 교수."

한유림은 자못 진중한 얼굴이 되었다. 제아무리 호구라 해도 연륜이 어디 가는 건 아닌지라 강혁도 덩달아 비슷한 표정이 되었다. 꼭 연륜이 아니더라도 이제 둘 사이가 그 정도로 돈독해졌기 때문이다. 강혁이 싸가지 없어 보이긴 해도, 한유림 같은 상대가 고민 털어놓는 데 관심 두지 않을 만큼 정 없는 사람이 아니기도 했다.

"왜요."

"밖에서 보는 거랑 많이 다르잖아. 솔직히……. 외상 외과 힘들어."

"그야……. 그렇긴 하죠. 많이 힘들죠."

부정할 수 없는 사실이었다. 제아무리 정부 지원이 늘었다고 해도, 힘들 수밖에 없는 과였으니까. 이건 비단 대한민국의 사정만은 아니었다. 외상 외과는 그냥 전 세계가 다 힘들었다.

"근데 지영이가 근성이 좋거든. 막상 들어오면 힘들더라도 견딜 거야."

"흐음……."

강혁은 잠시 한지영을 떠올렸다. 심장이 파열될 뻔했던 심각한 부상을 입고 나서도 꿋꿋이 그 힘든 의과대학 생활을 이어나간 사람이었다. 심지어 1등 졸업이지 않은가. 그것도 대한민국에서 제일 독한 놈들 다 모였다는 한국대학교 의과대학 1등이었다.

'그런 애가 중도 포기라…….'

상상하기 어려웠다.

"하긴 그렇겠네."

"애초에 선택을 하지 말아야 해."

"말은 해봤어요? 다른 거 하라고."

"나? 장난해? 거의 매일 하지. 근데 알지? 원래 아빠 말은 무시하라고 있는 거야. 내가 보건복지부 장관이었건, 외과 과장이었건 상관없어. 원래 아빠 말은 그래. 나도 그랬으니까, 얘 나이 땐."

강혁은 아빠 없이 산 지 꽤 된 터라 전적으로 공감하긴 어려웠다. 하지만 주변을 보면 대강은 알 수 있었다. 확실히 자식들은 이제 아버지가 더는 조언하기 어려운 나이가 되어서야 귀를 기울이는 법 아니던가. 세대마다 후회하면서도 반복하는 게 인간이었다.

"그러니까 백 교수가 얘기 좀 해줘."

"내가요? 내 말은 들을까?"

"듣지? 애초에 걔 외상 외과 관심 갖게 된 게 백 교수 때문인데. 자기 살려줬잖아."

"아, 하긴."

생명 살려주는 일을 하도 오래 하다보니 잠시 망각하고 있었다. 하나뿐인 생명 살렸다는 게 환자에게 어떤 의미로 다가가는지에 대해. 어쩌면 지영에게만큼은 강혁이 구세주 비슷한 존재일 수도 있었다.

"암만 봐도 외과 계열 할 거 같긴 해. 그래도 외상 외과는 아냐……. 다른 과 하게만 좀 해줘."

"내 말솜씨로 될까?"

"이 사람 이거. 말솜씨가 반 사기꾼인 주제에?"

"흐흐. 알았어요. 설득해볼게."

"음."

강혁이 순순히 고개를 끄덕이자, 한유림은 되레 불안한 얼굴이 되었다.

'이놈이 너무 이러니까 좀 그런데?'

강혁이 생각보다 따뜻한 놈이란 것 정도는 알고 있었다. 따뜻하게 대해주는 범위가 지나치다 싶을 정도로 좁은 게 흠이지만. 한유림 자신이 그 바운더리 안에 들어가 있다는 것도 알고 있었다. 하지만 이렇게까지 따뜻하다고? 아마 한유림이 강혁의 자식이 아니고서야 어려울 거 같았다. 강혁은 한유림의 눈동자에 박힌 불안감을 대번에 읽어내고는 말을 이었다.

"내가 어거지로 아빠를 여기까지 끌고 왔는데, 그 정도는 해야지. 안 그래도 휴가 어디로 갈지 생각 중이었거든. 거기서 보죠, 뭐. 어차피 지영이 시험 끝나면 놀아야 할 거 아냐."

"어? 휴가? 휴가를 어디로 가려고."

"괌. 내가 쏠게요. 숙소랑 비행기."

"오……."

한유림의 눈이 순간 반짝였다. 서글픈 얘기지만, 한유림처럼 평생 대학 병원에 있다가 진짜 제대로 일하기 위해 장관이 되었던 사람은 놀러 다닐 기회가 거의 없었다. 외국이야 꽤 자주 나갔겠지만, 거의 백 퍼센트 학회 따라갔다고 보면 될 터였다. 아쉽게도 학회는 어지간하면 괌이나 하와이 같은 휴양지에서는 열리지 않는 법이었다. 혹 열리더라도 그렇게 대놓고 외유 목적을 띠고 있는 학회는 체면상 나가기도 어려웠다.

"나도 처음이거든, 괌. 그래서 돈 좀 쓰려고. 일등석에 스위트

룸. 어때요?"

*

학회에서 돌아온 요다의 말을 듣고, 한구 병원 의료진들은 잠시 말을 잃었다. 단기 팀에 관련된 이야기라 귀를 안 기울일 수 없었다. 내과, 마취과, 산부인과. 셋 다 지금 한구 병원에 필요한 인재들이었다. 누가 먼저랄 것도 없이 마른침들을 삼키기 시작했다. 그중에서 제일 먼저 입을 연 것은 다름 아닌 강혁이었다.

"그래? 내과, 마취과, 산부인과. 이렇게 셋이 온다고?"

"그……. 단기 팀으로 오는 거고요. 그것도 확정은 아니……, 아니에요."

요다는 마치 노예 상인과도 같은 표정을 짓고 있는 강혁을 보며 진땀을 흘렸다.

"확정이 아니라고? 누가 망설이는데. 얘야?"

"어어, 잠깐."

보다 못한 한유림이 나섰다.

"그래요, 잠깐만 얘기 더 들어봐요."

제인도 한유림을 지원하고 나섰다.

"아, 그럴까."

한유림 혼자라면 몰라도 제인까지 나선 마당인지라 강혁은 어깨를 으쓱하며 뒤로 물러섰다. 그 덕에 요다는 이마에 흐른 땀을 닦아낼 여유를 되찾을 수 있었다.

"이분부터 말씀드릴게요."

그러곤 제일 앞에 놓여 있던 지원서를 집었다. 내과 의사 장규선이란 이름이 우선 눈에 띄었다.

"일본인이 아니네요?"

제인도 그게 궁금했는지, 곧장 질문을 던졌다. 로컬 학회인데 어떻게 외국인이 있을까. 홍콩이나 싱가포르도 아닌 가뜩이나 폐쇄적인 일본 사회에서.

"아, 이거요."

요다는 예상했던 질문이라는 얼굴로 고개를 끄덕였다.

"저도 사실 이번에 알게 된 건데요. 한일 1차 진료 학회가 교류가 나름대로 활발한 거 같더라고요. 일본인 의사들이 한국으로 건너가는 경우는 없어도, 한국인 의사들이 일본으로 건너가는 경우는 꽤 많다더라고요."

"흠."

한유림이 저도 모르게 끙 소리를 내었다. 글로벌 시대라는 말이 나온 지도 벌써 수십 년이 지났으니, 나라 간에 인적 교류가 활발한 것은 어찌 보면 당연한 일이었다. 하지만 한국 의사가 일본으로 가는 건 조금 성격이 달랐다. 의료 수준만 놓고 본다면 이미 기초 의학 부분을 제외하고는 한국이 일본을 앞질러버렸으니까. 물론 중증외상센터 쪽은 얘기가 많이 달랐지만, 자신과 강혁이 힘쓴 이후로는 그것도 비슷해지거나 오히려 추월한 지 오래였다.

'전반적인 대우는……. 일본이 낫긴 하지.'

하지만 한국의 의료 시스템은 일정 부분 의사를 갈아넣는 시스템으로 이루어져 있는 것이 사실이었다. 남들은 주 52시간 도입을 의무로 하는데 의료계는 주 88시간을 맞추지 못해 허덕이는 것만 봐도 알 수 있지 않은가. 심지어 노동법에도 의사는 보호받지 못한다는 말이 명문화되어 있기까지 했다. 그에 비해 일본은 페이, 즉 벌이는 한국과 비슷하지만, 노동 시간은 거의 절반에 가까운 수준이었다. 이 때문에 매해 건너가는 의사 수가 크게 늘어가고 있는 실정이었다. 일본에서도 실력 뛰어난 의사들이 유입되는 것을 환영했으면 환영했지, 문턱을 높일 생각을 하고 있진 않기 때문이었다.

"그러다보니 매년 이쪽 1차 진료 학회에 한국인들이 거의 기백 명은 온다고 합니다. 이 선생님도 그중 하난데……. 뭐 넘어오려는 사람은 아니고요. 이미 넘어와서 자리 잡은 지 오래됐더라고요."

"자리를 잡아?"

"네. 재일 교포들 대상으로 병원을 열었는데 그게 아주 선풍적인가봐요. 저도 이번에 들어서 안 건데, 개원가 시스템이 한국이랑 일본은 비교도 안 되더라고요."

"그렇구만."

한유림은 딱히 첨언하지 않고 고개를 끄덕였다. 의사 출신 보건부 장관이라는 딱지를 달았지만 부끄럽게도 한국 개원가 시스템에 관해 아주 잘 안다고 할 수는 없기 때문이었다. 다만 양 국가 간의 차이에 대해서만큼은 상당히 잘 이해하고 있었다.

'하긴 한국 쪽이 훨씬 세련되긴 할 거야.'

일본은 변하지 않는 나라라고 보면 되었다. 좋게 해석하자면 전통을 중시하는 나라라고 볼 수도 있겠지만 아직도 이메일보다는 팩스를 보내야 일이 되고, 신입 사원이 제일 먼저 배워야 하는 것이 회사 일이 아니라 사내 예절이라는 것이 그렇게 긍정적인 사인은 아니지 않은가. 특히나 병원은 더더욱 보수적이어서, 상당 부분 이용자에게 편리하도록 변화하고 있는 대한민국 의료에 비하면 일부러 이렇게 불편하라고 만들어놓았나 싶을 지경인 경우도 많았다. 인구 차이에도 불구하고 국가 경쟁력 차이가 점점 줄고 있는 게 우연은 아니란 얘기였다.

"뭐, 그건 저 돌아가면 개원할 때 도움을 받기로 했고요. 하하."

요다는 장규선 선생에게 들은 얘기가 좀 있는지 실실 웃었다. 강혁은 그런 요다를 보면서 진심으로 응원했다. 여기서 고생했다고 고향에서도 고생하길 바라진 않았으니까. 다만 지금은 요다의 장래 계획을 듣고자 모인 시간은 아니지 않은가.

"아, 일단 얘기나 더 해봐. 자꾸 새지 말고."

"네, 알겠습니다. 헤헤."

해서 요다를 채근했다. 요다는 강혁을 제인만큼 존경하진 않았지만, 무서워하긴 했기에 곧 본론으로 돌아갔다.

"이분은 완전 개원의예요. 자리 잡은 정도가 아니라 준종합병원을 운영하고 있기도 하고요. 장기간 계속 올 수는 없어도……. 1년에 한두 달 정도씩은 나눠서 올 수 있다고 해요. 필요하면 병원 인력도 같이 올 수 있다고 했어요."

"오호……."

강혁의 눈이 반짝였다. 1년에 두 달이면 더는 단기 팀이라고 볼 수도 없는 사람 아닌가. 게다가 병원을 가지고 있다고 하니, 그쪽에서 지원받을 수 있는 것도 적지 않을 터였다. 어쩌면 데니스 쪽과 연계해서 사업을 키워볼 수도 있었다. 그렇단 얘기는 지역 경제에도 도움이 된다는 뜻이었다.

"이거…… 잠깐 봐도 되지?"

"네? 아, 네. 뭐. 가져가지만 마세요."

강혁은 설명이 다 끝나자마자 지원서를 챙겼다.

"야, 리처드."

"네?"

강혁은 다른 이들에게 안 들릴 정도로 작게 말했다.

"이 사람 이거 평판 조회 좀 해봐."

"네? 제가 어떻게 그런 걸 해요?"

"너가 왜 못 해?"

"응? 아……."

리처드는 잠시 어리둥절한 표정을 짓고 나서야 강혁이 자신에게 시킨 게 아니라, CIA에게 부탁하라는 뜻인 줄을 깨달았다. 강혁의 한숨이 점점 더 진해졌다.

'얜 진짜 의사나 해야지, 이거.'

"뭐 하고 앉았어? 빨리 복사해둬."

강혁은 턱으로 리처드에게 지시를 내린 후, 요다를 돌아보았다. 둘이 은밀히 대화를 나누는 사이 요다는 벌써 다음 사람으로 넘어가 있었다.

"나나세 미유키. 산부인과 의사예요."

"꽤 나이가 있으시네?"

산부인과다보니 제인이 관심을 보였다. 그럴 수밖에 없었다. 혼자 죽어라고 일하고 있는 와중이니까. 요다도 그 마음을 모르지 않는지라 본격적으로 설명에 들어갔다.

"네. 58세입니다. 은퇴할 정도는 아니지만, 젊은 나이는 아니죠."

"근데…… 가정은 없으신가?"

"결혼한 사람은 장규선 원장 하나뿐입니다. 이분은 사별하셨어요. 아이는 없고요. 건강하세요. 모아둔 돈도……. 혼자 지내기에는 차고 넘친다고 하셨고. 이분은 오시면 1년 정도 계실 거라고 했어요. 이곳 상황 말씀드리니까, 제일 열의를 보였어요."

"고마워, 닥터 요다."

"별말씀을요. 실제로 제일 급한 게 산부인과잖아요."

다음은 댄이 학수고대하고 있던 마취과 의사였다. 요다라고 댄의 마음을 모르는 게 아닌지라, 몸까지 틀어 댄을 바라보았다. 마지막 서류를 보여주면서였다.

"아."

그와 동시에 댄의 얼굴이 어두워졌다. 표기된 나이 때문이었다.

'서른한 살…….'

다른 직업이라면 한창 사회생활하고 있을 만한 나이겠지만,

의사는 이제 전문의 따고 나올 정도였다. 너무 어리다는 뜻이었다. 그저 호기심에 요다를 찾아왔을 공산이 컸다.

"일단 들어봐요, 댄."

요다는 그가 왜 실망한 기색인지 다 알겠다는 얼굴로 말을 이었다.

"이름이 둘이죠? 자이니치예요. 한국 이름은 김성식, 일본 이름은 우에다 츠요시."

"응, 뭐."

댄은 심드렁했다. 이름이 무슨 상관일까. 어차피 오지도 않을 사람 같은데. 하지만 요다는 꿋꿋하게 설명을 이어갔다.

"사실 이 사람이 올 가능성이 제일 커요."

"응?"

들은 얘기가 있어서였다.

"정치하는 집안이라는데, 요새 봉사 이력이 있으면 좀 쳐주나 봐요."

"아……."

"아예 집안 어른들까지 같이 와서 인사했으니까 아마 오긴 올 겁니다."

"근데 왜 표정이 그래? 떨떠름해 보이는데."

"그…… 사람이 아주 순수해 보이진 않았어요. 목적이 있다보니……."

정치하려고 봉사하려는 사람이 순수하다면 그것도 이상하지 않은가. 다들 고개를 끄덕이고 있는데, 강혁이 앞으로 나섰다. 껄껄 웃으면서였다.

“어찌 되었건 온다는 거 아냐?”

“근데 와서 열심히 안 할 수도 있어요.”

“진짜 그럴 수 있을 거 같아?”

강혁의 물음에 요다는 바람 빠지는 소리를 내며 그가 보았던 김성식 즉 우에다 츠요시를 떠올렸다. 재일 교포임에도 불구하고 정치계에 발을 걸쳐놓을 수 있을 정도로 대단한 가문의 자제였다. 아마 착한 일만 해가지고는 결코 그 위치에까지 오르진 못했을 터였다. 그 때문일까. 결코 만만해 보이진 않았다.

‘하지만 상대가 백강혁이라면…….’

요다는 여기 와서 강혁이 저지른 아니, 이룩한 업적들을 하나하나 떠올렸다. 그 과정에서 강혁이 맞상대했던 이들의 면면들 또한 마찬가지였다.

‘탈레반……. 총리…… CIA……. 미쳤네.’

곰곰이 생각해보니 이 사람이야말로 진짜 미친 사람이었다.

“하긴 백 교수님 말이면 잘 들을 거 같네요.”

거기까지 생각이 미친 요다는 시원스레 고개를 끄덕였다. 그와 동시에 댄의 얼굴이 눈에 띄게 밝아졌다.

“근데 그……. 한국 쪽은 어떻게 됐어요? 거긴 언제쯤…….”

“아. 거기? 겨울이나 돼야 올 거 같아.”

“설마 안 오진 않겠죠?”

“안 와? 하하.”

강혁은 그저 껄껄 웃었다.

"걔들은 무조건 와."

"네, 이해했어요."

"어차피 이제 우리 병원이랑 저기 교육동으로 쓰는 곳 싹 리모델링해야 하잖아. 단기 팀 오기 전에 좀 더 서두르지 뭐. 어때, 닥터 제인."

강혁은 요다를 납득시킨 후 제인을 돌아보았다. 제인은 벌써 강혁이 말한 건물로 시선을 돌리고 있었다. 교육동으로 쓰고 있는 4층짜리 건물은 이미 2층까지 정리가 된 참이었다.

"할 수 있죠. 한구 병원에서 돈까지 줘가면서 인부 더 쓴다고 하면 다들 좋아할 거예요. 지금도 꽤 잘 들어주는 편이기도 하고……."

이후로도 대화는 한참 이어졌다. 아무래도 병원의 근간이 되는 내과 의사 요다가 멀리 갔다 왔으니 당연한 일이었다. 더욱이 요다는 빈손으로 온 게 아니라 일본에서 이런저런 간식거리와 더불어 술까지 사 왔기에, 자리가 파한 것은 거의 12시가 넘어서였다. 강혁은 침실에 들어오자마자 불콰해진 얼굴로 흐뭇한 표정을 짓고 있는 한유림을 보며 말했다.

"한구 병원 좋아지니까, 기분 좋은가보네?"

"어? 어. 당연하지. 내가 몸담은 조직이 발전하는 건 언제나 좋지. 허허. 왜 그런 눈으로 봐, 근데?"

"기분 좋은 게 딱히 한구 병원 전체하고 상관있어 보이진 않아서."

"무, 무슨 소리여!"

"그 미유낀지 뭔지 하는……. 그분 때문에 이러는 거 아냐? 아까 지원서 보자마자 얼굴 벌게지던데."

무리는 아니었다. 강혁도 놀랐으니까.

'형수랑 진짜 닮았지.'

물론 한유림은 아내와 사별한 지 벌써 10년도 훌쩍 넘은 상황이었다. 그 말은 곧 강혁이 직접 형수를 본 적은 없다는 얘기였다. 하지만 사진상으로는 꽤 자주 봤었다. 한유림이 여전히 집과 연구실에 걸려 있던 아내 사진을 내리지 못했기 때문이었다. 그토록 잊지 못하던 아내와 닮은 사람이 떡하니 지원서를 냈으니 설레지 않고 어떻게 배길까.

"뭐, 뭐가 빨개져. 어휴, 이놈 이거 망측한 소리 하는 거봐. 이거 이거. 응?"

"지금 거울 한번 봐요. 얼굴 터진다."

"설레는 건 다 좋은데 너무 김칫국부터 마시진 마요. 그 사람, 형수 아냐. 일본 사람이라고."

"으응? 닮은 거 알았어?"

"내 눈깔이 개눈깔인가 뭐. 당연히 알지. 어떻게 된 게 지영이랑도 좀 닮았던데?"

"나만 그렇게 생각한 거 아니구나. 진짜 놀랬어."

한유림은 침대에 걸터앉은 채 한숨부터 쉬었다.

"내가 얘기했나? 우리 지영이 착하고 똑 부러지는 거 다 아내 닮은 거라고."

"음."

강혁은 아까보다도 더 놀란 얼굴이 되었다. 환갑 넘은 사람이 어떻게 사춘기 소년과도 같은 표정을 지을 수 있을까.

"진짜 좋았는데……. 그 사람하고는 그냥 다 좋았어. 뭘 해도……."

사랑하는 사람을 추억하는 것만으로 인상이 이만큼이나 변할 수 있다니.

"아내가 지영이 잘 부탁한다고, 잘 키워달라고 하지 않았다면……. 나 진짜 지금까지 못 버텼을 거야……. 에이, 청승맞다. 그치?"

"뭐 그렇게 보기 흉하진 않아요."

"말이라도 고맙네. 잘 자. 자야 리듬 안 깨지지."

"그래요, 잘 자요."

강혁은 잠이 들었고, 시간은 순식간에 흘러 아침이 되었다. 웬일로 먼저 일어난 한유림이 강혁을 깨웠다.

"백 교수, 일어나. 웬일이래. 뭔 침까지 흘려가면서 자?"

"데니스 와 있어."

"응? 걔는 왜 아침부터 왔대요?"

"몰라. 일단 커피 들고 왔어."

강혁은 침대에서 대충 털고 일어나 방 밖으로 나갔다.

"웬일이야?"

강혁은 한유림이 바로 입에 대준 커피 덕에 억지로 깬 것치고는 꽤 친절한 어투로 물었다. 데니스는 다행이라고 여기면서 옥상으로 향하는 계단을 가리켰다. 둘이 얘기하자는 뜻이었고, 강혁은 그게 무슨 뜻인지 바로 알아들었다.

"무슨 일인데."

강혁은 쏟아지는 햇빛을 느끼며 물었다. 데니스는 습관처럼 주변을 둘러본 후에야 대꾸했다. 어차피 이곳을 감시하는 기관이라고는 CIA밖에 없다는 것을 알면서도 그랬다.

"부탁드릴 일이 있어요."

"커피 한 잔으로?"

"5만 달러 정도가 닥터 제인 후원금 계좌로 들어갈 겁니다. 모두 개인 계좌 통해서 들어가는 거라 깨끗해요."

"얼마나 개 같은 부탁이길래 이래?"

"뭐……. 거짓말은 하지 않겠습니다. 쉬운 일은 아니에요."

"당연하겠지."

미군은 손해 보는 일은 하지 않는 집단이었다.

"파키스탄 서부에서 일이 하나 있을 겁니다."

"서부?"

서부라는 말에 강혁의 눈썹이 휘어졌다. 발루치스탄 지역은 분리주의 운동이 한창이었고, 그 말은 곧 무법 지대라는 말과 진배없었으니까. 강혁의 표정에서 감정을 읽어낸 데니스는 어색한 미소를 지어 보였다.

"안전은 보장합니다. 24시간 미군과 함께할 거예요."

"서부 어딘데."

"과다르입니다."

"과다르?"

파키스탄 지도라면 진짜 공부하는 심정으로 들여다본 바 있는 강혁이었다. 하지만 과다르라는 지명은 낯설기만 했다.

"이란과 국경을 접하고 있는 도시예요."

"미친놈들이. 그럼 서쪽 끝이잖아? 안전을 보장하기는 개뿔. 심심하면 총질하는 동네야, 거기. 알아? 내가 거기 가는 건 대한민국 외교법 위반이라고."

구구절절 옳은 소리였다.

"뭔 일을 벌이려는 건지 모르겠는데, 난 빠져."

"10만 달러로 올리죠."

"뭘? 아, 돈? 넌 10만 달러에 목숨 파냐? 안 해."

강혁은 순식간에 오른 판돈에도 손사래를 쳤다. 동시에 속으론 이놈들 꿍꿍이가 뭘까 계산에 들어간 채였다.

'5만도 사실 적은 돈은 아닌데, 10만으로 올리는 데 주저가 없어. 이건 꽤 큰일이라는 뜻인데?'

이란과 국경을 접하고 있는 곳에서 미국이 벌일 만한 일이 뭐가 있을까.

"20만은 어때요?"

'20만이면 적은 돈은 아닌데…….'

물론 CIA는 공작비를 물 쓰듯 쓰는 놈들로 유명하긴 했다. 하지만 20만 달러를 주요 요원도 아니고, 의사에게 쓴다면 그건 명백한 낭비였다. 평범한 작전이라면 그러했다. 그런데 주저없이 20만을 부른다는 건 결코 평범한 작전이 아니라는 뜻이었다. 강혁의 머리가 팽팽 돌아가기 시작했다.

'이 새끼들이 전체 작전이 뭔지 말해줄 리가 없어.'

어쩌면 데니스도 모를 수도 있었다. CIA에서 모든 작전을 다 알고 있는 건 스미스 정도나 되어야 가능한 일일 테니까. 작전의 중요도가 크면 클수록 더더욱 그러했다.

'미국이 이란에 공을 들였던 이유부터 생각해보자.'

파키스탄에 대한 공작이라면 이슬라마바드에 가야지, 굳이 서쪽 끝까지 갈 이유가 없었다. 그곳은 공식적으로 파키스탄의 영토일 뿐, 중앙 정부의 힘이 제대로 미치지도 않는 곳이니까. 이 일이라는 것은 무조건 이란과 관계있다고 보면 될 일이었다.

'석유야. 이란은 석유가 난다.'

팔레비 왕조를 도와 친미 정권을 세우고 돈을 쏟아부은 이유가 다 뭐겠는가. 세계에서 가장 대표적인 에너지 수입국이었던 미국으로서는 산유국이, 그것도 우방인 산유국이 중요했기 때문이었다. 하지만 그런 이란이, 호메이니가 들고일어나고 이슬람 국가가 되고 반미 국가로 돌아서고 나서는 골칫덩이가 되고 말았다. 산유국 대부분이 페르시아만을 통해 석유를 전 세계로 보내야 하는데, 이란이 해협을 봉쇄하면서 전 세계 석유의 반 이상이 씨가 말라버렸기 때문이었다. 해서 세계 최강대국이라는 미국은 그 명함이 무색하리만큼 이란의 눈치를 봐야만 했다.

'근데 미국은 셰일 가스가 나는데?'

하지만 이제 미국은 더는 이란을 신경 쓸 이유가 없어진 참이었다. 에너지 수입국에서 수출국이 됐으니까.

'아니, 아니지. 가만있어봐.'

강혁은 최근 뉴스를 떠올렸다. 연일 경제면에서 때리고 있는 내용 중 하나가 국제 유가가 떨어지고 있다는 것이었다. 유가가 떨어지면 무조건 경제에 좋은 거 아니겠나 싶을 수도 있겠지만, 다른 산유국에 비해 채굴 비용이 비싼 셰일 가스를 사용하고 있는 미국에는 그리 달가운 소식이 아닐 터였다. 이를 반영하듯 미친 듯이 올라가던 다우 지수가 고꾸라지고 있었다. 러시아는 이때다 싶어 석유 생산량을 증산한다고 발표해 불을 지피고 있었고.

'이 새끼들 봐라?'

아마 어떤 식으로든 이란을 자극하려는 속셈일 터였다. 열 받은 이란이 해협을 봉쇄하면 유가는 오를 테고, 미국은 한숨 돌릴 수 있지 않겠는가. 특히 재선을 코앞에 둔 현 미 대통령에게는 동아줄이 될 만한 공작일 터였다.

'졸라 중요한 일이잖아.'

드디어 강혁은 데니스가 자신을 찾아온 사안의 크기를 대략 짐작할 수 있었다. 가서 무슨 일을 하게 될지는 모르겠지만, 적어도 20만짜리는 아니었다.

"왜……. 웃어요?"

그 때문에 강혁 얼굴에 드러난 미소가 섬찟했는지, 데니스가 걱정스러운 얼굴이 되어 물었다. 그럴 수밖에 없는 일이었다. 강혁이 웃으면 다른 사람에게는 어김없이 불행이 닥치니까.

"100만."

강혁은 그런 데니스의 불안을 순식간에 현실화시켰다.

"네?"

"100만 달러. 전액 현금으로."

"아니……. 100만은……. 100만은 너무 많습니다."

예상대로 데니스는 자신이 맡은 사안이 무엇인지 제대로 파악하지 못한 모양이었다.

"전화해봐."

"네?"

"위에 전화해보라고. 100만 되는지. 아마 된다고 할걸?"

"어……."

데니스는 한참을 망설이다가 결국, 전화를 걸었다. 그가 받은 지시 사항에 백강혁 섭외에 실패한다는 선택지는 없었기 때문이었다.

"네, 그……. 100만을 요구하는데요. 네. 네? 아……. 네. 알겠습니다. 그렇게 하겠습니다."

데니스는 강혁 앞에서 잠시 통화를 하더니 귀신에 홀린 듯한 얼굴이 되어 강혁을 돌아보았다.

"된다…… 는군요."

상대는 너무 흔쾌히 허가해주었다. 데니스가 느끼기엔 제대로 액수를 듣지도 않은 것 같았다. 그 말은 곧 강혁이 맡은 일이 아주 중요하다는 뜻일 텐데.

'이 사람은 뭘 어떻게 짐작한 거지?'

"뭘 그렇게 눈알을 굴려? 된다지? 그럼 일단 100만은 선금이야."

"네?"

“나머지는 내가 해보고 더 부를게.”

“아니…….”

“왜, 안 될 거 같아?”

“음.”

상대의 태도를 볼 때, 100만 아니라 200만을 불렀어도 해줄 것 같았다.

“아무튼, 그럼……. 맡으시는 걸로 알고 제가 아는 사항에 대해 말씀드리겠습니다.”

“그래, 일 얘기 하자고.”

“우선……. 과다르에 의료 봉사 팀을 꾸릴 겁니다. 기간은 5일입니다.”

“5일이라……. 거기 팀장은 나고?”

“네. 리처드와 나머지 인원은 저희 쪽에서 투입합니다. 닥터 백은 거기서 그냥 봉사를 이어나가면 됩니다.”

“거기까지가 네가 알고 있는 사항이야? 확실히 안전한 거 맞냐?”

강혁은 전장에 있어본 사람 아닌가. 그 때문에 진짜 무법 지대가 어떤 모습을 하고 있는지 아주 잘 알고 있었다.

“안전은 확신합니다.”

“뭐……. 그래, 믿어야지.”

아는 게 없는데 믿어야지 별수 있겠는가. 강혁은 그렇게 고개를 주억거리다 입을 열었다.

“근데 언제야?”

"닥터 백이 수락하면 바로 개시할 수 있게끔 조치해두었다고 알고 있습니다."

'그러다 내가 안 한다고 하면 어쩌려고.'

"차 오면 얘기해. 제인한테 나 며칠 없다고는 얘기해줘야지. 나 없는 동안 여기 잘 챙기고. 어? 저기 교육동 청소하는 거, 그거 원래 내가 하려고 했는데. 나 없어지면 누가 해야 해."

"그……. 전가요?"

"그렇지. 잘 아네."

"알겠습…… 니다."

데니스는 강혁이 사라진 후에야 아까부터 되뇌고 있던 말을 비로소 내뱉을 수 있었다.

"시발."

*

"100만…… 이요?"

제인의 눈이 동그래졌다. 강혁에게 들은 액수가 어마어마해서였다. 세상에 100만이라니. 소리 지르지 않은 게 다행인 상황이었다.

"너무 크게 말하지 말고. 다른 사람들한테는 그냥 출장 간다고 해. 공문 내려왔을 거야, 아마."

"공문이요?"

"응. 얘들 일 허투루 안 하거든."

"잠시만요."

제인은 책상 위에 놓인 노트북을 두들겨 이메일 함으로 들어갔다. 상단에 강혁이 말한 것처럼 메일 하나가 와 있었다. 발신인은 프랑스에 있는 본부였다.

"아……. 있네요. 네, 과다르 지방으로 의료 봉사를 가는데, 팀장이 백강혁 교수님이에요. 행정 착오로 공지가 좀 늦어졌다고 되어 있어요."

본부를 어떻게 구워삶았는지는 알 길이 없었다. 후원금을 냈을 수도 있고, 또는 아예 내부에 직원을 심어놨을 수도 있었다. 뭐 아무거라도 강혁에게 중요한 일은 아니었다.

'의료 봉사 대가로 100만 달러면 수지맞는 장사 아니겠어?'

단순한 의료 봉사가 아니라는 게 문제였지만, 생각만이라도 단순하게 하니 마음이 한결 편해졌다.

"그러니까 제대로 된 일이야. 절차상으로는."

"근데……, 그럼 그 100만 달러가 어떻게 들어오는 거죠? 설마……."

강혁은 제인의 커지는 동공을 보며 순진한 사람들이 이럴 때 떠올리는 장면을 엿볼 수 있었다. 아마 빳빳한 현금 같은 게 비밀스러운 화물 트럭에 실려 와 병원 어딘가에 차곡차곡 쌓이는 장면 같은 게 아닐까? 운반하는 사람들이 검은 양복 차림인 것은 덤일 테고. 하지만 현실은 대부분 영화보다 덜 화려한 법이었다.

"응? 돈은 각 개인 계좌로 들어올 거야."

"개인 계좌요?"

"그렇지 뭐. 다수의 소액 후원이 있을 거야. 어색하지 않게 내가 간 의료 봉사 영상 올라가는 시점에 맞춰서."

"아……."

별로 대단한 일도 아니었다. 삼류 변호사라 해도 가능한 일이었으니까. 100만 달러는 좀 액수가 크긴 하지만 탈세 목적이 아니라, 후원 목적인 경우에는 자금 세탁이 훨씬 수월했다. 마약 수사대보다 무섭다는 미국 국세청의 눈을 피할 수 있지 않은가.

"아무튼, 그럼 간다. 한 7일 정도 빌 텐데. 그동안 우리 노인네 좀 잘 봐줘."

"아, 물론이죠. 리처드 소령도 같이 가나요?"

"솔직히 별 쓸모없을 텐데, 절차가 그렇다니까 가야지."

"알았어요. 걱정 마세요. 제가 교통정리 잘하고 있을게요."

"좋아. 그럼 나중에 보자고."

강혁은 손을 흔들어 인사를 마무리한 후, 밖에서 대기 중인 리처드와 함께 밖으로 향했다.

"백 교수! 진짜 나 혼자 두고 가는 거야? 야!"

절규하는 한유림을 두고서였다. 제인이나 카심이 열심히 위로했지만 별 소용은 없었다. 전에 꼴랑 이틀 없을 때도 얼마나 불안했는데, 이번엔 일주일이라지 않은가.

'혼자 어떻게 하냐고…….'

그나마 기분이 최악으로 치닫지 않는 것은, 강혁이나 리처드의 행선지가 괌이 아닌 덕이었다. 만약 의료 봉사가 아니라 놀러 가는 것이었다면 상대가 백강혁이고 나발이고 깽판부터 쳤을 터였다.

"아, 자꾸 그러면 데려간다? 거기 가고 싶어요?"

"어? 아, 아니."

이번 의료 봉사는 아무리 좋게 봐줘도 수상쩍지 않은가. 데려간다는 말에는 입을 다물 수밖에 없었다.

'제아무리 나라가 어지럽다고 해도 봉사를 이렇게 당일에 통보해? 그것도 이 근처도 아닌 이름도 처음 들어보는 서부 지역에 가는 걸? 이건 백 퍼센트 군사 작전이야…….'

전에도 그렇지 않았는가. 리처드랑 어디 간다더니, 처음 보는 앰뷸런스를 타고 나타났다. 앰뷸런스는 피 칠갑을 하고 있었고, 둘은 어쩐지 자세한 연유를 말해주지 않았다. 마치 어린아이 대하듯.

"잘 다녀와! 내 걱정은 말고!"

나이 예순 넘어서 애 취급당하는 것이 자존심 상하는 일일 수도 있겠지만 목숨이 왔다 갔다 하는 일이라면야 얼마든지 그래도 좋았다. 해서 한유림은 손을 냅다 흔들며 강혁을 배웅했다. 그 모습을 본 강혁은 고개를 절레절레 저으며 미소를 지었다.

"징징거리는 것보다는 낫네."

죽상이 된 채 그와 나란히 걷고 있는 리처드를 돌아보면서였다. 꼴을 보아하니 이번 일에 관해 자세한 언급은 아예 없었던 모양이었다. 미리 알고 있던 일이라면 그게 아무리 험악하더라도 이만큼 충격받진 않을 테니까.

"뭐야, 너도 오늘 들었냐?"

"전 그냥 대기하라고 들었지……. 이런 일인 줄은 몰랐죠. 오늘인 줄도 몰랐고요. 하……. 발루치스탄이라니……."

리처드는 파병 오기 전에 들었던 교육을 떠올렸다. 그때만 해도 배속된 부대와 거리가 먼 지역이라 별 관심도 없었다. 거의 졸았던 거 같기도 한데, 그럼에도 기억에 남는 이름이었다. 카라치만 해도 가지 말라고 했는데 지금 가는 곳은 거기보다도 더 위험한 곳이었으니까. 선배들이 무용담처럼 떠들던 곳보다 더한 곳에 가게 되었다, 이 말씀이었다.

"거기서도 서쪽 끝이지. 이란 국경 연한 곳이던데."

"그러니까요. 근데 왜 이렇게 태평해요?"

"나? 내가 태평해 보여?"

"네."

"글쎄 왜 그럴까."

강혁은 어깨를 으쓱해 보이며 웃었다. 데니스가 미리 준비해 둔 차에 올라타면서였다. 외부는 그저 그런 허름한 미니밴이었지만, 안은 호화롭기 그지없었다. 딱 둘만 탈 수 있도록 개조된 상태였는데 심지어 운전석과 뒷좌석 사이에 커다란 TV 패널까지 올라와 있었다.

"그럼 출발하겠습니다."

서스펜션도 개조가 되었는지 거친 노면에도 불구하고 승차감이 매우 안정적이었다. 강혁도 강혁이지만 리처드로서는 이런 대우가 정말이지 낯설었다. 너무 잘해주는 기분이랄까.

"느낌 안 좋은데요."

기르던 소를 도살장으로 데려가기 전에 그렇게 잘해준다던데. 리처드는 이런 생각만 하고 있었다.

"느낌이 안 좋긴."

반면 강혁은 같은 상황에서 전혀 다른 것을 떠올리고 있었다.

'이건 절대 실패하면 안 되는 작전이야.'

정치권에 군사 작전이 휘둘리는 게 말이 되나 싶겠지만 전시 상황이 아닌 다음에야 그럴 수밖에 없는 게 세상 돌아가는 법칙 아니겠는가. 재선을 앞둔 상황에서 떨어지는 주가와 더불어 박살 나고 있는 지지도를 한 방에 잡을 수 있는 공작이었다. 이걸 허술하게 해? 말도 안 되는 일이었다. 그래서 강혁은 더없이 완벽한 차량을 온전히 즐길 수 있었다.

"야, 이거 봐라. 여기 와인 셀러도 있다. 오…… 이거…… 이거 뭐야? 설마 르루아 아냐? 얘네 미쳤어?"

아마 이 차를 준비한 사람도 강혁이 그러길 바라고 있는 모양이었다. 와인 셀러에 부르고뉴 와인 중에서도 최고급이라 일컬어지는 랄라비쥬 르루아의 와인을 끼워 넣은 것을 보면.

"이거 캐비어랑 먹어봐라. 죽여준다. 4통이나 있네. 와……. 이거 얼마 만이야, 이만한 와인이 이거."

"술이 넘어가요? 우리 지금 거의 사지로 가는 건데."

"죽기 전이라고 생각하고 마셔 그럼. 인마. 이거 진짜 좋은 술이야. 미국에서 사도 2,000달러는 넘을걸."

"네? 이거 1병에요?"

죽상이 되어 있던 리처드가 펄쩍 뛰었다. 그럴 만도 했다. 술

1병 값이 생명 수당이랑 거의 비슷했으니까. 세상에 2,000달러라니. 한국 돈으로 치면 240만 원가량 하는 셈 아니던가.

"그것도 싸게 잘 구했을 때 얘기야. 2003년 빈티지잖아. 아마 한국 가서 사려면 400 줘도 힘들걸."

"미친……."

"그러니까 한번 마셔봐라. 여기 잔도 이거 좋은데? 제대로야."

"알겠어요. 줘봐요."

"아니다, 아냐."

태세 변환이 일품인 리처드를 물끄러미 바라보던 강혁은 고개를 절레절레 저으며 와인병을 치워버렸다. 리처드로서는 황당하기 그지없는 상황이었다. 원래 마시겠다고 한 것도 아니고, 마시라고 해서 잔을 들었더니 안 줘? 이게 대체 무슨 놈의 심술이란 말인가.

"왜 안 줘요."

"넌 그냥 옆에 아무거나 마셔. 맛도 모르는 놈이 이걸 왜 마셔. 할머니 뛰어오겠다, 열 뻗쳐서."

"할머니?"

"아, 모르지. 이거 생산자가 할머니야. 그런 것도 모르는 놈한테 이 귀한 걸 줄 수는 없지."

와인 이름도 모르겠는데 대체 생산자가 누군지 어떻게 안단 말인가. 원래 진짜 뭘 모르는 사람한테 모른다고 놀리면 화가 나는 법이었다. 특히 리처드처럼 동기들은 다 돈 잘 버는데 혼자 이상한 길 택해서 사치품과 동떨어져버린 사람에게 이렇게 놀리는 것은 크리티컬 했다.

“혼자 다 마시려고요? 와인 한 병을? 나도 목숨 걸고 가는 길인데?”

“뭘 또 그렇게까지 정색을 해. 어? 울어? 우냐?”

“뭐 들어가서 그래요.”

“줄게, 줄게. 아, 거 자식. 신입생도 아니고 술 안 준다고 울어.”

“안 울었다고!”

“눈물 뚝뚝 흘리면서 그런 말 해봐야 소용없거든? 아무튼, 함 마셔봐. 그냥 냅다 마시진 말고, 나 따라 해. 너도 이제 슬슬 와인 배워야지.”

심술부리던 강혁은 우는 모습에 놀라서 색 보는 법부터 냄새 맡는 법, 처음 빈티지 상태 평가하는 법은 물론이오, 천천히 잔에 두고 마시면서 오묘하게 풍부해지는 맛의 변화를 확인하는 법까지 시간을 두고 가르쳤다.

“음.”

“잘 모르겠지? 원래 처음엔 그래. 자, 이제 캐비어랑 먹어봐. 맛이 어떤가. 화이트랑 마시기 좋은 안주지만, 레드랑도 궁합이 아예 안 맞진 않거든.”

“어? 이게 또 다르네.”

“그래. 그게 와인의 재밌는 점이지.”

좋은 와인은 어떤 잔에 어떻게 따랐는지부터 해서 얼마나 시간이 흘렀는지에 따라서도 맛이 변하지만, 어떤 음식과 같이 먹느냐에 따라서도 풍미가 갈리는 법이었다. 이 재미에 빠지다보면 이제 와정뱅이로 직행이었다.

"이제 거의 다 왔네."

와인을 즐기며 이러쿵저러쿵 떠들다보니 어느새 이슬라마바드였다. 언제 봐도 삭막하다는 느낌을 주는 도시였다. 제대로 페인트칠 된 건물이 드물다보니 어쩔 수 없었다. 하지만 대사관이 밀집해 있는 지역은 또 느낌이 달랐다. 특히 미 대사관은 상당히 웅장했다. 차량이 향한 곳은 바로 그 미국 대사관의 뒷마당에 위치한 헬기 이착륙장이었다. 평소 조용하기만 하던 이착륙장엔 상당히 많은 사람이 모여 있었다.

"닥터 백? 이쪽으로 오시면 됩니다."

차가 멈춰 서자마자 조종복 차림의 상사 하나가 차 문을 열고 강혁과 리처드를 헬기로 안내했다. 헬기는 겉으로 볼 때는 평범한 쉬누크(CH-47: 치누크라고도 부르는 수송용 헬기)였지만, 내부는 제법 잘 꾸며져 있었다. 아무래도 VIP 이송용인 듯했다.

"닥터 백, 자리는 이곳입니다."

헬기 주제에 좌석은 거의 일등석 뺨치는 수준이었다. 시리아에 있을 때 탔던 헬기에 마련된 좌석은 나일론 천을 얼기설기 엮어 만든 것이었는데, 이곳의 모든 과정은 물 흐르듯 완벽해서 강혁조차도 감명 깊을 지경이었다.

'확실히 미국이 마음먹고 의전 하니까 다르긴 하네.'

진짜 나중엔 미국이랑 일해볼까 하는 생각이 들 지경이었다. 반면 리처드는 여전히 호들갑이었다.

"진짜 뒤지러 가는 거 아닐까요, 우리."

아까 와인만 가르쳐주는 게 아니라 그냥 한 대 후려칠 걸 그랬나 하는 후회가 스물스물 올라오려는 찰나, 누군가 말을 걸어왔다. 고개를 돌려 보니 머리를 단정하게 자른 사복 차림의 사내였다. 계급이나 이름은 알 수 없었다.

"음?"

"여기서부터 카라치까지는 4시간가량 소요됩니다. 듣자니 식사를 안 하셨다던데, 준비해드릴까요?"

"아."

"원하시는 게 있으시면 말씀해주세요. 최대한 맞춰드리겠습니다."

기내식까지 준다, 이 말이지. 대우가 너무 좋아서 조금 기분이 상했다. 화낼 기회가 없다고나 할까. 보통 사람들은 미쳤나 싶겠지만, 강혁처럼 성질이 더러운 인간들은 이럴 수도 있었다. 해서 좀 이상한 걸 요구해보기로 작심했다.

"부대찌개가 먹고 싶은데."

없다고 하면 농담이라고 하면서 스테이크나 달라고 할 참이었다. 하지만 눈앞에 있던 사내는 방금 짓고 있던 미소를 그대로 장착한 채 되물어왔다.

"놀부로 해드릴까요?"

"응?"

*

"에이."

"왜 그래요, 대체 사람이."

리처드는 무려 헬기 위에서 끓여다준 부대찌개 잘 먹어놓고 입을 내밀고 있는 강혁을 향해 타박했다. 그렇지 않은가. 해달라는 거 다 해주는데 왜 지랄일까. 비속어 쓰는 게 좀 그렇다고 배우긴 했지만 지금 강혁이 하는 짓은 지랄이라는 말로밖에 설명이 되지 않았다.

"마음에 안 들어."

"그럼 마음에 안 든다고 말을 하시든가."

"너무 잘해서 그럴 수가 없잖아."

"어휴."

내가 어쩌자고 저런 인간 제자가 되었을까. 리처드가 근본적인 회의에 빠진 사이, 헬기는 카라치에 내려앉았다. 이렇게 창밖으로 내다봐서는 위험하다는 느낌을 받기 어려웠다. 실제로 이 근방은 안전하기도 했다. 공항 자체는 항공 운송의 요지이기도 했으니까. 수많은 비즈니스맨들이 오가는 곳이기도 했고. 하지만 조금만 벗어나면 권총 강도를 만날 수도 있는 곳이기도 했다.

"이쪽으로 오시죠."

물론 강혁이나 리처드에게는 전혀 해당 사항이 없었다. 둘은 헬기에서 내리자마자 미니밴에 올랐기 때문이다. 앞뒤로 같은 크기의 미니밴 2대가 있었을 뿐 아니라, 전혀 관계없어 보이는 트럭이나 차량도 다수 따라붙어 있었다. 그제야 리처드는 자신이 맡은 임무의 크기를 대략적으로나마 눈치챌 수 있었다.

"이거……, 이만한 움직임을 어떻게 파키스탄 정부가 눈감아 줬죠?"

녀석의 눈동자에는 경악이 담겨 있었다. 파키스탄에서의 반미 감정은 상상을 초월하는 것이었다. 만약 이걸 야당에서라도 알게 된다면 어마어마한 스캔들이 될 터였다. 그렇지 않아도 지금의 여당은 정권 잡은 지 얼마 되지 않은 신생 정당이지 않은가.

"뭐……. 그만한 걸 줬겠지."

"이거……, 이거 무슨 작전이죠?"

"봉사 활동하러 가는 거잖아."

"장난하지 말고요. 뭔 놈의 봉사 하러 가는데 군인이 수십 명이 가요. 헬기까지 4대 넘게 동원해가면서."

"나라고 알겠냐? 너가 모르는 걸 내가 어떻게 알어. 나 민간인이야. 넌 CIA고."

'이름뿐인 CIA지만'이라는 말은 굳이 하지 않았다. 앞으로 두고두고 써먹으려면 그렇지 않은가. 강혁도 이제 눈치가 있었다.

"그건 그런데…… 아시잖아요. 저는 그냥 말이에요. 하라면 하는."

"그럼 해야지."

"뭔지도 모르고 그냥 막 해요?"

"야, 어차피 너나 나나 의사야. 총 들고 뛰어들란 소리 할 거면 뭐 하러 우리 둘을 불러? 그냥 총질하는 애들 불러다 성의 있게 쏘라고 돈 쥐여주면 되는데. 너 전문으로 총 쏘는 애들 얼마나 무서운지 몰라서 그래?"

"그건…… 그렇네요. 음."

맞는 말이었다. 총질이라면 전문가들이 정말 많지 않은가. 일단 미군이 보유한 이들만 해도 셀 수 없을 텐데. 세계 각지의 분쟁이 멈추지 않는 지금은 용병들도 수없이 많았다. 그중엔 돈만 주면 선악 구분 없이 사람을 쏠 수 있는 사람도 많았다.

"우리는 그냥 가서 칼질이나 하면 돼. 누구한테 칼질하는 건지, 그게 문젠데. 뭐……, 알아서 골라오겠지."

"총질 얘기하다가 칼질이라고 하니까 좀 그런데요?"

"그럼 손으로 살 갈라? 무공 배웠냐?"

"아니, 그런 뜻이 아니라."

리처드는 차분히 설득을 하려다가 이내 고개를 저었다. 이 인간을 논리로 이겨 먹는 것도 쉬운 일이 아니거니와, 논리로 이긴다고 해도 별로 소용이 없었다. 수틀리면 때리니까. 현대 사회에서 욱하는 놈이 진다는 말이 있지만 글쎄, 백강혁한테는 전혀 통하지 않는 말이었다.

"뭐 인마. 왜 째려."

"아닙니다. 아니에요. 저는 뭐……. 칼질이 맞죠."

출발한 차는 포장 안 된 도로를 달리기 시작했다.

"그래. 근데, 와…… 길 봐라, 이거. 미쳤다."

서부는 개발이 더 안 됐다더니, 험하기가 이루 말할 수가 없었다. 그나마 길이 있다는 것이 다행이라 느껴질 지경이었다. 덜컹. 포장은 당연히 안 되어 있었고, 사방으로 흙먼지가 날아올랐다.

좋은 점은 경치가 의외로 끝내준다는 것이었다. 머리만 천장에 쾅쾅 박지 않으면 더 좋았을 텐데. 리처드는 그런 생각을 하면서 창밖을 내다보았다. 깎아내린 듯한 기암절벽 사이로 드문드문 자란 푸른 나무들 때문에 마치 다른 세계에 온 듯한 느낌을 주었다.

"좋네요, 여기."

"응. 놀러 올 수 있는 곳이면 진짜 좋겠는데."

"그러니까요. 여기 뭐 국립공원도 있다는데."

"캠핑 가면 좋겠네. 날씨도 좋고."

둘은 한동안 이루어질 수 없는 계획에 관해 떠들었다. 당연히 둘 다 마음속에만 담아두어야 한다는 것 정도는 알고 있었다. 이런 곳에서 외국인이 캠핑을 하려면 목숨이 두어 개 정도는 있어야 할 테니까. 그사이 차량은 산길을 넘어 해안 도로로 접어들었다. 그러자 절로 경탄이 쏟아지는 절경이 눈에 들어왔다. 아름다운 아라비아해를 왼쪽에 두고, 우측으로는 돌산이 있는 길을 달리다보니 눈을 어느 방향으로 둬야 더 호강할 수 있을지가 궁금해질 지경이었다.

"여긴 더 좋네."

"이런 절경이 있는데 관광지 개발이 아예 안 되어 있다니……."

"그러게나 말이다."

강혁은 돌산과 바다 사이에서 잠시 갈등하다가 바다 쪽으로 시선을 돌리며 중얼거렸다. 정치, 종교적 불안 때문에 이만한 자원을 가지고도 아무것도 못 하고 있다니. 아까울 따름이었다. 하지만 구체적으로 뭘 해야겠다는 생각이 들진 않았다. 그러기엔 갈등의 골이 너무 깊고 컸다. 개인이 어찌할 수 있는 일이 아니란 뜻이었다.

'근데 진짜 나 뭐 하러 여기까지 온 걸까.'

큰 그림은 알겠는데, 여기서 대체 자신의 역할이 뭔지는 알 수가 없었다. 고민하는 사이 차량은 도시로 접어들었다. 과다르였다. 지도에서 볼 때와는 달리 지나치다 싶을 정도로 아름다운 도시였다. 여기저기 보이는 건물들로 미루어볼 때 상당히 오래된 항구 도시인 듯했다.

"이곳에 묵으면 됩니다."

차량이 멈추어 선 곳은 꽤 잘 관리된 정원이 있는 집이었다. 집 안 깊숙한 곳에선, 뭔가 가정집답지 않은 냄새가 풍겨오고 있었다.

'소독약 냄새……. 진료실이라도 꾸며 놓은 모양이지?'

어느 정도는 예상했던 일이었다. 의사를 데려왔다는 건 치료할 누군가가 있다는 얘기니까. 하지만 대체 누굴 치료하라는 걸까. 이제부터 작전 수행을 하게 될 테니, 그 과정에서 다치는 군인? 이치에 맞지 않았다. 만약 그렇다면 이송만 준비하면 될 일이었다. 아프가니스탄과는 달리 이곳은 바다를 면하고 있지 않은가. 세계 어느 바다든 누빌 수 있는 함대가 바로 미국 소속이었다. 그리고 그 기함에는 여느 대학 병원 빰치는 수술실이 구비되어 있었다. 강혁은 개방된 거실에 비치된 소파에 앉으며 물었다.

"음…… 이제 뭘 하면 되지?"

헬기에서부터 따라온 상사를 향해서였다. 그러자 상사는 대답 대신 부동자세를 취한 채 조금 기다렸다. 그렇게 수 초가 지났을 무렵 집 안쪽에서 누군가가 나타났다. 상사와는 달리 사복 차림을 하고 있는 백인이었다. 하지만 머리만 봐도 알 수 있었다.

'너도 군인이구나.'

강혁은 그런 생각을 하면서 물끄러미 사내를 바라보았다. 여전히 소파에 앉은 채였기에, 누가 봐도 상관이 아랫사람을 바라보는 듯한 느낌을 받을 만한 상황이었다. 하지만 사내는 전혀 불편한 기색을 내비치지 않았다. 도리어 웃었다.

"안녕하십니까, 닥터 백."

강혁은 여유로운 미소가 그리 마음에 들진 않았다. 딱 봐도 상당히 지위가 있어 보이는 인간이 숙이고 들어온다는 건, 부탁이 그만큼 어렵다는 뜻일 테니까.

"음, 안녕하쇼. 이름이……?"

"아, 저는 로먼 준장입니다."

준장이라. 기껏해야 대령 정도 생각했는데. 알고 보니 별이었다.

'일어날까?'

제아무리 강혁이 깡이 좋다고 해도 고민이 되는 순간이었다. 미군 장군을 눈앞에 세워둔 기억은 없었기 때문이다. 심지어 그 유명한 블랙 워터스의 수장도 별 앞에서는 자세를 바로 했다.

"편히 계세요. 괜찮으시면 저도?"

하지만 로먼은 고민하는 강혁을 제지시킨 후, 자연스럽게 맞은편에 앉았다. 정신을 차려보니 이미 상사는 자리를 비운 뒤였다. 타이밍을 놓친 리처드만 뭐 마려운 강아지처럼 낑낑거렸다.

'어쩌지, 어쩌지? 아까 상산지 나발인지 나갈 때 같이 나갔어

야 했는데.'

"너도 앉아, 인마. 일하려면 쉬어야지. 괜찮죠?"

"물론입니다."

다행히 강혁이 리처드를 앉혀주었다. 리처드 개인에 대한 배려라기보다는 그냥 의사 동료에 대한 배려였다. 물론 리처드에게는 둘이 크게 다르게 느껴지진 않았다.

'역시 백 교수님이 알게 모르게 날 챙긴다니까.'

해서 감동하고 있는 사이 강혁과 로먼의 대화가 이어졌다.

"먼 길 오시느라 고생 많으셨습니다."

"아뇨, 워낙 준비를 잘해놓으셔서 괜찮았어요. 특히 와인은 아주 좋았어."

"입맛에 맞으셨다니 다행입니다."

르루아를 준비해놓고 입맛 운운하다니. 어떤 와인이 있었는지 몰라서 저러는 것이거나, 미국은 원래 이 정도라고 생색내는 게 분명했다. 어느 쪽이건 관계없는 일이긴 했다. 이미 강혁은 와인을 마셨으니까. 좋은 경험이었다고 생각하기로 작정한 참이었다.

"아무튼, 저는 여기 왜 온 겁니까?"

받을 건 받았으니 이제 돌려줘야 하지 않겠는가. 본래 우물쭈물하는 것을 싫어하는 만큼 질문도 직선이었다. 로먼은 강혁의 이런 성정에 관해 미리 들었는지 별로 당황하지 않았다.

"치료해주셨으면 하는 사람이 하나 있습니다."

"미국인은 아닐 거 같은데, 누구죠?"

"과다르의 실질적인 지배자라고 해두죠. 왜냐는 질문은 받지 않겠습니다. 여기까지가 제가 드릴 수 있는 답의 전부입니다."

"지배자라."

강혁은 그제야 미군 준장이 있는 저택임에도 불구하고 경비 인원이 적다는 걸 깨달았다. 지킬 사람이 없어서는 결코 아닐 터였다. 다만 필요가 없는 것이었다.

'왕이 있구나.'

이 근방은 지방 토호들이 다스리는 지역이었다. 그들은 그저 정치적인 힘만 가지고 있는 게 아니라, 종교적인 권위도 가지고 있었다. 그런 왕에게 감히 대항할 수 있는 이는 없었다.

"외상은 아닐 텐데……. 왜 날 불렀죠?"

외상 외과에 한해서라면 강혁이 세계 최고인 것을 그 누구도 부정할 수 없을 터였다. 하지만 다른 수술도 그럴까? 강혁 스스로도 확신할 수 없었다. 외과 의사는 단지 재능만으로 만들어지지 않으니까. 숱한 경험이 필요했다.

"3년 전, 백 교수님이 발표한 케이스 리포트가 있던데. 기억나십니까?"

"몰라, 매년 수십 개씩 내는데 어떻게 그걸 다 기억하나."

"네, 정말 그렇더군요. 그중 하나가 인상 깊다는 보고를 받았습니다. 복부 팽만 및 간 기능 감소를 주소로 왔다? 뭐 이런 제목이었는데."

"음. 그거……."

"기생충에 대한 수술이었습니다. 외상이 아니라. 외상으로 오긴 했지만, 실제론 그게 문제가 아니었죠."

"이런 시발."

집도의라면 절대 잊을 수 없는 수술이 몇 개씩 있을 수밖에 없었다. 대개 좋았던 기억보다는 아무래도 끔찍했던 기억이 남는 법인데, 그 수술은 특히 그랬다.

"설마 기생충이야?"

"네. 어지간한 실력으로는 안 된다고 하더군요. 오직 백 교수님만이 가능하다고 들었습니다."

"하……."

"감사합니다. 선금은 이미 지급 중입니다. 확인해보셔도 좋습니다."

개 같은 부탁이었다. 정말 말 그대로 개 같은.

"그럼 전화 한 통만…… 줘봐."

"네."

로먼은 휴대폰이 아니라 위성 전화를 건넸다. 미군 위성을 사용할 테니 전 세계 어디서든 터지는 물건일 터였다.

"어. 나야. 지금 거기 몇 시지?"

"몇 시긴요, 새벽이죠. 뭐예요."

전화 받은 이는 한국 사람이었다. 강혁은 잠시 로먼을 응시하다가 말을 이었다.

"선불이 좀 부족해서, 내가 좀 채워야겠다."

"네?"

"아냐. 지금 내 계좌에 얼마 있어?"

"그건 확인해봐야 되는데요?"

"됐고, 전부 석유에 올인해. 유가 오른다."

"흠."

로먼은 어디론가 급히 전화를 걸고는 딱 필요한 말만 하고 끊은 강혁을 가만히 바라보고 있었다. 딱히 제지하지 않는 것을 보면 한국말을 하진 못하는 모양이었다. 만약 그랬다면 이게 뭐 하는 짓이냐고 덤벼들었을 텐데.

"아, 미안. 미안합니다. 급한 일이 있어서."

"아뇨, 괜찮습니다."

로먼은 너스레를 떨어대는 강혁에게서 시선을 떼어 저택 안쪽을 바라보았다. 이번 작전 수행의 키이자 골칫덩이가 누워 있는 곳이었다.

'날 고쳐주면, 눈감아주지.'

세상에 어느 누가 감히 미군 장군에게 이런 말을 할 수 있을까. 로먼은 그야말로 우물 안 개구리라 할 수 있는, 그의 입장에서는 그저 시골 촌장일 뿐인 사람과의 첫 대면을 떠올렸다. 최대한 은밀히 처리해야 한다는 상부의 지시가 없었다면 그 자리에서 엎었을 텐데. 그랬다면 지금 맞은편에 앉아 고깝게 구는 백강혁이라는 사람도 만날 일이 없었을 테고. 로먼은 비릿한 미소를 흘리고는 말을 이었다.

"닥터 백. 머무시는 동안 아무 불편이 없도록 조처하겠습니다."

"음."

"다만 해야 할 일은 제대로 해주시기 바랍니다."

"수술 말하는 거겠지?"

"그렇습니다."

"그건 걱정 말아요. 나 수술 잘해."

하마터면 한바탕 웃음을 터뜨릴 뻔한 것을 가까스로 참았다. 어린애도 아니고, 나 수술 잘한다는 말이 대체 뭐란 말인가. 하지만 로먼은 노련한 사람이었다.

"저도 그렇게 보고받았습니다."

물론 불편한 기색을 아예 드러내지 않은 건 아니었지만, 그렇다고 무례를 범하진 않았다.

"근데 장군님 숙소도 여긴가? 그럼 우리 리처드가 많이 불편해할 거 같은데."

그에 반해 강혁은 선을 아주 자유자재로 넘었다. 갑질을 할 수 있을 때라고 판단이 되면 서슴지 않고 하는 것이 백강혁이었다. 로먼은 무슨 이런 놈이 다 있나 싶긴 했지만, 그 역시 자신의 처지를 잘 이해하고 있었다.

'이 수술은 닥터 백 말고는 아무도 하지 못합니다.'

비단 그에게 배운 군의관들만 이렇게 말하는 것이 아니었다. 미국 유수의 병원에 있는 과장들에게 돌린 공문에 대한 답도 비슷했다. 백강혁이 맡을 수 있는 상황이라면 무조건 그에게 맡기라는 것. 그가 고사한 수술이라면 감히 맡을 만한 사람이 없을 거란 의견도 받았다. 이 상황에서 뭐 어쩌겠는가. 설설 기어야지.

'이 작전이 실패하면 모가지야.'

모가지는 물론이고 불명예 전역까지 가능한 상황이었다. 현직 미 대통령은 재선에 모든 것을 걸었다고 해도 과언이 아니었고,

이 공작이 그 재선에 상당 부분 영향을 끼칠 것이었다. 로먼은 다시 한번 그 사실을 상기하고는 입을 열었다.

"전 쿨단이라는 곳으로 이동할 예정입니다. 제가 없는 동안은 히트 상사가 모실 겁니다. 필요한 것이 있다면 뭐든 요청하십시오. 가능한 자원은 모두 사용할 겁니다."

"그것 잘됐군."

강혁은 쿨단이라는 지명을 떠올리며 고개를 끄덕였다.

'여기보다 더 서쪽이지, 아마.'

그 말은 거기서 조금만 더 넘어가면 이란이라는 뜻이었다. 대체 뭔 짓을 해서 이란을 자극하려나. 궁금했지만, 묻진 않았다. 여기까지 따라온 것이야 이들이 요청한 것인 데다 딱히 기밀로 할 것도 없겠지만, 만약 뭔 짓을 하게 된다는 걸 알게 되면 그때부터는 목숨이 위험할 수도 있지 않겠는가. 막무가내인 것으로 보여도 다 계산하에 움직이는 사람이었다.

"그럼 환자를 좀 볼까."

"안에 가시면 캠 대위가 있을 겁니다. 그에게 안내받으시면 됩니다."

"오케이, 그럼 나중에 보죠."

"네, 닥터 백. 모쪼록 치료 잘 부탁드립니다."

"음."

강혁은 어깨를 으쓱함으로 대답을 대신했다. 그러곤 여태 꿔다놓은 보릿자루처럼 있던 리처드와 함께 안쪽으로 향했다.

"후우."

로먼 준장이 저택을 빠져나갔다는 것을 확인하자마자 리처드는 한숨부터 쉬었다. 왜 그러냐고 굳이 물어볼 필요는 없어 보였다. 꽉 쥔 주먹에 송골송골 맺혀 있는 식은땀만 봐도 알 수 있었다.

"뭘 그렇게 긴장을 하고 그러냐."

"긴장이 안 되게 생겼어요? 이 작전 진짜 이상하다고요……. 그 많은 인원이 움직이는 것도 그런데, 준장이 와? 아프리콤(AFRICOM, 미국 아프리카 사령부)이나 함대에 있는 것도 아니고? 저 이런 거 처음 봅니다."

리처드는 복도 중간에 서서 종알거렸다. 어딘지 모르게 가시가 돋쳐 있었는데, 강혁으로서는 황당할 따름이었다.

"왜 나한테 지랄이니. 내가 동원했냐?"

"아니…… 화를 내는 게 아니라요. 이상한데 너무 태평하니까. 교수님은 뭔가 알고 있는 거 아닌가 싶어서 그렇죠."

"내가 CIA냐? 너가 CIA지. 너가 모르는 걸 내가 어떻게 알어."

"근데 왜 이렇게 태평해요."

"여기까지 왔는데 그럼 뭘 어째. 벌벌 떨다가 집에 갈래? 갈 수도 없을뿐더러, 차라도 훔쳐서 도망치는 날엔 그대로 벌집 될걸. 기사도 안 나, 인마. 실종이야. 실종."

"하."

실종이라니. 참으로 섬찟한 단어 아닌가. 어디서 어떻게 되었는지 모르겠다는 뜻을 내포하고 있으니까. 특히 파키스탄 서부 끝에 있는 도시에서 듣기엔 더더욱 그랬다.

"그러니까 할 일이나 하자고. 그럼 아무 문제없어. 어차피 네가 작전 전말을 알 필요도 없잖아. 그런 건 위에서나 가능한 일이야."

"그건……. 그거야 그렇긴 하네요, 또."

리처드는 의외로 빠르게 수긍했다. 여기저기서 듣는 게 아주 없지는 않는 모양이었다. 강혁은 그런 리처드의 어깨를 두드려 주고는 계속 걸었다. 저택이 넓다고는 해도 복도가 끝도 없이 펼쳐져 있는 건 아니었다.

"닥터 백, 안녕하십니까."

곧 강혁은 군복이 아닌, 수술복 차림의 사내 하나를 마주할 수 있었다. 수술복엔 명찰이 달려 있지 않았지만, 이름은 알 거 같았다.

"캠 대위?"

"네, 캠이라고 부르시면 됩니다. 환자 보시겠습니까?"

"그게 좋겠어. 흠."

강혁은 걸음을 옮기다 말고 고개를 갸웃거렸다. 문이 열린 방 안으로 보인 물건이 어딘지 모르게 너무 낯이 익었기 때문이었다. 아니, 그냥 그 물건이었다. 하지만 이해가 가지 않았다.

'저게 여기 있으면 안 되는 건데?'

가격도 가격이지만 어디서 어떻게 옮겨 왔는지도 이해가 되지 않았다.

"아, 닥터 백."

자신도 모르게 걸음을 멈추고 그 물건을 보고 있으려니, 캠 대위가 말을 걸어왔다. 강혁과 마찬가지로 물건에 시선을 둔 채였다. 물론 강혁과는 달리 그리 놀란 기색을 보이진 않았다.

"CT부터 보시려고요?"

"아니…… 아니, CT가 있어?"

"네. 항구가 있어서 운반은 그렇게 어렵지 않았습니다."

"그런…… 얘기가 아니라."

천하의 강혁도 시골집에 놓인 CT를 보고 난 다음엔 당황을 금할 길이 없었다.

'미친놈들, 스케일 보소?'

기껏해야 초음파나 가져다놨으면 적당히 놀라주려고 했는데, CT를 들여다놔? 한구 병원은 죽을 둥 살 둥 엑스레이나 겨우 들여놓을 계획을 하고 있었는데. 확실히 미국이 괜히 천조국이라 불리는 건 아니었다. 미친 나라였다.

'안 되면 되게 하는구나.'

이 말이 어디 대대장 입에서 나오면 짜증이 나올 수밖에 없겠지만 천조쯤 굴리는 사람 입에서 나오면 감탄이 나오는 법이었다. 강혁은 새삼 천조국의 위용을 깨달으며 혀를 내둘렀다.

"허."

"일단 가시죠. 영상은 컴퓨터에서 보실 수 있습니다."

"그래…… 가죠. 아니, 가지."

하도 놀라다보니 준장 앞에서도 잘 안 나오던 존대가 술술 나왔다.

"대체 뭔 작전일까요……."

강혁의 놀란 얼굴을 보던 리처드가 이때다 싶었는지 끼어들었다. 방금 전이었다면 그만하라고 면박을 주었을 텐데 이젠 그러기도 어려웠다.

“나도 모르겠다, 시발. 미쳤네. CT라니.”

“막 우리 다 죽이고 그러진 않겠죠?”

“너무 나가지 말고. 말이 되냐? 우리 여기로 보내는 데 공문 보냈잖아. 국경없는의사회 무시하지 마, 인마. 그리고 대사관에 보는 눈이 몇 갠데. 우리한테 총리 쏘라고 하지 않는 이상, 살인 멸구는 없어.”

“그렇다면 다행이고요.”

놀란 나머지 강혁의 설명 또한 아무래도 아까보단 더 상세해져 있었다. 그게 적잖이 위안이 되었는지 리처드는 한결 나아진 얼굴로 걸음을 옮길 수 있었다.

“이 안에 있습니다.”

캠은 굳게 닫힌 문 앞에 멈춰 서서 노크를 했다. 딱히 대답을 기다리지는 않았다.

“안으로 가시죠.”

거의 곧장 문을 열고는 안으로 향했다.

당신이 모르는 세계

"음."

"으."

악취가 확 하고 풍겨왔다. 오래된 병자의 냄새였다.

"이런."

당연히 둘 다 마냥 코를 싸쥐고만 있진 않았다. 유능한 의사들이니만큼 바로 진찰에 들어갔다.

'말랐어. 흠.'

그냥 날씬하네 어쩌네 하는 수준이 아니었다. 암액질이라 분류될 정도로 바짝 말라 있었다. 아주 심각한 만성 질환이 진행되었다는 것을 의미했다.

"그렇게…… 안 좋은가?"

인상을 찌푸리고 있으려니 누군가 영어로 말을 걸어왔다. 누워 있던 노인이었는데, 성대마저 말랐는지 몹시 듣기 거북했다.

"좋다고는 말씀드리기 어렵겠군요."

"치료하지 못하겠다면, 나도 약속을 지킬 수 없네."

약속이라. 대체 뭔 약속을 했을까. 알 수 없는 일이었지만 뭔가 심상찮은 약속임에는 틀림없어 보였다. 캠의 얼굴이 확 가는 것만 봐도 알 수 있었다. 놀려주고 싶은 생각이 들긴 했지만, 지금은 참아야 했다. 사안이 너무 굵직하지 않은가. 이러다 수틀리면 정말 실종 처리될 수도 있었다.

'안심시키느라 절대 그런 일은 없을 거라고 했지만.'

미국에서 마음만 먹으면 못할 게 뭐가 있을까.

"아뇨, 치료가 어렵다는 게 꼭 불가능하다는 뜻은 아니죠."

아마 그랬다면 애초에 강혁을 부르지도 않았을 터였다. 협상이 불가하다면 다른 방향으로 틀었을 테니까. 가령 뒤집어엎는다든지, 뭐 그런……. 다소 잡음이 발생하긴 하겠지만 그만큼 중요한 사안이라면 얼마든지 감수하지 않겠는가.

"우선은 진찰 중이니, 조금만 기다려주십시오."

"음."

강혁의 차분한 대꾸에 노인은 입을 다물었다.

'황달에 약간의 빈혈이 있고. 배가 튀어나왔어. 다른 건 아니고, 복수야. 간 기능이 떨어져 있어, 역시……. 그 양반이 말한 게 그거였구만.'

하여간 짜증 나는 질환이었다. 강혁은 고개를 절레절레 흔들며 캠을 돌아보았다. 이미 영상 하나를 띄워놓은 참이었다. CT였다. 그중에서도 복부. 예상대로 간에 뭔가 똬리를 틀고 있는 게 보였다.

"원래 이 정도로 전신 상태가 나쁘진 않았는데, 여기 보이십니까?"

"아……. 하나 터졌네?"

"네. 그때 죽을 뻔했어요. 패혈증 오면서……. 다행히 지금 활력징후는 안정적입니다."

"이거 메인 터지면 골로 가겠구나, 바로."

"네. 그래서 아무도 건드리지 못하고 있었습니다. 그걸……."

"그걸 내가 째줬으면 한다, 이거지?"

캠은 대답 대신 묵묵히 고개를 끄덕였다. 유능한 간호 장교인 그가 보기에 어렵다는 말도 좀 모자랄 정도의 난도를 가진 수술이기에 그러했다.

'될까?'

하지만 강혁은 이미 그의 앞을 떠나 환자에게 가 있었다.

"집도를 맡은 백강혁입니다."

"흠."

"억지로 대답할 필요는 없어요. 힘든 거 다 아니까."

강혁은 그의 눈에 비친 게 불신의 눈빛인지 아닌지 모르겠다는 생각을 하며 말을 이었다.

"수술은 필수적입니다. CT 찍은 걸 보니, 포충이라고…… 간에 사는 기생충이 있는데 그게 한두 마리가 아니에요. 소싯적에 사막에서 구르기라도 하셨나, 아무튼."

간포충이라는 건 기생충의 일종이었다. 주로 말라버린 개똥 같은 것을 매개체로 사람에게 감염을 일으켰다. 한번 인체에 들어오면 상당히 거대한 크기, 그러니까 약 30cm까지도 자라기도 하는 무서운 녀석이었다. 원래 대한민국에서는 볼 수 없는 녀석인데, 초연결 사회로 진입하면서부터는 심심치 않게 진료실에서 보이기 시작했다. 3년 전 강혁도 교통사고로 실려 왔던 외국인 노동자의 배 속에서 살아 있는 포충을 본 기억이 있을 지경이었다.

"그래도 멀쩡한 부분이 꽤 있어서, 간 이식이 필요한 정도는 아니에요. 다만 수술하려면 수술받는 사람 체력도 좀 중요하거든. 뭐…… 벌써 영양제 들어가고 있긴 하지만……, 이거론 부족해."

키가 170은 넘는데 몸무게가 43이었다.

"그래서 앞으로 5일간은 더 영양제를 투입할 겁니다. 감염 관리도 하고……. 캠 가능한가?"

"네? 아, 네. 가능합니다. 다만……."

"다만 뭐."

"5일이면 시간이……."

"일주일 주어진 거잖아. 수술을 이틀 동안 할 것도 아닌데 뭐."

"그……."

"캠 대위. 내가 지시받아야 하는 사항이 있으면 지금 알려줘."

강혁의 말에 캠은 즉시 정신을 차렸다. 자신이 받은 명령은 강혁을 도우라는 것이지, 상황을 통제하라는 것이 아니었다.

'의학적인 판단이라면 무조건 따라.'

"죄송합니다, 닥터 백. 그렇게 하겠습니다."

"좋아, 그럼. 진행하고…… 리처드, 너도 충분히 봤지?"

"네? 아, 네. 봤습니다."

리처드는 평소처럼 까부는 대신 고개를 끄덕였다.

"그래, 그럼 나가서 좀 쉬자. 체력 비축해야지. 계속 이동했더니 힘드네."

덕분에 강혁은 아무런 불편 없이 5일 동안 뻐길 수 있었다. 그 동안 집 주변은 물론이고, 근처 바닷가도 다녀올 수 있었다. 리처드는 이렇게 노는 게 정말이지 불편하게만 느껴졌지만, 나중엔 될 대로 되라는 생각이 들어 같이 즐겼다. 마지막이란 얘기가 나왔을 때는 아쉬운 마음이 들 지경이었다.

"상태 괜찮네. 오늘 수술해도 되겠어."

"아, 네. 바로 준비할까요?"

그렇다고 본분을 잊지는 않았다.

"더 미룰 필요 없지. 수술 후 상태도 봐야 되니까."

"네, 그럼 마취과 의사에게도 공지하겠습니다."

이번에 답한 것은 캠이었다. 그는 대답과 동시에 다른 방 안으로 뛰어 들어갔다. 쉬는 동안 강혁과 리처드는 단 한 번도 향하지 않았던 곳이었다. 아마 내과, 마취과 의사 등이 있을 터였다.

"자, 오늘입니다. 준비는 되셨나요?"

캠이 다른 이들을 부르러 간 사이 강혁은 환자에게로 다가갔다.

"행여나……, 허튼짓할 생각이면 관두게. 내가 연락하지 않으면, 움직일 친구들이 많아."

환자의 답을 듣고 나서야 강혁은 환자의 눈에 담긴 감정이 불신이었음을 읽어낼 수 있었다. 지난 5일 사이 어찌나 알뜰살뜰 보살폈는지, 황달기도 거의 사라졌고 붉은 기운도 사라져 있었다.

'뭐 이해가 안 가는 건 아냐.'

이들은 아무튼 간에 미국이랑 연관되어 있는 일이라면 쌍심지를 켜는 사람들이지 않은가. 강혁이 한국인이라는 건 그렇게 중요한 일도 아닐 터였다.

"걱정 마세요. 무사히 깨어날 겁니다."

"그러길 바라야 할걸세."

"아무튼, 수술엔 최선을 다하겠습니다."

"음."

환자는 여전히 불퉁한 얼굴이었다.

"준비됐습니다."

그때 캠이 돌아와 밖을 가리켰다. 캠은 다른 간호 장교들과 함께 환자를 수술실로 옮긴 후, 바로 수술대 위로 들어 옮겼다. 5일간 살이 좀 붙었다고는 해도 여전히 체중 미달이었기에 그 흔한 신음 하나 흘리는 사람이 없었다.

"그럼 마취 시작하겠습니다."

차가운 인상의 마취과 군의관은 인상만큼이나 절제된 목소리로 마취 시작을 알려왔다. 마취는 부드럽기 그지없었다.

"자, 이제 시작하시면 됩니다."

"오케이. 그럼 닦자."

"네."

보조도 썩 나쁘진 않은 편이었다.

강혁은 며칠 전에 비해 눈에 띄게 가라앉은 환자의 배를 갈랐다.

'뭐, 혈액 검사도 그렇고 CT도 그렇고……. 아직까지 간 기능

이 다 소실된 건 아냐.'

아마 처음 보았을 때의 쇠약은 포충막의 파열로 인해 일시적으로 더 악화된 것일 터였다. 실제로 내과 군의관이 바짝 달라붙어서 보살핀 결과 환자의 전신 상태는 훨씬 나아져 있었다.

"아직 복수가 좀 있네요."

"뭐……, 다 빠질 수는 없겠지. 그래도 이만하면 괜찮아."

물론 그렇다 해서 객관적으로 좋다, 이 수준은 아니었다. 여전히 복수가 차 있었을 뿐 아니라, 오랜 투병으로 인해 너무 마른 상황이었다.

"잘 당겨. 저기 보이냐?"

리처드는 강혁이 가리킨 막을 보며 무척 뜨악한 얼굴이 되어 고개를 끄덕였다. 외상 외과 전문의로 활동하면서 정말이지 못 볼 꼴 많이 봤다고 생각했는데, 이런 건 또 처음이었다.

'저거 살아 있는…… 살아 있는 거지?'

리처드는 간의 거의 절반가량을 잠식하고 있는 투명막을 보며 고개를 절레절레 흔들었다.

"전기 칼. 좀 더 늘리자."

리처드는 막 안쪽에서 꿈틀대는 듯한, 실제로 그런 건 아닌 포충에서 애써 시선을 뗀 채 고개를 끄덕였다. 강혁의 말대로 저게 터져서 내용물이 배 속으로 스며들면 진짜 큰일이었다. 막대한 양의 항원에 대한 반응으로 인해 그 순간 환자가 죽어버릴 수도 있었다.

"오케이. 그대로 있어봐. 일단 보자. 음. 이게……."

강혁은 정말 신중했다. 평소보다 훨씬 넓은 시야를 확보했음에도 불구하고 선불리 움직이지 못했다. 지금 강혁이 눈앞에 두고 있는 포충은 20cm가 넘어가는 거물이었다. 강혁은 큰 것은 일단 두기로 하고 작은 것부터 정리하기로 했다. 그는 캠 대위가 전해준 주사기를 다시금 리처드에게 전했다.

"자, 이걸로 찔러. 내가 뺄 테니까."

"아, 이거…… 이거 진짜 이렇게 해요?"

"그럼 어쩌려고. 간 다 자를까? 너덜너덜한 간이 보고 싶은 거야?"

리처드는 강혁이 가리킨 낭종을 바라보았다. 저 안에 얼마나 많은 벌레가 있을까? 사실 마냥 상상만 하고 있을 필요도 없었다. 자세히 보면 보였으니까. 대략 5mm 정도 되는 작은 벌레들이 우글우글했다.

'하, 진짜 싫다.'

사람 몸속에 사는 벌레를 이렇게 적나라하게 바라보게 될 줄이야.

"알겠어요. 그럼…… 찌릅니다?"

"어, 찔러. 옆에 말고. 걘 너무 커."

"알죠, 그건. 자…… 하나, 둘, 셋."

리처드는 강혁이 가리킨 녀석이 들어 있는 주머니를 주삿바늘로 푹 하고 찔렀다. 그러곤 안에 든 기생충 약을 쭉 주입했다. 파다닥. 구충제는 기생충에게 직접적으로 해가 되는 작용을 하는 약이었다. 갑작스러운 공격에 포충 내에 자리하고 있던 단방 조충들이 몸을 떨었다. 대부분은 그냥 그 자리에서 죽었지만 일부는 막을 뚫고 밖으로 새어 나왔다.

"오케이."

별 소용은 없었다. 모조리 강혁이 대고 있던 장갑에 사로잡혔으니까. 강혁은 완벽한 형태로 장갑을 벌리고선 리처드를 바라보았다.

"야, 이제 아예 그어. 안에 있던 내용을 싹 다 긁어서 빼내."

크기가 좀만 작을 때 발견했으면 그냥 먹는 약으로 끝이었을 텐데. 이걸 왜 이렇게 애지중지 키워가지고 이런 사달을 만든단 말인가.

'하긴 그랬으면 100만 달러도 못 받았겠지.'

"이제 긁어. 큐렛으로."

그나마 다행인 점은 이 방 안에 있는 모두가 프로라는 점이었다. 그 덕인지 뭔지는 몰라도 환자는 별 이상 소견을 보이지 않았다. 작은 주머니 하나를 위험하지 않게 제거한 셈이었다.

"이것도 똑같이 해."

"아까 그거보다 좀 더 큰데요?"

"그래도 할 수 있어. 아니, 해야 해. 저기 메인 나가려면……, 나머진 최대한 살려야 된다고. 딱 아까처럼만 해. 그럼 돼."

"아까 잘한 거죠?"

"어……."

강혁은 뭔가 깐족대고 싶었지만 참기로 했다. 실제로 잘하기도 했거니와, 아직 강혁의 기준에서 보면 수술은 시작도 하지 못한 상황 아닌가. 갈 길이 멀단 뜻이었다.

이후 수술은 물 흐르듯 진행되었다. 노린 곳에 주사기를 찔러 넣고, 터져 나오면 강혁이 받고, 남은 건 싹싹 긁어다 제거하고.

"혈압은?"

"변화 없습니다. 나머지 활력징후도 그렇습니다."

강혁은 그사이 다시 한번 제일 커다란 포충을 바라보았다.

"20cm……."

다시 봐도 기가 차는 사이즈였다. 문제는 그냥 크기만 큰 게 아니란 점이었다.

'저긴 약해져 있어. 아마…… 전에 작은 거 터져서 약을 써서 그렇겠지.'

막은 얇디얇아져 있었다. 건드리면 폭 하고 터질 것처럼. 하지만 어쩌겠는가. 배를 열었는데.

"전기 칼 줘."

해서 강혁은 한숨과 함께 고민을 날려버리고 손을 내밀었다. 이미 눈동자에 깃들었던 망설임은 죄 사라지고 없었다. 강혁이 버튼을 누를 때마다 전기 칼이 열을 뿜었다.

"자, 리처드. 너는…… 석션만 해. 거즈도 대지 말고, 석션도 최대한 젠틀하게. 오케이?"

"네. 간에는 최대한 손대지 말라는 거죠?"

"그렇지. 지금 너도 보면 알겠지만, 이거 터지기 직전이야."

강혁은 전기 칼로 점을 찍어 나갔다. 간을 어떻게 자를지 연신 고민해가면서. 아무래도 포충 주변으로는 염증이 있을 수밖에 없었기에 점만 찍는데도 피가 주륵 흘러나왔다. 다행히 그게 강혁의 시야를 가리는 일은 없었다. 리처드가 피가 나오는 족족 빨아들였기 때문이었다. 그렇게 대략 십여 분이 지났을 무렵에서야 하나씩 박혀 있던 점이 점선을 이루었다. 동시에 리처드를 비롯한 나머지 인원들도 비로소 강혁이 어떤 모양으로 간을 자르려 하는지 알게 되었다.

이제 드디어 자르기만 하면 된다는 생각이 든 리처드는 저도 모르게 타이를 집어 들었다. 마음이 급했다.

'우리가 여기 있는 동안…… 바깥 상황이 어떻게 됐는지 전혀 모르잖아.'

어쩌면 작전은 이미 끝나 있을 수도 있었다. 아니면 지금 막 뭔가 하고 있는 중일 수도 있었고. 이토록 깜깜이가 된 것은 로먼 준장이 위성 전화를 가지고 이곳을 뜬 직후부터 바깥과 연락할 수단이 모조리 사라진 덕이었다.

"혈관 묶고 자를 거죠?"

"어? 당연하지. 근데, 왜 이렇게 잡았는지는 알겠냐? 범위?"

"그……."

평소와는 다를 수밖에 없는 환경이란 뜻인데 안타깝게도 그건 평범한 사람한테나 통용되는 일이었다. 강혁은 여전히 그의 일상을 놓고 있지 않았다.

"몰라? 그럼 실망인데."

"아니, 잠시만요."

다행한 점은 강혁의 일상이라는 게 결코 평범하지 않다는 점이었다. 주변에 있던 이들마저 확실히 붙들어 매는 효과가 있었다. 그 덕에 리처드는 급한 마음에 놓치고 있던 걸 돌아볼 수 있었다. 그 방식이 조금 거칠고 치사하긴 했지만. 어찌 되었건 결과는 좋았다.

"아…… 담관……. 담관이 쓸데없이 막히는 부분이 없도록 한 거군요!"

"그래. 이 자식이 해부학적으로 생각해서 이렇게 자리 잡은 게 아니잖아."

간은 의사들이 나눠둔 구획이 있었다. 학문적으로나 수술적으로나 의미 있는 구분인데, 안타까운 점이 있다면 병이나 기생충은 그런 걸 전혀 모른다는 것이었다. 그래서 그냥 아무 데나 막 생겨버렸다. 이번에도 예외가 아니어서, 포충은 정말이지 애매한 곳에 있었다.

"하긴……. 이것만 딱 떼면…… 어차피 이 뒤는 담관이 막히네요."

"그럼 오히려 안 좋아. 염증의 원인이 되기도 하고."

"간경화가 진행되면 암도 생길 수 있겠군요. 흐음."

때문에 포충 크기보다는 좀 더 크게 절제해야 했다. 거기까지 생각이 미친 후에 다시 한번 강혁이 이어둔 점선을 보니 감탄이 나왔다.

'그래서 저길 억지로 살린 거구나……. 이쪽이 나가니까. 그래, 확실히 이렇게 자르면 살릴 수 있지. 그럼 절제되는 부위가 크긴 해도…… 30% 안쪽이야.'

절제도 아니고 점선 하나 그으면서 시간 되게 끄네 했는데. 알고 보니 그게 아니었다. 어떻게 이리 짧은 시간에 이걸 설계했지라는 생각으로 바뀌었다. 강혁은 그런 리처드의 손등을 툭 두드리고는 입을 열었다.

"괜히 잘 보라고 한 게 아냐. 이건 응용할 수 있는 수술이 아주 많아. 간은 생각보다 잘 다치는 기관이니까."

"그렇…… 그렇겠네요."

"그래도 이젠 집중해. 일해야지."

"아, 네. 네, 교수님."

생각 같아선 강혁도 좀 더 시간을 주고 싶었다. 하지만 그럴 수는 없었다. 따지고 보면 그럴 필요도 없었고.

"어차피 이거 다 녹화 중이잖아. 나중에 보라고. 야동만 보지 말고."

"아, 또 왜 그런……."

야동 얘기가 나오자 리처드는 곧 안절부절못했다. 다른 이들이 들으면 어쩌나 하는 마음에서였다. 다행인지 불행인지 캠이나 마취과 군의관은 포커페이스의 달인이었다. 분명히 다 들릴 텐데 못 들은 척을 해주었다. 그 와중에 강혁은 계속 입을 놀렸다.

"참 너 프리미엄 회원이더라."

"네? 그건 또 어떻게……."

"얼마나 그걸 들여다봤으면 걔들이 선물을 다 보내냐. 근데 주소는 또 병원으로 해놔가지고…… 어휴."

"그거, 그거 백 교수님이 가져간 거예요?"

"내가 그걸 왜 가져가."

"그럼 어떻게 알아요, 그걸."

"제인이 가져다줬어. 너 새끼, 자제 좀 시켜 달라고. 이런 거 인마, 어? 제인이 봤기에 망정이지, 환자가 봤으면…… 어휴…… 망신 개망신이지."

"그……."

강혁은 옳은 소리를 아주 기분 나쁘게 하는 재주가 비상한 사람이었다. 리처드의 고개가 점점 떨어지는가 싶더니, 이젠 아예 꺾여버렸다.

"왜 잘 있나 확인하려고? 잘 있겠지, 인마. 맨날 주인이 쓰다듬어주는데. 안 붓냐?"

"그, 그만해요…… 수술 어렵다면서 이러기예요?"

"미안, 충전이 필요했어."

"네?"

"점선 찍느라 심력을 너무 많이 소모했거든. 휴, 이제 만땅."

강혁의 말에 리처드는 이게 사람 새낀가 하고 고개를 들었다. 일단 심력 소모한 게 어떻게 놀리는 거로 채워진단 말인가.

"그게 말……, 말이 되나보네."

하지만 화를 내진 못했다. 강혁의 얼굴이 아까와 확연히 달라져 있었기 때문이었다. 이런 얼굴을 어디서 봤더라.

'아…… 한국 국방부에서 보내준 데서 봤는데…….'

미국에 있는 일반인들이야 한국이라고 하면 아무것도 떠올리지 못하거나, 휴전국이라는 이미지만을 떠올리겠지만 실제로 한국으로 파병 오게 된 미군들이 받는 인상은 전혀 달랐다. 어지간한 미국 도시보다 훨씬 더 화려한 서울, 그리고 그나마 미군에 호의적인 시민들. 그 덕에 리처드는 여행도 꽤 다녔는데 주로 미국에서는 보기 힘든 오래된 사찰을 다녔다.

'맞아, 불국사…….'

그중에 특히 기억에 남았던 도시는 경주였다. 워낙 볼거리가 많아서였는데, 그때 받았던 느낌을 여기서 재현하게 될 줄은 몰랐다.

"허허, 말 끝났으면 보조할래?"

"아미타…… 아니, 네."

아무튼, 덕분에 수술은 상당히 인자하게 진행되었다. 이미 설계가 끝난 마당인지라 절제가 그리 어렵지는 않아서이기도 했지만, 그보다는 아무래도 아까보다 강혁의 기량이 한껏 끌어올려진 덕이 더 컸다.

전기 칼은 순식간에 점선을 선으로 만들고 있었다. 중간중간 피가 나는 지점도 있었지만, 이미 강혁이 주요 혈관을 묶어버린 후여서 출혈이 아주 심하진 않았다. 더군다나 보조로 나선 리처드도 보통은 아니지 않은가. 어지간한 출혈은 문제로 인식되기도 어려웠다. 띠리링. 그때 집 안 어디에선가 전화가 울렸다. 적어도 지난 며칠 간은 단 한 번도 듣지 못한 소리였다. 세상에 벨소리라니. 여기 전화가 있었단 말이야? 강혁이나 리처드나 모두 배신감을 느낀 얼굴이 되었다. 물론 당연히 전화가 있기야 했겠지만 그걸 이렇게 감쪽같이 숨겨놓고 있었다니.

"뭐 해, 계속해야지."

"아, 네."

하지만 강혁은 곧 수술 부위를 향해 고개를 처박았다. 전화 숨겨둔 게 열 받긴 했지만 그게 환자 치료하는 것보다 우선할 수는 없지 않겠는가. 게다가 나머지 인원들도 자리를 뜨지 않고 있었다. 모두 수술에만 집중하고 있단 뜻이었다.

'저 새끼들 엄청 발광하는데?'

그의 눈에 피막 안쪽에 있는 벌레들의 움직임이 고스란히 보였다. 손톱만 한 놈들이 수도 없이 모여서 바스락거리는 광경은 징그럽다 못해 공포스럽기까지 했다.

"음, 잠깐만."

이건 예상을 벗어난 일이었다. 제아무리 강혁이라고 해도 전기 칼의 온도가 전해질 거란 것까지 계산에 넣기는 어렵지 않겠는가.

"네? 왜요?"

"너 이제부터 출혈이 있든 뭐가 있든 신경 쓰지 말고. 이걸로 여기 대고 있어. 조금 흘리는 건 되는데 왕건이는 그러지 마라. 그럼 죽어."

"그…… 환자 얘기죠?"

"아니."

"아, 네……."

'시발.'

강혁이 죽이겠다는데 어쩌겠는가. 죽기 살기로 해야지. 리처드는 속으론 욕을 주워 넘기면서도 최선을 다해 포충 근처로 철 받침대를 바짝 붙였다.

'이거 터지면 다는 못 받겠는데.'

주둥이가 작아서 탈이었다. 어쩌지 하고 있으려니 강혁이 말을 걸어왔다.

"야, 야. 터질 만한 곳에 대고 있어. 아무 데나 대고 있지 말고."

"그…… 어디가 터질지…… 어떻게 알아요?"

이게 다른 수술 같았으면 은근슬쩍 하는 척하고 넘어갔을 수도 있겠지만, 지금은 도저히 그럴 수가 없는 상황이었다.

"아…… 안 보여?"

"네. 모르…… 겠어요."

"음. 뭐…… 그럴 수 있지."

하지만 강혁은 딱히 실망하는 눈치는 아니었다.

'더 부들거리는 것도 일반인한테는 안 보이는구나.'

리처드가 부주의해서 원래 봐야 하는 것을 못 본 것이란 생각이 들진 않았다.

"거기서 1.5cm 정도 안쪽으로 움직여."

"1.5cm…… 안이요?"

"그래. 좋아. 거기."

"네. 그럼 여기서 대기해요?"

"그렇게 있다가, 쏟아지면…… 알아서 대응해. 나도 최대한 빨리할 테니까."

"아, 네. 알겠어요."

"좋아."

강혁은 고개를 끄덕이고는 다시 절제에 돌입했다. 전기 칼이 움직일 때마다 붉은 핏방울이 맺혔고, 그와 동시에 붉은 간이 타들어가면서 잘려나갔다. 강혁은 슬쩍 리처드 쪽을 돌아보았다. 수없이 많은, 작은 벌레들이 난리 치는 것이 보였다. 아무래도 리처드 눈에는 보이지 않는 모양이었다. 만약 그렇다면 저렇게 태평한 얼굴로 있긴 어려울 터였다. 모르긴 해도 강혁처럼 인상을 쓰게 되지 않았을까? 그 와중에도 강혁은 결코 손을 멈추지 않았다. 덕분에 절제되어야 할 부분이 슬슬 덜렁거리기 시작했다.

"고정하는 건 내가 할 테니까, 너는 진짜 그냥 대고만 있어. 떨어지는 거 흘리지만 말어."

"네, 교수님."

리처드는 진중한 얼굴로 고개를 끄덕였다. 강혁의 신뢰가 고맙기도 했지만, 그보다도 자신이 맡은 임무가 환자 생명에 직결되어 있다는 걸 잘 알기 때문이기도 했다.

'이거 흘리면 환자 죽는다…….'

"후. 이제 거의 다 되어간다."

강혁은 티딕 거리면서 간을 잘라나갔다. 이제 한두 번만 더 그으면 떨어져 나오겠구나 하는 생각이 들 때까지도 긴장을 늦추지 않았다.

"자, 이제…… 어, 야! 야! 받아! 지금 터진다!"

"네? 아, 네. 이거……."

덕분에 강혁은 파닥거리던 벌레들의 움직임을 놓치지 않을 수 있었다. 배 안으로 떨어지는 녀석들이 좀 있기는 했지만 강혁이 순식간에 석션으로 제거할 수 있는 범위 내에서였다. 나머지는 리처드가 모조리 통에 받아낼 수 있었다. 강혁이 남은 한 손으로 간을 마저 떼어낸 후, 수술대 위에 던지는 것으로 환자 배 속에 있던 벌레들을 모조리 제거해버릴 수 있었다.

"우와."

그 간이, 정확히 말하면 포충 덩어리가, 그것도 반쯤 찢어진 채 캠 대위에게 튄 것 정도는 사소하다고 평할 수 있을 정도로 성공적인 수술이었다. 그리고 그것을 확인해준 이는 내내 과묵하게 있던 마취과 의사였다.

"바이털 안정적입니다."

그렇게 기분 좋게 마무리하고 있으려니, 수술복 차림의 다른 군인 하나가 방으로 들어왔다. 딱히 보조 간호사 롤을 하고 있던 사람도 아니었다. 그랬다면 강혁이 얼굴을 기억하지 못했을 리가 없었을 테니.

"무슨 일이지?"

"이글에서 연락이 왔습니다. 부상자가 있다고 합니다."

"부상자……? 작전은?"

"알은 부화했습니다."

"음."

캠의 얼굴이 순식간에 일그러졌다가, 또 순간 펴졌다가 다시 어두워졌다.

"부상자는 어디에 있지? 언제 오지?"

"아, 네. 현재 쿨단 근처에서 이송 중입니다."

"차로?"

"네."

헬기 운용은 불가한 상황인 모양이었다. 하긴 아무리 지역 유지의 입을 막았다 하더라도, 너무 티 내는 건 자제해야 할 터였다.

"그럼 한 2시간은 걸리겠네."

"네, 닥터 백. 가능하실까요? 방금 수술 끝나셨는데……."

"여기 나 말고 외과 의사 있어?"

"음……."

"그럼 해야지."

강혁은 뭐가 어찌 되었건 환자를 두고 편히 쉴 만한 사람은 못 되었다.

"감사합니다."

"그런 표정 지을 필요 없어. 공짜는 아니니까."

물론 받아낼 것이 있으면 받아낼 생각이었다. 환자는 돈이 없겠지만, 미국은 돈이 많으니까.

*

'제임스 본드 영화를 너무 많이 본 모양이군요. 다른 영화도 좀 보시기 바랍니다.'

모사드가 살인 주식회사냐는 질문에 아비그도르 리베르만 이

스라엘 외무부 장관이 답했던 말이었다. 모사드의 살인에 대한 누명이 억울하다는 투로 한 말이었는데, 그렇다고 해서 그 오해 아닌 오해가 풀어지진 않았다.

"양동 작전은 성공입니다."

"음!"

그 모사드와 손을 잡고 합동 작전을 진행한 로먼 준장은 무전기로 들려온 소식을 듣자마자 주먹을 꽉 쥐었다.

'1972년 뮌헨 이후로 정말 장난 아니라고 듣긴 했는데…….'

"이제 철수해. 더 이상의 양동 작전은 의미 없어. 어차피 이란 혁명 수비대에서 우리가 어떤 식으로든 배후에 있었다는 걸 알게 될 거야."

"네."

로먼 준장의 부하들은 충성이라고 씩씩하게 외치는 대신 고개를 끄덕였다. 잠입 임무에서 소리 지르는 것만큼 어리석은 일은 없었기 때문이었다. 로먼은 조수석에 올라타자마자 다시 지시를 내렸고, 통신병은 부리나케 명령을 수행했다. 그랬던 통신병의 얼굴이 어두워진 것은 대략 1분쯤 지나서였다. 더 정확히 말하자면 탱고와 교신한 직후였다.

"탱고 교전 중입니다!"

로먼은 이해가 잘 가지 않았다. 투입한 인원은 모두 특수 부대들이지 않은가. 이란 혁명 수비대 정도는 얼마든지 따돌릴 수 있어야 했다.

"자세한 사항은 알 수 없습니다!"

작전 목표는 이미 달성했으니, 쓸데없이 다치는 일은 피해야 했다.

"빨리 퇴각하라고 해! 혹시 지원 필요한가?"

"알파, 브라보 대기 중입니다!"

교전 소식을 들은 다른 부대에서 통신이 들어왔다. 탱고에서도 이 소식을 듣긴 했을 터였다. 하지만 그들은 고개를 저었다.

"자력 탈출하겠다고 합니다!"

"가능한 건가? 인원 손실 없어야 해!"

"가능하다고 합니다! 우연히 마주친 것이지, 상대가 특수 부대로 보이진 않는다고 합니다!"

"아, 그럼……. 그렇게 하지. 혹시 모르니 합류지는 쿨단으로 변경한다."

"네, 전달하겠습니다!"

특수 부대와 일반 부대의 전투력은 말도 안 될 정도로 차이가 난다고 할 수 있었다. 특히 야지에서의 전투라면 특수 부대 분대 하나가 중대 규모의 일반 부대를 상대할 수도 있었다. 덕분에 로먼은 아까보다 훨씬 후련해진 얼굴로 자리를 뜰 수 있었다. 그랬던 그의 얼굴이 일그러진 것은 대략 40분 후의 일이었다.

"어떻게 된 거야!"

"눈먼 총알에 맞았습니다."

"이런 젠장."

총을 맞은 이는 윈터스 소령, 로먼 준장도 아는 얼굴이었다. 현장에서 잔뼈가 굵은 아주 훌륭한 군인이었다. 먼 타지에서 죽어도 될 만한 인물은 결코 아니었다.

"과다르 쪽은, 거긴 어떻게 됐지? 아직도 수술 대기 중인가?"

만약 대기 중이라면 어떻게 해야 할까? 요인을 밀고 윈터스를 수술하라고 해도 될까? 로먼도 알 수 없었다. 준장이라는 높은 위치에 오른 사람이지만, 그 또한 군인이었다. 정치 역학보다는 명령에 따르는 것에 익숙한 사람이었다.

"전화…… 넣을까요?"

"넣어. 일단……, 일단 수술 어떻게 됐는지만 물어보라고 해."

"그쪽에서 지시에 따르지 않을 수도 있습니다."

캠 대위를 비롯한 의료진들은 소속이 달랐다. 그들은 7함대에서 파견된 이들 아니던가. 로먼의 명령이 통하지 않을 수 있었다.

'백강혁이라고 했나? 그 사람은……. 그 사람도 만만한 인간이 아니지.'

로먼 생각은 그랬다.

"연결됐습니다."

그사이 통신병은 과다르와 연락을 취했다. 로먼은 그 후로도 잠시 고민하다가 이내 입을 열었다.

"이쪽에…… 부상병이 있다고 전해. 치료해줄 수 있는지도."

듣자니 수술은 한창 진행 중인 모양이었다. 그리고 백악관은 그 수술이 절대 방해받지 않기를 바라고 있었다.

"윈터스는 좀 어때!"

로먼 준장은 고개를 절레절레 저어대고는 뒤를 돌아보았다. 뒤따르던 의무병의 붉어진 손이 눈에 들어왔다. 아예 피에 물든 느낌마저 들었다. 여기까지 오는 내내 상처를 누르고 있었으니, 무리도 아니었다.

"의식은…… 아직 미약하게 있습니다만, 얼마나 버틸 수 있을지는 모릅니다!"

"빨리 연결해!"

"아……, 지금 수술 끝나서, 수술 후 치료로 넘어갔다고 합니다!"

과다르의 저택에서도 호통 소리가 이어졌다. 목소리의 주인공은 강혁이었다.

"왜 안 된다는 거야!"

"저희가 받은 임무는 이 환자의 치료뿐입니다. 수술은 잘 끝났지만, 이후 처치도 중요하다는 거 알고 계시지 않습니까."

강혁은 다시 한번 화를 내려다 입을 다물었다. 맞는 소리긴 하지 않은가. 제아무리 수술이 잘되었다고는 해도, 요인의 상태가 당장 막 좋아지는 건 아니었다. 오히려 수술 때문에 체력이 소모된 데다가, 수액도 많이 들어가서 훅 하고 흔들릴 수도 있었다.

"이런 제기랄……."

"죄송합니다, 닥터 백."

"일단……. 일단 환자를 봐야지."

강혁이 결정한 듯한 얼굴로 고개를 끄덕이고 있으려니, 밖에서 소란이 일었다. 끼이익. 급브레이크 밟는 소리였다.

"빨리, 빨리 안쪽으로 옮겨!"

그사이에 비명 비슷한 것들이 섞여 있었다.

"교수님, 왔나본데요?"

리처드가 몸통을 바깥쪽으로 틀면서 말을 이었다. 그 또한 환자가 또 있다는 말을 듣자마자, 휴식 따위는 선택지에서 빼버린 지 오래였다.

'그래, 얘가 있지.'

강혁은 어쩐지 든든한 마음에 미소를 지어보였다.

"일단 나가자."

강혁과 리처드는 서둘러 저택 밖으로 뛰어나갔다.

"그럼, 이 환자는 부탁드리겠습니다."

"걱정 마, 대위. 우리 임무니까."

캠 대위 또한 마취과, 내과 군의관에게 당부를 남기고 강혁의 뒤를 따랐다.

"빨리, 빨리 내려! 이 새끼들은 수술도 끝났다는 놈들이 왜 안 된다고 하는 거야!"

그사이 로먼 준장은 차를 완전히 세우고, 손수 윈터스 소령을 내리고 있었다.

'이런 젠장!'

그간 쌓인 경험으로 로먼 준장은 쉬이 죽음을 떠올릴 수밖에 없었다. 얼마나 많은 부하가 이 손안에서 온기를 잃어갔던가. 안타까움은 곧 분노가 되어 쏟아졌다.

"이 개새끼들! 안에 있는 의료진 전부 나오라고 해!"

기밀 작전 도중 이토록 커다란 소음을 낼 줄이야. 부관은 로먼 준장이 지위에 비해 인간적인 사람이라는 것 정도는 잘 알았고,

그래서 상관으로서 더 존경하고 있기는 했지만 그대로 두고 볼 수만은 없었다.

"저, 준장님……. 저들도 작전 수행 중입니다."

로먼은 부관의 표정에서 그가 진심으로 자신을 걱정하고 있음을 어렵지 않게 읽어낼 수 있었다.

"환자는, 환자는 어디 있지?"

그때 강혁이 저택을 빠져나왔다. 아직 수술복도 채 벗지 못한 상황이었는데, 그 수술이라는 게 역시나 만만치는 않았던 모양이었다. 옷에는 물론이고 마스크에조차 미세한 핏자국이 번져 있었다.

"아……, 닥터 백?"

로먼은 갑자기 나타난 강혁을 보며 고개를 갸웃거렸다. 안 된다고 했던 놈들이 왜 나타나서 환자를 찾는단 말인가. 홧김에 병사들이라도 진입시키려고 했던 참이라 놀라움은 더했다.

"분명히…… 수술은 거절당했는데?"

"제가 잘못 들었던 건 아니죠?"

"아냐, 나도 그렇게 들었어."

로먼과 마찬가지로 통신을 담당했던 병사와 장교 역시 어리둥절하기는 마찬가지였다. 그들과 연결되었던 소위는 일언지하에 거절했기 때문이었다.

-수술이 끝나면 전달하겠다.

-수술 후 처치 때문에 다른 환자 치료는 어렵다.

요약하자면 이런 내용이었다. 하지만 강혁은, 그리고 그와 함께 나타난 리처드는 이미 환자에게 달려간 지 오래였다.

"이봐, 이봐!"

얼핏 봐서는 이게 치료인지 아니면 고문인지는 좀 헷갈리긴 했다. 강혁은 냅다 윈터스 소령의 뺨을 후려치고 있었고, 리처드는 피에 엉겨 붙은 옷을 가위로 자르고 있었다.

"비장……, 비장에 맞았어요!"

"관통이야?"

"어……, 네. 관통입니다."

"그럼 일단 벗기고 눌러! 니들은 뭐 해!"

옆에 서 있던 사람들은 둘의 합에 감히 끼어들 생각조차 못하고 있었다.

"네?"

"와서 들어! 병원 왔으면 안으로 옮겨야지, 차에서만 내리면 뭐 해!"

"아, 네!"

"알겠습니다!"

그들은 항거하기는커녕 강혁의 말에 따라 움직였다. 사람 목숨이 왔다 갔다 하는 상황에서 의사는 그런 존재일 수밖에 없지 않은가. 특히 강혁처럼 유난히 지독한 카리스마를 가진 사람이라면 더더욱 그랬다.

"빠, 빨리 도와!"

로먼도 강혁에게 가세했다. 도대체 안 된다고 했다가 왜 나온 건지 이해는 되지 않았지만, 이유가 어찌 되었건 간에 잘된 일 아니던가.

'이 사람…… 실력이 어마어마하다고 들었어!'

게다가 강혁이 나서 준다면 더 바랄 것 없는 일이었다. 국무부 요청으로 CIA가 백방으로 수소문해서 찾아왔다는 의사 아닌가. 이런 사람이 실력이 없다면, 그땐 미국이 망할 때가 됐다는 얘기나 마찬가지였다.

곧 강혁의 지휘에 따라 환자, 즉 윈터스 소령은 저택 안으로 옮겨졌다. 들것이 준비된 상황은 아니었기에, 그냥 맨손으로 들어 옮길 수밖에 없었다. 한 가지 다행한 점은 죄다 특수 부대원들이다보니 힘들이 장난 아니라는 것이었다. 덕분에 들것으로 옮기는 것만큼이나 수월하고, 또 안정적이었다.

"이봐!"

그동안 강혁은 계속 윈터스의 얼굴을 두드렸고, 이따금 가슴골을 눌렀다.

"으……."

의식 확인하는 것치고는 너무 지나치게 세게 때리는 거 아닌가 싶을 즈음 윈터스의 입이 열렸다. 아직 눈은 뜨지 못했는데, 강혁도 거기까지 바란 것은 아니었기에 더 후려치진 않았다. 다만 뺨을 쥔 채 소리만 질렀다.

"이름! 이름이 뭐지!"

"위……."

"아냐, 됐어. 윈터스 소령! 내 말 들리죠!"

"으……."

어느 정도 알아듣는 것 같아 보였다. 아주 좋은 사인이었다. 출혈이 심한 상황이지만 청각이 유지되고 있다는 건, 그만큼 머리 쪽으로 피가 가고 있다는 뜻이기도 하니까.

"지금부터 수술할 텐데, 사정상 전신 마취는 안 됩니다!"

"응?"

전신 마취가 안 된다니, 이게 대체 무슨 소리란 말인가. 그렇지 않아도 부하 걱정에 노심초사하던 로먼이 눈을 부릅떴다. 준장쯤 되는 사람이 이런 반응을 보였다면 어느 정도 반응을 해주는 게 정상이겠지만, 적어도 강혁은 아니었다. 그는 환자가 눈앞에 놓이는 순간 다른 복잡한 것들은 모두 잊어버리는 인간이었다.

"국소 마취로 할 거예요! 혈압이 너무 낮아서 진정제를 놓을 순 없어요! 잘 참아야 합니다!"

"아니, 잠깐만! 마취가 안 된다니?"

"로먼 준장, 이 사람이랑 친해요?"

"응? 그렇긴 한데……. 내 말에 대답을……."

"그럼 손잡고 계속 말 걸어요. 자게 두지 마."

"어…… 어……."

로먼은 아직까지도 강혁이 자신의 질문에 답해주지 않았단 것을 곱씹었지만, 그것도 잠시뿐이었다.

"빨리!"

"아, 알았네."

하지만 그게 중요한 상황이 아니었다. 환자는, 그것도 자신이 아끼는 부하가 죽어가고 있었는데 그를 살리려면 잔말 말고 시키는 대로 하라고 했다. 그것도 세상에서 제일 실력 있는 외과의사가. 그렇다면 무조건 따라야 하지 않겠는가.

"자, 여기다 옮겨!"

강혁은 로먼이 윈터스의 손을 잡고 주절거리기 시작한 것을 확인하는 동시에 환자를 수술대 위로 옮겼다. 방금 수술이 끝난 참인지라, 주변은 피투성이였다. 그나마 다행인 점은 수술대 위만큼은 깨끗하다는 것이었다.

"아까도 말했지만 전신 마취는 불가해. 국소 마취로 진행한다."

강혁은 혹 다른 부위에는 부상이 없는지 빠르게 확인하면서 말을 이었다. 줄곧 비장 부근을 누르고 있던 리처드는 회의적이었다.

"교수님, 비장이에요! 이걸 어떻게 국소로……."

"전신 마취는 안 된다잖아!"

"하지만 이거…… 비장이……."

리처드는 다시 한번 상처를 내려다보았다. 관통한 방향이나 출혈량 등으로 미루어볼 때, 비장은 완전히 파괴되었다고 보는 게 옳았다. 사실 어떻게 지금까지 살아 있는지가 신기할 지경이었다. 아마 특수 부대원의 체력과 온몸이 피투성이가 된 채 함께 온 의무병 덕분일 터였다. 하지만 그렇다고 해서 비장을 살릴 수 있는 건 아니었다.

'비장 절제술이 필요해…….'

비장이 뭐 손가락만 한 장기는 아니지 않은가. 간보다는 작지만 그래도 주요 장기 중 하나였다. 그걸 국소 마취만 하고 떼? 말도 안 되는 일이었다. 적어도 리처드는 그렇게 생각했다. 하지만 강혁은 전혀 다르게 보는 모양이었다.

"잘됐지, 뭐."

"네?"

"너 전에 국소 마취로 맹장…… 터진 것도 수술했잖아."

"아, 그건……."

"이 사람은 일반인이 아니라 특수 부대원이야. 훨씬 잘 견딜걸."

"그야…… 그렇긴 한데……."

맹장이랑 비장 절제술이 그렇게 같은 선상에 놓여도 되는 건가. 뭐 이런 생각이 들었다. 하지만 리처드는 대화를 온전히 다 이어나가지도 못했다. 그보다 까마득히 높은 지위에 있는 로먼이 끼어들었기 때문이었다.

"잠깐! 닥터 백, 왜 마취가 안 된다는 거요? 내가……, 내가 잘은 모르지만…… 설비는 완벽할 텐데?"

설마 이 비싼 장비들이 일회용일 리는 없지 않은가. 만약 그렇다면 안 그래도 비싼 미국 의료비가 거의 10배는 더 뛰어야 할 터였다.

"사람이 없어요."

강혁은 그냥 무시할까 하다가 답을 해주었다. 어차피 소독하고 뭐 하고 하다보면 시간이 가지 않겠는가. 게다가 캠 대위는 이제야 아까 쓰던 수술 기구들을 치우고, 새 기구를 꺼내놓고 있었다.

'기구는 다행히 충분하군…….'

아마 재수술에 또 수술하는 것까지 염두에 두고 준비를 해둔 모양이었다. 잘된 일이었다. 기구까지 부족했으면 진짜 짜증 났을 테니까. 물론 로먼 준장은 전혀 다행이라고 생각하지 않았다.

"사람이…… 없어?"

마취과 의사는 뭐 한 번 수술하면 죽나?

"마취 군의관은 어딨소?"

"수술한 환자를 보고 있습니다."

강혁은 담담한 얼굴로 답을 해주었다. 우선 캠 대위가 건네준 식염수를 상처와 그 주변에 들이부으면서였다. 아무래도 전투 도중 발생한 상처다보니, 더 정성껏 닦아낼 수밖에 없었다. 너무 더러웠다. 이게 다 감염의 위험을 높일 수 있었다.

"수술한 환자……."

"그 사람 죽으면 당신도 곤란한 거 아닙니까? 준장?"

"그건……, 그건 그렇지만……."

"국소 마취로도 살릴 수 있어요. 번거롭고, 내가 힘들어서 그렇지. 준장, 당신은 내가 시킨 것만 제대로 해요. 그거면 돼."

"시킨 거……, 말하는 거 말이오?"

"그래, 그거. 나한테는 이제 그만하고, 소령한테 하지."

단어 선택은 꽤 부드러운 편이었지만, 말투는 단호했다. 덕분에 준장에게는 닥치라는 듯이 들렸다. 실제로도 그러길 바랐기에 강혁은 딱 거기까지만 말하고 다시 수술 부위를 돌아보았다.

"여깄습니다."

아직 군데군데 오염된 부분이 보였지만 주구장창 생리식염수만 들이부을 수는 없는 노릇이었다. 그러기에는 환자 상태가 너무 좋지 않았다.

"좋아. 넌 그냥 계속 누르고 있어."

"네."

해서 강혁은 캠 대위가 건네준 베타딘 거즈로 배를 문질러 닦기 시작했다. 리처드의 손, 팔뚝까지 포함해서였다. 어지간하면 떼는 게 좋겠지만 이미 흘린 피가 많지 않은가. 여기서 더 흘리는 것은 피해야만 했다.

"자……. 그럼 이제 슬슬 떼보자, 비장."

베타딘 거즈로 상처를 닦아내면서였다. 강혁은 본격적으로 칼을 들이대기에 앞서 일단 혈액형이 맞는 사람을 찾아 수혈부터 진행했다. 의식이 있는 게 신기할 정도로 혈압이 떨어져 있었기 때문이었다.

"캠, 수고스럽겠지만……, 이 사람들 잘 봐. 한 사람이 너무 오래 넣지 않게 해."

"네, 닥터 백."

피가 들어가자 활력징후가 급격히 회복되기 시작했다.

"으……, 로먼…… 장군님?"

그 말은 곧 머리로 가는 혈류량도 돌아왔다는 얘기였다. 덕분에 의식이 좀 더 명료해진 윈터스는 심지어 눈까지 떴다. 초점이 명확한 것으로 볼 때 뭔가 보이기도 하는 모양이었다.

"아, 윈터스! 움직이면 안 돼. 수술해야 해. 총에 맞았어, 기억하나?"

"총……. 아……. 으…… 그러고 보니……."

아까 어두컴컴한 가운데 누군가 뭐라고 외쳤던 기억이 났다. 수술이라고도 하고, 마취라고도 했었는데.

"환자, 지금 수술 시작하려고 합니다. 진통제가 들어갔지만……. 완전하진 않을 거예요. 마취하면 좀 낫겠지만, 그래도 감각은 있을 겁니다. 참을 수 있겠어요?"

눈알을 굴리고 있으려니, 강혁이 말을 걸어왔다. 강혁을 돌아보는 건 무척 어려웠다. 불과 몇 센티만 고개를 돌리면 될 텐데, 겨우 몇 밀리 움직이자마자 옆구리 쪽에서 전해져 오는 격통에 정신을 잃을 것 같은 느낌이 들었다. 그나마 몸통을 움직이지 않은 것이 최선이었다.

"큭……."

"너무 아픈가? 역시 통증 참는 건 한국 사람들이 짱이야."

강혁은 대답 대신 신음을 흘려대는 윈터스를 보며 일부러 성질을 긁었다. 실제로 그렇게 생각하고 있어서이기도 했다. 덩치도 산만 한 미군들이 얼마나 엄살이 심하던가. 심지어 대한민국에서는 어린아이들도 눈 꾹 감고 받는 검사인데도, 난리 법석을 피우는 경우도 많았다.

"참을 수…… 있습니다."

하지만 그건 일반인들에 한정된 얘기였다. 특수 부대쯤 되면 완전히 달라졌다. 윈터스는 입술을 꾹 깨물었고, 강혁은 그의 말이 사실임을 믿어 의심치 않았다.

"오케이. 그럼 이제 찌릅니다. 따끔할 거예요."

"음."

강혁은 말을 마치는 동시에 마취 주사기를 집어 들었다. 그러곤 아까보다 확연히 출혈이 늘어난 상처 부위를 푹 하고 찔렀다.

"리처드, 잘 봐. 국소 마취라고 해서 많이 다를 건 없어."

"아…… 네, 교수님."

리처드에게 설명까지 해가면서였다. 수술장에서, 그것도 국소 마취만 한 상황에 이러는 게 환자를 불안하게 하지 않나 싶겠지만, 집도의가 상황을 대강이라도 설명해주는 것이 환자에게는 의외로 심리적인 지지대가 된다는 보고가 많았다. 물론 그 집도의가 화를 내는 것보다야 당연히 입을 다무는 게 낫긴 하겠지만, 지금처럼 차분할 때는 더없이 도움이 될 따름이었다.

"우선 마취는…… 뭐 저번에 보니까 잘한 거 같은데. 알지? 이렇게 해야 통증이 없어."

"네."

강혁은 바늘을 비스듬히 찔러 넣었다. 그리고 마취된 부분에 또 비스듬히 찔러 넣고……. 이런 방식을 이용하면 처음 한 번만 아프고 다음부터는 통증이 확 줄어들기에 국소 마취를 할 때 효과적이었다.

"그리고 어지간하면…… 상처 단면을 보면서 찔러봐. 물론 혈관에 찌르지는 말고. 자, 이렇게."

"어……. 이건……."

"뭐 쉽진 않은데. 그래도 자, 봐. 어떠냐? 좀 다르지?"

"그……, 그렇긴 하네요."

마취제에 들어가 있는 성분들은 대개 종류를 막론하고 혈관에 직접 주사하면 큰일 나는 경우가 많았다. 때문에 약을 찔러 넣기 전에 무조건 주사기를 당겨보게 되어 있었다. 피가 딸려 나오면 혈관을 찌른 것이니, 반드시 빼고 다른 곳을 찔러야 했다. 하지만 혈관을 찌르지 않고, 그 주변에 약을 주입했다면 또 얘기가 달라졌다. 에피네프린 성분에 의해 혈관이 수축하고, 결국, 출혈도 줄어들게 되기 때문이었다. 지금이 딱 그랬다.

"이렇게 되면 적어도 안으로 들어가는 데는 거리낄 게 좀 줄지. 안에서 나는 피야 뭐……, 어쩔 수 없지만."

"음……. 확실히. 흠."

리처드는 상당히 놀란 얼굴이 되었다. 그도 그럴 것이, 사실 마취는 기본 중의 기본이지 않은가. 딱히 심도 있게 배워본 기억조차 없었다. 아프지만 않게 해라, 뭐 이 정도 수준? 하지만 차이가 너무 극명했다.

'출혈이……, 적어도 피부 근처에서의 출혈은 절반도 넘게 줄었어.'

단지 마취 주사를 찔러 넣은 것만으로 이런 변화라니. 강혁의 수술이라면 이제 슬슬 익숙해질 법도 할 텐데, 여전히 놀라운 부분이 있었다.

"자, 손 교대하자. 너도 손 닦고 와."

"아, 네."

다만 강혁은 이게 당연한 일이라는 듯 생색도 내지 않았다. 그저 리처드가 누르고 있던 부분을 좀 더 힘 있게, 그리고 더 효과적으로 눌렀다.

"흡."

그게 좀 아팠는지, 윈터스의 입에서 나지막한 신음이 새어 나왔다. 하지만 결코 움직이지는 않았다. 특수 부대의 자존심이 허락지 않았다.

'잘 참네.'

강혁은 그런 윈터스를 보며 희미한 미소를 지었다. 아마 한국 사람들이 제아무리 통증을 잘 참는다 해도, 총 맞는 순간 기절했을 터였다. 아니면 그 통증에 의해 쇼크가 와서 죽었을 수도 있었고. 그러니 이만하면 최고의 환자인 셈이었다. 어쩌면 관우에 필적할 수도 있었다. 마취도 없이 뼈를 깎았다는 건 아마 과장 섞인 전설이겠지만.

"왔습니다."

얼마 지나지 않아 리처드가 돌아왔다. 아무래도 서두를 수밖에 없는 상황 아닌가. 강혁은 리처드가 미처 수술복을 다 입기도 전에 지시부터 내렸다.

"음. 자, 이제부터 피가 좀 날 거야. 캠, 수혈하는 사람들 잘 봐. 들어가는 속도가 빨라질 수 있어."

"네."

"오케이. 칼 줘."

"네, 닥터 백."

"다 됐지?"

"아……. 네, 교수님."

"그럼 짼다."

강혁은 누르고 있던 손을 뗀 후, 메스로 상처를 연장했다. 그와 동시에 안쪽에서부터 피가 왈칵 쏟아져 나왔다. 비장이 완전히 파괴되었을 거란 리처드의 말은 과장된 것이 아니었다. 정말 핏덩이가 나온다 해도 과언이 아닐 정도의 출혈이었다.

"으……."

"야, 뭔 일 났어? 왜 오버해."

"아니…… 억. 네."

피의 양이 너무 많자 리처드가 인상을 찌푸렸다. 강혁은 그 말에 움찔하는 윈터스를 힐끔거리곤 리처드의 정강이를 걷어찼다. 더럽게 아팠지만, 불평을 늘어놓지는 못했다. 자신도 잘못을 아주 잘 알고 있었기 때문이었다. 걷어차긴 했지만, 그렇다고 강혁이 아주 여유롭거나 한 것은 아니었다. 피가 왈칵 나오는데 여유부릴 수 있는 집도의가 세상천지에 어디 있겠는가. 절개 넣을 때 쓴 메스를 수술대 위에 냅다 집어 던지곤, 손을 훅 하고 집어넣었다. 아니, 손으로 상처 부위를 당겼다.

"어?"

"뭐가 어야. 반대편 당겨!"

"아, 네!"

강혁의 목소리 데시벨이 높아질수록 윈터스의 심장박동 수도 덩달아 뛰었다. 그 변화는 곧 출혈량의 증가로 이어졌는데, 다행히 그리 오래가진 않았다.

"동맥 찾았다. 클램프! 아냐! 내가 잡았어!"

강혁이 일단 동맥을 클램프로 물었기 때문이었다. 비장으로 들어가는 비장 동맥을 잡았으니 출혈량이 주는 것은 당연지사였다. 조금이나마 여유를 되찾은 리처드가 고개를 갸웃거리며 물었다.

"아니……, 근데 어떻게 바로 찾았어요?"

이해가 잘 안 가기는 캠도 마찬가지였다. 만약 혈관 찾는 게 이렇게 쉬웠다면 외상 사망률은 지금쯤 바닥을 기고 있을 터였다. 일단 병원에만 도착하면 10분 이내에 주요 출혈을 잡아낼 수 있을 테니.

"음."

강혁은 곧장 답하는 대신 아까 자신이 그었던 절개를 내려다보았다. 다들 그에게 집중하고 있었기에 자연히 시선을 따라갔다. 그제야 리처드와 캠은 강혁의 절개가 일직선이 아니었음을 깨달았다. 워낙 빨리 긋고 해치워버려서 미처 깨닫지 못했었는데, 그사이에 이런 고난도 술기를 했을 줄이야.

"어……."

"째기 전부터 다 보고 짼 거야. 해부학은 알 거 아냐? 비장 동맥이 어디로 들어올지. 여기 손가락 걸어 당기면 바로 보이게 된다고. 너도 잘 알아둬. 모양이야 좀 덜 이쁘게 나오겠지만, 급할 땐 어쩔 수 없잖아."

"그렇군요. 음."

그러고 보니 손가락을 걸어 당기기 쉽게 생기기도 했다. 아무리 그래도 그렇지 이렇게 단 한 방에 잡을 줄이야. 국소 마취로도 살릴 수 있다고 큰소리 뻥뻥 쳐댔던 것이 결코 자만이 아니었단 얘기였다.

"넋 놓고 있지 마. 정맥도 잡아야지."

"아, 네."

"그래도……, 총알이 혈관을 헤집진 않았어. 운이 좋았지."

"운이……."

"뭐 인마."

"아뇨, 좋았죠."

총 맞은 거야 뭐 불운이겠지만. 맞은 후에 강혁을 만난 것은 행운이지 않겠는가. 리처드는 좋게좋게 생각하기로 했다. 그래도 될 만큼 수술도 잘되고 있었으니까.

"오케이……. 정맥 잡았고. 음. 근데 출혈이 아예 멎지는 않네."

"고여 있던 피 아닐까요?"

"아냐, 그렇다기엔 색이 붉어. 어디선가 계속 새는데."

"아……, 그렇네요?"

"잠깐 있어봐. 아미 있나? 후크라도."

"네, 잠시만……. 여기 있습니다."

캠은 수술대를 뒤적거리다가 방금 강혁이 말한 기구를 둘 다

집어 들었다. 강혁은 고민하다가 일단 아미를 받았다.

"넌 계속 잘 당겨봐. 지금 보이지? 피 나오는 거."

"네. 이제 알겠어요. 새로운 출혈입니다. 혈관일까요?"

"이 뒤로?"

"신장일까요?"

"모르지, 일단 봐야지."

비장 주변으로는 장기가 아주 많이 있었다. 총알의 주행 방향에 따라서는 폐의 하엽이 다쳤을 가능성도 있을 상황이었다. 만약 그랬다면 이미 호흡에 문제가 생기긴 했겠지만, 외상은 꼭 상식적으로만 흘러가는 건 아니지 않은가. 우연에 우연이 겹치면 경험했던 것과 전혀 다른 양상을 마주칠 수 있었다.

"어디……."

"아……. 껍질이……."

"신장을 스치고 지나갔네. 뭐 절제까진 안 해도 되겠어."

"그렇네요."

신장까지 잘라내야 했다면 정말 큰 수술이 되었을 텐데, 그저 봉합만 해도 되니 다행이었다. 물론 보조를 맡은 캠은 전혀 그런 생각이 들지 않았다.

'신장 봉합이라고?'

신장은 배의 뒤쪽에 위치하는 장기 아닌가. 그에 비해 지금 절개는 앞쪽에서 들어간 참이었다. 그 말은 수술이 정말 깊숙이 진행되어야 한다는 뜻이기도 했다.

'절개를 하나 더 해야 되나? 아니면 더 그어?'

전신 마취였다고 해도 고민이 되는 상황이었다. 절개가 늘어나거나 길어지는 건 환자 예후에 있어서 아주 중요한 영향을 미칠 테니. 하지만 강혁이나 리처드나 전혀 우려의 빛을 띠지 않았다.

"별거 아닌 거 확인했으니까, 비장 떼자."

"네. 타이 줘요. 제가 정맥 할게요."

"오케이. 일단 묶어서 자른 다음에 더 박리하자고."

"네."

대신 해야 할 일을 위해 부지런히 움직일 따름이었다. 말투만 들어보면 비장이 아니라 무슨 피지 짜는 기분이 들었다. 그만큼 긴장감이 하나도 없었다.

'미쳤나.'

캠은 남몰래 고개를 저었지만, 그럴 필요가 없었다는 걸 바로 깨달았다. 곧 비장이 튀어나왔기 때문이었다.

"됐어. 자 이제 위 당기시고."

"네."

"봉합 기구 줘봐."

"어……."

"뭘 얼 빼고 있어. 그거 주라고."

"아, 네."

그리고 머지않아서 신장 봉합도 끝났다. 윈터스가 자리에 누운 지 불과 30분도 채 지나지 않아서였다.

이란, 호르무즈 해협 봉쇄

폭락하던 유가 다시 고점을 향해 치솟는다

석유 선물에 올인하는 개미들

강혁이 수술을 진행하고 있는 사이 쏟아진 뉴스 제목들이었다. 이걸 보면서 제일 놀랐던 이는 다름 아닌 재원이었다.

'뭐여……. 석유 사라고 하고 5일 지나자마자 폭등……?'

새벽에 전화 걸어서 유가가 오른다고 하더니. 솔직히 자다가 봉창 두드리는 소리였던지라 그냥 무시할 뻔했다. 하지만 전화 건 이가 강혁이라는 것을 간신히 상기했고, 시키는 대로 한 것이 다행이었다.

'더 살걸, 나도…….'

벌써 몇 번이나 예언이 들어맞은 참 아니던가. 이번에도 그러려나 해서 조금 들어갔는데, 진짜 올라버렸다. 그것도 거의 2배 이상 올라버린 마당인지라 이번에 번 돈이 차 한 대 값은 훌쩍 넘었다. 그럼에도 재원은 마냥 웃지만은 못했다. 몇 가지 이유가 있었는데, 그중 하나는 바로 강혁이 번 돈이었다.

'이 양반은 봉사하면서 수십 억을 버네.'

강혁은 순수 투자로만 벌고 있었다. 한숨을 쉬고 있으려니, 누군가 연구실 문을 두드렸다. 장미였다.

"양 선생님, 뭐해요?"

"아……. 우리 수간호사 왔어?"

재원의 바람과는 달리 연인 사이로 발전하지는 못한 둘이었지만, 워낙 오랜 시간 함께 같은 뜻을 가지고 달리다보니 남매처럼 지내게 된 지 오래였다. 덕분에 장미는 양해도 구하지 않고 연구실 중앙에 놓인 소파에 털썩 앉을 수 있었다.

"웬일이야?"

"웬일은, 제 방에 있으면 애들 계속 오잖아요. 그 꼴 보고 있으면 나야 또 열불 터져서 직접 일할 거고……. 좀 쉬러 왔죠. 근데…… 어디 아파요? 얼굴이 왜 이렇게 하얘?"

"나 원래…… 하얘. 해 못 봐서."

"자랑이다……."

장미는 고개를 가로저으면서 재원의 얼굴을 좀 더 열심히 들여다보았다. 지금은 하얀 게 아니라, 창백해 보였다.

"아니, 잠깐만. 이상한데? 아픈 거 아니에요?"

"이거 그냥 속 쓰린 거 같은데……."

재원은 창백한 얼굴을 해가지고서는 고개를 가로저었다.

"속이 쓰리긴? 이 정도로 창백하게 될 정도면 빵꾸 난 거예요. 일단 누워봐요. 혈압이나 재보게."

장미는 곧장 재원의 손을 잡아끌었다. 하지만 손을 딱 잡는 순간 알 수 있었다. 심상치 않은 상황이라는 걸.

'왜 이렇게 차……?'

차기만 한 것이 아니라, 식은땀까지 뻘뻘 흘리고 있었다.

"아무나 좀 오라고 해! 센터장실로!"

장미는 우선 센터 스테이션에 전화를 걸고, 앉은 자리에서 혈압을 쟀다.

"85? 혈압이 낮잖아요! 언제부터 아팠어요?"

"어제부터 살살 아프긴 했네."

"어이구, 이 미련한 양반아. 내가 말했지? 남의 몸만 치료할 생각 말고, 어? 자기 몸도 좀 챙기라고."

"어……. 장미 선생님?"

제일 먼저 안으로 들어온 이는 레지던트 4년 차였다.

"어, 빨리 와봐요. 일단 여기 눕히고 좀 봐야 될 거 같아. 센터장님 혈압이 85예요."

"수축기가요?"

"이완기가 85면 제가 콜 했겠어요?"

"아, 하긴 그렇네요. 셋에 들까요?"

"네."

그는 장미를 도와 빠르게 재원을 연구실 내에 비치된 소파에 눕혔다. 드문드문 드러나는 속살이 어찌나 하얀지 조금 짠할 지경이었다.

'왜 이렇게 말랐어, 또…….'

센터장 바쁜 거야 일찌감치 알고는 있었지만, 이렇게까지 자기 관리가 안 될 지경일 줄이야.

"다리 굽혀봐요. 아파요? 여기?"

"억."

"뗄 때는?"

"우악."

"흠."

누를 때 아픈 거야 있을 수 있는 일이었다. 하지만 반발 압통이라니. 장미와 레지던트 모두 표정이 심각해졌다.

"CT 찍어보죠. 일단 피 검사부터 해서 검사 돌리고."

"네, 제가 처방 낼게요. 처치실로 모실게요, 교수님."

"흐……. 시발 뭐지? 나 뭐야, 이거."

덕분에 재원은 실려 가면서 영 체통에 안 맞는 소리를 해댔다.

'백 교수님이 봤으면 한 대 쳤겠네.'

장미는 그런 재원을 보면서 고개를 가로저었다. 하지만 재원은 강혁과는 또 다른 타입의 지도자였다. 강혁이 끝 모를 카리스마를 무기로 센터를 휘어잡고 있었다면, 재원은 뭔가 좀 짠한 그런 지도자였다. 불쌍한 센터장을 위해 최선을 다해준 팀원들 덕에 수액 라인 달고, 피 검사하고, 심전도에 CT까지 일사천리였다. 그렇게 얻어낸 진단명은 약간은 힘 빠지는 종류의 것이었다.

"맹장이네요."

"수술 준비할게요. 내가 보조할게. 그럼 됐죠?"

"마취, 마취는 경원이 불러줘."

"아, 알았어요."

"집도는……. 사대진!"

"헬기 탔는데."

"그럼 이동주."

"정형외과예요, 이동주 선생님."

"그, 그럼……."

"일반외과에 콜 했어요, 벌써. 교수님 오실 거야."

재원이 맹장염으로 수술실로 실려 갔을 무렵, 강혁은 여전히 과다르에 있었다.

"감사합니다, 닥터 백."

로먼 준장은 이제 막 수술복을 벗고, 말끔히 씻고 나온 강혁을 향해 고개를 숙였다. 같은 소속인 다른 의사들이 외면할 때 손 내밀어준 이라는 것을 잊지 않았기 때문이었다.

"아뇨, 의사로서 해야 할 일을 했을 뿐입니다."

"해야 할 일을 하는 사람이 많지는 않죠."

강혁은 고개를 끄덕이고 있는 로먼에게서 시선을 돌려 리처드를 바라보았다. 연이은 수술에 상당히 지쳤는지, 머리도 못 말린 채 소파에 널브러져 있었다.

"아, 로먼 준장."

한참을 앉아 쉬던 강혁이 로먼을 불렀다. 로먼은 지금 당장이라면 강혁이 뭔 일을 시켜도 다 해줄 용의가 있었기에 즉시 답을 했다.

"네, 닥터 백."

"전화 한 통만 쓸 수 있을까요?"

"어디로 쓸 건지 여쭤봐도 좋겠습니까?"

혹 파키스탄 내로 걸 거라면 좀 곤란했다.

"한국이요. 내 제자."

"제자……?"

"네, 워낙 친해서."

"알겠습니다."

물론 강혁이 전화를 건 대상은 애인 같은 게 아니라 재원이었다. 유가가 얼마나 올랐는지, 얼마나 샀는지가 너무 궁금했다.

"여보세요?"

"잉."

"누구세요."

"신규야?"

"신규……? 백 교수님?"

강혁의 전화를 받은 것은 재원이 아니라 지민이었다.

"백 교수님 맞아요?"

강혁이 말없이 있자 지민이 물어왔다.

"어, 어. 맞는데……. 왜 너가……. 받지?"

"아, 양 선생님 지금 수술방 갔어요."

"수술해? 근데 왜 너가 받아? 너 중환자실 아냐? 조폭이 또 멀티플레이어 하라고 해?"

"아……. 아뇨. 양 선생님이 수술을 받아요. 가운 벗어놓고 가셔서, 그냥 제가 받았어요."

"수술? 노예가 수술을 받아?"

"아, 맹장이에요."

물론 병명을 듣고 나니 안도감이 확 들었다.

"그럼 나오면……. 아니다. 이 번호는 전화 안 될 텐데. 에이……. 알았어. 내가 다시 걸게."

"네, 교수님. 잘 지내시는 거죠?"

"나? 어어. 잘 지내지, 뭐. 겨울쯤 한번 보자고. 밥 맛있는 거 사줄게."

"아, 겨울에…… 요?"

"목소리가 어째 떨떠름하다?"

"아뇨, 아뇨. 너무 좋아요. 이게 음질이 후지네."

지민은 옆에 서서 귀를 쫑긋거리고 있던, 방금 수술실에서 나온 사대진을 향해 목을 그어 보였다. 입으로 백강혁이라고 말해주면서였다.

전화를 끊자 리처드가 궁금한 듯 물었다.

"아……. 무슨 일로 수술 끝나자마자 전화까지?"

"시킨 거 있어서. 그건 그렇고……. 우리 언제까지 여기 있는 거지?"

강혁은 석유 샀다는 말을 하고 싶진 않아서 대강 대화를 마무리하고, 화제를 돌렸다. 여전히 군복을 벗지 않고 있던 로먼은 어깨를 으쓱해 보였다.

"저도 모릅니다만 아마 이틀 내에 떠나게 될 겁니다."

이틀이라. 지겹겠구만 하는 생각이 절로 들었다. 이미 주변에 돌아볼 곳은 다 돌아보지 않았는가.

유가 상승에 따른 다우 지수 회복에 대한 분석!

이란의 호르무즈 해협 봉쇄 얼마나 갈까

그렇게 강혁이 발목 잡힌 동안 연일 신문과 뉴스에서는 최근 일어난 유가 폭등에 대해 떠들어댔다.

미 대통령 재선 가능성 다우 지수 개선에 따라 폭등

"여보세요?"

"어, 수술 잘됐냐?"

역시나 백강혁이었다.

"잘됐죠. 맹장인데요, 뭐."

"거 몸 관리 좀 하지."

"맹장이랑 몸이랑 뭔 상관이에요……. 그냥 재수가 없었던 거지."

"아무튼, 석유 샀지? 이제 다 던져."

"어……. 샀기는 샀는데."

"그럼 던지라고."

강혁의 목소리는 뻔뻔하기 그지없었다. 재원은 그래서 더 궁금해졌다. 이 인간이 대체 뭔 짓을 하고 다니길래 이런 걸 다 알까.

"근데 어떻게 안 거예요? 유가 오를지?"

"그게 중요하냐? 돈 번 게 중요하지. 한 20, 30억 벌었지?"

"지금 던지면…… 그렇죠. 근데 돈은 또 왜 이렇게 욕심을 내요? 잘 쓰지도 않는 양반이."

강혁은 한국에 있을 때도 거의 돈을 쓰지 않았다. 그 정도로만 쓴다고 생각하면, 아마 강혁은 지금 모아둔 돈으로 천 년도 살 수 있을 터였다.

"아, 내가 말 안 했나?"

"말 안 했어요. 맨날 어디 투자해라, 뭐 사둬라, 이제 팔아라 이런 것만 얘기하고."

"너도 나 따라 해서 좀 벌지 않았냐?"

"그렇긴 하죠."

"근데 뭔 불만이여."

"벌면 뭐 해요. 쓸 곳도 없는데. 애초에 교수님 10분의 1도 안 돼요, 굴린 돈 다 해봐야."

"쓸 곳이 없긴, 다 있지. 내가 다 정해놨어. 넌 벌기만 해."

"네?"

아니, 이 양반이 지금 뭐라고 한 거지? 내 돈 쓸 곳을 정해놨다고? 어이가 없어서 가만히 있으려니 강혁이 말을 이었다.

"병원이나 하나 짓자. 환자 돌보면서 살자고, 평생."

"설마 한구에요?"

"한구? 거긴 병원 있는데 뭘 지어?"

한구도 아냐? 재원은 맹장이 재발도 하나 하는 생각이 들었다. 갑자기 배가 아파왔다.

"그럼 어디……. 어디에요."

"몰라 나도. 봉사 다니다보면 어디 보이겠지. 한구보다 열악한 곳."

"거길……. 같이 가자고?"

"당장은 아냐. 센터장 해야지. 근데 몸 비실비실해가지고 너 얼마나 할 수 있을까 걱정이네. 운동 좀 해 인마. 실력 아까워. 그럼 끊는다. 아, 석유 팔고."

"아니, 잠깐. 잠깐만! 백 교수님? 야, 야! 끊었어?"

"안 끊었어. 야? 뒤질래?"

아, 안 끊었구나. 재원은 가슴이 서늘해지는 기분이라는 게 그냥 하는 말이 아니라, 진짜 가슴이 차가워지는 걸 묘사하는 말이란 걸 새삼 배웠다. 하지만 이제 재원도 예전처럼 순진하기만 한 인간은 아니지 않은가. 적어도 강혁을 상대하는 것에 있어서만큼은 제법 뻔뻔하다는 평을 들을 정도는 되었다.

"아뇨. 다른 사람한테 한 말이에요."

"씨알도 안 먹히는 구라 치지 말고."

"구라 아닌데."

"아무튼……. 팔고 겨울에 보자."

"네?"

"안녕."

강혁은 짤막한 인사를, 지나치다 싶을 정도로 발랄한 인사를 남기고 전화를 끊어버렸다. 참 맺고 끊음이 확실한 사람이라 생각할 만한 상황이기도 했지만, 재원으로서는 도저히 그럴 수가 없었다.

'겨울에……?'

겨울에 보자니. 벌써부터 신물이 넘어오는 기분이었다.

"안녕은 개뿔이……. 아야……. 아이고……. 배……."

수술한 쪽이 너무 아팠다. 이상한 일이었다. 방금 진통제 맞은 거 같은데.

"어, 어? 이 양반이 또 왜 이래?"

허우적대고 있다보니, 문안 겸 바이털 체크 겸해서 온 장미가 달려들었다.

"아파……."

"왜요? 수술 부위 터졌나? 이상하네, 수술 진짜 잘 됐는데."

장미는 수술장에서의 기억을 떠올렸다. 깔끔 그 자체였다. 애초에 터지기 전에 들어간 거라 합병증이 생길 여지도 적었고. 하지만 재원은 진심으로 아파하는 거 같았다. 통증 점수로 따지자면 한 7점? 이만한 통증을 일으키려면 수술 부위가 터져야 할 것 같았다.

"백 교수님한테 전화 왔어."

하지만 강혁 얘기를 듣자마자 다른 가능성도 있었다는 걸 바로 깨달을 수 있었다.

"아, 그럼 그럴 수 있지. 속 쓰려요?"

"어……."

"제산제 줄게. 아니면 PPI로 주라고 할까요?"

"PPI가 낫겠는데……. 아니, 그냥 다 줘."

"다? 그럼 삭감……."

"야박하게 굴래? 너랑 나랑 몇 년인데."

"알았어요, 알았어. 장난을 못 쳐."

장미는 깔깔 웃더니, 윗배를 부여잡고 있는 재원의 등을 두드렸다. 그러곤 방을 나오다 말고 잠깐 멈춰 섰다.

'근데 뭔 얘기를 했길래 저렇게 속을 쓰려 해?'

물어볼까 하는 생각이 들었다. 하지만 이내 가던 길이나 계속 가기로 했다. 강혁이야 별 얘기 아닌 것도 사람 기분 나쁘게 하는 재주가 있지 않은가. 아마 이번에도 크게 다르지 않았을 터였다.

'음, 2배라.'

지구 반대편에 있는 재원의 속을 말 그대로 뒤집어놓은 강혁은 전화를 끊은 뒤에도 쉽사리 전화기를 내려놓지는 못하고 있었다. 많이 먹을 거라 예상은 했는데, 정말로 많이 먹은 덕이었다.

'시간이 좀 짧아지긴 하겠는데.'

한국에 중증외상센터 시스템을 완성시키는 것이 지상 과제였던 것이 강혁 아니었던가. 너무도 요원해 보였던 꿈이었는데, 운이 좋았는지 어느 정도 달성해버린 참이었다. 그러고 나면 후련해져서 더는 꿈이 없으면 어쩌지 싶었는데……. 그건 다 쓸데없는 걱정이었다.

'돈 걱정 안 하고 진료만 해도 되는, 그 누구도 관심 없는 지역의 병원…….'

잠시 머리도 식히고 초심으로 돌아갈 겸 해서 한구에 왔던 건데, 이곳에서 지낸 지 몇 달 만에 새로운 꿈이 다시 생긴 것이다. 물론 이것도 굉장히 요원해 보였는데, 예기치 않게 이런저런 일에 엮이면서 상당히 빠르게 진행되고 있었다.

'나는 내 생각보다도 대단한 사람일지도 몰라.'

"또 사기 쳤어요?"

그의 뿌듯해하는 얼굴을 보고 있던 리처드가 확신에 찬 얼굴로 물어왔다. 강혁이 이런 표정을 짓는 경우는 지극히 드물었기 때문이었다. 예를 들자면 리처드 본인이 한구 병원에 남았을 때, 데니스가 싼 월세를 볼모로 청소 및 인테리어 등의 제반 비용을 떠안게 되었을 때 등등이 있었다. 말이 협상이지 거의 사기였다고 생각했다.

"사기는 새꺄. 내가 범죄자냐? 의사지."

"사기 치는 의사……. 억."

"쓸데없는 소리 그만하고. 차 왔어?"

"네, 가는 건 나눠서 간다고 하네요. 저희랑 알파 팀만 일단 같이 간대요. 괜찮…… 겠죠?"

강혁은 리처드가 무엇을 걱정하는 건지 한눈에 알아차릴 수 있었다. 이 쫄보 녀석은 파키스탄 국도가 무슨 지옥의 길이라도 되는 것처럼 굴고 있지 않던가. 아마 가는 길에 갑자기 나타날 강도나 무장 단체 등을 상상하고 있을 터였다.

'뭐……. 아주 가능성이 없는 건 아니지.'

무서운 점은 그게 실제로 일어나기도 한다는 것이었다. 이 근방을 거점으로 활동하고 있는 무장 단체들의 이름들만 떠올려 봐도 알 수 있었다. 알 카에다, 탈레반, IS 등등 거물급만 해도 이 정도이지 않은가. 하지만 그들 중에 CIA 첩보망을 피해, 호위 중인 차량을 공격할 만큼 대담한 놈들은 없었다. 특히 파키스탄 정부의 묵인하에 이루어지는 작전이라면 더더욱 그러했다.

"그럼 걸어오든지."

"아뇨……. 그건 진짜 안 되죠. 백 교수님이야 동양인이니까 신기하게 보겠지만 전 미국인이잖아요."

"그럼 걍 타, 인마. 선택할 수 없는 사항이잖아."

"그거야……. 알겠어요."

강혁과 리처드는 곧 준비된 차량에 올랐다. 전화기는 로먼 준장에게 건네준 후였다. 로먼은 강혁이 몇 번인가 빌려갔던 전화기를 갈무리하고는 악수를 청했다.

"이번엔 신세 많이 졌습니다, 닥터 백."

작전도 성공한 데다가, 부하도 살려줬으니 그의 감사는 어찌 보면 당연한 일이었다. 하지만 강혁이 이번 작전으로 번 돈이 국경없는의사회 이름으로 100만 달러가 넘고, 개인 명의로 챙긴 돈은 무려 수십 억에 달한다는 걸 알고도 이렇게 진심 어린 인사를 할 수 있을까?

'아니겠지?'

예전 같았으면 쓸데없이 입을 놀렸을 수도 있었다. 그때의 강혁은 대의를 위해 참기보다는 누군가를 갈궈대는 걸로 얻는 즐거움을 더 크게 생각했었으니까. 하지만 이젠 아니었다. 한유림이 나이 드는 게 꼭 나쁜 일만은 아니라고 했는데 아마 이럴 때를 두고 하는 말이 아닌가, 뭐 그런 생각이 들었다.

"아닙니다, 준장. 전 마땅히 해야 할 일을 했을 뿐입니다. 보수도 받았고요."

"하하……. 겸손하시군요."

겸손이라. 리처드는 자신이 어떤 표정을 짓고 있는지 염려스러워졌다. 로먼 준장에게 경례 부칠 때 비열한 미소 따위를 짓고 있으면 안 될 텐데. 다행히 로먼은 리처드에게는 별반 관심이 없었다. 그저 강혁만 바라보고 있을 따름이었다.

"아무튼, 후에 연락할 수 있으면 하죠. 이것도 인연인데."

"좋습니다. 저보다도 윈터스 소령이 바비큐를 아주 잘하거든요. 한번 초대하겠습니다."

"그럼, 안녕히 계시죠."

"네, 잘 가십시오. 닥터 백."

인사가 끝나자마자 리처드는 기다렸다는 듯이 경례를 부쳤다. 그제야 로먼은 리처드를 바라보았고, 짤막한 경례로 답해주었다. 아주 의례적인 인사로만 보이진 않았다. 리처드에게도 어느 정도의 감사는 가지고 있었기 때문이었다.

그렇게 강혁과 리처드는 일주일 남짓한 시간 동안 체류했던 과다르를 떠났다. 정작 큰 수술을 받은 환자 얼굴은 보지도 못한 채였다. 하지만 아쉽다거나, 걱정이 되진 않았다. 어차피 군의관들이 잘 봐주고 있을 테니까. 게다가 그들은 강혁이 자꾸 그의 얼굴을 보게 되는 것을 경계하는 거 같기도 했다.

"그 새끼들은 왜 그렇게 예민하게 군답니까?"

리처드는 그게 불만이었다. 수술해준 의사를 수술 후 치료에서 배제하려고 들다니. 상식에 어긋나는 일 아닌가. 적어도 리처드는 그렇게 생각했다. 강혁은 그런 리처드를 보면서 이 녀석은 천상 군인이나, 또는 의사만 해야겠다고 생각했고.

'새꺄……. 군벌이랑 안면 트는 게 누구한테 좋겠냐…….'

그냥 군벌도 아니고 알 카에다, 탈레반, 이란 혁명 수비대 사이에서 줄타기하는 인간들이지 않은가. 뭔 짓을 할지 알 수 없는 놈들이었다. 만에 하나 강혁이나 리처드가 이상한 생각을 품게 된다면 더더욱 위험했다. 이 둘은 앞으로 한동안 파키스탄에 있을 사람들이었으니.

"임무라잖아. 넌 군인인데 뭘 그렇게 머리 복잡하게 생각하냐?"

"그런 명령을 왜 내리냐 이거죠. 어차피 재수술 필요했으면 우리가 했을 텐데."

"깊게 생각하지 마. 전체 작전도 안 알려준 사람들이야. 네가 자꾸 궁금해하면 별로 안 좋아할걸."

"왜요?"

"하."

좋게좋게 넘어가려고 했는데, 자꾸 멍청한 소리를 하고 있었다.

'때릴까?'

주먹이 슬며시 쥐어졌다. 하지만 진짜로 후려치진 않았다. 얜 진짜 고생만 하고 얻은 게 없는 놈 아니던가.

'그래……. 난 돈 많이 벌었잖아.'

잠깐 답답하고 수십 억을 벌 수 있는 수단이 있다면 백이면 백 이걸 택하지 않을까?

"야, 생각해봐라. 위에서 왜 안 알려줬겠냐? 그냥 싫어서가 아니라……. 네가 알면 안 돼서 아니겠어?"

"아……."

"근데 그걸 네가 궁금해하고 캐고 다니면 좋겠냐, 싫겠냐. 걔들 모르게 캘 수 있으면 또 몰라도, 네가 그럴 능력이 돼?"

"안 되죠……."

"쥐도 새도 모르게 저기 바위산에 묻히고 싶지 않으면 입 다

물어, 걍. 그리고 이 작전 얘기는 어디 가서 하지도 말고. 무용담 거리가 아냐, 이거."

"무용담이 못 된다고요?"

"아니, 미친놈아. 무용담을 넘어선다고. 너……. 아니다. 아무튼, 말하지 마. 알았어?"

강혁은 넌 지금 대통령 재선에 관여한 거라고 말하려다가 입을 다물었다. 지금 차 안에 둘만 있는 게 아니란 것을 깨달았기 때문이었다. 뭐 이놈들도 어디 가서 입 털 만한 놈들은 아니겠지만, 만약 한 놈이라도 생각을 달리한다면 다들 위험해질 수 있었다.

"네, 알겠어요."

다행히 리처드도 눈치가 아예 깜깜한 놈은 아니라 별다른 말 없이 고개를 끄덕였다. 그러곤 입을 다물었는데, 다들 침묵을 바라고 있던 참이라 상당히 오래 지속됐다. 얼마나 오래 갔냐면 카라치 공항에 가서 이슬라마바드에 내릴 때까지였다.

"휴."

리처드가 다시 입을 연 것은 이슬라마바드에서 한구로 가는, 국경없는의사회 로지스티션 드니스의 차를 얻어 타고 나서였다.

"엄청 답답해 보이는데, 괜찮아요?"

드니스는 비교적 쾌적해 보이는 조수석의 강혁 대신 방금 한숨을 내뱉은 리처드를 돌아보았다. 그의 말마따나 리처드는 대단히 답답해 보였다. 심정이 그래 보인다는 말이 아니었다. 진짜 물리적으로 그랬다.

"어……. 짐이 되게 많네요?"

리처드는 거의 자신의 몸을 밀어붙이다시피 하고 있는 짐 덩어리를 가리키며 물었다. 뭔 놈의 박스가 이렇게 많은지, 차가 기울 지경이었다. 겉보기에는 허름해도 굉장히 힘 좋은 차임을 감안한다면, 대체 얼마나 무거운 것들이 실린 건지 감도 안 잡혔다.

"아, 모르셨나? 일주일 전에 한구 병원에서 이것저것 엄청 구매했어요. 후원금이 쏟아져서. 뭐……. 어디 떠서 바이럴 됐다는데……."

"아. 근데 산다고 이렇게 바로 뭐가 되나?"

"그게 진짜 신기해요. 이거 다 항공편으로 들어왔대요. 의료 장비들인데……. 제인 부모님이 상원 의원이라도 되나? 하하."

드니스가 제인의 부모님이 상원 의원인지 아닌지를 의심한 것이 그렇게까지 터무니없는 일인 것만은 아니었다. 실제로 지금 한구 병원에서 쓰고 있는 의료 장비 대부분은 밀수품이었기 때문이었다. 밀수가 죄라는 걸 몰라서 이렇게 쓰고 있는 건 아니었다. 다만 정상적인 루트로는 들여오는 것 자체가 어려웠고, 들여온다고 해도 여기저기서 뜯기는 것이 너무 많았다. 그러한 사실을 제일 많이 알고, 또 관여해온 것이 다름 아닌 로지스티션 드니스 아니던가. 이번 일이 그에게는 무슨 마법 같은 일로만 여겨질 따름이었다.

"아……. 그래요? 뭐가 들어왔길래……."

"별거 다 있어요. 초음파에……. 벤틸레이터도 2대나 실려 있고. 괜히 픽업트럭 가져온 게 아니라니까요?"

"초음파? 어디 건데요?"

"필립스요. 거의 하이 엔드 급이던데. 그거랑 좀 작은 거 하나 더 있더라고. 미쳤어요, 이번에 진짜."

"오."

리처드야 이게 다 어떻게 된 일인지 알고 있었다. 아마 아까 강혁이 한 신신당부가 없었다면 지금쯤 더 어색한 표정을 짓고 있었을 터였다.

'선불로 준다고 하더니, 진짜 그날 바로 줬구나.'

게다가 CIA는 돈만 준 게 아니라, 그 돈으로 산 물건의 배달까지 책임져준 모양이었다. 작전의 성격상 보상도 화끈할 거란 것이 강혁의 말이긴 했는데, 이렇게까지 적극적으로 도울 줄은 몰랐다. 해서 조금은 객쩍은, 어떻게 보면 수상해 보일 수도 있는 미소를 짓고 있었다. 하지만 제아무리 경험이 많은 드니스도 강혁과 리처드가 다녀온 서남부 지역 봉사 활동과 이번 일을 연결 짓지는 못했다. 그저 이상하게 여길 따름이었다.

"이런 건 진짜 처음이에요. 제가 전에 얘기했었나요? 시에라리온에서 있었던 일?"

"아……. 기억하죠."

이번에 답을 한 것은 강혁이었다. 마침 시에라리온도 강혁이 가고자 하는 후보지 중 하나긴 했기 때문이었다. 돈이 있다고 해서 병원을 지을 수 있는 곳인지는 불투명하긴 했지만, 그곳 또한 현실에 존재하는 지옥 중 하나였다.

"뭐……. 내전 한창일 때는 진짜 장난 아니었다고 하는데, 제가 들어갔을 때도 개판이었어요. 대대적인 내전이 없을 뿐이지,

뭐……. 여기저기서 총탄 날아다니고…….”

“음.”

절대 과장은 아닐 터였다. 그간 보아온 드니스의 캐릭터도 그렇긴 했지만 시에라리온은 그놈의 다이아몬드 때문에 바람 잘 날 일 없는 나라가 되었으니까. 아직 자원을 지킬 힘이 없는 곳에 갑자기 자원이 쏟아져 나오는 게 반드시 복은 아니란 것을 온몸으로 보여주는 나라라고나 할까. 여러 탐욕에 의해 갈가리 찢긴 곳에서 고통받는 것은 역시나 힘없는 서민이었다. 그리고 여기서 말하는 고통은 우리가 상상할 수 있는 범주를 훨씬 넘어갔다.

“그보다 끔찍했던 건……. 거기 사는 사람들이었어요. 사람들이 팔이 없어.”

“네? 팔이 없어요?”

뒤에서 초음파를 뒤지고 있던 리처드가 앞을 돌아보았다. 팔이 없다는 말이 꽤 충격이었던 모양이었다. 그에 반해 이미 몇 번인가 사진으로 본 적이 있는 강혁은 말없이 고개를 끄덕이고 있었다. 드니스는 담담한 얼굴로 말을 이었다. 눈은 덜컹거리는 도로를 향한 채였다.

“내전 당시에 잘린 거예요. 그때……. 거긴 정말 험악한 놈들 투성이였거든.”

“팔을……. 잘라……. 음.”

“그냥 죽여버리는 것보다 훨씬 효과적이거든요. 생각해봐요. 이웃이 죽으면 당장 슬프긴 하겠지만 그래도 몇 달, 몇 년 지나면 잊혀져. 하지만 계속 팔이 잘린 채로 살아 있으면 눈에 보일 때마다……. 공포를 되새기게 되죠."

"하……. 그건……. 그것도 그렇겠네요."

사실 그뿐만이 아니었다. 소년, 그야말로 소년이라는 말로밖에는 부를 수 없을 만큼 어린 아이들을 마약에 중독시키고 사상적으로 세뇌시킨 후 총을 쥐여 전쟁터로 보냈다. 당시 소년병이라는 이름으로 외신을 들끓게 했던 그들은 이제 시에라리온의 새로운 사회 문제 원인으로 부상한 지 오래였다. 생각해보라. 어린 시절 제대로 된 보육과 교육 대신 마약과 총을 받았던 이들이 어찌 제대로 된 생활을 영위할 수 있겠는가.

"아무튼……. 거기 수도는 그래도 썩 괜찮아요. UN군이 개입한 이후로 어찌 됐건 표면적으로는 안정을 되찾았거든."

강혁은 드니스의 말에 고개를 끄덕였다. 시에라리온의 수도, 프리타운을 떠올리면서였다. 프리타운이라는 말을 들으면 느낌이 오겠지만, 원래 그곳은 영국군이 단속한 노예선에서 구출해 낸 흑인 노예들을 정착시키던 도시였다.

"원래도 다이아몬드가 워낙에 많이 나는 곳이라……. 적절하게 분배만 되면 살 만한 나라이기도 했고……. 뭐 여전히 그건 안 되고 있긴 하지만……. 프리타운이 기본적으로 항구 도시라 우리 같은 NGO 단체에서 들어가기도 좋아요."

"아, 그렇겠네요. 교역이 활발한가요?"

"당연하지. 다이아몬드가 여전히 엄청나게 나는 곳이라고요. 그쪽 중개 무역상의 배려로 진짜 쉽게 들어갔어. 들어가는 것까지는 쉬웠지. 세관에 워낙에 뇌물을 많이 먹여놔서 그런가, 누가 봐도 백신 박스인데 그쪽을 아예 안 보더라고요. 하하, 그런 거 본 적 있어요? 멀쩡한 사람이 장님인 척하는 거."

드니스는 지금 생각해도 웃긴지 껄껄 웃었다. 하지만 그 웃음 이면에 배어 있는 슬픔 때문에 강혁과 리처드는 차마 따라 웃진 못했다. 그나마 강혁만 쓴웃음 정도를 지었을 뿐이었다.

"근데 거기서……. 동부 광산 쪽으로 옮기는 게 진짜 골 때리더라고요……. 용병들 도움 아니었으면 저 거기서 죽었어요."

"죽어요? 무슨 일이 있었는데요?"

리처드는 이제 의료기기 따위에는 전혀 관심을 두지 않았다. 겁보인 주제에 또 이런 얘기에는 사족을 못 쓰지 않던가. 강혁이야 리처드가 그런 줄 예전부터 잘 알고 있었고, 드니스는 어차피 갈 길이 먼데 누구라도 얘기에 귀 기울여준다는 것이 좋아서 열심히 입을 놀렸다.

"동부 광산은 여전히 군벌들이 잡고 있어요. 근데 그 새끼들, 광부들한테 뭐라도 가는 걸 엄청 꺼리더라고……. 아무래도 뭐, 그렇잖아요. 희망이 아예 없으면 포기하게 되지만, 조금이라도 뭐가 보이게 되면 저항을 하게 되니까."

그 말은 지금 시에라리온 동부에 있는 사람들은 작은 희망조차 품지 못하고 있단 얘기였다. 그런 세계가 있다는 것조차 잘 모르고 있던 리처드는 어두운 얼굴이 되어 고개를 끄덕였다. 물론 그런 세계에 애초부터 관심이 있던 강혁이라고 해서 표정이 다르지 않았다. 몸이 하나인 이상 모든 곳을 도울 수 없다는 거야 잘 알고 있지만, 어딘지 모르게 빚진 기분이 드는 건 어쩔 수 없었기 때문이었다.

"그때 겨우……. 백신 몇 개 배달하느라 죽을 뻔했던 거 생각하면, 지금 이거 이렇게 다 들어온 건 기적이에요. 뭐 시에라리온하고 파키스탄이야 많이 다르긴 하지만. 그래도……. 알죠, 제 말 무슨 뜻인지."

"알죠. 뭐, 어떻게 들어온 게 중요하겠습니까. 그런 거 일일이 따지고 들면 피곤하기만 하지. 드니스도 그렇지 않았어요?"

"아……. 네. 하하, 좋은 일 하겠답시고 나쁜 일 많이 했죠."

아이러니한 일이었다. 분명 선의에서 시작한 일인데 과정을 자세히 훑어보면 불법으로 얼룩진 경우가 많았다. 당연히 로컬 문제인 게 태반이긴 했지만, 그렇다고 해서 마냥 괜찮다고 여길 수는 없는 노릇이었다.

"그러니까, 우리도 그냥 이거 좋아하기만 합시다. 뭐 자꾸 캐물으면 곤란할 거예요."

"아……. 아, 네, 네. 무슨 얘긴지 알아들었어요. 뭐, 로지스티션이 했어야 하는 일을 현장에서 한 거니까 제가 더 할 얘기도 없죠."

다행히 드니스는 강혁의 말을 단박에 알아들었다. 여전히 주체가 제인이라고 믿고 있기는 했지만. 뭐가 어찌 됐건 관계없는 일 아니겠는가. 강혁과 리처드하고만 연결 짓지 않으면 안전했다. 비단 둘에게만 아니라, 드니스에게도 그랬다. 오히려 강혁이나 리처드라면 목숨을 위협받진 않겠지만. 원래도 위험한 곳에 나다니는 드니스가 뭐라도 알게 되면 그 자리에서 죽을 수도 있었다.

그렇게 한참을 떠들다보니 어느새 한구였다.

"나 참."

멀리서 보이는, 삭막한 도시를 향해 강혁이 혀를 찼다. 리처드 또한 비슷한 표정을 짓고 있다가 강혁을 향해 물었다.

"왜요?"

"집에 왔다는 기분이 들어서."

"아……."

리처드는 차마 자신도 그렇다는 말을 하진 못했다. 그런 말을 했다간 아무래도 영영 손아귀에서 벗어나지 못할 것 같았기 때문이었다. 강혁이 이미 백미러를 통해 그의 얼굴을 보았고, 비슷한 결론을 내렸다는 건 꿈에도 알지 못했다.

'시에라리온이고 나발이고……. 일단은 여기나 신경 쓰자.'

그 생각만 하고 있던 건 아니었다. 언젠가 한유림이 했던 말을 되새기고 있었다. 곧 드니스가 몰고 온 차는 병원 마당 안에 들어섰다. 드니스는 차에서 내리면서, 강혁을 향해 입에 지퍼 채우는 시늉을 했다. 쓸데없는 소리 안 하겠다는 약속을 지키겠다는 뜻이었다. 강혁 또한 입으로 소리를 내는 대신 표정으로 대꾸해 주었다. 너무 많은 인원이 몰려오고 있었기 때문이었다.

"이 새끼! 왜 이렇게 늦게 왔어!"

왜인지 일주일 만에 거지꼴이 된 한유림이 제일 먼저였다. 평소 환자에 대한 예의라고 하면서 절대 크록스 신고 수술실에서 나오지 않는 양반이 지금은 피 묻은 크록스를 그대로 신고 있었다. 머리는 안 그래도 없는 머리를 산발하고 있어서 실로 거지 그 자체였다. 셋이 하던 일을 혼자 했으니 어찌 보면 당연한 일이기도 했다.

"이 새끼라니, 말이 심하네. 나도 뭐 놀다 온 건 아닌데."

"그런 것치고는 너무……. 너무 멀끔하잖아! 얼굴은……. 얼굴은 왜 탔어!"

"아, 이거. 밖에서 진료하느라."

"선글라스 끼고 진료했다고?"

"응?"

"자국 남았어! 너 설마……. 설마……."

한유림은 이 자식이 설마 자기 두고 괌에 갔다 왔나 하는 생각이 들었다. 하지만 시선이 리처드를 향하고 나서는 의심이 훅 하고 쪼그라들었다. 리처드는 그야말로 죽다 살아난 얼굴을 하고 있었다.

"걘 왜 저래. 따로 다녔어?"

"아뇨. 알잖아요, 겁 많은 거."

"그럼……."

"그럼은 무슨 놈의 그놈이야. 당연히 과다르 갔다 왔지."

"총도 쐈어? 막?"

"우리한테 쏘진 않았지. 근데 딴 데서는 엄청 쐈을걸. 맞은 애도 있고."

"아……. 그렇구나. 음."

때문에 한유림은 이 새끼라고 불렀던 것을 반성하고 강혁의 등을 두드려주었다. 평소의 강혁도 무서운데, 본의 아니게 위험한 곳에 다녀온 강혁은 얼마나 무서울까 하는 생각이 들어서였다. 이럴 때 처신 잘못했다간 죽을 수도 있었다.

"일단 짐이나 날라요. 뭐 엄청 샀던데?"

"아, 어. 제인이 안 그래도 얘기하더라. 진짜 그 품목에 있는 게 다 온 건지는 모르겠는데. 실린 거 보니까……. 그럴 거 같네?"

"아, 품목 정리한 리스트가 있어요?"

"어, 있지. 나도 들고 있어. 보여줄까."

"줘봐요."

"근데 안 나르고?"

"나 총 쏘는 곳 다녀왔다니까."

"알았다……."

강혁은 일사불란하게 움직이기 시작한 한유림을 비롯한 여러 직원을 바라보았다. 아무래도 월세 때문에 자금 사정이 풍족해진 데다가, 지역 유지들과 중앙 정부의 방패막이까지 얻어낸 터라 인력이 많이 늘어 있었다. 픽업트럭에 한가득 실어 온 짐이 전부 병원 안으로 들어가는 데 걸린 시간이 턱없이 짧게만 느껴질 지경이었다.

"흠."

행여 거들 게 있으려나 했던 강혁의 손짓이 좀 민망해지는 순간이었다. 덕분에 강혁은 그저 잘됐다고 중얼거리곤 방금 건네받은 종이를 들여다보기 시작했다. 깔끔한 발주서가 아니라 그냥 노트였다. 아무래도 한유림이 제인, 요다, 댄, 카심 등과 함께 뭘 살지 결정하는 과정에서 적어둔 메모인 듯했다.

'밥솥……? 이건 왜 산다고 한 거야.'

별의별 물건이 다 적혀 있었다. 밥솥을 시작으로 가습기, 에어컨, 정수기 등. 어째 첫 장에는 의료 장비는 없고 순 개인적인 욕심에 의한 것들만 있는 느낌마저 들 지경이었다.

'뭐……. 100만 달러가 적은 돈은 아니긴 하지.'

여기저기 뇌물 돌리고, 눈탱이 맞아가면서 물건 살 생각이었다면 적은 돈이라고 여겨질 수도 있는 액수긴 했다. 여태 제인이 받아온 후원금이 대부분 그렇게 쓰이기도 했고. 그렇다고 막 불평불만을 터뜨리기엔, 파키스탄은 그나마 나은 경우에 해당했다. 소말리아에 파견된 이들은 통신비와 월세만으로 수천을 소비해야만 했으니까. 한데 이번 이 돈은 온전히 그냥 물건 구입에만 쓰일 수 있는 돈이었다. CIA가 그렇게 만들었다. 총리실을 통해서.

'그래도……. 목 마사지기는 좀 너무한 거 아니냐?'

강혁은 메모 마지막에 쓰여 있는 물품을 보면서 고개를 털어댔다. 이건 한마디 해야겠다는 생각을 하면서였다. 막말로 목숨 걸고 벌어온 돈 아닌가. 다른 사람들이 생각하는 것처럼 막 총탄이 날아다니는 현장에 다녀온 건 아니긴 했지만, 그래도 위험하려면 얼마든지 위험할 수 있는 상황을 감수하고 다녀온 건데. 하지만 그새 거북목이 온 건지 뭔지 연신 목을 주물러대는 한유림, 댄, 심지어 제인을 보자 마음이 좀 풀어졌다.

'그래, 뭐……. 복지다. 복지.'

여기 있는 사람들 다 죽도록 고생하고 있지 않은가. 원래 자기 나라에 있었다 해도 의료인인만큼 몸이야 고되었겠지만, 돈은 비할 수 없이 많이 받았을 사람들이었다.

"웃차."

그렇게 메모를 넘기고 있으려니, 어느새 마지막 짐까지 내려졌다. 슬쩍 고개를 돌려보니 마지막 짐은 굉장히 거대한 박스였다. 직사각형의 낮고 넓은 박스.

"뭐여, 이건."

"이거? TV."

"TV? 아니……. TV를 샀어? 후원금으로?"

"우리도 이제 고화질로 좀 보자……. 언제까지 브라운관으로 봐. 지명 수배자야?"

강혁의 타박에 한유림은 별거 아니란 투로 대꾸했다. 평소 같았으면야 당연히 화가 훅 하고 치솟았겠지만 안타깝게도 지금은 그럴 수가 없었다. 반대편에 선 이 때문이었다.

"한 교수님 말이 맞아요. 여기 다들 꽤 오래 있을 텐데……. 수행하듯 있으면 안 되죠."

제인이었다. 못 보던 사이에, 불과 일주일밖에 안 되었는데 몰라볼 만큼 달라져 있었다. 다행히 안 좋은 쪽이 아니라 좋은 쪽으로였다. 밝아졌다고 해야 할까?

"제인……."

"숨통이 확 트였어요. 진짜 꿈만 꾸던 기구들도 샀고……. 병실 확장하면서 모자랐던 침대도 다 샀고요."

"아……. 우리 없는 동안 이사한 거야?"

"네."

어쩐지 짐들 중 가습기나 밥통 같은 것들은 병원이 아니라 다른 건물로 들어가더라니. 이 부지런한 사람들이 그새 이사를 마친 모양이었다. 강혁은 어지간히 쉴 줄 모르는 인간들이라고 중얼거리며 제인 대신 TV 한쪽을 받쳐 들었다.

"으어."

"왜 이렇게 기운이 없어."

갑자기 훅 불어난 힘에 한유림이 비틀거렸다. 다행히 볼썽사나운 꼴을 연출하지는 않았다. 강혁이 없는 동안에도 단련한 덕이었다.

"기운이 없긴? 나 백 교수 없는 동안 드디어 140 들었어."

"140? 설마 벤치?"

"어. 후후. 이 나이에 약도 안 쓰고 3대 500 넘기는 사람은 드물 거야, 아마."

"오……."

그러고 보니 불끈한 근육이 마구 도드라져 나와 있었다. 워낙 머리숱도 없고, 골격이 좀 그래서 멋있다는 인상을 주진 않았지만, 그래도 강인하다는 느낌을 주기엔 충분했다. 아무튼, 강혁 덕에 손이 자유로워진 제인은 한결 여유로운 얼굴로 강혁과 나란히 걸었다.

"일단 숙소 좀 보고, 병원도 둘러보실 거죠?"

"응? 아……. 그래야지. 이것만 산 게 아닌가봐?"

"네. 뭐……. 여기저기서 다 협조를 해줘서요. 병원 보시면 진짜 깜짝 놀랄걸요. 이제 부족한 건 정말 사람뿐이에요."

"기대하게 만드네."

강혁은 떠나기 전에 보았던 병원과 이 교육동을 떠올리면서 걸음을 재촉했다. 마치 고대하던 택배가 배달되었을 때의 설렘과 비슷한 기분이라고 할까. 아무리 물욕이 없는 그라고 해도 이건 좀 다를 수밖에 없었다.

"3층부터 숙소예요. 4층도 다 정리됐고, 짐은 기다리고 있어요."

"오……. 칠도 다 새로 했네? 이걸 누가 했대?"

"시장님이 보낸 사람들이요."

"공짜로?"

"아뇨. 좀 저렴하게 했죠."

"아하. 오……. 새 건물 같네."

"그렇죠?"

엄밀히 따지고 보면 새 건물이라기엔 애초에 짓기도 엉망으로 짓고, 또 워낙에 오래된 건물이었지만 하도 파키스탄에 오래 있다보니 눈이 낮아진 둘이었다. 과장이 아니라 진짜 그렇게 느끼고 있었다.

"와……. 침대 새로 샀네?"

"네. 이제 허리 꺼지는 일은 없을 거예요."

"오……. 밑에 프레임도 단단하고. 이건 누가 한 거지?"

"그냥 산 거예요. 만든 게 아니라."

"아하."

그 외에도 각 방은 전부 새로 들어온 가구들로 채워져 있었다. 심지어 침구도 그랬고, 식당에 있는 식탁이나 싱크대 등도 새것이었다. 거의 강혁과 리처드가 떠난 직후부터 공사가 시작된 것 같았다. 뭐 공사라고 해봐야 부족한 부분을 채워 넣고, 오래된 건 갖다 버리는 정도겠지만.

"여기만 해도……. 지금 우리로 못 채우겠는데?"

"확장을 염두에 두고 만든 거니까요. 이만한 규모가 한 층 더 있어요. 좋죠?"

"어, 좋네. 이거 다 채우면 진짜 여긴 완벽하게 돌아가겠어."

그 말은 곧 이곳을 다 채우게 되는 날이 강혁이 떠나는 날이란 뜻이었다. 하지만 강혁은 굳이 그 말을 입 밖에 내지 않았고, 당연히 제인은 짐작조차 못했다. 이미 세계 방방곡곡에 있는 험악한 현장을 전전하다가 이곳에 온 제인은 한구 병원이야말로 뿌리내리는 데 적합한 곳이라 여기고 있었기 때문이었다. 시시각각 호의적으로 변하고 있는 환경과 믿을 수 있는 사람들, 심지어 그중에는 의지할 수 있는 사람마저 있었다.

"네, 꿈같은 일이죠."

때문에 제인은 눈을 초롱초롱 빛내며 강혁의 말에 고개를 끄덕였다. 딱 중증외상센터가 자리를 잡자마자 떠나버린 사람이 바로 강혁이라는 사실을 떠올리진 못하는 모양이었다. 어찌 보면 당연한 일이었다. 이 세상에 강혁 같은 인간은 거의 없으니까.

"그럼 병원으로 가볼까? 리처드는 그리로 먼저 간 거 같은데."

"아, 네. 아까 초음파 들고 가더라고요."

"한 교수님도 가죠. 자랑하고 싶을 거 아냐."

"그래, 그래야지. 야, 진짜 엄청 좋아졌어. 한국대학교 병원까지는 아니지만, 그래도 이만하면 야……."

한유림의 얼굴에 뿌듯함이 번졌다. 이 양반이 지금이야 시골 중년 같은 차림새를 하고 있지만 실은 대한민국 최고의 병원에서 기조실장을 역임하고, 보건복지부 장관까지 했던 양반이 아닌가. 이런 반응을 보일 정도라면 정말로 기대해도 좋을 터였다. 물론 강혁은 순수하게 기대만 하진 않았다.

"뭐, 미유키 상한테 안 부끄러울 거 같아요?"

"오자마자 또 왜 그 얘기를 해."

"말이 나왔으니까 말인데. 그 사람들 언제 온대요? 그러고 보니까 요다 왜 안 보이지?"

"아, 요다. 요새 정신없어. 그거 때문에. 지금 일정 조율한다고 전화기 붙잡고 있을걸. 조만간…… 올 거 같아."

"얼굴은 왜 붉어지는데?"

"뭔 소리야, 인마! 이거……. 이거 짐 나르느라 그래."

"140 치는 사람이 이거 든다고 얼굴까지 붉어지나."

"에, 에이."

한유림은 성을 내면서도 머리를 매만졌다. 그래봐야 땀에 젖은 숱 적은 머리였지만, 본인은 그렇게 생각지 않는 모양이었다. 그렇게 강혁이 한유림을 놀려 먹는 사이, 일행은 병원 안으로 들어섰다. 문을 열자마자 페인트 냄새가 코를 찔렀다. 여기도 새

단장을 한 모양이었다.

"어우. 이거 이래서 환자들 오나?"

"환자들은 좋아해요. 새 건물 같다고. 그리고……. 문 열어놔서 좀 줄어든 거예요. 실제로 그렇게 심하진 않은데."

"내가 예민해서 그런 걸 수도 있어. 알잖아."

강혁은 자신의 오감을 탓하며 발걸음을 옮겼다. 하지만 오랫동안 걷지는 못했다. 아니, 아예 바로 앞에 놓인 처치실에서 멈추어 섰다. 안의 풍경이 너무 많이 달라진 탓이었다.

"헐……. 무영등도 달았네. 전기 칼에……. 석션 통까지. 수술방 아냐, 이 정도면?"

"에이……. 그것만 보여요?"

"아. 초음파도 있구나. 이렇게 되면……."

제아무리 강혁이라고 해도 맨눈으로 모든 것을 진단해낼 수는 없는 노릇이었다. 게다가 강혁에게 그런 능력이 있더라도 매 순간 모든 환자를 보는 것도 불가능했다. 강혁도 잠은 자야 했으니까. 다시 말하면 이때까지는 계속 공백이 발생했다는 뜻이었다. 하지만 이게 있다면 이제부터는 아니었다.

"네. 백 교수님 부담 좀 덜 수 있죠. 특히 수술할 때……. 좀 더 확신을 가지고 진행할 수 있어요. 뭐 CT가 있으면 더 좋겠지만 그건……."

"그건 아직 안 돼. 설치하는 것도 문제고, 들여오는 것도."

"그렇죠. 게다가 사고라도 나면……."

아직 이 근방의 현대 의학에 대한 신뢰는 그렇게까지 높다고 할 수 없는 수준에 있었다. 그런데 CT는 조영제를 쓰게 될 경우, 아주 낮지만 치명적일 수 있다는 단점이 있지 않은가. 그런 걸 감수하느니 안전한 초음파가 백배 나았다. 강혁은 역시 제인이라고 생각했다. 지역 특수성까지 고려해서 들여온 것이 틀림없었다.

"이게 2대지?"

"네. 일단 1층에 수술방, 처치실, 진료실에서 쓸 거 하나랑 병동용 하나."

"좋네, 정말."

"병실도 보세요. 놀랄걸요."

제인의 말은 결코 허언이 아니었다. 원래 있던 병실도 많이 달라져 있었다. 크기에 비해 부족했던 침상 개수도 보충되었을 뿐만 아니라, 이번에 배달된 벤틸레이터들로 인해 중환자실 병상 수가 무려 5개로 늘어나 있었다. 이만하면 어디 가서 지역 거점 병원이라고 말하기 부끄럽지 않은 수준이라 할 수 있었다.

"오……."

"내가 말했지?"

"고생 많이 했어요, 우리. 뭐, 거기까지 다녀온 백 교수님이나 리처드 앞에서 할 말은 아니지만."

해서 마음껏 놀라고 있으려니, 부스스한 차림의 요다가 나타났다. 어찌나 전화를 오래 했는지 얼굴에 눌린 자국마저 있었다.

"왔어요?"

"근데 왜 이렇게 쪼개? 뭐 복권이라도 됐어?"

"아뇨, 아뇨. 드디어 날짜 잡혔어요. 제가 전에 말했던 그 사람들."

"아……. 그래? 언제?"

"다음 달 둘째 주요."

"오."

장규선의 사정으로 일정이 미뤄진 것이었다. 나나세 미유키는 은퇴자였고,나머지 우에다 츠요시 즉 김성식은 집안 사정 때문에 서두르고 있었기 때문이었다.

"다음 달 둘째 주면……. 이제 한 달도 안 남았네?"

"네. 백 교수님. 원래는 정말 준비하기 촉박했을 텐데……. 덕분에 이렇게 새 단장 했으니……. 언제든 와도 되죠, 뭐."

"새 단장이라."

강혁은 요다의 말을 곱씹으면서 병동을 돌아보았다. 이제 총 병상 수가 60개를 넘어선 마당이었다. 중환자실까지 합치면 70개 가까이 되었다.

'이게 제대로 돌아가기 시작하면 이 근방 의료는 모두 책임질 수 있겠어.'

"일단 밥이나 먹읍시다. 먹으면서 더 얘기하지."

"아, 전화 오네요. 전 잠시만."

밥 먹으러 식당으로 갈까 하며 리처드까지 이동하려 했더니 스미스에게 전화가 왔다.

"네, 혼잡니다."

"확실해? 닥터 백은."

"얘기 중이에요. 다른 사람들이랑."

"그래, 어땠지? 그의 수술은?"

스미스는 단도직입적으로 물었다.

'왜 이렇게 백 교수님한테 집착하는 거지?'

리처드는 사이드 임무를 듣는 순간부터 떠올렸던 의문을 간신히 입 밖에 내지 않았다. 물론 강혁이 일반적인 의사들에 비해 훨씬 뛰어난 것은 사실이었다. 아니, 뛰어나다는 말도 좀 부족한 수준이었다. 하지만 CIA에서도 꽤나 독보적인 위치에 있는 스미스가 이렇게까지 관심 가질 이유가 있는 건가? 대단한 정보를 쥐고 있는 것도 아닌데.

"어땠냐고 물었네."

"아, 네. 대단……. 했습니다."

"여전히 자네는 엄두도 못 낼 정도인가?"

"네, 저뿐만 아니라……. 아마 다른 이들 중 어느 누구도 그런 수술을 거기서 할 수는 없을 겁니다."

"그래, 음. 자네 실력도 썩 괜찮다고 들었는데. 리처드, 맞나?"

"자랑은 아니지만, 어느 병원에 가도 외과 과장 정도는 할 수 있다고 생각합니다."

"그런데도 그렇게 차이가 난다, 이거지?"

"네. 백강혁 교수님은……. 특별합니다."

'확실히 백악관 경호실에서 탐낼 만하긴 해.'

요인이 다치지 않게 하는 것이 최우선 목표이긴 했다. 하지만 일단 다치고 나서는 어떻게든 치료해야만 하지 않겠는가. 그런 의미에서 백악관과 가장 가까운 거리에 있는 조지 워싱턴 대학병원의 외과계 의사들은 최고여야만 했다. 아단 커크 대령이 백악관 소속이면서 동시에 워싱턴 대학병원 소속으로 되어 있는 것도 우연이 아니었다.

"좋아, 관계 유지하고."

"네."

"좋아. 그럼 또 연락하지. 일단은 쉬고 있게."

"네, 감사합니다."

"그래."

'이게 설마 백 교수님한테 해가 되는 얘기는 아니겠지?'

*

며칠 뒤 일본에서 온 세 사람이 이슬라마바드의 공항에 도착했다.

강혁은 식당으로 내려오자마자 먼저 와 있던 요다를 찾았다. 분위기를 보아하니 한창 대화 중이었던 모양이었다. 요다는 강혁을 기다렸다가 이제야 다시 입을 열었다.

"오늘 공항 도착할 거예요. 이슬라마바드."

"마중이라도 나가봐야 되는 거 아닌가? 단기 팀도 아니고, 계속 있을 사람들인데."

"아……. 파키스탄 지부장님이랑 드니스가 나갔을 거예요. 오늘하고……. 내일까지는 아마 관광도 시켜줄걸요?"

공항에서는 이미 비행기 타고 오는 길에 친해진 미유키와 장규선이 대화를 나누고 있었다. 멀찍이 떨어진 채 거드름을 피우며 걸어오고 있는 츠요시를 돌아보면서였다.

"친해지긴 어려워 보이네요."

"그러게요. 정치인 집안이라더니……."

"거물이잖아요."

"거물…… 이죠."

장규선은 거물이라는 말에 꺼림칙한 표정을 지어 보였다. 아예 일본 사람인 미유키야 별생각이 없을지 몰라도, 장규선은 그럴 수가 없었다. 츠요시는 일제 강점기 시절 일본으로부터 남작 작위까지 받은 골수 친일파의 후예였으니까. 재일 교포라는 수식어를 달고 이미지 세탁을 하고 있다곤 하지만 아는 사람은 다 아는, 공공연한 비밀이라고 보면 되었다.

'가서도 제대로 일할 거 같진 않은데…….'

장규선은 벌 만큼 번 터라 이제 인류를 위해 얼마간이라도 봉사할 마음으로 왔건만, 웬 거지발싸개 같은 놈이 초장부터 초를 치고 있었다. 딱 지금 하는 행동거지만 봐도 미래가 그려질 지경이었다.

"아, 후지네."

거의 5, 6m 정도는 뒤떨어진 채 어슬렁거리고 있던 츠요시가 입을 열었다. 아마도 이슬라마바드 공항에 대한 감상인 모양인데, 봉사하러 온 입장에서 꺼내기엔 실로 부적절한 단어 선택이라 할 수 있었다. 심지어 츠요시 옆에 붙은 수행 비서도 이렇게 생각할 지경이었다.

"도련님, 그런 단어는 삼가시는 게……."

"여기 누가 일본말 할 줄 안다고. 그리고 후진 건 맞잖아. 여기서 어떻게 2년을 있냐고……. 아버님도 진짜……."

"지내시는 데 최대한 불편 없도록 할 예정이니 너무 걱정 마세요. 그리고 2년 뒤를 생각하셔야죠."

"노친네, 그 욕심 많은 양반이 2년 뒤라고 바로 넘겨줄까?"

"작은 지역구 하나라도 주시지 않겠습니까? 그림도 좋을 겁니다. 지금 일본에 이런 봉사 정신을 보여주는 의원은 없으니까요."

"뭐……."

구구절절 옳은 말씀이었다. 때문에 츠요시 같은 망종도 입을 다물 수밖에 없었다. 속으로 불만이 떠오르는 건 어쩔 수 없긴 했다.

'하……. 지금 롯폰기에 있어야 할 내가…….'

일본의 정치 구조는 조금 특이한 구석이 있었다. 바로 세습을 통해 지역구가 넘어온다는 것. 그리고 지역구가 넘어온다는 것은 해당 지역구의 의원을 모시던 사람들까지 다 물려받게 된다는 것을 의미했다. 말하자면 중세 봉건 정치처럼 영주가 가신들을 거느리는 모양새를 하고 있다는 뜻이었다.

"도련님, 저 두 분과도 대화 좀 나누시죠."

"응? 됐어. 내가 왜?"

"저 둘……. 그중에서도 장규선은 오사카 한인회에서 꽤 영향력이 있는 사람입니다. 총무인데……. 아시죠?"

"돈줄이다, 이건가?"

"네. 저 사람 한마디에 왔다 갔다 하는 표가 장난이 아닙니다. 뭐, 그래봐야 당락에 영향을 줄 정도는 아니지만……."

"친하게 지내서 나쁠 거 없다 이거지?"

"네."

"아, 오셨군요! 저희가 모시겠습니다."

그때 파키스탄 지부장과 드니스가 인사를 건네왔다.

"안녕하세요, 혹시……."

"네, 국경없는의사회 지부장입니다. 반갑습니다. 말씀 많이 들었어요."

"아이고, 지부장님이 직접……. 저희가 뭐라고."

"계속 봉사하실 수도 있는 분들인데, 당연히 이래야죠. 일단 가시죠. 드릴 말씀이 아주 많습니다."

지부장은 공항 내부를 이리저리 둘러보고는 발걸음을 재촉했다. 그렇게 발걸음을 돌리려던 지부장은 어색한 미소를 지으며 츠요시를 바라보았다.

"저, 닥터 츠요시?"

"음. 왜 그러죠?"

"혹시 옆에 분은……. 누구신지요?"

"아, 아……. 얘기 안 했었나."

츠요시는 별거 아니라는 투로 손을 휘저었다. 그러곤 아까부터 얼어 있던 수행 비서의 등을 두드렸다.

"비서예요. 비서."

"비서……?"

"모르시나본데, 난 돌아가면 의원 배지 달 사람입니다. 그런 사람이 어떻게 혼자 달랑 오겠어요. 그건 말이 안 되지."

'닥터 백이랑 닥터 한은 둘이 덜렁 왔는데…….'

지부장은 어떻게 하면 이 츠요시에게 잘 보일까 고민하는 대신, 전에 봤던 두 사람을 떠올리는 중이었다. 그 둘이야말로 진정한 VIP였더랬다. 하나는 세계 최고의 외과 의사였고, 또 다른 하나는 대한민국의 전 보건복지부 장관이었으니까. 그 백강혁이 의료진도 아니고 봉사자도 아닌 비서를 가만둘지는 확신하기 어려웠다. 어쩌면 츠요시라는 사람이 가자마자 볼 만한 구경거리가 생길지도 모르겠다는 생각이 들었다.

'따라갈까?'

아마 여기서 해야 할 일이 산더미처럼 쌓여 있지만 않았다면 따라갔을 텐데.

'부럽죠?'

고개를 돌려보니 벌써 드니스가 흐뭇한 미소를 짓고 있었다. 강혁이 츠요시를 어떻게 대할지 상상하고 있는 모양이었다.

'제길.'

'얘기해줄게요.'

둘은 눈빛을 교환했다.

지부장은 본부에 돌아오자마자 모든 인원을 방으로 불렀다. 그러곤 짤막한 질문을 던졌다.

"파키스탄에 대해 들어보신 분 계십니까?"

파키스탄에 오는 모든 봉사자에게 으레 하는 질문이기도 했다.

"들어봤죠. 일본이나……. 한국에도 파키스탄에서 온 노동자들이 꽤 많습니다."

셋 중 답을 한 것은 장규선이었다. 미유키는 일단 오늘은 듣기만 하기로 결정한 것으로 보였고, 츠요시는 아예 관심이 없어 보였다. 비서란 사람은 없는 사람 취급해달라고 하더니, 정말 없는 사람처럼 행세했다.

'그래, 한 사람이라도 답해주면 그걸로 됐지.'

지부장은 장규선의 서글서글한 얼굴을 보며 고개를 끄덕였다.

"그럼 혹시 파키스탄 인구가 얼마나 되는지는 알고 있나요?"

"어……."

인구라. 장규선은 쉬이 답을 하진 못했다. 요다에게 들었던 내용 말고는 딱히 기억하고 있는 게 없어서였다.

'아프리카보다는 훨씬 수월하다는 얘기만 들었는데.'

날씨도 여름엔 덥지만, 또 다른 계절은 서늘하다고 했고……. 한때는 위험한 적도 있었지만, 지금은 아니라 했다.

'한심하네, 이거야 원.'

장규선은 다른 사람들과는 달리 단기 봉사만 올 작정이긴 했지만, 그래도 이렇게 봉사지에 대해 아는 것이 없다는 것에 부끄러움을 느꼈다. 하지만 사실 그럴 필요는 없는 일이었다. 원래 이게 보통이었으니까. 지부장은 이런 상황이 아주 익숙하다는 미소를 지어 보였다.

"2억입니다, 2억."

"2억…… 이요? 되게 많네요?"

"네. 땅덩이도 커요. 지도를 보시면……. 여기가 파키스탄입니다. 뭐 오시면서 봤겠지만, 지구본에서 보면 느낌이 또 다르죠."

"흠."

2억이라는 숫자가 주는 임팩트 때문일까. 영 관심이 없어 보이던 츠요시마저 눈을 빛내고 있었다.

"아프가니스탄 아시죠? 그 나라가 파키스탄 북쪽에 있고, 이란이 서쪽, 인도가 남쪽, 중국이 동쪽에 있습니다."

"오……."

사실 인구가 2억이라는 건 그 자체만으로도 상당한 경쟁력이 될 수 있는 조건이었다. 하지만 동서남북을 에워싸고 있는 나라들이 참으로 기가 막히지 않는가. 대한민국도 그런 상황이긴 하지만 파키스탄도 만만치 않았다.

"이런 데다가……. 원래 파키스탄이라는 나라가 한 나라가 아니었어요. 강제로 병합된 지역이 좀 많아요. 그래서 분리주의 운동이 상당히 활발합니다. 다행히 여러분이 가는 지역이 그렇지는 않고요."

지부장은 이외에도 한구 지역의 종교성 특성 및 주의해야 할 점에 대해서 한참을 설명했다. 뭐 이런 말까지 안 해도 가서 현장을 보면 알아서 조심하겠단 생각이 들긴 하겠지만, 혹시 모르는 일 아닌가. 누군가는 경거망동해서 지금까지 제인과 강혁 등이 쌓아놓은 모든 업적을 물거품으로 만들어버릴 수도 있었다.

"뭐, 지내시는 동안 자연스레 알게 될 것들이 대부분입니다만……. 그래도 노파심에 드린 말씀입니다. 오시는 길에 고생하셨을 텐데, 죄송합니다. 이제 쉬시죠."

지부장의 교육은 대략 1시간가량 이어졌다. 그의 말마따나 꽤나 피곤한 일이었다. 직항도 아니고 돌아온 길이었으니까.

"아뇨, 아닙니다."

"다 저희 도움 되라고 하신 말씀인데요. 감사할 따름입니다."

물론 장규선과 미유키 둘은 진심으로 감사하게 여겼다. 잘 모르던 얘기를 들었다는 것 자체가 흥미로웠을 뿐만 아니라, 앞으로 이곳에서 지내는 동안 실질적으로 도움이 될 만한 얘기이기도 했기 때문이었다.

"아, 다 끝난 거죠? 그럼 밖에 좀 나가도 되나?"

물론 모두 이런 반응을 보인 것은 아니었다. 지구본 돌릴 때 잠깐 흥미를 보이다 이내 턱을 괴고 있던 츠요시는 벌써 몸을 일으켰다. 비서에게 건네주었던 얇은 재킷을 받아 든 채였다.

9권에서 계속

중증외상센터 골든 아워 VIII

초판 1쇄 인쇄 2021년 8월 17일
초판 1쇄 발행 2021년 8월 27일

지은이 한산이가(이낙준)
펴낸이 김선식

경영총괄 김은영
책임편집 한나래 **디자인** 박수연 **책임마케터** 박태준
콘텐츠사업6팀장 이호빈 **콘텐츠사업6팀** 임경섭, 박수연, 한나래, 정다움
마케팅본부장 이주화 **마케팅3팀** 이미진, 박태준, 유영은
미디어홍보본부장 정명찬 **홍보팀** 안지혜, 김재선, 이소영, 김은지, 박재연, 오수미, 이예주
뉴미디어팀 김선욱, 허지호, 염아라, 김혜원, 이수인, 임유나, 배한진, 석찬미
저작권팀 한승빈, 김재원
경영관리본부 허대우, 하미선, 박상민, 권송이, 김민아, 윤이경, 이소희, 이우철, 김재경, 최완규, 이지우, 김혜진
웹 콘텐츠 작가컴퍼니

펴낸곳 다산북스 **출판등록** 2005년 12월 23일 제313-2005-00277호
주소 경기도 파주시 회동길 490
전화 02-704-1724 **팩스** 02-703-2219
이메일 dasanbooks@dasanbooks.com
홈페이지 www.dasan.group **블로그** blog.naver.com/dasan_books
용지 IPP **인쇄 및 제본** 갑우문화사 **코팅 및 후가공** 평창피앤지

ISBN 979-11-306-4055-6 (04810)
979-11-306-4052-5 (세트)

· 책값은 뒤표지에 있습니다.
· 파본은 구입하신 서점에서 교환해드립니다.